닥터 지바고 1

Доктор Живаго

세계문학전집 361

닥터 지바고 1

Доктор Живаго

보리스 파스테르나크

김연경 옮김

민음사

차례

2편 차례

등장인물

지바고 집안과 그로메코 집안(십체프 집)

유리(유라, 유로치카) 안드레예비치 지바고 어려서 부모를 잃고 그로메코 집안에서 성장한다. 직업은 의사지만 시를 쓴다.

마리야 니콜라예브나 유리의 어머니.

니콜라이 니콜라예비치 베데냐핀 유리의 외삼촌. 유리의 사상 형성에 큰 영향을 끼친다.

예브그라프(그라냐) 안드레예비치 지바고 아버지 지바고와 마담 알리스(스톨부노바-엔리치 공작 부인) 사이에서 태어난 사생아로 수시로 유리를 도와준다.

알렉산드르 알렉산드로비치 그로메코 농학자.

안나 이바노브나 그로메코의 아내로 결혼 전 성(姓)은 크류게르. 우랄 지역 부호의 딸이다.

슈라 실레진게르 안나의 친구, 이혼한 독신녀.

안토니나(토냐, 토넨카) 알렉산드로브나 그로메코의 딸. 유리와 결혼한다. 법학 전공.

마르켈 샤포프 이 집안의 하인이지만 지바고의 장인이 된다.

아가피야 티호노브나 마르켈의 아내.

마리나(마린카) 샤포바 마르켈의 딸. 지바고의 마지막 아내(사실혼)가 된다.

미하일(미샤) 고르돈 지바고의 친구. 철학을 전공한 유대인이다.

이노켄티(니카) 두도로프 지바고의 친구.

나데주다(나댜) 콜로그리보바 니카의 첫 사랑, 라라의 친구.

티베르진 집(브레스츠카야 거리 28번지)과 기샤르 집안

파벨 페라폰토비치 안티포프 철도 노동자. 1905년 철도 파업을 주도한다.

키프리얀 사벨리예비치 티베르진 파벨의 동료.

푸플르이긴 파벨의 동료, 통신망 기사.

기마제트딘 티베르진 집의 문지기.

오시프(유숩카) 기마제트디노비치 갈리울린 기마제트딘의 아들. 혁명 이후 중위가 된다.

마르파 가브릴로브나 유숩카의 어머니. 혁명 이후 건물 청소부로 일하지만 아들의 존재를 두려워한다.

표트르 후돌레예프 늙은 장인(匠人). 유숩카의 어머니를 짝사랑한다.

파벨(파샤, 파툴랴) 파블로비치 안티포프 철도 노동자 파벨의 아들. 학교 졸업 후 교사가 되고 라라와 결혼한다. 1차 세계 대전에 참전했다가 스트렐니코프로 개명, 혁명과 내전에 뛰어든다.

아말리아 카를로브나 기샤르 벨기에인 기사와 결혼하지만 사별한다. 모스크바에서 양장점을 운영한다.

라리사(라라, 라루샤) 표도로브나 기샤르 기샤르의 딸. 파벨과 결혼한 후 교사가 되어 유랴틴으로 이주한다.

로디온(로댜) 라라의 오빠. 사관 학교 생도로서 방탕한 생활을 한다.

올가(올랴) 데미나 양장점 직원이자 라라의 친구. 티베르진의 집에 산다.

빅토르 이폴리토비치 코마롭스키 기샤르 부인의 조력자이자 정부, 라라의 후견인 겸 애인이 된다.

콜로그리보프 집안 라라가 리파의 가정교사로 생활하던 집안.

멜류제예프, 우랄 지역(유랴틴, 바르이키노), 파르티잔

바샤 브르이킨 그로메코 집안과 지바고가 피난 갈 때 탄 기차에서 만난 청년. 훗날, 바르이키노를 탈출한 지바고와 재회, 함께 모스크바로 간다.

안핌 예피모비치 삼데뱌토프 부유한 사업가의 아들이자 자칭 볼셰비키-사회주의자. 지바고 가족을, 나중에는 라라를 많이 도와준다.

아베르키 스테파노비치 미쿨리츠인 과거의 정치범이자 공장의 지배인. 바르이키노에 온 지바고 가족의 편의를 봐준다.

아그리피나 세베리노브나 미쿨리츠인의 첫 부인으로서 결혼 전 성은 툰체바. 사별했다.

리베리(리프카) 아베르키예비치(레스느이흐 동지) 미쿨리츠인과 아그리피나의 아들로서 파르티잔을 이끈다.

아브도티야 세베리노브나 툰체바 자매, 도서관 사서.

글라피라 세베리노브나 툰체바 자매, 이발사, 선로 감시원(운전수), 재봉사 등 팔방미인. 파르티잔을 탈출한 지바고의 이발과 면도를 해 준다.

세라피마(시무시카, 시마) 세베리노브나 툰체바 자매. 다독가로서 라라에게 막달레나 마리아 관련 복음서를 읽어 준다.

옐레나 프로클로브나 미쿨리츠인의 두 번째 아내.

블라스(블라수시카) 파호모비치 갈루진 혁명가.

갈루지나 갈루진의 아내.

테렌티(테레시카) 갈루진 혁명가 갈루진의 아들. 산카 팝누트킨, 고시카 랴브이흐, 코시카 네호발렌느이흐과 함께 파르티잔에 들어간다. 어머니를 구하기 위해 파벨 안티포프(스트렐니코프)의 마지막 은신처를 당에 알려 준다.

카메노드보르스키 연락 장교.

라이오시 지바고의 조수(의사)

안겔라르 간호장

시보블류이 '아타만의 귀'로서 일종의 이중 첩자 노릇을 한다.

스비리드 파르티잔 참모 중 한 명.

브도비첸코(검은 깃발) 무정부주의자. 자하르 고라즈드이흐, 코스토예드(리도치카 동지) 등과 반란을 시도했다가 발각, 처형된다.

팜필 팔르이흐 혁명에 혁혁한 공을 세운 농민이지만 발광하여 아내와 아이들을 살해한다.

즐르다리하(쿠바리하) 병사의 아내, 무당

블라제이코(포고레프시흐) 즈이부시노 독립 공화국 설립자, 농아.

마드무아젤 플레리 멜류제예프 시절, 지바고, 라라와 함께 일했던 스위스 여성.

긴츠 젊은 군사 위원. 광장 연설 중 도망치다 팜필에 의해 살해당한다.

아이들

사센카(슈로치카) 지바고와 토냐의 아들.

마리야 그들의 딸. 지바고가 파르티잔에 잡혀 있는 동안 라라의 도움을 받아 태어난다.

카피톨리나(캅카, 카펠카) 지바고와 마리나의 첫째 딸.

클라브디야(클라바, 클라시카) 그들의 둘째 딸.

카텐카(카튜샤) 라라와 파샤의 딸.

타티야나(타냐, 탄카, 타뉴샤) 베조체레데바 라라와 지바고의 딸로서 에필로그에 세탁부로 등장한다.

일러두기

1. 이 책의 번역 대본은 파스테르나크 작품 선집(총 5권, 모스크바: 예술문학, 1990) 중 3권이다.
2. 러시아어 고유 명사의 한글 표기는 예외 없이 개정된 외래어 표기법을 따랐다.
3. 성경 번역은 『성경』(한국 천주교 주교회의, 2005)을 참조하여 옮겼다. 작가 나름의 변주가 있어서 성경 구절과 일치하지 않는 경우도 있다.

1편

1부

5시 급행열차

1

사람들은 계속 걸음을 옮기며 「영원한 기억」[1]을 불렀고, 그들이 멈출 때는 발소리, 말발굽 소리, 바람 소리가 노래를 이어 가는 것 같았다.

행인들은 행렬을 위해 길을 터 주고 화환을 세며 성호를 그었다. 호기심에 못 이겨 행렬로 들어서서 질문을 던지는 사람도 있었다. "누구의 장례식입니까?" "지바고요."라는 대답이 들려왔다. "그렇군요. 이제 이해가 갑니다." "아니, 그분 말고 부인입니다." "마찬가지 아닙니까. 명복을 빕니다. 성대한 장례식이군요."

---

1) 출관할 때 부르는 곡.

마지막 순간, 얼마 남지 않은 돌이킬 수 없는 순간이 어렴풋이 빛나고 있었다. "주님 것이라네, 세상과 그 안에 가득 찬 것들 누리와 그 안에 사는 것들." 사제가 성호를 그으며 흙 한 줌을 마리야 니콜라예브나 위로 던졌다. 사람들이 「의인들의 넋」[2]을 부르기 시작했다. 일은 분주하게 진행되었다. 관이 닫히고 못이 박혀 내려졌다. 네 자루의 삽이 서둘러 흩뿌리는 흙덩어리가 무덤 위로 비처럼 쏟아졌다. 그 위로 작은 봉분이 솟았다. 열 살 난 소년이 봉분으로 올라갔다.

성대한 장례식의 마지막 무렵에 찾아오는 멍하고 무감각한 상태가 돼서야 소년은 비로소 어머니의 무덤 위에서 뭔가 말을 하고 싶은 듯이 보였다.

소년은 고개를 들어 가을의 황야와 수도원의 둥근 지붕을 멍한 시선으로 둘러보았다. 그의 들창코 얼굴이 일그러졌다. 그의 목이 길게 늘어났다. 새끼 늑대가 이런 몸짓으로 고개를 들었다면 곧이어 분명 울부짖었으리라. 소년은 두 손으로 얼굴을 가리고 엉엉 흐느껴 울었다. 그를 맞으러 날아온 구름이 싸늘한 폭우의 축축한 채찍으로 그의 두 손과 얼굴을 때리기 시작했다. 무덤 쪽으로 검은 옷을 입은 사람이 다가왔다. 소매통이 꽉 조이고 잔주름이 잡힌 옷이었다. 고인의 남동생이자 울고 있는 소년의 외삼촌으로서 스스로 청원하여 파계한 성직자 니콜라이 니콜라예비치 베데냐핀이었다. 그가 다가와 소년을 묘지에서 데리고 나갔다.

---

2) 하관할 때 부르는 곡.

2

그들은 외삼촌과의 오랜 친분을 생각해 수도원에서 내준 방에 묵었다. 성모제[3] 전날 밤이었다. 소년과 외삼촌은 다음 날 멀리 남쪽 포볼지예 도(道)의 어느 도시로 떠나야 했는데, 니콜라이 신부는 진보적인 지방 신문을 발행하는 그곳 출판사에서 근무하고 있었다. 기차표는 사 놓았고 짐도 꾸려 승방에 둔 상태였다. 기차역이 옆에 있어서 훌쩍대며 선로를 바꾸는 기관차의 기적 소리가 바람에 실려 왔다.

저녁이 되자 날이 몹시 추워졌다. 지면 높이의 두 창문은 노란 아카시 덤불로 둘러싸인 못생긴 남새밭 한 귀퉁이와 신작로의 얼어붙은 웅덩이, 그리고 낮에 마리야 니콜라예브나를 묻은 묘지의 저 끝 쪽으로 나 있었다. 너무 추워서 시퍼레진 물결무늬의 양배추 이랑 몇 개를 빼면 남새밭은 텅 비어 있었다. 바람이 몰아치면 잎이 진 아카시 덤불이 귀신 들린 사람처럼 몸부림치다가 길바닥에 드러눕곤 했다.

한밤중에 유라는 창문 두드리는 소리에 잠이 깼다. 어두운 승방은 이리저리 팔랑대는 하얀빛을 받아 초자연적으로 환했다. 유라는 루바시카[4] 한 장만 걸친 채 창가로 달려가 차가운 유리에 얼굴을 갖다 댔다.

창문 너머에는 길도, 묘지도, 남새밭도 없었다. 뜰에는 눈보

---

3) 정교회 축일 중의 하나로 율리우스력 10월 1일(그레고리력 10월 14일)이다.
4) 러시아 남자가 입는 블라우스풍의 상의.

라가 휘몰아치고 눈 때문에 공기가 희뿌옜다. 폭풍우가 유라의 존재를 알아차리고는 자기가 얼마나 무서운지 의식하며 소년에게 그런 인상을 주는 데 탐닉한다고 생각될 정도였다. 폭풍우는 윙윙거리고 울부짖으며 수단과 방법을 가리지 않고 유라의 주의를 끌려고 애썼다. 하늘에서는 하얀 옷감이 무한히 실을 감듯 빙빙 돌면서 떨어져, 수의처럼 땅을 친친 감았다. 온 세상에 눈보라 하나뿐, 그 무엇도 그것과 겨룰 수 없었다.

창턱에서 기어 내려오자마자 유라는 맨 먼저 옷을 입고 거리로 뛰쳐나가려 했다. 수도원의 양배추가 쓸려 가 못 캐게 되지나 않을까, 눈보라가 들판의 엄마를 덮치면 너무 약해진 엄마가 저항 한번 못하고 소년에게서 더욱더 멀리, 깊은 땅속으로 떠나 버리지나 않을까, 화들짝 놀랐던 것이다.

이번에도 일은 눈물 속에서 마무리되었다. 외삼촌이 잠에서 깼고, 그리스도 이야기를 하며 소년을 위로한 다음 하품을 하며 창가로 다가가 생각에 잠겼다. 그들은 옷을 입기 시작했다. 날이 밝아왔다.

3

어머니가 살아 있는 동안 유라는 아버지가 오래전에 그들을 버리고 시베리아와 외국의 온갖 도시를 돌아다니면서 유흥과 방탕을 일삼고 또 그들의 100만 자산을 물 쓰듯 써서 전부 날려 버렸다는 것을 알지 못했다. 유라는 항상 아버지가 페테르부르크나 장이 서는 곳, 주로 이르비츠카야[5]에 있다고 들었다.

한데 그다음, 항상 아프던 어머니가 폐결핵에 걸렸다. 어머니는 프랑스 남부와 북부 이탈리아로 치료를 받으러 다녔고 유라도 두 번 따라갔다. 이렇게 무질서와 지속적인 수수께끼 속에서, 자주 남의 손에 맡겨지고 그나마 그 남도 줄곧 바뀌는 와중에 유라의 어린 시절이 흘러갔다. 그는 이러한 변화에 익숙해졌고, 때문에 영원토록 어수선한 환경에서도 아버지의 부재에 놀라지 않았다.

그가 어린 소년이었을 때만 해도 그야말로 다수의 온갖 물건에 그의 이름이 붙어 있었다. 지바고 공장, 지바고 은행, 지바고 저택, 그리고 넥타이를 맨 다음 지바고 핀을 꽂는 방법, 심지어 럼주 카스텔라와 비슷한 '지바고'라는 이름의 둥글고 달콤한 피로그[6]도 있었다. 한때는 모스크바에서 마부에게 "지바고 저택으로!"라고 외치면 완전히 '세상 끝으로!'라고 한 것처럼 사람들을 썰매에 싣고 동화 속 왕국으로 데려다주었다. 사람들을 에워싼 조용한 공원. 축 늘어진 전나무 가지 위로 까마귀들이 내려앉아 여기저기 서리를 흩뿌렸다. 까악 울어 대는 소리가 굵은 나뭇가지 꺾어지는 소리처럼 울려 퍼졌다. 숲속의 빈터 뒤 신축 건물에서 나온 순종 개들이 길을 가로질러 뛰어갔다. 그곳에 불이 켜졌다. 어스름이 내렸다.

---

5) 우랄 지역의 도시.
6) 밀가루 반죽 안에 다양한 소를 넣어 구운 러시아 식 파이.

갑자기 이 모든 것이 산산이 흩어져 버렸다. 그들은 가난해
졌다.

4

1903년 여름, 유라는 외삼촌과 함께 지붕이 열린 쌍두마차
를 타고 들판을 달려 두플랸카에 갔다. 그곳은 견직공장의 주
인이자 콜로그리보프 예술 협회를 도와주는 대후원자의 영지
였는데, 교육자이자 유익한 지식의 전파자인 이반 이바노비
치 보스코보이니코프를 보러 가는 길이었다.

카잔 성모제 날[7]이었고 추수가 한창이었다. 점심때여서였
는지, 명절이어서였는지 들판에는 사람 하나 없었다. 태양이
베다 만 밀밭을 달구고 있었는데 그 모양이 마치 머리를 밀다
만 죄수의 목덜미 같았다. 들판 위에는 새들이 원을 그리며 날
아다녔다. 바람 한 점 없는 가운데 밀은 이삭을 늘어뜨린 채
똑바로 서 있거나 길에서 멀리 떨어진 곳에 열십자로 솟아 있
었다. 오랫동안 살펴보노라면 움직이는 형상 하나가 눈에 들
어왔는데, 토지 측량사가 지평선의 가두리를 따라 걸으며 뭔
가를 기록하는 것 같았다.

"한데 저것들은……." 하고 니콜라이 니콜라예비치가 출판
사의 막일꾼이자 문지기인 파벨에게 물었다. 파벨은 자기는

---

7) 율리우스력 7월 8일(그레고리력 7월 21일).

원래 마부도 아니요, 말이나 몰 사람도 아니라는 듯 마부석에 다리를 꼰 채 비스듬히, 꾸부정하게 앉아 있었다. "저건 뭔가? 지주 밭인가, 농부 밭인가?"

"저쪽은 주인네 거고요." 이렇게 대답하며 파벨은 담배를 물었다. "저쪽은요." 하고, 불을 붙여 한 모금 빨고는 한참 있다가 채찍의 끝으로 다른 쪽을 가리켰다. "저쪽은 우리네 거예요. 어라, 잠들었냐?" 그는 끊임없이 말들에게 고함을 치며 기관사가 압력계를 보듯 녀석들의 꼬리와 궁둥이를 계속 흘겨보았다.

하지만 말들은 세상 여느 말과 다름없이 마차를 끌고 있었다. 그러니까, 중심축이 되는 말은 타고나길 능청스럽지가 않아서 우직하게 달리는 반면, 옆에 붙은 말은 백조처럼 몸을 구부리고 자기가 달리면서 내는 짤랑대는 방울 소리에 맞추어 무릎을 굽히며 춤추는 것밖에 모르는 것 같은 게 물정을 모르는 사람의 눈에는 순 게으름뱅이처럼 보였다.

니콜라이 니콜라예비치는 검열의 압박이 강화된 것을 고려하여 출판사가 재검토해 달라고 부탁한, 토지 문제를 다룬 책의 교정지를 보스코보이니코프에게 가져가는 중이었다.

"군(郡)의 민중이 말썽이더군." 니콜라이 니콜라예비치가 말했다. "판콥스카야 촌에서는 상인이 하나 찔려 죽었고 젬스트보[8]에서는 종마장이 불탔어. 이런 것에 대해 어떻게 생각하나? 자네 마을에서는 뭐라고들 하나?"

---

8) 1864년 알렉산드르 2세 때 설치된 지방 자치 의회.

하지만 알고 보니 파벨의 시각은 보스코보이니코프의 농업에 대한 열정을 누그러뜨리려 했던 검열관보다 더 음울했다.

"뭐라고들 하냐고요? 민중이 버르장머리가 없어졌대요. 너무 오냐오냐해 줘서 그렇다네요. 우리네 형제와 뭘 하겠어요? 우리네 농부를 풀어놓으면 금방 서로 목 졸라 죽일걸요, 말해 뭐 해요. 어라, 이놈들 잠들었냐?"

외삼촌과 조카가 두플랸카를 여행하는 것은 이번이 두 번째였다. 유라는 딴에는 자기가 길을 잘 기억한다고 생각했다. 넓은 들판이 펼쳐지고 숲이 가느다란 테두리처럼 앞뒤에서 들판을 에워쌀 때마다 그 장소를 아는 것 같았고, 거기서 길이 오른쪽으로 꺾이고 또 모퉁이를 돌면 저 멀리서 반짝이는 강물과 그 너머로 철로를 달려가는, 콜로그리보프의 10베르스타[9]에 걸친 파노라마가 나타났다가 곧장 사라질 것 같았다. 하지만 그는 번번이 속았다. 들판에 이어 또 들판이 나타났다. 그 들판은 새로이, 또 새로이 숲에 에워싸였다. 이렇게 광활한 공간이 연속되자 생각이 대범해졌다. 미래를 꿈꾸고 생각하고 싶어졌다.

훗날 유명세를 타게 된 니콜라이 니콜라예비치의 책은 아직 한 권도 쓰이지 않은 상태였다. 하지만 그의 생각은 이미 형성되어 있었다. 그는 자신의 시대가 얼마나 가까이 왔는지 모르고 있었다.

---

9) 베르스타는 러시아의 길이 단위. 1베르스타는 1.067킬로미터에 해당한다.

당대 문학의 대표자인 저 대학 교수들과 혁명 철학자들 사이에 곧, 그들과 같은 주제를 다루되 용어를 제외하면 아무런 공통분모도 없는 이 사람이 나타나야 했다. 그들은 모두 어떤 도그마를 통째로 고수하며 말과 외관에 만족한 반면, 니콜라이 신부는 톨스토이주의와 혁명을 거쳐 줄곧 더 멀리 나아간 성직자였다. 그는 자신의 움직임에 있어 진정으로 또렷한 길을 그려 주고 세상의 무언가를 더 좋은 쪽으로 바꾸는, 심지어 번쩍이는 번갯불이나 우르릉대는 천둥의 흔적처럼 어린아이와 무지렁이도 알아챌 만한 고무적이고 물질적인 사상을 갈망했다. 새로운 것을 갈망했던 것이다.

　유라는 외삼촌과 있는 것이 좋았다. 그는 엄마와 닮은 데가 있었다. 엄마처럼 관습에 어긋나는 것에 대해서도 편견을 갖지 않는 자유로운 영혼이었다. 엄마처럼 그는 살아 있는 모든 것에 대해 귀족적인 평등의 감각을 갖고 있었다. 엄마와 마찬가지로 모든 것을 첫눈에 이해했으며 생각을 머릿속에 처음 떠오르는 형식, 아직 살아 있어 의미가 퇴색되기 전의 형식으로 표현할 줄 알았다.

　유라는 외삼촌이 자기를 두플랸카로 데려와 준 것이 기뻤다. 그곳은 몹시 아름다웠고, 그림처럼 아름다운 그 지역의 모습을 보면 역시나 자연을 사랑하여 함께 자주 산책을 다녔던 엄마가 생각났다. 게다가 보스코보이니코프 집에 살던 김나지움 학생인 니카 두도로프를 다시 만나는 것도 기뻤다. 니카는 자기가 두 살 더 많다는 이유로 유라를 얕잡아보았다. 그래서 인사를 주고받을 때는 한 손을 밑으로 힘껏 잡아당기고 머리카락이 이마로 쏟아져 얼굴을 절반은 족히 가릴 정도로 머리를 숙이게 했다.

5

"빈곤 문제의 관건은." 하고 니콜라이 니콜라예비치는 교정본을 읽어 갔다.

"내 생각으로는 차라리 본질이라고 하는 편이 낫겠는데요." 이반 이바노비치는 이렇게 말하며 요구 사항을 교정지에 적어 넣었다.

그들은 유리 테라스의 침침한 어둠 속에서 작업 중이었다. 아무렇게나 뒹굴고 있는 물뿌리개와 원예용 도구들이 어렴풋이 보였다. 부서진 의자 등받이에는 비옷이 던져져 있었다. 구석에는 진흙이 말라붙은 방수 장화의 목 부분이 마룻바닥에 축 늘어져 있었다.

"한편 출생과 사망 통계에 따르면." 하고 니콜라이 니콜라예비치가 불러 주었다.

"연도를 삽입해야겠어요." 이반 이바노비치가 이렇게 말하며 써넣었다.

테라스로 산들바람이 살짝 불어왔다. 종잇장이 날아가지 않도록 가제본 위에는 화강암 조각이 얹혀 있었다.

일이 끝나자 니콜라이 니콜라예비치는 집에 갈 채비를 서둘렀다.

"뇌우가 몰려오는군요. 이제 가야겠어요."

"생각도 하지 말아요. 놓아주지 않을 겁니다. 차나 한잔 합시다."

"저녁까지는 반드시 시내로 들어가야 합니다."

"안 돼요. 못 들은 걸로 하겠어요."

온실에서 사모바르[10]의 탄내가 흘러나와 담배와 헬리오트로프[11] 냄새를 지워 버렸다. 곁채에서 우유 크림, 딸기, 빵을 가지고 왔다. 갑자기 파벨이 자기도 씻고 말들도 씻길 겸 하여 강으로 갔다는 기별이 왔다. 니콜라이 니콜라예비치는 받아들이는 수밖에 없었다.

"차가 준비될 때까지 절벽 쪽으로 가서 의자에 좀 앉아 있습시다." 이반 이바노비치가 제안했다.

이반 이바노비치는 부호 콜로그리보프와 친분이 있어서 그의 저택에 딸린 관리인의 곁채에서 방 두 칸을 쓰고 있었다. 소담한 정원이 딸린 이 작은 집은 공원의 어둡고 황폐한 구역에 있었는데, 그곳엔 옛날에 마차가 다니던 반원형 오솔길이 있었다. 그 오솔길엔 잡초만 무성했다. 지금은 사람이 다니지 않고, 마른 쓰레기 처리장인 계곡으로 흙과 건축 폐기물을 나를 뿐이었다. 정작 진보적인 시각의 소유자이자 혁명에 공감하는 백만장자 콜로그리보프는 현재 아내와 함께 외국에 나가 있었다. 영지에는 그의 딸인 나댜와 리파만이 가정교사, 그

---

10) 러시아의 가정에서 물을 끓일 때 쓰는 주전자.
11) 향기가 짙은 보라색 꽃.

리고 단출한 규모의 하인들과 함께 살고 있었다.

관리인의 자그마한 정원과, 연못과 풀밭과 주인집이 있는 전체 공원 사이에는 검은 산사나무로 된 산울타리가 있었다. 이반 이바노비치와 니콜라이 니콜라예비치는 이 밀림의 바깥을 돌았는데, 걸음을 뗄 때마다 그들 앞에서 산사나무를 덮고 있던 참새들이 일정한 무리를 지어 일정한 간격으로 날아올랐다. 그 때문에 밀림에는 이반 이바노비치와 니콜라이 니콜라예비치 앞에서, 수도관의 물이 울타리를 따라 흐르는 듯한 소음이 계속해서 찼다.

그들은 온실과 정원사의 집들, 용도를 알 수 없는 석조의 폐허 옆을 지나갔다. 그들 사이에 과학과 문학의 새로운 젊은 세력에 관한 대화가 시작되었다.

"재능 있는 사람들이 있긴 합니다." 니콜라이 니콜라예비치가 말했다. "하지만 지금은 다양한 동아리와 연합이 너무 유행합니다. 솔로비요프[12]에 대한 충실이든 칸트나 마르크스에 대한 충실이든, 무리 짓기는 재능 없는 자의 은신처지요. 진리를 찾는 자들은 혼자 남은 사람들뿐인데, 그들은 진리를 충분히 사랑하지 않는 사람들 모두와 결별합니다. 이 세상에 믿고 따를 만큼 가치가 있는 게 뭐라도 있을까요? 그런 것은 극히 적습니다. 내 생각으론 불멸에, 삶의 좀 더 강화된 이 다른 이름에 충실해야 합니다. 불멸에 대한 믿음을 보존하고 그리스도

---

12) 블라디미르 솔로비요프(1853~1900). 러시아의 사상가, 종교 철학자이자 작가.

에게 충실해야 합니다! 아휴, 인상을 쓰시는군요, 불행한 양반. 역시 이해하기 어려운 모양입니다."

"음." 이반 이바노비치가 소처럼 음매, 했는데, 그는 뱀장어같이 몸이 호리호리한 금발의 남자로 링컨 시대의 미국인과 비슷하게 얌체 같은 턱수염을(수시로 그것을 한 옴큼 움켜쥐고는 끄트머리를 입술로 물곤 했다.) 기르고 있었다. "나는 물론 아무 말도 하지 않겠습니다. 당신도 아시겠지만 내가 보는 관점은 완전히 다릅니다. 그나저나 말입니다. 어쩌다 성직을 그만두셨는지 얘기해 주시죠. 오래전부터 묻고 싶었거든요. 혹시 위협을 느끼셨나요? 파문당한 건가요? 예?"

"화제를 돌리시는군요. 하긴 뭐 어떻습니까. 파문당했냐고요? 아니요, 지금은 파문도 하지 않습니다. 불미스러운 일들이 있었고 그 영향이 계속되고 있는 것이죠. 가령, 나는 한동안 공직에 나갈 수 없습니다. 수도들[13]에는 들여보내 주지 않으니까요. 하지만 다 쓸데없는 얘기입니다. 하던 이야기로 돌아가시죠. 나는 그리스도에게 충실해야 한다고 말했습니다. 이제 설명해 보겠습니다. 당신은 무신론자나 신이 존재하는지, 왜 존재하는지 알지 못하는 사람들은 이해하지 못해도, 인간이 자연이 아니라 역사 속에 살고 있고, 오늘날의 해석에 따르면 역사란 그리스도에 의해 정초되었으며 복음서가 그것의 토대라는 것쯤은 알 겁니다. 한데 역사란 게 뭔가요? 그것은 죽음의 해명과 그것의 궁극적인 극복을 다룬 유구한 작업

13) 모스크바와 페테르부르크를 말한다.

의 배경입니다. 그것을 위해 수학의 무한성과 전자기파가 발견되고 또 그것을 위해 교향곡이 쓰였습니다. 이 방향에서의 전진은 어느 정도의 고무가 없으면 안 됩니다. 그러한 발견을 위해서는 정신적인 설비가 요구됩니다. 그것을 위한 자료들이 복음서에 담겨 있지요. 자, 이렇습니다. 그것은, 첫째, 이웃을 향한 사랑, 즉, 인간의 마음을 가득 채우고 출구와 낭비를 요구하는 살아 있는 에너지의 최고 형태이고, 그다음은 그것 없이는 존재 자체를 생각할 수 없는 현대인의 주된 구성 요소, 바로 자유로운 인간의 이념과 희생으로서의 삶의 이념입니다. 이것은 지금까지도 굉장히 새로운 것임을 염두에 두십시오. 고대인들에게는 이러한 의미의 역사가 없었거든요. 그때는 무릇 압제자란 게 누구나 얼마나 무능한 사람들인지를 생각해 본 적도 없던, 얼굴이 얽은 잔인한 칼리굴라[14]들의 다혈질적인 야만 행위가 있었습니다. 그때는 청동 기념비와 대리석 기둥의 거만하고 죽은 영원성이 있었습니다. 세기와 세대는 그리스도 이후에야 비로소 자유로이 숨을 쉬었습니다. 그이후에야 비로소 후세의 삶이 시작되었고 인간은 길거리 담장 밑이 아니라 자신의 역사 속에서, 즉 죽음의 극복에 바쳐진 작업들이 최고조에 이를 때, 그 자신이 이 주제에 바쳐진 채로 죽어 가게 되었습니다. 이런, 진땀이 다 나는군. 이래 봐야 소 귀에 경 읽기인걸!"

"형이상학이군요, 선생. 의사들은 내게 그걸 금지시켰답니

───────────────

14) 로마의 제3대 황제(12~41). 자신의 신격화를 요구하다 암살되었다.

다. 위장이 소화하지 못한다고요."

"뭐 그렇다면야. 그만둡시다. 행운아 양반! 당신 집의 풍경은 참, 아무리 봐도 질리지 않는군요! 정작 본인은 못 느끼고 살겠지만."

강을 바라보자니 눈이 아플 정도였다. 강은 금속판처럼 안팎으로 굽이치며 햇살 아래서 반짝였다. 갑자기 강 위로 주름이 잡혔다. 이쪽 강기슭에서 저쪽으로, 말들과 달구지들, 남녀 농부들을 잔뜩 태운 묵직한 나룻배가 출발했다.

"봐요, 이제 겨우 5시군요." 이반 이바노비치가 말했다. "보이죠, 스이즈란[15]에서 오는 급행열차입니다. 5시가 좀 지나면 여기를 지나가거든요."

멀리 평야의 오른쪽에서 왼쪽으로, 멀어서 몹시 작아 보이는 노란색과 파란색의 깨끗한 열차가 달리고 있었다. 갑자기 그들은 열차가 정차했음을 알아챘다. 기관차 위로 하얀 증기가 뭉게뭉게 피어올랐다. 잠시 후 경적 소리가 들렸다.

"이상하군요." 보스코보이니코프가 말했다. "뭔가 안 좋은 일이 있나 봅니다. 저 늪지에 정차할 이유가 없는데. 무슨 일이 일어났어요. 가서 차를 마십시다."

---

15) 볼가강 연안, 심비르스크의 항구 도시.

6

알고 보니 니카는 정원에도, 집에도 없었다. 어른들과 있으면 지루하고 또 자기는 그의 상대가 되지 않으니 사람들을 피해 숨었으려니, 유라는 짐작했다. 외삼촌과 이반 이바노비치는 연구를 위해 테라스로 감으로써 유라에게 아무 목적 없이 집 주변을 서성일 자유를 준 셈이었다.

이곳은 경이로울 정도로 매혹적이었다! 매 순간 꾀꼬리들이 삼화음으로 맑게 지저귀었는데, 피리처럼 촉촉한 그 소리가 동네 끝까지 스며들기를 기다리면서 잠깐씩 틈을 두곤 했다. 허공을 헤매는 정체된 꽃향기가 폭염 때문에 꽃밭에서 꼼짝하지 못했다. 앙티브와 보르디게라[16] 생각이 얼마나 간절하던지! 유라는 계속해서 좌우로 방향을 바꾸었다. 작은 풀밭 위로 엄마의 목소리가 환청처럼 드리워지면서, 새들의 멜로디 섞인 선율, 벌들의 윙윙거림과 함께 귓전을 맴돌았다. 정말 어머니가 계속 야호 소리로 어디선가 자기를 부르는 것 같아서 몸이 파르르 떨렸다.

그는 골짜기로 가서 아래로 내려갔다. 골짜기 위쪽을 덮은 듬성듬성하고 깨끗한 숲에서, 밑바닥에 들어찬 오리나무 숲으로 내려간 것이다.

여기에는 축축한 암흑 가운데 바람에 쓰러진 나무와 꺾인

---

16) 앙티브는 지중해 연안의 프랑스 항구, 보르디게라는 이탈리아의 서남부에 있는 항구이다.

나뭇가지가 흩어져 있었는데 꽃은 별로 없고 마디가 많은 줄기는 그림 성경책에 나오는, 이집트풍의 홀(笏)이나 지팡이와 모양이 비슷했다.

유라는 자꾸만 슬퍼졌다. 울고 싶었다. 그는 무릎을 꿇으며 눈물을 쏟아 냈다.

"하느님의 천사님, 나의 성스러운 수호자님." 하고 유라는 기도했다. "나의 지혜를 참된 길로 인도해 주시고 엄마가 걱정하시지 않게 나는 여기서 잘 지내고 있다고 말해 주세요. 만약 죽음 이후의 삶이 있다면, 주님, 엄마를 성자와 의로운 여인의 얼굴이 별처럼 빛나는 천국에 들게 해 주세요. 엄마는 정말 좋은 분이었으니까, 그런 엄마가 죄인이 된다는 건 있을 수 없는 일이에요. 엄마를 어여삐 여겨 주시고, 주님, 엄마가 괴로워하지 않도록 해 주세요. 엄마!" 가슴이 미어지는 듯한 그리움을 느끼며 유라는 새로이 성자의 반열에 든 사람을 대하듯 하늘나라의 엄마를 부르다가 갑자기 참지 못하고 땅바닥에 쓰러져 의식을 잃었다.

유라가 정신을 잃고 누워 있던 시간은 길지 않았다. 정신을 차리니 위에서 외삼촌이 부르는 소리가 들렸다. 유라는 대답을 하고 위로 올라가기 시작했다. 갑자기, 마리야 니콜라예브나[17]가 그렇게 가르쳤음에도 행방불명된 아버지를 위해서는 기도하지 않았다는 사실이 생각났다.

하지만 기절했다가 깨어난 기분이 너무 좋아서 그 가뿐한

---

17) 유라의 엄마.

느낌을 떨치기도 싫었고 그것을 잃을까 봐 두렵기도 했다. 또 아버지를 위한 기도는 다음에 드려도 괜찮으리라는 생각이 들었다.

"기다려 주실 거야. 봐주실 거야." 이렇게 생각했는지도 모른다. 유라는 아버지에 대한 기억이 전혀 없었다.

7

열차의 이등실 침대칸에는 김나지움 2학년생인 미샤 고르돈이 오렌부르크 출신 변호사인 아버지와 함께 타고 있었다. 생각에 잠긴 얼굴에, 눈이 크고 검은 열한 살 소년이었다. 아버지는 모스크바로 전근을, 소년은 모스크바 김나지움으로 전학을 가는 길이었다. 어머니는 한참 전에 누이들과 함께 그곳에 가서 집을 정리하느라 정신이 없었다.

소년과 아버지가 기차를 탄 지 사흘째였다.

뜨거운 먼지구름을 헤치면서, 햇볕을 받아 석회 가루처럼 하얘진 러시아, 그 들판과 초원과 도시와 마을이 날아가고 있었다. 길 곳곳에는 짐마차 행렬이 길에서 건널목 쪽으로 힘겹게 꺾어지며 길게 뻗어 있었는데, 맹렬히 질주하는 열차에서 보면 짐마차들은 가만히 있고 말들은 한자리에서 발만 위아래로 움직이는 것 같았다.

큰 정차역에 설 때마다 승객들은 미친 듯 서둘러 간이식당으로 달려갔고, 석양은 역내 정원의 나무 뒤에서 그들의 발을 비추며 열차 바퀴 밑에서 빛났다.

　세상의 모든 운동은 따로따로 보면 냉철하게 계산되어 있지만, 복잡한 전체 속에서 보면 그것을 결합시키는 삶의 전체흐름에 속절없이 취해 있다고 할 수 있다. 사람들은 각자 고유한 근심 걱정의 메커니즘에 따라 움직이며 일을 하고 부산을 떨었다. 하지만 그들의 주된 조정자가 드높고 근본적인 무사태평의 감정을 느끼지 않았다면 그 메커니즘은 작동하지 않았을 것이다. 이러한 무사태평은, 인간 존재가 서로 연결되어 있다는 감각, 한 존재에서 다른 존재로 이동한다는 확신, 현재의 모든 사건이 죽은 자를 파묻는 이 땅 위에서뿐 아니라 어딘가 다른 곳, 어떤 이들은 하느님의 왕국이라 부르고, 또 어떤 이들은 역사라 부르고, 또 어떤 이들은 어떻게 다르게 부르는 곳에서도 일어나고 있다고 느끼는 행복감에서 온다.

　이러한 원칙에서 소년은 씁쓸하고 괴로운 예외였다. 걱정의 감정이 궁극의 원동력으로 남아 있었고, 그래서 안정의 감정은 그의 마음을 가볍게 해 주지도, 고결하게 해 주지도 않았다. 그는 자기에게 이런 유전적인 자질이 있음을 알고, 예민하게 주의를 기울여 자기 안에 있는 그 징후를 포착했다. 그것이 그를 슬프게 했다. 그것의 존재가 그에게 굴욕감을 주었다.

　철이 든 이래 그는, 똑같은 수족에 공통된 언어와 관습을 가졌음에도 어떤 사람은 남들과 같지 않으며, 더욱이 좋아하는 사람들이 별로 없거나 아예 사랑받지 못하는 존재가 될 수 있다는 사실에 놀라움을 금치 못했다. 다른 사람보다 못하면 더 좋아지도록 노력하면 될 텐데, 그럴 수도 없는 처지를 그는 이해할 수 없었다. 유대인으로 산다는 것은 무엇을 의미하는가? 그것은 무엇을 위해 존재하는가? 슬픔 말고는 아무것도 주지 않는 이 무방비의 도전은 무엇으로 보상되거나 정당화되는 걸까?

아버지에게서 대답을 얻으려고도 해 보았지만, 아버지는 그의 출발점이 터무니없다, 그런 식으로 판단해서는 안 된다, 라고만 말할 뿐 아무런 대안도, 그 의미의 깊이로 미샤를 매혹하고 그 필연성 앞에 묵묵히 고개를 숙이게 할 어떤 것도 제시하지 못했다.

그리하여 미샤는 아버지와 어머니를 제외한 어른들을, 점차 자기들이 감당할 수도 없는 골칫거리나 만드는 존재로 얕잡아 보게 되었다. 자기가 어른이 되면 이 모든 의문을 풀어내리라 확신했다.

바로 지금도 그렇다. 저 미친 사람이 승강구로 달려 나갈 때 아버지가 그 뒤를 따라 뛰어나간 것을 두고 잘못된 행동이었다고 말할 사람, 그리고 그가 그리고리 오시포비치[18]를 힘껏 밀치고 객실 문을 활짝 열어젖힌 다음 잠수할 때 수영장의 스프링보드에서 물 밑으로 몸을 던지듯 급행열차에서 머리를 기울이며 전속력으로 아래 있는 철둑에 몸을 던졌을 때, 열차를 멈추지 말았어야 했다고 말할 사람은 아무도 없을 것이다.

하지만 브레이크의 손잡이를 돌린 사람이 다름 아닌 그리고리 오시포비치였고 그 때문에 기차는 납득할 수 없을 만큼

---

18) 미샤의 아버지.

오래 서 있게 됐다.

지체의 원인을 정확히 아는 사람은 아무도 없었다. 누군가는 갑작스러운 정거로 인해 에어브레이크가 손상되었다고 했고 또 누군가는 열차가 급경사에서 멈춰 버려서 밀어 주지 않으면 기관차도 그것을 감당할 수 없다고 했다. 또 자살한 사람이 저명인사였기 때문에 함께 기차에 타고 있던 그의 변호사가 조서 작성을 위해 가장 가까운 콜로그리봅카 역에서 참고인들을 불러오라고 요구했다는 견해도 있었다. 그를 위해 기관사의 조수가 전신주로 기어오르고 있었다. 분명히 궤도차가 벌써 오는 중일 터였다.

화장실의 악취를 없애려고 화장수를 뿌렸음에도 여전히 악취가 객실로 조금씩 스며들었고 기름투성이의 더러운 종이로 싼, 살짝 상한 구운 닭고기 냄새가 났다. 그 안에서 머리가 희끗한 페테르부르크의 부인들이, 기관차의 그을음과 기름진 화장품이 범벅되어 죄다 화끈한 집시로 둔갑한 부인들이 아까처럼 분칠을 하고 손수건으로 손바닥을 닦고 가슴팍에서 올라오는 귀에 거슬리는 목소리로 이야기를 나누고 있었다. 그들이 망토를 양쪽 어깨에 걸치고 비좁은 복도에서 교태를 부리며 자기 침대칸 옆을 지나갈 때, 미샤는 그들이 "아, 말 좀 해 주세요, 얼마나 예민한지! 우리는 특별한 사람이에요! 지식인이란 말이죠! 참 못할 짓이군요!"라는 말을 쉬쉬거리는 것 같은, 아니 그들의 앙다문 입술로 봐서 꼭 그래야 할 것 같은 생각이 들었다.

자살자의 시신은 철둑 근처 풀 위에 누워 있었다. 말라붙은 피 한줄기가 얼굴 위에 가위표를 그은 듯 박살 난 자의 이마와 두 눈을 날카로운 표식처럼 거무스름하게 가로질렀다. 피는 그의 몸에서 흘러나온 것이 아니라 그와 무관하게 붙어 있는 부속품, 혹은 고약이나 튀어 올라 말라붙은 진흙이나 젖은 자작나무 잎처럼 보였다.

호기심과 동정심이 시신 주변을 번갈아 에워쌌다. 그의 객실 동료이자 친구인, 두툼한 몸집의 거만한 변호사가 땀에 흠뻑 젖은 루바시카를 입고 순혈종 동물처럼 무표정한 얼굴로 서서 음산하게 그를 내려다보고 있었다. 그는 더위에 지쳐 부드러운 모자로 부채질을 하고 있었다. 쏟아지는 질문 공세에 어깨만 으쓱할 뿐, 고개도 돌리지 않은 채 퉁명스럽고도 느릿한 말투로 웅얼댔다. "알코올 중독자입니다. 아니, 제 말 이해 못해요? 섬망증의 가장 전형적인 결과라고요."

모직 원피스를 입고 레이스 머릿수건을 쓴 깡마른 여자가 시신 쪽으로 두세 번쯤 다가왔다. 두 기관사의 어머니이자 과부인 노파 티베르지나였는데, 그녀는 두 며느리와 함께 직원용 승차권을 갖고 무임으로 삼등칸에 타고 있었다. 스카프를 낮게 묶은 여자들이 수녀원장의 뒤를 따르는 수녀처럼 말없이 그 뒤를 따랐다. 이 무리는 존경심을 불러일으켰다. 다들 그들 앞에서 길을 터 주었다.

티베르지나의 남편은 어느 철도 사고에서 산 채로 타 죽었다. 그녀는 군중들 틈새로 잘 보이도록 시체에서 몇 걸음 떨어진 곳에 멈추어 섰고 한숨을 내쉬며 비교를 하는 듯 보였다. "다들 팔자대로 사는 거야." 그녀는 이렇게 말하는 것 같았다.

"하느님의 뜻대로 가는 법이지, 어째 이런 변덕이 다 있나. 너무 부자라서 머리가 돌아 버렸나 봐."

열차의 승객들은 모두 시신 근처까지 갔다가 짐이라도 도둑맞을까 걱정하며 다시 객실로 돌아왔다.

그들은 노반으로 뛰어내려 팔다리를 풀고 꽃을 꺾고 가볍게 뜀박질도 했다. 그러자 이 지역이 오직 열차의 정차 덕분에 생겨난 것 같은 느낌이, 저런 불상사가 없었더라면 작은 언덕이 가득한 습한 풀밭도, 넓은 강도, 맞은편 높은 강둑의 아름다운 집과 교회도 이 세상에 존재하지 않았을 것 같은 느낌이 들었다.

역시나 이 지역의 소유물처럼 보이는 태양조차, 인근에서 풀을 뜯던 소 떼 사이에서 암소 한 마리가 노반 쪽으로 다가와 사람들을 바라보는 것처럼, 석양답게 수줍은 듯 흠칫흠칫 다가와 철로 옆 풍경을 비추었다.

미샤는 이 모든 사건에 큰 충격을 받았고 처음에는 동정심과 놀라움에 사로잡혀 울음을 터뜨렸다. 자살한 사람은 긴 여행을 하는 동안, 그들의 침대칸을 찾아와 몇 시간씩 앉아서 미샤의 아버지와 이야기를 나누곤 했더랬다. 그들의 세계가 지닌 도덕적으로 순결한 고요와 이해심을 보니 마음이 가벼워진다면서 그리고리 오시포비치에게 어음, 증여 증서, 파산, 위조 관련 여러 법적인 세부 사항과 소송 문제를 물어보기도 했다.

"아, 그런가요?" 고르돈의 설명을 듣고 그는 놀라움을 감추지 못했다. "일련의 법률을 좀 더 너그럽게 해석하시는군요. 저의 변호사는 견해가 다르던데요. 이런 일을 훨씬 더 비관적으로 보더라고요."

이 신경질적인 사람이 마음을 진정할 때마다 이웃한 일등 칸 침대차에 있던 그의 변호사가 찾아와 샴페인을 마시자며 식당차로 끌고 갔다. 지금 세상의 그 무엇에도 놀라지 않고 시신을 내려다보며 서 있는, 미끈하게 면도를 하고 잔뜩 멋을 부린, 몸집이 두툼하고 뻔뻔스러운 바로 그자였다. 의뢰인의 끊임없는 흥분이 어딘가 그의 구미를 당겼다는 느낌을 떨칠 수 없었다.

아버지는 이자가 저명한 부호에 호인이며 이미 절반은 책임 능력을 상실한 미치광이라고 했다. 그는 미샤가 있든 말든 개의치 않고 미샤와 동갑내기인 자기 아들과 고인이 된 아내 이야기를 한 다음, 역시나 버려 버린 두 번째 가족 이야기로 옮겨 갔다. 여기서 그는 뭔가 새로운 것을 떠올리고는 공포에 질린 듯 창백해져서 정신을 차리지 못하고 횡설수설했다.

미샤에게 그는 설명할 수 없는, 분명히 그가 아닌 다른 누구에게 예정된 감정의 반영인 듯한 상냥함을 보여 주었다. 수시로 무언가를 선물했고, 그러기 위해 가장 큰 역에 정차할 때마다 도서 판매대가 있고 장난감과 지역의 기념품을 파는 일등급 대합실에 다녀왔다.

그는 끊임없이 술을 마시며 석 달째 잠을 못 자고 있다고, 잠시나마 술에서 깨면 정상적인 사람은 상상하지도 못할 고통에 시달린다고 하소연했다.

사망하기 일 분 전, 그는 그들의 침대칸으로 뛰어 들어와 그리고리 오시포비치의 손을 붙잡고 무슨 말을 하려고 했지만 그러지 못하고 승강구로 뛰어나가 열차에서 몸을 던졌다.

　미샤는 고인의 마지막 선물인, 나무 상자 속에 든 소담한 우랄 광물 컬렉션을 살펴보았다. 갑자기 주변이 시끄럽게 술렁거렸다. 다른 선로를 따라 궤도차가 열차 쪽으로 다가왔다. 거기서 모표가 붙은 제모를 쓴 예심 판사, 의사, 순경 두 명이 뛰어내렸다. 싸늘하고 사무적인 목소리가 들려왔다. 그들은 이런저런 질문을 한 다음 뭔가를 받아 적었다. 차장들과 순경들이 줄곧 모래 속에 빠지고 미끄러지면서 철둑 위로 엉성하게 시체를 끌고 갔다. 여자가 흐느끼기 시작했다. 승객들에게 객실로 돌아가 달라고 부탁하는 소리가 들렸고 기적이 울렸다. 열차가 움직였다.

　8

　'또 램프 기름[19]이군!' 이렇게 심통 사나운 생각을 하면서 니카는 이리저리 방을 뛰어다녔다. 손님들의 목소리가 가까워졌다. 퇴로가 차단됐다. 침실에는 침대가 두 개 있었는데, 보스코보이니크의 것과 그, 즉 니카의 것이었다. 잠시 생각하다가 니카는 자기 침대 밑으로 기어 들어갔다.

　다른 방들에서 그를 부르며 찾다가 그가 없어진 것을 알고 놀라는 소리가 들렸다. 그다음 그들은 침실로 들어왔다.

---

19) 유라의 별명으로, 우유부단하다는 뜻인 듯하다.

"뭐, 하는 수 없군." 베데냐핀이 말했다. "좀 놀아라, 유라, 나중에 친구가 나타나면 같이 놀면 되지."

얼마간 그들은 페테르부르크와 모스크바에 있는 대학들의 소요 사태에 대해 이야기했고, 때문에 니카는 이십 분쯤이나 멍청하고 굴욕적인 감금 상태에 머물렀다. 마침내 그들이 테라스로 나갔다. 니카는 살며시 창문을 열고 그리로 뛰어나가 공원으로 갔다.

간밤에 잠을 못 잔 탓에 그는 오늘 상태가 좋지 않았다. 조금 있으면 열네 살이었다. 어린 것이 지겨웠다. 밤새도록 잠을 자지 못하고 새벽녘에 곁채를 나왔다. 해가 떠오르고 이슬에 젖어 길게 굽이치는 나무들의 그림자가 공원의 땅바닥을 덮고 있었다. 그림자는 검은빛이 아니라 물을 흠뻑 머금은 펠트처럼 잿빛이었다. 사람을 몽롱하게 하는 아침의 향기는 소녀의 손가락처럼 가늘고 긴 빛줄기를 가진, 습기를 머금은 땅바닥의 이 그림자에서 풍겨 나오는 것 같았다.

갑자기 그에게서 몇 걸음 떨어진 곳에서 풀밭의 이슬방울처럼 생긴 은색 수은 한 줄기가 흘렀다. 그 줄기는 흐르고 또 흘렀지만 땅은 그것을 흡수하지 않았다. 그러다 뜻밖에도 한 옆에서 날카롭게 몸부림치더니 자취를 감추었다. 풀뱀이었다. 니카는 몸을 부르르 떨었다.

그는 이상한 소년이었다. 흥분하면 큰 소리로 자신과 대화를 나누는 습관이 있었다. 어머니를 따라 하느라 고상한 화제와 역설을 좋아하는 경향이 있었다.

'이 얼마나 좋은 세상인가!' 그는 생각했다. '하지만 왜 항상 그로 인해 이토록 고통스러운 것일까? 신은 물론 있다. 하지만 그가 있다면 그는, 그것은 바로 나다. 자, 그럼 내가 저것을 향해 명령한다.' 그는 머리부터 발끝까지 온통 바들바들 떨고 있는 사시나무(아롱지는 젖은 잎사귀가 양철을 잘라 만든 것 같았다.)를 보며 이렇게 생각했다. '자, 내가 저것을 향해 명령할 것이다.' 그는 모든 힘을 광적으로 동원하여 속삭이는 대신 온 존재로써, 자신의 온 살과 피로써 '멈추어라!' 하고 소망하고 생각했다. 그러자 나무가 바로 순순히 굳어 버렸다. 니카는 기뻐하며 웃다가 수영을 하기 위해 있는 힘껏 강으로 내달렸다.

테러리스트인 그의 아버지 데멘티 두도로프는 교수형을 선고받았으나 황제의 특사로 유형을 살고 있었다. 그루지야의 에리스토프 공작 가문 출신인 그의 어머니는 불안정하고 아직은 젊은 미인으로서 반역, 반역자, 극단적인 이론, 유명 배우, 가엾은 실패자 같은 것에 끊임없이 열광했다.

어머니는 니카를 너무 사랑한 나머지 이노켄티라는 그의 이름에서 이노체크나 노첸카 같은, 생각할 수도 없을 만큼 다정하고 바보 같은 별명을 잔뜩 만들어 냈고, 그를 친척에게 보여 주려고 티플리스로 데리고 다녔다. 그곳에서 그에게 제일 충격적이었던 것은 그들이 묵었던 집의 마당에 있던 장상엽 나무였다. 그것은 어쩐지 못생겨 보이는 열대 거목으로, 코끼리 귀처럼 생긴 잎으로 작열하는 남쪽 하늘로부터 마당을 가려 주었다. 니카는 이 나무가 동물이 아니라 식물이라는 것을 영 받아들일 수가 없었다.

소년이 아버지의 무서운 성(姓)을 쓰는 것은 위험한 일이었다. 이반 이바노비치는 니나 갈락티오브나의 동의하에 니카가 모계 쪽 성을 쓰도록 황제 앞에 청원할 참이었다.

세상 사물의 흐름에 분개하며 침대 밑에 누워 있을 때, 그는 다른 무엇보다도 그 생각을 했다. 이렇게 깊이 간섭을 하려 들다니, 보스코보이니코프라는 사람은 대체 누구인가? 어디, 혼쭐을 내 줄 테다!

이 나댜는 또 뭐냐! 열다섯 살이라고 해서 그렇게 콧대를 세울 권리가, 말할 때 사람을 그렇게 어린아이 취급할 권리가 있는 건가? 자, 그럼 그녀에게 보여 줄 테다! '나는 그녀를 증오한다.' 그는 속으로 몇 번이나 되뇌었다. '그녀를 죽일 것이다! 보트를 타자고 불러내 물에 빠뜨릴 것이다.'

엄마 역시 예쁘다. 물론 엄마는 여행을 떠나면서 그와 보스코보이니코프를 속여 넘겼다. 캅카스는 고사하고 그냥 가장 가까운 환승역에서 북쪽으로 방향을 튼 다음 페테르부르크에서 대학생들과 함께 태연히 경찰을 쏘고 있다. 그런데 자기만 이 어리석은 구덩이에서 산 채로 썩어야 하다니. 하지만 꾀를 내 그들 모두를 무찌를 것이다. 나댜를 물에 빠뜨리고 김나지움을 때려치우고 반란을 일으키기 위해 얼른 시베리아의 아버지에게로 내뺄 것이다.

연못의 가장자리로 수련이 가득 자라 있었다. 보트가 사각사각 건조한 소리를 내며 이 무성한 수련 사이를 가로질렀다. 수련 더미의 틈새로 세모로 잘라 놓은 수박 즙처럼 연못물이 배어 나왔다.

소년과 소녀는 수련을 뜯기 시작했다. 둘은 고무처럼 질겨 잘 뜯어지지 않는 줄기 하나를 같이 잡았다. 그것이 그들을 하나로 묶어 주었다. 아이들은 머리를 맞부딪쳤다. 보트는 갈고리 작살에 이끌린 듯 기슭으로 쓸려 갔다. 줄기들이 마구 뒤엉켜서 짧아졌고, 핏줄이 어른거리는 노른자처럼 환한 꽃술을 품은 흰 꽃들이 물밑으로 사라졌다가 물을 흘리며 떠오르곤 했다.

나댜와 니카는 보트가 조금씩 더 기우는데도 바닥에 나란히 눕다시피 한 채 계속 꽃을 뜯었다.

"학교 다니기 싫어." 니카가 말했다. "이제 인생을 시작할 때야, 돈도 벌고 세상에 나갈 때라고."

"마침 너한테 2차 방정식을 설명해 달라고 부탁할 참이었는데. 나는 대수학을 너무 못해서 하마터면 재시험을 치를 뻔했어."

니카는 이 말 속에 어떤 가시가 있음을 감지했다. 물론 그가 아직 얼마나 어린지를 상기시킴으로써 자기 분수를 알도록 하려는 것이다. 2차 방정식이라니! 아직 대수학 냄새도 못 맡은 처지에.

그는 자기가 얼마나 상처를 입었는지 내색하지 않고 무심한 척 이렇게 물었지만, 그것이 정말 멍청한 짓이었다는 것을 바로 깨달았다.

"너 나중에 크면 누구한테 시집갈래?"

"아, 그건 아직 너무 먼 일이야. 아마 누구한테도 안 갈걸. 아직 생각해 보지 않았어."

"내가 그 일에 관심이 많으리라곤 생각하지 마, 제발."

"그럼 왜 묻는 건데?"

"넌 바보야."

그들은 다투기 시작했다. 니카는 자기가 아침에 여자를 그토록 혐오했던 일이 떠올랐다. 그는 나댜에게 자꾸 그렇게 뻔뻔스러운 얘기를 하면 물에 빠뜨려 버릴 거라고 으름장을 놓았다.

"어디 한번 해 봐." 나댜가 말했다.

그는 그녀의 몸뚱어리를 끌어안았다. 그들 사이에 실랑이가 벌어졌다. 그들은 균형을 잃고 물에 빠졌다.

둘 다 수영을 할 줄 알았지만 손발에 수련이 얽힌 데다가 바닥이 발에 닿지 않았다. 진흙탕에 빠지곤 하면서 그들은 마침내 기슭으로 나왔다. 신발과 호주머니에서 물이 시냇물처럼 흘러내렸다. 니카가 특히 지쳤다.

이 일이 아주 최근에, 바로 올봄에 일어났더라면 그들은 이렇게 연못을 건넌 다음 물에 빠진 생쥐 꼴을 하고 단둘이 앉아 틀림없이 떠들고 욕을 하거나 깔깔 웃었을 것이다.

하지만 지금은 조금 전 사건의 어이없음에 압도되어 아무 말도 하지 않고 간신히 숨만 내쉬었다. 나댜는 치밀어오르는 분을 말없이 삭이고 있었고, 니카는 몽둥이로 팔다리를 두들겨 맞은 것처럼, 갈빗대가 짓눌린 것처럼 온몸이 쑤셨다.

마침내 나댜가 어른처럼 조용히 "미친 놈!"이라고 내뱉자 그도 어른처럼 "용서해 줘."라고 말했다.

그들은 물지게의 물통처럼 두 개의 젖은 자국을 남기며 집으로 올라갔다. 길은 니카가 아침에 풀뱀을 보았던 곳에서 멀

지 않은, 뱀이 득실거리는 먼지 자욱한 오르막길을 따라 이어
졌다.

　니카는 한밤의 마법처럼 고양된 흥분을, 자기 마음대로 자
연을 쥐고 흔들던 새벽녘과 그 아침 무한했던 자신의 능력을
떠올렸다. 이제 어떤 명령을 내린담? 그는 생각했다. 제일 하
고 싶은 것이 뭐였더라? 제일 하고 싶은 것은 언제 다시 한번
나댜와 함께 연못에 빠지는 것이고, 그 일이 다시 일어날지 알
수만 있다면 당장이라도 많은 것을 내놓을 것 같았다.

2부

다른 세계에서 온 소녀

1

일본과의 전쟁[20]은 아직 끝나지 않은 상태였다. 그것은 예기치 않은 다른 사건들에 가려져 있었다. 러시아 전역을 혁명의 물결이, 이전 어느 것보다 높고 이제껏 본 적 없는 물결이 휩쓴 것이다.

그 무렵, 벨기에인 기사(技師)의 미망인으로, 러시아에 귀화한 프랑스인인 아말리야 카를로브나 기샤르가 아들 로디온과 딸 라리사를 데리고 우랄에서 모스크바로 왔다. 아들은 육군 사관 학교로, 딸은 여자 김나지움으로 보내졌는데, 우연히도 나댜 콜로그리보바와 같은 학교, 같은 반이었다.

---

20) 러일 전쟁(1904~1905)을 말한다.

마담 기샤르에게는 남편이 남긴 채권이 있었는데, 전에는 오르다가 지금은 떨어지는 중이었다. 재산이 줄어드는 것을 막으려고 마담 기샤르는 손발을 놓고 있는 대신 크지 않은 일을 벌였다. 재봉사의 상속자들에게서 트리움팔느이예 보로타[21] 근처 레비츠카야의 양장점을, 옛 상호 사용권과 함께, 이전의 단골들, 모든 양재사들, 견습공들과 함께 사들인 것이다.

남편의 친구이자 마담 기샤르 자신의 지주로서 러시아 사업계를 손바닥 들여다보듯 훤히 아는 냉정한 사업가이자 변호사인 코마롭스키의 충고에 따른 결정이었다. 그녀는 그에게서 편지로 이사와 관련된 확답을 받았으며, 그는 역으로 그들을 마중 나와 모스크바 전체를 가로질러, 그들을 위해 빌려 놓은, 오루제이느이 골목 '체르노고리야'[22]의 가구가 딸린 방으로 데려간 다음 로댜[23]는 사관 학교에, 라라[24]는 자기가 추천한 김나지움에 넣도록 설득했다. 그는 소년에게는 아무렇게나 농담을 던졌고, 소녀는 얼굴이 붉어질 만큼 뚫어져라 쳐다보았다.

2

양장점이 딸린, 방 세 칸짜리의 크지 않은 집으로 이사하기

---

21) '개선문'이라는 뜻이다.
22) 호텔 이름으로 '검은 산'이라는 뜻이다.
23) 로디온의 애칭.
24) 라리사의 애칭.

전까지 그들은 한 달 정도 체르노고리야에 살았다.

그곳은 모스크바에서 가장 끔찍한 곳으로 막돼먹은 사람들, 질 낮은 은신처, 타락한 거리, '막장 인생'의 소굴이었다.

아이들은 더러운 호텔 방, 빈대, 형편없는 가구에도 놀라지 않았다. 아버지가 죽은 후 어머니는 가난해질까 봐 영원한 공포 속에서 살았다. 로댜와 라라는 자기들이 파산 직전에 있다는 말을 질릴 정도로 들었다. 자기들이 거리의 아이들이 아닌 것은 알았지만 내적으로는 고아원 아이들처럼 부자들 앞에서 심하게 주눅이 들었다.

그들에게 이러한 공포의 생생한 본보기는 어머니였다. 아말리야 카를로브나는 서른다섯 살쯤 된 풍만한 몸매의 금발 여자였는데, 심장 발작과 멍청함의 발작을 번갈아 일으켰다. 그녀는 엄청나게 겁이 많았고 남자들을 죽도록 무서워했다. 바로 그런 이유로, 놀라고 당황하면서 항상 이 남자 저 남자의 품을 전전했다.

체르노고리야에서 그들은 23호실을 썼는데 24호실에는 여관이 세워진 날부터 첼리스트 트이시케비치가 살았다. 땀이 많이 나는 대머리에 가발을 쓴 호인인 그는 누구를 설득할 때는 기도하듯이 두 손을 포개 가슴팍에 갖다 댔고, 사교계에서 연주하고 콘서트 무대에 설 때는 머리를 뒤로 젖히고 영감이 넘치는 듯 눈을 치켜떴다. 집에 있는 일은 드물었고 몇 날 며칠을 볼쇼이 극장이나 음악원에 다녔다. 이웃들은 서로 인사를 나누었다. 호의를 주고받으며 그들은 가까워졌다.

코마롭스키가 와 있는 동안 더러 아이들이 집에 있으면 아말리야 카를로브나는 거북함을 느꼈는데, 그래서 트이시케비치는 밖에 나갈 때 친구를 접대하라며 자신의 방 열쇠를 그녀에게 맡겼다. 마담 기샤르는 곧 그의 희생에 너무 익숙해져서 자기를 후원자로부터 지켜 달라고 애원하며 몇 번이나 눈물을 머금고 그의 방문을 두드렸다.

3

집은 단층 건물이었고 트베르스카야 거리의 골목에서 멀지 않았다. 브레스츠카야 철도가 가까이 있음이 실감 났다. 바로 옆에서 그 회사의 소유지, 직원용 숙사, 기관고, 창고가 시작되었다.

그곳에서 올랴 데미나가 양장점에 다녔는데, 모스크바-토바르나야 역[25] 직원의 조카로 영리한 소녀였다.

그녀는 재주 있는 견습공이었다. 옛날 여주인은 그녀를 점찍어 두었고 지금 새 여주인도 귀여워했다. 올랴 데미나는 라라를 매우 좋아했다.

모든 것이 레비츠카야 시절 그대로였다. 재봉틀은 피곤한 재봉사들의 늘어진 두 발이나 이리저리 부유하는 두 손 밑에서 정신이 나갈 만큼 빙빙 돌았다. 누군가는 탁자 위에 앉아 바늘과 긴 실을 쥔 손을 뻗으며 조용히 바느질을 하고 있었

---

25) '모스크바 화물역'이라는 뜻이다.

다. 마룻바닥에는 헝겊 조각이 흩어져 있었다. 재봉틀 돌아가는 소리와, 옛날 여주인이 별명의 비밀을 무덤 속으로 가져가 버린, 창문의 둥근 천장 밑 새장에 갇힌 카나리아 키릴 모데스토비치의 지저귀는 소리를 압도하려면 큰 소리로 말을 해야 했다.

응접실에는 부인들이 그림 속의 무리처럼 잡지가 쌓인 탁자를 에워싸고 있었다. 그들은 그림에서 보는 자세대로 서 거나 앉거나 반쯤 팔꿈치를 세우고 있었고, 모델을 살펴보면서 스타일에 관한 조언을 주고받았다. 다른 탁자 앞, 관리인의 자리에는 수석 재단사이자 아말리야 카를로브나의 조수인 파이나 실란티예브나 페티소바가 앉아 있었다. 축 늘어진 뺨의 움푹 팬 곳에 사마귀가 난, 뼈가 앙상한 여자였다.

그녀는 담뱃잎을 넣은 상아 파이프를 누레진 잇새에 물고 흰자위가 노래진 한쪽 눈을 찡그린 채 입과 코로 노란 담배 연기를 내뿜으며 주문 고객들의 치수, 영수증 번호, 주소, 요구 사항을 장부에 적었다.

아말리야 카를로브나는 양장점 경영은 처음이라 경험이 없었다. 자기가 완전한 의미의 주인이라는 느낌도 없었다. 그나마 직원들이 정직하고 또 페티소바는 믿을 만한 여자였다. 그럼에도 시절이 워낙에 불안했다. 아말리야 카를로브나는 앞날에 대해 깊이 생각하는 것이 무서웠다. 절망이 그녀를 사로잡았다. 도무지 되는 일이 없었다.

코마롭스키가 그들을 자주 찾아와 주었다. 빅토르 이폴리토비치는 안채로 가는 길에 양장점 전체를 가로지르느라 도중에 옷을 갈아입고 있는 멋쟁이 부인들을 깜짝 놀라게 했다. 그들은 그가 나타나면 칸막이 뒤로 숨어 거기서 그의 거침없는 농담을 장난스럽게 받아넘기곤 했다. 그럴 때면 여공들은 곱지 않은 눈초리로 빈정대듯 그 뒤에서 쑥덕거렸다. "납시셨군." "주인님이셔." "아말리야의 기둥서방." "황소 같은 작자." "색마야."

더욱 미움을 받는 대상은 그의 불도그 잭이었다. 그는 가끔 잭을 개 줄에 묶어 데려왔는데, 녀석이 워낙 쏜살같이 뛰면서 끌어당기는 바람에 코마롭스키는 안내자를 따라가는 장님처럼 갈팡질팡하면서 앞으로 몸을 내던지고 두 손을 쭉 뻗으며 개의 뒤를 따라갔다.

어느 봄날엔 라라의 한쪽 발로 달려들어 스타킹을 찢어 놓기도 했다.

"내가 저 부정한 놈을 아주 죽여 줄게." 올랴 데미나가 어린 아이처럼 라라의 귀에 대고 목 쉰 소리로 속닥댔다.

"응, 정말 재수 없는 개야. 하지만 너 같은 바보가 무슨 수로 그러겠어?"

"소리 지르지 말고 조용히 좀 해, 가르쳐 줄 테니까. 왜, 부활절에 쓰는 돌로 만든 달걀 있잖아. 너희 엄마의 장롱 위에 있는 거 말이야……."

"대리석으로 만든 것도 있고 수정으로 만든 것도 있지."

"어라, 그래, 그래. 몸 좀 숙여 봐, 귀엣말로 하게. 그걸 가져와서 수지(獸脂)에 담가야 해. 그러면 수지가 들러붙을 테고 그 녀석, 옴투성이 수캐 녀석이 꿀꺽 삼킨 다음 나뒹굴겠지,

악마 같은 수캐 놈, 그러곤 끝! 뒷다리를 위로! 유리!26)"

라라는 웃었다. 그리고 부러운 마음으로 이런 생각을 했다. 이 소녀는 곤궁한 생활을 하며 일을 하고 있다. 민중 태생의 아이들은 올되는 법이다. 그런데 웬걸, 그녀에겐 아직 때 묻지 않은 천진난만함이 얼마나 많은가. 달걀이며 잭이며, 어디서 이런 것을 생각해 냈을까? '하지만 나는 대체 왜 이런 운명을 타고났을까?' 하고 라라는 생각했다. '모든 것을 알고 또 모든 것에 이토록 가슴앓이를 하는 운명을?'

4

'사실 그에게 엄마는 그걸 뭐라고 해야 하나……. 사실 그는 엄마의 그러니까 바로……. 이건 더러운 말이다, 반복하고 싶지도 않다. 그런 상황에서 그는 대체 왜 나를 그런 눈으로 바라볼까? 나는 엄마의 딸인데.'

그녀는 만 열여섯 살을 조금 넘겼지만 완전히 성숙한 처녀였다. 열여덟 살 이상으로 보였다. 그녀는 머리가 총명했고 발랄한 성격이었다. 또 굉장히 예뻤다.

그녀와 로댜는 인생의 모든 것은 자기 손으로 얻어야 한다는 것을 알고 있었다. 한가롭고 여유 있는 사람들과 달리, 섣부른 속임수로 제 욕심을 채우거나 아직 자기들과 실제적인

---

26) 장난스러운 주문인 듯하다.

관계가 없는 것을 이론적으로 따져 볼 겨를이 없었다. 오직 불필요한 것만이 더러웠다. 라라는 세상에서 가장 순결한 존재였다.

오누이는 모든 것의 가치를 알았고 손에 넣은 것을 아꼈다. 어떻게든 버티려면 평판이 좋아야 했다. 라라는 공부를 잘했는데, 추상적인 지식욕 때문이 아니라 학비를 내지 않기 위해 훌륭한 학생이 되어야 했던 것이다. 그러려면 공부를 잘해야 했다. 공부를 잘하는 만큼이나 그녀는 별로 힘들이지 않고 설거지를 하고 양장점 일을 돕고 엄마 심부름을 했다. 그녀의 몸놀림은 조용하고 유연했으며 그녀의 모든 것이, 눈에 띄지 않을 정도로 날렵한 몸짓, 키, 목소리, 회색 눈과 금발이 서로 조화를 이루었다.

7월 중순, 일요일이었다. 명절이면 아침에 좀 더 늦게까지 침대에서 게으름을 피울 수 있었다. 라라는 손을 뒤로 돌려 머리맡에 놓고 반듯하게 누워 있었다.

양장점은 여느 때와 달리 적막했다. 거리로 난 창문이 열려 있었다. 라라는 멀리서 덜커덩거리던 2인승 무개 마차가 포석에서 마찻길의 홈으로 내려가고, 거친 마찰음이 바퀴가 기름 위로 유연하게 미끄러지는 소리로 바뀌는 것을 들었다. '조금 더 자야지.' 라라가 생각했다. 도시의 단조로운 음향이 자장가처럼 잠을 불렀다.

지금 라라는 자신의 키와 침대 위의 자세를 두 점으로(왼쪽 어깨의 돌출부와 오른발의 엄지발가락으로) 감지했다. 한쪽 어깨와 한쪽 발 외의 나머지 모든 것은 다소간 그녀 자체, 날씬한

윤곽을 뽐내며 정감 있게 미래로 돌진하는 그녀의 영혼이나 본질이었다.

'자야지.' 라라는 이렇게 생각하며 이 시각, 카레트느이 랴드[27]의 양지 쪽을, 깨끗이 청소한 마룻바닥에 거대한 짐마차들을 팔려고 내놓은 마차 회사의 창고를, 마차 환등의 컷글라스를, 박제된 곰을, 부유한 생활을 상상해 보았다. 조금 더 내려가 즈나멘스키예 병영의 연병장에서 훈련받는 용기병들, 원을 그리면서 점잖게 질주하는 말들, 안장 위로 뛰어오르고 한 걸음씩 달리기, 속보로 달리기, 모둠발로 달리기 등을 생각 속에서 그려 보았다. 그리고 아이를 안은 채 병영의 담장 바깥에 줄지어 붙어서 입을 쩍 벌리고 있는 유모들과 젖어미들. 또 조금 더 내려가면 페트롭카, 페트롭스키예 거리가 있지, 하고 생각했다.

"이런, 라라! 어떻게 그런 생각을 했어요? 나는 그냥 우리 집을 보여 주고 싶을 뿐이에요. 게다가 바로 코앞이잖아요."

그날은 카레트느이 거리에 사는 그의 지인의 어린 딸 올가의 영명 축일이었다. 그 참에 어른들은 춤과 샴페인을 신나게 즐겼다. 그는 엄마에게 가자고 했지만 엄마는 몸이 좋지 않아 갈 수 없었다. 엄마는 "라라를 데려가세요. 당신은 항상 '아말리야, 라라를 잘 지켜 줘요.'라고 주의를 주시잖아요. 자, 지금 이 애를 좀 지켜 주세요." 하고 말했다. 그래서 그는 그녀를 잘 지켜 주었다, 더 말할 것도 없이! 하, 하, 하!

---

27) '마차 진열소'라는 뜻이다.

왈츠란 얼마나 미친 짓인가! 아무 생각도 없이 그저 빙글빙글 돌고 또 돈다. 음악이 연주되는 동안 완전한 영원이 소설 속의 삶처럼 지나간다. 하지만 연주가 그치고 나면 그 즉시 찬물을 뒤집어쓰거나 알몸을 들킨 것 같은 수치심이 엄습한다. 그 밖에도, 사람들은 자기가 이미 다 큰 여자애라는 것을 보여 주려는 허영심에서 다른 사람들에게 자유를 허락한다.

그녀는 그가 그렇게 춤을 잘 추리라곤 전혀 짐작도 하지 못했다. 자신감에 차 그녀의 허리를 감을 때 그의 손은 얼마나 노련했던가! 하지만 더 이상은 누구에게도 키스를 허락하지 않을 것이다. 그녀는, 남의 입술이 자신의 입술에 오래 붙어 있을 때 거기에 그토록 많은 후안무치함이 집중될 수 있으리라곤 결코 예상하지 못했다.

이런 멍청한 짓거리는 그만하자. 단번에 영원히. 어수룩한 여자처럼 굴지 말고 응석 부리지 말고 수줍은 양 눈을 내리깔지 말자. 그러다가는 결국 끝이 좋지 않을 것이다. 이 경우에는 바로 옆에 무서운 선이 있다. 한 발만 내디디면 당장 낭떠러지로 굴러떨어진다. 춤 생각은 잊자. 춤에는 모든 악이 있다. 서슴지 않고 거절할 것. 춤을 못 배웠다거나 다리를 다쳤다고 둘러대자.

5

가을, 모스크바의 교차점이 되는 철도에서 소요가 일어났다. 모스크바-카잔스카야 철도가 파업에 들어갔다. 모스크바-브레스츠카야 철도도 파업에 합류하기로 했다. 파업 결정은 내려졌으나 철도 위원회에서 선언 날짜를 놓고 합의를 하지 못했다. 철도의 모든 사람들이 파업에 대해 알고 있었으며, 외적인 구실만 있으면 저절로 막 시작될 판이었다.

　10월 초, 춥고 흐린 아침이었다. 이날, 철도 회사에서는 봉급을 주어야 했다. 경리과에서는 오랫동안 통보가 나오지 않았다. 그다음 사무소로, 출근부와 급료 일람표, 벌금 징수 목적으로 압수한 한 무더기의 노동자 장부를 든 소년이 들어왔다. 지불이 시작되었다. 기차역, 작업장, 기관고, 창고, 철로와 목조 관리 사무소 건물을 나눠 놓은, 건축물이 없는 드넓은 공터를 따라 급여를 받으려는 차장, 전철원, 기술공과 그 견습공, 차고의 아줌마 청소부가 쭉 늘어섰다.

　도시의 초겨울 냄새가, 짓밟힌 단풍잎, 녹은 눈, 기관차의 연기 냄새, 기차역 식당의 지하실에서 구운, 막 페치카[28]에서 꺼낸 따뜻한 호밀 빵 냄새가 났다. 열차가 왔다가 떠나기를 반복했다. 접은 깃발, 펼친 깃발을 흔드는 신호에 따라 열차가 결합되거나 분리되었다. 수위들의 경적 소리, 차량 연결수의 호루라기 소리, 증기선이 내는 저음의 기적 소리들이 갖가지 방식으로 흘러넘쳤다. 연기 기둥이 무한한 계단처럼 하늘로 솟구쳤다. 불을 지핀 기관차들이 나갈 준비를 하면서 찬 겨울 구름을 끓는 증기 구름으로 데워 주며 서 있었다.

---

28) 러시아 식 벽난로.

철도 노반의 가장자리를 따라 관구의 장이자 통신망 기사인 푸플르이긴과 안전선 감독인 파벨 페라폰토비치 안티포프가 앞뒤로 왔다 갔다 했다. 안티포프는 레일 덮개 보수를 위해 보내온 자재가 엉망이라고 불평하며 해당 관청을 들볶았다. 강철은 장력이 충분치 못했다. 레일은 만곡과 굴절 시험을 통과하지 못했으며 안티포프의 예상으론 혹한에 터질 것이 분명했다. 관리 부서는 파벨 페라폰토비치의 불평에 무심하게 응수했다. 누군가가 그것으로 자기 배를 채우고 있었던 것이다.

푸플르이긴은 테를 두른 비싼 모피 코트를 입은 채 단추를 풀고 있었는데 그 밑에는 체비엇 양털로 만든 새 양복을 입고 있었다. 그는 재킷 가장자리의 전체적인 선과, 똑바른 바지 주름, 신발의 고급스러운 모양새를 완상하며 조심스럽게 철둑 위를 걷고 있었다.

안티포프의 말이 한쪽 귀로 날아와 다른 쪽 귀로 날아갔다. 푸플르이긴은 자기만의 생각에 빠져 수시로 시계를 꺼내 보면서 뭔가 서두르고 있었다.

"그야 그렇지, 그래, 여보게." 하고 그가 성마르게 안티포프의 말을 막았다. "하지만 그건 어디 간선이나 교통량이 많은 직통 구간의 일일 뿐이야. 한데 기억해 보게, 자네 쪽은 어떤가? 무슨 대피선과 종단선이라 우엉과 엉경퀴뿐이고, 기껏해야 빈 차를 분류하거나 조차용 '뻐꾸기'[29]가 드나들 뿐 아닌

---

29) '조차용 소형 기관차'를 뜻하는 은어인 듯하다.

가. 그런데도 여전히 불만이라니! 자네는 미쳤어! 그런 데는 그런 레일이 아니라 목재 레일을 깔아도 된다고."

푸플르이긴은 시계를 본 다음 뚜껑을 닫고서 저 멀리, 철로로 이어지는 포장도로 쪽을 살펴보기 시작했다. 길모퉁이에서 마차가 모습을 드러냈다. 그것은 푸플르이긴 소유의 마차였다. 아내가 그를 데리러 온 것이었다. 마부는 계속 말들을 제어하고 보채는 갓난애를 상대하는 유모처럼 날카로운 목소리로 땍땍거리며 말들을 노반 가까이에 멈춰 세웠다. 마차의 구석, 쿠션에 아무렇게나 몸을 기댄 채 아름다운 부인이 앉아 있었다.

"그럼 여보게, 어떻게 다음에 또 보세." 철도 관구장은 이렇게 말하며 한 손을 흔들었다. "자네의 레일까지는 안 올 거라는 얘기야. 더 중요한 것이 있거든."

부부는 마차를 타고 떠났다.

6

서너 시간 뒤 땅거미가 질 무렵, 들판의 선로 한쪽에 아까까지만 해도 지표면에 없던 두 형상이 땅밑에서 솟아난 듯 나타나 자꾸만 주변을 둘러보며 총총히 멀어져 갔다. 안티포프와 티베르진이었다.

"좀 더 빨리 가세." 티베르진이 말했다. "나는 밀정 같은 것들이 미행할까 봐 조심하는 게 아니야. 질질 끌던 그 일이 곧 끝나고 그놈들이 땅굴에서 기어 나와 따라붙을까 봐 그러는 거지. 그놈들은 보이지 않거든. 모든 일을 이렇게 질질 끌 거면 굳이 부산을 떨 이유도 없어. 그때는 위원회가 무슨 소용이겠어. 불장난을 쳐 놓고 땅속으로 기어드는 격인데! 자네도 참 잘났어, 니콜라옙스카야 철로의 저 물러 터진 작자들을 편들다니."

"우리 다리야가 장티푸스에 걸렸어. 병원에 데려가야 해. 그 전까진 아무 생각도 할 수가 없어."

"오늘 임금을 준다던데. 사무소에 다녀올게. 봉급날만 아니면 정말 자네들한테 침을 뱉은 다음, 한시도 꾸물대지 않고 내 힘으로 이 지랄을 끝냈을 거야."

"무슨 수로?"

"그야 간단하지. 기관실로 내려가 호각만 불면 잔치는 끝이라고."

그들은 작별 인사를 하고 각기 다른 쪽으로 갔다.

티베르진은 도시 쪽으로 이어진 길을 걸었다. 그는 사무소에서 급료를 받아 오는 사람들과 마주쳤다. 꽤 많은 수였다. 티베르진은 눈짐작으로 역 지역의 거의 모든 사람들이 봉급을 받았으리라 단정했다.

땅거미가 졌다. 사무소 옆의 광장에는 손이 한가한 일꾼들이 사무실 환등의 불빛을 받으며 무리 지어 있었다. 광장 초입에 푸플르이긴의 마차가 서 있었다. 푸플르이기나[30]는 아침부

---

30) 푸플르이긴의 아내.

터 마차에서 나오지 않은 듯이 원래 자세 그대로 안에 앉아 있었다. 그녀는 남편이 사무소에서 돈을 받아 나오길 기다리는 중이었다.

뜻밖에도 비가 섞인 축축한 눈이 내렸다. 마부가 마부석에서 내려와 가죽 포장을 치기 시작했다. 그가 마차 뒷부분에 한 발을 짚고 뻑뻑한 가름대를 펴는 동안, 푸플르이기나는 사무실 환등의 불빛을 받아 은구슬처럼 반짝이는, 물을 머금은 눈덩어리를 넋 놓고 바라보았다. 그녀는 밀려든 일꾼들 위로 눈 한번 꿈쩍하지 않고 몽상에 젖은 시선을 던졌는데, 필요한 경우에는 안개나 진눈깨비인 양 어떤 해도 입히지 않고 그들을 투과할 수 있을 것 같은 표정이었다.

티베르진은 그 표정을 우연히 포착했다. 속이 뒤틀렸다. 그는 푸플르이기나에게 인사도 하지 않고 그대로 지나쳤고, 사무실에서 그녀의 남편과 마주치지 않으려고 임금은 좀 있다 받으러 오기로 마음먹었다. 그는 작업장에서도 빛을 덜 받는 곳으로, 전차대와 기관고로 들어가는 여러 선로들이 거무스름하게 보이는 곳으로 계속 걸어갔다.

"티베르진! 쿠프리크!" 몇몇 목소리가 어둠 속에서 그를 소리쳐 불렀다. 작업장 앞에는 한 무리의 사람들이 서 있었다. 안에서 누군가가 고함을 질러 대고 어린아이의 울음소리가 들렸다. "키프리얀 사벨리예비치, 저 아이를 좀 지켜 줘요." 무리 속에서 어떤 여자가 말했다.

이번에도 늙은 장인인 표트르 후돌레예프가 평소처럼 자신의 희생양인 어린 견습공 유숩카를 때리고 있었다.

후돌레예프가 원래부터 나쁜 손버릇으로 견습공들을 못살게 구는 술주정뱅이였던 것은 아니다. 한때 그는 모스크바 근교의 공장 지역 성직자들이나 상인들의 딸에게서 시선을 한 몸에 받던 의젓한 기술공이었다. 하지만 티베르진의 어머니, 즉 그 무렵 교구 학교를 졸업한 여학생이 그의 청혼을 뿌리치고 동료 기관사인 사벨리 니키티치 티베르진에게 시집을 가 버렸다.

사벨리 니키티치의 끔찍한 죽음으로(그는 1888년 당시 큰 물의를 일으킨 열차 충돌 사고로 죽었다.) 그녀가 과부가 된 지 육 년째 되던 해에 표트르 페트로비치는 다시 청혼했지만 마르파 가브릴로브나는 이번에도 그를 뿌리쳤다. 그 후로 후돌레예프는 술에 손을 댔고 현재의 불운이 세상 탓이라 믿으며 온 세상과 셈을 치르듯 난동을 일삼기 시작했다.

유숩카는 티베르진 집의 문지기인 기마제트딘의 아들이었다. 티베르진은 작업장에서 소년의 뒤를 봐주고 있었다. 이것이 후돌레예프의 적의를 더 부채질했다.

"줄칼을 잡는 꼴이 그게 뭐야, 이 아시아 놈아." 후돌레예프가 유숩카의 머리카락을 움켜쥔 채 질질 끌고 목덜미를 후려치면서 고함을 질렀다. "주물을 그렇게 뜨는 법이 어디 있어? 어디 한번 물어보자, 오늘 내 일을 망칠 작정이냐, 이 잔망스러운 놈,[31] 이 회교도 놈, 사팔뜨기 놈아?"

---

31) 원어를 직역하면 '카시모프의 신부'인데 이것은 프세볼로드 솔로비요프 (1849~1903)의 역사 소설(1879) 제목이다.

"아아, 안 그럴게요, 아저씨. 아아, 다시는 안 그럴게요, 다시는. 아아, 아파!"

"먼저 굴대를 조정하고 그다음에 완충기를 나사로 죄라고 천 번은 족히 말했건만 이놈은 제멋대로, 아주 제멋대로야. 내 스핀들도 부숴 먹을 뻔했어, 이 개자식이."

"스핀엔 손도 안 댔어요, 아저씨, 진짜로 손도 안 댔어요."

"무엇 때문에 애를 이렇게 못살게 구는 건가?" 티베르진이 군중을 헤치고 나오며 물었다.

"남 일엔 신경 끄시지." 후돌레예프가 딱 잘라 말했다.

"한번 물어보세, 무엇 때문에 애를 못살게 구는 건가?"

"분명히 말해 두겠는데, 썩 꺼지라고, 사회주의자에 사령관 양반. 이놈은 죽여도 시원찮아, 이 불한당 같은 놈이 내 스핀들을 거의 다 부숴 놨다니까. 살아 있는 것만으로도 내 손에 입을 맞추어야 할 판인데, 이 사팔뜨기 악마 놈아, 나는 이놈의 귀 좀 잡아당기고 머리카락 좀 움켜쥐고 혼쭐을 좀 내 줬을 뿐이라고."

"아니, 그럼 자네 생각으론 그만한 일로 이 아이의 모가지라도 뽑아야 된다는 건가, 후돌레이 아저씨? 창피한 줄 알아야지, 정말. 늙은 장인이 백발이 되도록 살고도 머리는 영 안 돌아가는군."

"꺼져, 아직 몸이 성할 때 썩 꺼지란 말이다. 숨통을 끊어 놓을까 보다, 이 개자식이 누굴 가르치려고 들어! 네놈은 바로 네놈 아버지의 코밑, 침목 위에서 만들어진 놈이야, 이 되먹잖은 핏줄아. 네놈의 어미라면 내가 잘 알지, 남자라면 사족을 못 쓰는 년, 발정 난 암고양이에 걸레 같은 갈보야!"

일 분도 지나지 않아 그다음 사건이 이어졌다. 둘은 무거운 공구와 쇳조각이 나뒹구는 작업대 선반에서 먼저 손에 잡히는 대로 거머쥐었는데, 그 순간 사람들이 그들에게 달려들어 떼 놓지 않았다면 서로를 죽이고 말았을 것이다. 후돌레예프와 티베르진은 벌겋게 핏대가 선 눈에 새하얗게 질린 얼굴로 머리를 숙여 이마를 맞대다시피 한 채로 서 있었다. 어찌나 흥분했는지 둘 다 한마디도 하지 못했다. 사람들이 뒤에서 그들의 두 팔을 움켜잡고 꽉 붙들었다. 그들은 수시로 온몸을 비틀고 버둥거리며 자기들을 붙들고 있는 사람들의 손에서 빠져나가려고 안간힘을 썼다. 그들의 옷에서 호크와 단추가 떨어져 나가고 재킷과 루바하[32]가 벗겨져 어깨에서 흘러내렸다. 그들 주변의 시끌벅적한 소음도 잦아들지 않았다.

"끌! 저 사람한테서 끌을 빼앗아, 머리통을 깨부수겠어. 자, 조용, 조용히 하고. 표트르 아저씨, 팔을 비틀어요! 그래 갖고 이 사람들을 상대하겠어요? 따로 떼 놓고 자물쇠를 채워야 끝나지."

갑자기 티베르진이 초인적인 힘을 발휘하여 자기한테 엉겨 붙어 있던 사람들 무리를 떼어 내고 냉큼 문 옆까지 달려 나갔다. 사람들은 그를 잡으러 뛰어가려다가 그가 완전히 제정신이 아닌 것을 보고 가만히 내버려 두었다. 그는 밖으로 나가 문을 쾅 닫더니 뒤도 안 돌아보고 앞으로 성큼성큼 걸음을 옮

---

32) 루바시카의 비칭, 약칭.

겠다. 가을의 습기, 야밤, 어둠이 그를 에워쌌다. "은혜를 원수로 갚는군."[33] 자기가 어디로, 무엇을 하러 가는지도 의식하지 못한 채 그는 이렇게 투덜거렸다.

이 비열함과 속임수의 세계, 뒤룩뒤룩 살찐 마나님이 멍청한 일꾼들을 얕잡아 보고, 술독에 빠진 체제의 희생양이 자기와 비슷한 사람이나 골리며 쾌감을 느끼는 이 세계가 지금 그어느 때보다도 증오스러웠다. 그는 다급한 발걸음만이 지금 달아오른 그의 머릿속처럼, 세상의 모든 것을 합리적이고 정연하게 할 시간을 앞당길 수 있으리란 듯이 빠르게 걸었다. 최근 며칠 동안의 분투, 철도의 소요, 집회의 연설, 아직 실행에 옮기지는 않았으나 취소되지도 않은 파업 결정 등, 이 모든 것이 이 원대한, 게다가 임박한 길로 가는 개별적인 부분들임을 그는 알고 있었다.

하지만 지금은 흥분 때문에 이 모든 거리를 숨 한번 고르지 않고 단번에 질주하고 싶어 미칠 지경이었다. 그는 보폭을 크게 하면서도 자기가 어디로 가는지 생각하지 못했지만 두 발은 그를 어디로 데려가는지 아주 잘 알았다.

티베르진은 자신과 안티포프가 참호를 나온 직후 회의에서 바로 그날 저녁 파업에 돌입하기로 결정했으리라곤 한동안 짐작도 하지 못했다. 위원회 위원들은 당장 누가 어디로 가야 할지, 누구를 어디에서 제거해야 할지를 자기들끼리 분담했다. 기관차 수리장에서, 흡사 티베르진의 영혼 밑바닥에서 나

---

33) 직역하면 '잘해 주려고 애쓰니 갈빗대에 칼을 꽂으려고 한다.'라는 뜻이다.

오는 양, 목 쉰 소리 같다가 차츰 맑아지고 골라지는 신호음이
터져 나올 때, 시내 쪽 입구 신호기에서는 기관고와 화물역의
군중이, 티베르진의 호각에 따라 작업을 멈추고 기관실의 새
로운 군중과 뒤섞이며 벌써 움직이고 있었다.

티베르진은 수년 동안 그날 밤 이렇게 자기 혼자 철도의 작
업과 교통을 멈추게 한 것이라고 생각했다. 이후의 소송에서
파업에 가담한 혐의로만 재판을 받았을 뿐, 파업 선동은 기소
항목에 포함되지 않았음을 알고 나서야 비로소 이러한 착각
에서 빠져나왔다.

사람들이 달려 나오며 물었다. "어디로 가라는 호각 소리
야?" 어둠 속에서 대답이 들렸다. "귀머거리는 아닌가 보군.
들리지, 경보야. 불을 꺼야겠어." "어디서 난 거지?" "호각을 분
다 함은 어딘가에 불이 났다는 소리라고."

문이 계속 여닫히며 새로운 사람들이 나왔다. 다른 목소리
들이 울려 퍼졌다. "무슨 소리야. 화재라니! 촌놈들! 바보가 하
는 말 듣지 마. 이건 파업에 들어간다는 신호야, 알아들 먹겠
어? 여기 멍에도 있고 굴레도 있지만, 나는 더 이상 하인이 아
니야. 이보게들, 각자 집으로 가자고."

사람들이 점점 더 불어났다. 철도가 파업에 들어갔다.

7

티베르진은 사흘째 되는 날 잠도 제대로 못 자고 수염도 깎
지 못한 몰골로 와들와들 떨면서 집에 왔다. 전날 밤에 갑자기

철 이른 한파가 몰아닥쳤는데도 가을 옷차림을 하고 있었던 탓이다. 대문 옆 문지기 기마제트딘이 그를 맞이했다.

"고맙소, 티베르진 나리." 그가 같은 말을 되풀이했다. "유숩카가 곤욕을 치르지 않도록 해 주셨으니 세세토록 하느님께 기도할 일이오."

"아니, 이 양반이 얼이 빠졌나, 기마제트딘, 내가 자네한테 왜 나리인가? 제발 그만하게. 용건이나 빨리 말해, 정말 춥단 말이야."

"춥긴 왜 추워, 자네는 따뜻할 텐데, 사벨리치.[34] 어제 나와 자네 모친인 마르파 가브릴로브나가 모스크바–토바르나야 역에서 장작을 한 창고 가득 싣고 왔어. 전부 자작나무인데 질이 좋아, 마르기도 잘 말랐고."

"고맙네, 기마제트딘. 할 말 더 있으면 제발 좀 빨리 하게. 꽁꽁 얼었단 말이야."

"할 말은 집에서 밤을 보내지 말라는 거야, 사벨리치, 숨어 있어야 해. 보초병도, 파출소장도 와서 물었어, 누가 오냐는 얘기지. 나는 아무도 안 온다고 했어. 조수나 기관차 승무원이나 철도원이 온다고. 낯선 사람? 아무도 없소이다!"

독신인 티베르진이 어머니, 결혼한 남동생과 함께 살고 있는 집은 옆에 있는 성삼위일체 교회에 딸려 있었다. 이 집에는 여러 사람이 거주했는데, 교구의 성직자 몇 명과 시내의 노점에서 온갖 것을 파는 청과 및 육류 판매업자 두 명도 있었지만,

---

34) 티베르진의 부칭.

대부분은 모스크바-브레스츠카야 철도의 하급 근로자였다.

집은 목조 회랑이 있는 석조 건물이었다. 회랑은 포장되지 않은 지저분한 마당을 사방에서 에워싸고 있었다. 회랑 위쪽으로 지저분하고 미끄러운 목조 계단이 있었다. 그 위에서는 고양이 냄새와 시큼한 양배추 김치 냄새가 났다. 현관 공터에는 변소와 맹꽁이자물쇠가 채워진 곳간이 붙어 있었다.

티베르진의 남동생은 보병으로 징집되었다가 와팡구[35] 부근에서 부상을 당했다. 크라스노야르스크 병원에서 치료를 받고 있는데, 그의 아내는 그를 만나려고, 또 그를 넘겨받으려고 두 딸과 함께 그리로 떠난 상태였다. 대대로 철도 노동자인 티베르진 집안사람들은 여행을 즐겼고 직원용 무료 승차권으로 러시아 전역을 돌아다녔다. 지금 집은 조용하고 텅 비어 있었다. 아들과 어머니만 살고 있었으니 말이다.

집은 2층에 있었다. 출입문 앞 회랑에는 물장수가 물을 부어 주는 물통이 있었다. 자기 집이 있는 층으로 올라왔을 때 키프리얀 사벨리예비치는 물통 뚜껑이 한 옆으로 옮겨져 있고 꽁꽁 얼어붙은 물 덩어리 위로 철제 컵이 얼음 표면에 들러붙어 있는 것을 발견했다.

'틀림없이 프로프가 다녀갔군.' 티베르진은 이렇게 생각하고는 씩 웃었다. '아무리 마셔도 갈증이 풀리지 않았나, 이 대식가 양반, 어지간히 속이 탔던 모양이군.'

---

35) 1904년 6월 14~15일 러일 전쟁의 격전지인 중국의 와팡덴시를 가리키는 듯하다.

찬송 담당 신부인 프로프 아파나시예비치 소콜로프는 인물 좋고 아직은 젊은 남자로 마르파 가브릴로브나의 먼 친척이었다.

키프리얀 사벨리예비치는 얼음 표면에서 컵을 떼어 내고 물통의 뚜껑을 바로 옮겨 놓은 다음 문간 설렁의 손잡이를 잡아당겼다. 사람 사는 냄새와 맛있는 김이 뭉게구름처럼 그를 맞아 주었다.

"불을 많이 땠군요, 엄마. 따뜻한 게 역시 우리 집이 좋네요."

어머니는 그에게 달려들어 목을 끌어안고 울음을 터뜨렸다. 그는 어머니의 머리를 쓰다듬으며 잠시 기다렸다가 부드럽게 밀쳐 냈다.

"용감한 마음이 도시를 뒤덮었어요, 엄마." 그가 조용히 말했다. "내 철도는 모스크바에서 바르샤바까지 이어지고요."

"알고 있단다. 그래서 우는 거야. 아무래도 네가 무사하지 못할 것 같다. 어디로든 떠나라, 쿠프린카,[36] 어디 먼 곳으로."

"엄마의 사랑스러운 친구이자 상냥한 목자인 표트르 페트로프[37]가 내 머리통을 박살낼 뻔했어요."

그는 어머니를 웃겨 줄 생각이었다. 어머니는 농담을 이해하지 못하고 심각하게 대답했다.

"그 사람을 비웃는 건 죄 받을 짓이다, 쿠프린카. 불쌍히 여

---

36) 키프리얀의 애칭.
37) 후돌레예프를 말한다.

겨야지. 희망도 없이 끝나 버린 사람인걸.”

“안티포프 파시카가 체포되었어요. 파벨 페라폰토비치 말이에요. 한밤중에 와서 가택 수색을 한다며 샅샅이 뒤졌대요. 아침에 압송해 갔고요. 운 나쁘게도 그의 다리야가 장티푸스로 병원에 있어요. 꼬마 파블루시카만 실업 학교에 다니고요. 귀머거리 이모와 단둘이 집에 있어요. 게다가 그들은 집에서 쫓겨날 판이에요. 그 아이를 우리 집에 데려왔으면 싶어요. 프로프는 왜 다녀갔죠?”

“어떻게 알았니?”

“보니까 물통이 닫혀 있지 않고 컵이 떠 있더라고요. 분명히 그 속을 알 수 없는 프로프가 물을 엄청 퍼마셨구나, 했지요.”

“눈치 한번 빠르구나, 쿠프린카. 네 말이 맞다. 프로프야, 프로프, 프로프 아파나시예비치가 다녀갔다. 장작을 빌리려고 달려왔기에 좀 주었어. 나도 참, 이런 바보를 봤나, 장작이라니! 그 양반이 갖고 온 뉴스는 싹 까먹었지 뭐냐. 나라님께서 있잖니, 모든 것을 새로 뒤집자고, 아무도 모욕하지 말라고, 농부들에게 땅을 주고 모든 사람을 귀족 지주와 평등하게 하라고 선언문에 서명하셨단다. 서명된 칙령은, 얘야, 공표만 하면 된다더라. 종무원에서 기도문에 넣으라고 새로운 청원을 보내왔다던가, 아니면 무슨 축하 기도문이라던가, 헷갈리네. 프로부시카가 말해 주던데 내가 그만 잊어버렸지 뭐냐.”

8

파툴랴 안티포프, 즉 체포된 파벨 페라폰토비치와 입원 중인 다리야 필리모브나의 아들은 티베르진의 집에 살게 되었다. 가르마를 곧게 타 빗질한 황갈색 머리카락에 이목구비가 뚜렷한 깔끔한 소년이었다. 그는 수시로 브러시로 머리를 빗고 수시로 재킷과, 실업 학교의 정식 버클이 달린 허리띠를 바로잡았다. 파툴랴는 기막힐 정도로 유머 감각이 있고 관찰력이 뛰어난 소년이었다. 자기가 보고 들은 모든 것을 아주 유사하게, 또 아주 웃기게 흉내 낼 줄 알았다.

10월 17일 선언 직후, 트베르스카야 관문에서 칼루지카야 거리에 이르는 대규모 시위가 계획되었다. 이것은 '사공이 많으면 배가 산으로 간다'[38]라는 속담의 시작이었다. 음모에 가담한 몇몇 혁명 조직은 서로 물어뜯다가 앞을 다투어 손을 뗐지만, 아침에 모든 사람이 거리로 나온 것을 알고는 얼른 선언 대표자들에게 자신의 대변인들을 보냈다.

키프리얀 사벨리예비치의 만류와 반대에도, 마르파 가브릴로브나는 명랑하고 붙임성 있는 파툴랴를 데리고 시위에 나갔다.

11월 초의 건조하고 싸늘한 날이었다. 납처럼 고요한 잿빛 하늘에서 눈발이 하나 둘, 송이송이 흩날리다가 땅에 떨어져 풍성한 잿빛 먼지처럼 길의 움푹 팬 곳에 틀어박히기에 앞서

---

38) 직역하면 '유모가 일곱이면 아이가 방치된다.'라는 뜻이다.

오랫동안 주저하듯 맴돌았다.

거리 아래쪽으로 사람들이 쏟아져 나오고 있었다. 얼굴들, 또 얼굴들과 얼굴들, 솜을 댄 겨울 코트들, 양털 모자들, 노인들, 여고생들과 어린아이들, 제복을 입은 철도원들, 무릎까지 올라오는 장화를 신고 가죽 재킷을 입은 전차 차고와 전신국 노동자들, 김나지움 학생들과 대학생들 등이 그야말로 북새통을 이루었다.

얼마 동안 사람들은 「바르샤뱐카」, 「그대는 희생양이 되었구나」, 「라마르세예즈」[39]를 불렀는데, 행렬의 선두에서 손에 꼭 쥔 모자를 흔들고 뒷걸음질 치며 노래를 지휘하던 사람이 갑자기 모자를 쓰고 노래를 멈추었다. 그러고는 시위대 쪽으로 등을 보이며 돌아서더니 앞으로 가서, 나란히 걷던 나머지 지휘자들이 무슨 얘기를 하는지 귀를 기울였다. 노래가 흐트러지다가 끊어졌다. 얼어붙은 포장도로를 따라 걷는 수많은 군중의 바스락대는 발소리가 들렸다.

몇몇 우호적인 사람들이 행렬의 주동자들에게 앞에서 카자크들이 시위 참가자들을 기다리고 있음을 알려 주었다. 대기 중인 복병에 관해서는 근처 약국에 전화를 걸어 보았다.

"그렇다면." 하고 지휘자들이 말했다. "그런 경우에는 무엇보다도 냉정할 것, 그리고 정신을 잃지 말아야 한다. 당장 도중에 마주치는 첫 번째 공공건물을 점령하고 사람들에게 눈

---

39) 「바르샤뱐카」와 「그대는 희생양이 되었구나」는 혁명가인 듯하고, 「라마르세예즈」는 프랑스 국가다.

앞에 도사린 위험을 알린 후 각자 해산하도록 한다."

어디로 가는 것이 제일 좋을지를 두고 논쟁이 오갔다. 어떤 자들은 상인 점원 협회로, 또 어떤 자들은 고등 기술 학교로, 또 어떤 자들은 외국 통신원 학교로 가자고 제안했다.

이렇게 논쟁이 이어지는 사이에 그들 앞에 한 관용 건물의 모퉁이가 나타났다. 거기에도 피난처로 쓰기에는, 앞서 열거한 것에 비해, 전혀 손색이 없는 교육 시설이 들어와 있었다.

행진하던 자들이 그곳까지 왔을 때 간부들은 건물 입구의 반원형 층계참으로 올라가더니 신호를 보내 시위대의 선두를 멈추게 했다. 문짝이 많이 달린 출입문이 열리고 행렬은 전 구성원이 외투에 외투, 모자에 모자가 잇따르는 모양새로 학교 현관으로 흘러 들어가 중앙 계단으로 올라갔다.

"강당, 강당으로!" 뒤에서는 한목소리로 이렇게 외쳤지만, 군중들은 제각기 복도와 교실로 깊숙이 흩어지면서 계속해서 앞으로 흘러갔다.

어쨌거나 대중을 다시 돌려놓는 데 성공하여 모두를 의자에 앉히자, 지도자들은 집회에 모인 사람들에게 그들 앞에 놓인 함정에 대해 알리려고 수차례나 애를 썼지만 아무도 듣지 않았다. 행진을 멈추고 폐쇄된 건물 안으로 이동한 것을 즉석 집회로의 초대로 이해했는데, 실제로 그 자리에서 집회가 시작되었다.

노래를 부르며 오래 걸어온 다음이라 사람들은 잠시 말없이 앉아 있고자 했으며 이제는 누군가 다른 사람들이 자기들을 대신하여 책임을 지고 목청껏 외쳐 주었으면 했다. 휴식이 주는 근본적인 만족과 비교하면, 거의 모든 면에서 서로 의견의 일치를 본 화자들의 사소한 마찰은 아무래도 좋았다.

그리하여 제일 형편없는 연사가 나서게 되었는데, 그는 자기 말을 경청하라며 청중을 못살게 굴지 않았다. 그의 말 한마디 한마디는 공감의 함성을 이끌어 냈다. 아무도 그의 연설이 격려의 소음에 묻히는 것을 애석해하지 않았다. 다들 초조한 나머지 그의 말에 동의하느라 바빴고 "치욕"이라고 외치고는 항의 전보를 작성하더니 갑자기 그의 단조로운 목소리에 싫증을 내면서 마치 한 몸인 듯 자리에서 일어나 연사 따위는 깡그리 잊고 모자에 모자, 줄에 줄을 이어 한 무리로 계단을 내려가 거리로 쏟아져 나왔다. 행렬은 계속되었다.

집회가 진행되는 동안 거리에 눈발이 날렸다. 포장도로가 하얘졌다. 눈발은 차츰 굵어졌다.

용기병들이 돌진해 왔을 때도 첫 순간에는 뒷줄의 누구도 의심하지 못했다. 갑자기 사람들이 무리 지어 "만세"를 외칠 때처럼 앞에서부터 웅성거림이 커지며 울려 퍼졌다. "사람 살려." "살인이다." 같은 비명과 다른 많은 비명 소리가 뒤섞여 뭐가 뭔지 구별할 수 없게 되었다. 거의 바로 그 순간, 이런 소리의 물결을 타고, 또 황급히 물러나는 군중의 틈새로 형성된 비좁은 통로를 따라, 말의 낮짝, 말갈기, 이어 장검을 휘두르는 기병들이 소리도 없이 맹렬하게 질주해 왔다.

반 개 기병 소대가 달려와 방향을 돌리고 전열을 재정비한 다음 행렬의 후미로 치고 들었다. 살육이 시작되었다.

몇 분 후 거리는 거의 비어 버렸다. 사람들은 제각기 골목으로 흩어졌다. 눈발이 뜸해졌다. 저녁은 목탄화처럼 메말랐다. 갑자기 건물 뒤 어딘가로 지고 있는 태양이 구석에서 정수리 부분이 붉은 용기병 모자, 쓰러진 붉은 깃발 조각, 눈 위로 붉은 실처럼, 붉은 반점처럼 뻗어 있는 핏자국 등 거리의 모든 붉은 것을 손가락으로 찌르는 것 같았다.

포장도로의 가장자리를 따라 머리가 깨진 사람이 신음하며 두 손바닥으로 기기 시작했다. 저 아래쪽에서 말을 탄 병사 몇 명이 줄지어 천천히 가고 있었다. 그들은 시위대를 쫓아 거리의 끝까지 갔다가 돌아오는 중이었다. 그들의 발밑 가까이에서 마르파 가브릴로브나가 스카프가 목덜미로 흘러내리는 가운데 몸부림치면서 자기 목소리가 아닌 소리로 거리가 떠나가도록 "파샤! 파툴랴!"를 외치고 있었다.

그는 계속 그녀와 함께 걸었고 그 대단한 솜씨로 맨 마지막 연사를 흉내 내며 그녀를 웃겨 주다가, 갑자기 용기병들이 달려드는 그 북새통에 사라져 버린 것이다.

마르파 가브릴로브나도 그 와중에 등에 채찍을 한 대 맞았다. 솜을 두툼하게 넣은 외투 덕분에 별다른 타격은 입지 않았지만, 멀쩡한 사람들이 다 있는 데서 자기처럼 늙은 여자에게 감히 채찍을 갈겼다고 노발대발하며 물러가는 기병대를 향해 욕설을 퍼붓고 주먹을 휘둘렀다.

마르파 가브릴로브나는 포장도로의 양쪽으로 흥분에 찬 시선을 던졌다. 다행스럽게도 그녀는 갑자기 맞은편 보도에서 소년을 발견했다. 그곳, 식료품 상점과 석조 단독 주택의 돌출부 사이 움푹 팬 곳에는 우연히 모인 얼빠진 사람들이 무리 지어 있었다.

말을 탄 채 보도로 들어선 용기병 하나가 말의 엉덩이와 옆구리로 사람들을 그리로 몰아넣은 것이었다. 공포에 질린 그들의 모습에 신이 난 그는 출구를 막은 다음 사람들의 코앞에서 서커스에서 조련된 말을 다루듯, 급회전, 뒷다리만 딛고 서서 급회전, 엉덩이를 보이며 천천히 뒷걸음치기, 두 발로 곤두서기 등을 선보였다. 그러다 갑자기 앞쪽에서 말을 타고 천천히 돌아오는 동료들을 발견하자 말에 박차를 가하고 두세 번 펄쩍 뛰어 그들의 열에 합류했다.

한쪽 모퉁이에 모여 있던 사람들이 흩어졌다. 좀 전만 해도 입을 벙긋하는 것조차 무서워하던 파샤가 할머니에게 달려들었다.

그들은 집으로 걸어갔다. 마르파 가브릴로브나는 줄곧 투덜거렸다.

"망할 놈의 살인자들, 벼락 맞아 죽을 놈들! 황제님께서 자유를 주셨다고 사람들이 기뻐하니까 이놈들이 배겨 낼 턱이 있나. 저들이 모든 걸 망쳐 놓고 무슨 말이든 뒤집어 놓겠지."

그녀는 용기병과 주변의 온 세상, 이 순간에는 심지어 자기 아들에 대해서도 성질이 났다. 이처럼 발끈하는 순간에는 지금 일어나는 이 모든 일이 전부 쿠프린카와 그 어설픈 패거리들의 장난질처럼 여겨졌다. 그녀는 그것을 실책이라고, 잘난 척이라고 불렀다.

"못된 독사 놈들! 저놈들, 저 미친놈들은 뭐가 필요하다는 거야? 도통 알 수가 없잖아! 그저 짖어 대고 시시껄렁한 입씨름뿐이니. 저 수다쟁이는 어떠냐, 파셴카? 어디 한번 흉내 내 봐, 얘야, 흉내를. 아, 죽겠다, 죽겠어! 영판 그놈이야, 똑같아. 트루-루-루-루-루. 아이고, 딱정벌레야, 얼룩말 같은 줄무늬하며!"

집에 온 그녀는 얼금뱅이 얼뜨기가, 말을 탄 털북숭이가 채찍으로 자기 엉덩이를 때렸다고, 자기는 그런 취급을 받을 나이가 아니라면서 아들을 마구 비난했다.

"아니, 엄마도 진짜! 꼭 내가 무슨 카자크 장교나 헌병대 대장이라도 되는 것처럼 말씀하세요, 정말."

9

도망치는 사람들이 나타났을 때 니콜라이 니콜라예비치는 창가에 서 있었다. 그들이 시위대에서 나온 자들임을 깨닫고 흩어지는 사람들 사이로 혹시 유라나 다른 누가 보이지나 않을지 한동안 먼 곳을 살펴보았다. 하지만 아는 사람은 누구도 없었고, 딱 한 번 그 녀석,(니콜라이 니콜라예비치는 그의 이름은 잊었다.) 그러니까 아주 최근에 왼쪽 어깨에서 총알을 뽑아 냈는데도 또다시 굳이 올 필요도 없는 곳에서 얼쩡대는 두도로프의 저 구제 불능 아들이 재빨리 지나간 것 같다고 생각했다.

니콜라이 니콜라예비치는 가을에 페테르부르크에서 이

곳으로 왔다. 모스크바에는 따로 거처가 없었지만 호텔에도 가고 싶지 않았다. 그는 자신의 먼 친척인 스벤티츠키 집에 묵었다. 그들은 그에게 위층 다락방의 모퉁이 서재를 내주었다.

이 이 층짜리 곁채는 아이가 없는 스벤티츠키 부부에게는 너무 큰 집으로, 고인이 된 스벤티츠키 노인들이 옛날 옛적부터 돌고루키 공작 집에서 빌려 쓰던 것이었다. 마당 세 곳, 정원, 무질서하게 흩어진 다양한 양식의 많은 건물로 이루어진 돌고루키의 소유지에는 골목이 세 갈래 있었고 옛날 이름 그대로 무치노이 소도시[40]로 불렸다.

서재는 창문이 네 개나 있었음에도 좀 어두웠다. 책, 종이, 양탄자, 판화에 에워싸인 탓이었다. 서재 바깥으로는 이 건물의 모퉁이를 둘러싼 반원형 발코니가 붙어 있었다. 발코니로 통하는 이중 유리문은 겨울을 대비해 꽉 막혀 있었다.

서재의 두 창문과 발코니의 유리문으로 길게 이어지는 골목길이 ── 멀리 달아나는 썰매 길, 비뚤게 늘어선 작은 집들과 비뚤어진 담장들이 ── 보였다.

정원에서 서재까지 라일락 빛깔의 그림자가 드리워져 있었다. 나무들은, 굳은 촛농 같은 라일락 빛깔의 줄기들을, 무거운 성에가 내려앉은 가지들을 마룻바닥에 내려놓고 싶은 듯이, 그런 모습으로 방 안을 들여다보고 있었다.

니콜라이 니콜라예비치는 골목 안을 내다보면서 페테르부

---

40) '밀가루 소도시'라는 뜻이다.

르크의 작년 겨울을, 가폰과 고리키, 비테의 방문을,[41] 현대의 인기 작가들을 떠올렸다. 그 북새통을 피해 구상해 놓은 책을 쓰기 위해 여기, 옛 수도의 이 적막한 벽지로 도피한 것이었다. 하지만 웬걸! 불꽃을 피해 불구덩이 속으로 뛰어든 격이었다. 매일 강의와 강연의 연속으로 정신을 차리기 어려울 지경이었다. 여성 고등 교육 기관, 아니면, 종교-철학 학교, 아니면 적십자로, 동맹 파업 위원회 기금이든. 스위스 어느 주의 숲속 벽지에 틀어박히면 좋으련만. 호수 위의 평화와 맑음, 하늘과 산들, 모두를 향해 메아리치는 날카롭고 낭랑한 공기.

니콜라이 니콜라예비치는 창가에서 몸을 돌렸다. 누군가의 집을 찾아가거나 아무 생각 없이 거리로 나가고 싶었다. 하지만 이내 톨스토이주의자[42] 브이볼로치노프가 업무상 그를 찾아오기로 했고, 그래서 자리를 비우면 안 된다는 사실이 떠올랐다. 그는 방을 오가기 시작했다. 그의 상념은 조카에게로 향했다.

볼가강 변의 벽촌에서 페테르부르크로 거처를 옮길 때 니콜라이 니콜라예비치는 유라를 베데냐핀, 오스트로므이슬렌스키, 셀랴빈, 미하엘리스, 스벤티츠키, 그로메코 등 여러 친

---

41) 게오르기 가폰(1870~1906)은 1905년 평화 시위를 주도한 성직자이고, 막심 고리키(1868~1936)는 러시아의 소설가로 『어머니』, 『고백』 등을 썼다. 세르게이 비테(1849~1915)는 백작으로서 러시아 제국 최초의 총리를 지냈다.
42) 소설가이자 사상가 레프 톨스토이(1828~1910)를 추종하는 자들을 말한다.

인척 집안이 있는 모스크바로 데려갔다. 처음에는 친척들 사이에서 그냥 페디카라는 별명으로 불리는, 주책없고 수다스러운 늙은이인 오스트로므이슬렌스키에게 유라를 맡겼다. 페디카는 자신의 수양딸 모탸와 몰래 동거하고 있었고, 그럼으로써 스스로를 기존의 토대를 뒤흔들고 특정 사상을 옹호하는 사람으로 여겼다. 그는 자기에게 맡겨진 소임을 다하지 않았을뿐더러 유라 앞으로 할당된 돈을 마음대로 써 버림으로써 손버릇도 나쁜 사람으로 낙인찍혔다. 유라는 그로메코 교수 집으로 옮겨 갔고 지금은 그곳에 있었다.

그로메코 집에서 유라는 부러울 정도로 우호적인 분위기에 싸여 있었다.

'그 집에서 아이들은 일종의 삼인조가 되었어.' 니콜라이 니콜라예비치가 생각했다. '유라, 그의 벗이자 김나지움의 같은 반 학생인 고르돈, 주인 내외의 딸인 토냐 그로메코 말이야. 이 삼자 연맹은 『사랑의 의미』와 『크로이체르 소나타』[43]를 탐독하고 동정(童貞) 설파에 반쯤 정신이 나갔어.'

청소년 시절은 순결의 모든 격동을 거치게 마련이다. 하지만 그들은 도가 너무 지나쳐서 정신이 오락가락할 정도였다.

모두들 엄청난 괴짜에다 아직 유치했다. 자기를 그토록 흥분시킨 관능의 영역을 왠지 '속된 것'이라 부르며 이 표현을 아무 데나 남용했다. 이 얼마나 어설픈 단어 선택인지! '속된

---

43) 『사랑의 의미』(1892~1894)는 솔로비요프의 성애론이고, 『크로이체르 소나타』(1889)는 톨스토이의 후기 소설이다.

것'이라니? 속된 것은 그들 사이에서 본능의 목소리이자 포르노그래피 문학이자 여성 착취이자 육체적인 것의 거의 전 세계다. 이 단어를 발음할 때마다 아이들은 얼굴을 붉히거나 창백해진다!

'만약 내가 모스크바에 있었다면.' 하고 니콜라이 니콜라예비치가 생각했다. '저 지경이 되도록 놔두지는 않았을 텐데. 수치심은 반드시 필요하지만 그것도 어느 선까지……'

"아, 닐 페옥티스토비치!⁴⁴⁾ 어서 와요." 그는 이렇게 외치며 손님을 맞으러 나갔다.

10

회색 루바시카에 넓은 혁대를 찬 뚱뚱한 남자가 방 안으로 들어왔다. 털신을 신고 있었고 바지의 무릎 부분이 뭉쳐 있었다. 구름 속을 노니는 호인 같았다. 코 위에서는 넓은 검정 리본이 달린 작은 코안경이 심술궂게 뛰놀고 있었다.

현관에서 옷을 벗다가 다 끝내지 못한 상태였다. 머플러도 다 풀지 않아 끝자락이 마룻바닥에 질질 끌렸고 한 손에는 아직 둥근 펠트 모자가 들려 있었다. 이런 물건들 때문에 브이볼로치노프는 움직임이 불편했고 니콜라이 니콜라예비치와 악수하는 것뿐 아니라 안부를 전하고 인사말을 건네는 것도 거

---

44) 브이볼로치노프의 이름과 부칭.

북스러웠다.

"에엠." 어쩔 줄 몰라 방 구석구석을 둘러보면서 그가 웅얼 거렸다.

"아무 데나 돼요." 브이볼로치노프가 말재주와 침착함을 되 찾도록 니콜라이 니콜라예비치는 이렇게 말했다.

이 사람은 레프 니콜라예비치 톨스토이의 추종자였지만, 결코 안식을 몰랐던 천재의 사상도 그의 머릿속에서는 그늘 없는 긴 휴식을 맛보느라 드러누웠고 손쓸 수 없을 만큼 시시 껄렁해졌다.

브이볼로치노프는 니콜라이 니콜라예비치에게 한 학교에 서 열리는 정치범 유형수를 위한 모임에 강연을 부탁하러 온 길이었다.

"그곳이라면 벌써 한 번 했는데요."

"정치범들을 위해서요?"

"예."

"한 번 더 하셔야겠습니다."

니콜라이 니콜라예비치는 고집을 좀 부리다가 승낙했다.

용무는 그것으로 끝났다. 니콜라이 니콜라예비치는 닐 페 옥티스토비치를 더 붙잡지 않았다. 그는 그만 일어나서 떠나 도 됐다. 하지만 브이볼로치노프는 이렇게 금방 떠나는 건 점 잖지 않은 행동이라 여겼다. 작별을 위해 뭐든 활기차고 자연 스러운 말을 해야 한다고 생각했다. 억지스럽고 불쾌한 대화 가 시작되었다.

"데카당파가 되신 겁니까? 신비주의에 빠지신 건가요?"

"그건 왜 물으시죠?"

"실종된 사람이 있습니다. 젬스트보, 기억나시죠?"

"그럼요. 선거 때 함께 일한걸요."

"농촌 학교와 교사 세미나를 위해 투쟁했지요. 기억나시죠?"

"그럼요. 열렬한 투쟁이었지요."[45]

"그 후에는 국민의 안녕과 사회 복지를 위해 활동하셨던 것 같은데. 아닌가요?"

"얼마간은 그랬죠."

"거봐요. 그런데 지금은 이따위 목신이니 수련이니 그리스 청년이니, 또 '우리 태양처럼 살자'[46]라니요. 때려죽인다고 해도 못 믿겠어요. 당신처럼 유머 감각과 민중에 대한 지식을 두루 갖춘 현명한 분이…… 제발 그만두시지요……. 혹시 제가 주제넘게 간섭하는 건지…… 무슨 숨겨 놓은 보물이라도 있으신지?"

"어쩌자고 생각 없이 아무 말이나 내뱉으시죠? 우리가 지금 뭘 두고 논쟁하는 겁니까? 내 사상도 잘 모르시잖습니까."

"러시아에는 학교와 병원이 필요합니다, 목신이나 수련이 아니라."

"아니, 누가 뭐라 그럽니까?"

"농부들은 헐벗고 굶주려서 몸이 붓고……."

---

45) 원문에서는 이어지는 대화지만 맥락상 끊어야 할 것 같아 수정했다.
46) 러시아 상징주의(제1기 데카당스) 시를 염두에 둔 대화이다.

대화는 이렇게 널뛰듯 이어졌다. 니콜라이 니콜라예비치는 이런 시도가 부질없음을 미리부터 의식했으면서도 자신이 무엇 때문에 몇몇 상징주의자들과 가까워졌는지를 설명하기 시작했고, 그런 다음에는 톨스토이로 화제를 돌렸다.

"어느 선까지는 당신 생각에 동의합니다. 하지만 레프 니콜라예비치는 사람은 아름다움에 탐닉할수록 선에서 멀어진다고 하더군요."

"그럼 그 반대라고 생각하십니까? 아름다움이 세계를 구원한다, 신비주의와 그 비슷한 것, 로자노프와 도스토예프스키,[47) 이쪽이신가요?"

"잠깐만요, 내 생각을 직접 좀 말해 보리다. 내 생각으론, 만약 인간의 내면에서 잠자고 있는 짐승을 어쨌거나 감금이나 사후의 징벌 같은 협박으로 멈추게 할 수 있다면, 인류의 드높은 상징은 자신을 희생하는 설교자가 아니라 채찍을 든 서커스 조련사일 겁니다. 하지만 문제는 수세기 동안 인간을 동물 위로 들어 올려 높이 데려온 것이 몽둥이가 아니라 음악이라는 점입니다. 무방비의 진리는 물리칠 수 없는 법, 그 본보기로서의 매력이지요. 지금까지 복음서에서 가장 중요한 것은 그 계율에 포함된 도덕적 금언과 규칙이라고 여겨졌지만 나에게 가장 중요한 것은 그리스도가 일상 속에서 잠언을 끌어내 말하고 그렇게 일상생활의 빛으로써 진리를 설명한다는

---

47) '아름다움이 세계를 구원한다.'는 도스토예프스키의 테제이며, 로자노프 (1856~1919)는 그의 영향을 받은 상징주의 사상가이자 작가이다.

점입니다. 그 기저에는 필멸의 존재들 간의 소통은 불멸한다는, 그리고 삶은 그것이 의미심장하기 때문에 상징적이다, 라는 사상이 깔려 있습니다."

"무슨 말씀이신지 통 모르겠습니다. 그 얘기를 책으로 쓰시면 좋을 텐데."

브이볼로치노프가 떠난 다음 니콜라이 니콜라예비치를 사로잡은 것은 엄청난 신경질이었다. 그는 얼간이 브이볼로치노프에게 손톱만큼의 감흥도 불러일으키지 못한 채 신성불가침의 자기 사상 일부를 발설했다는 사실 때문에 스스로에게 부아가 치밀었다. 간혹 있는 일이지만, 니콜라이 니콜라예비치의 짜증은 갑자기 방향을 바꾸었다. 그는 브이볼로치노프가 아예 찾아온 적도 없는 양 그 존재 자체를 깨끗이 잊었다. 다른 사건이 떠올랐던 것이다. 그는 일기를 쓰지는 않았지만 일 년에 한두 번쯤 두꺼운 공책에 가장 큰 충격을 안겨 준 생각들을 적곤 했다. 그는 공책을 꺼내 알아보기 쉽게 큼직한 필체로 뭔가를 쓰기 시작했다. 바로 이것이 그가 쓴 것이다.

"하루 종일 저 멍청한 여자 실레진게르 때문에 부아가 치민다. 아침에 와서 점심때까지 꼬박 두 시간을 죽치고 앉아 시시껄렁한 것을 읊어 대면서 사람을 못살게 군다. 작곡가 B의 「천지창조 교향곡」을 위해 상징주의자 A가 쓴 시인데, 행성의 정령이니 사원소의 목소리니 하는 것들이다. 참고 또 참다가 결국 더는 못 견디고, 안 되겠으니 제발 좀 살려 달라고 사정했다.

나는 갑자기 모든 것을 깨달았다. 「파우스트」에 나왔더라도 이것이 왜 항상 그렇게 죽도록 참을 수 없고 또 가짜 같았는지 깨달은 것이다. 이것은 지어낸 거짓 흥미이다. 현대인은 이런 것을 요구하지 않는다. 우주의 수수께끼에 압도될 때면 현대인은 헤시오도스[48]의 육보격 시가 아니라 물리학에 심취한다.

하지만 문제는 이런 형식의 낡음, 그것의 시대착오만이 아니다. 문제는 이런 불과 물의 정령들이, 과학이 분명히 풀어놓은 것을 다시금 불분명하게 뒤섞는다는 점이다. 문제는 이 장르가 지금의 예술의 모든 정신과 본질, 그 동기가 되는 모티브와 모순된다는 점이다.

이런 우주 발생은 인간의 수가 아직은 자연을 가려 버릴 만큼 많지 않았던 옛날 땅에서나 자연스러웠을 것이다. 땅 위에 아직 매머드가 돌아다니고 티라노사우루스와 용의 추억이 생생했던 그때. 자연이 인간의 눈에 그토록 또렷이 들어오고 그토록 흉포하고 감각적으로 인간의 목덜미에 와닿았으니 어쩌면 정말로 아직은 만물에 신들이 깃들어 있었으리라. 이것이 인류 연대기의 제일 첫 페이지로서 이제 막 시작된 것이었다.

이 고대 세계는 로마의 인구 과잉으로 끝났다.

로마는 빌려 온 신들과 정복당한 민족들의 아수라장이자 하늘과 땅, 이 두 층의 북새통이었으며 마치 장폐색처럼 자기 주변을 삼중의 매듭으로 옭아맨 돼지 덩어리였다. 다키아인, 헤룰리인, 스키타이인, 사르마티아인, 북극인, 살 없는 무거운 수레바퀴, 지방 때문에 통통 부어오른 눈, 수간, 이중 턱, 교육

---

48) 기원전 7~8세기 활동한 것으로 추정되는 그리스의 시인.

받은 노예의 고기를 먹고사는 물고기, 문맹의 황제. 세상에는 그 이후 어느 시대보다 많은 사람이 살았고 그들은 콜로세움의 통로에서 짓눌리고 고통받았다.

바로 그때 이 무미건조한 대리석과 황금의 더미 속으로, 빛의 옷을 입은 이 가벼운 자, 유달리 인간적이고 일부러 시골 출신이 된 갈릴리의 그가 왔으니, 이 순간부터 민족들과 신들이 존재하길 멈추었고 한 인간이, 목수인 인간이자, 밭 가는 인간이자, 해 질 녘 양 떼를 모는 목자인 인간이자, 조금도 오만한 소리를 내지 않는 인간이, 어머니들의 모든 자장가와 세계의 모든 화랑에 감사의 마음으로 퍼져 있는 인간이 존재하기 시작한 것이다."

11

페트롭스키 거리는 모스크바에 옮겨 놓은 페테르부르크 골목 같은 느낌을 주었다. 길 양쪽으로 늘어선 건물들의 조화, 세련된 취향의 소조 장식이 붙어 있는 건물 입구, 책 가게, 독서실, 지도 제작소, 매우 품위 있는 담배 가게, 매우 품위 있는 레스토랑, 레스토랑 앞으로 육중한 벽의 돌출부에 둥근 무광택 갓을 쓴 가스등.

겨울이면 이곳은 음울하고 무뚝뚝하게 얼굴을 찌푸렸다. 이곳에는 자존감 강하고 수입 좋은, 엄숙한 자유 직종 종사자들이 살았다.

이곳, 넓은 참나무 난간이 딸린 넓은 계단을 따라 올라가면 2층에 호화로운 독신자 아파트를 빌려 쓰고 있는 자가 빅토르 이폴리토비치 코마롭스키였다. 모든 일을 낱낱이 잘 챙기되 동시에 아무 일에도 간섭하지 않는 엠마 에르네스토브나는 그의 가정부, 아니 그의 조용한 고립 생활을 돌봐 주는 여자로서, 소리 소문 없이 조용조용 그의 살림을 살아 주었다. 그런 그녀에게 그는 신사로서 당연히 예의 그 기사도적인 감사의 마음으로 보답했으며, 이 노처녀의 고요한 세계에 어울리지 않는 손님이나 여성 방문객을 집 안에 들이는 고통은 선사하지 않았다. 그들의 집에는 수도사의 거처처럼 고요가 가득했다. 커튼이 드리워지고 수술실처럼 티끌 하나, 얼룩 하나 없었다.

일요일마다 빅토르 이폴리토비치는 식전에 자신의 불도그와 함께 페트롭카와 쿠즈네츠키 다리를 산책하는 습관이 있었고, 배우이자 도박사인 콘스탄틴 일라리오노비치 사타니디가 어느 모퉁이에선가 나와 합류하곤 했다.

그들은 함께 포장도로를 걸으며 일화와 의견을 주고받았다. 퉁명스럽고 시시껄렁할뿐더러 세상의 모든 것을 향한 경멸로 가득 찬 말들로, 그저 쿠즈네츠키 다리의 양쪽 보도를 염치없이 큰 소리로 헐떡이는, 떨림을 억누르는 것 같은 저음으로 채울 작정이라면, 그냥 개 짖는 소리로 바꿔도 하나도 아쉽지 않을 정도였다.

12

계절이 바뀌고 있었다. 물방울이 똑, 똑, 똑 배수관과 처마 끝 철을 두드렸다. 지붕과 지붕이 과연 봄답게 서로 톡톡 쳐 댔다. 해빙이었다.

그녀는 내내 넋이 나간 사람처럼 걷다가 집에 돌아온 다음 에야 무슨 일이 일어났는지 깨달았다.

가족은 다 자고 있었다. 그녀는 다시 무감각한 상태가 되었 고 그렇게 멍한 상태에서 가면무도회라도 나가듯 한 번의 야 회를 위해 양장점에서 빌려 온 레이스 장식과 긴 베일이 달린, 거의 흰색에 가까울 만큼 밝은 연보랏빛 드레스를 입은 채로 엄마의 화장대 앞에 주저앉았다. 거울에 비친 자신의 모습을 마주하고 앉아 있었지만 아무것도 보이지 않았다. 그러다가 는 포개진 두 손을 화장대 위에 얹고 그 위에 얼굴을 묻었다.

만약 엄마가 알게 되면 그녀를 죽일 것이다. 죽인 다음 자살 할 것이다.

어쩌다 이런 일이 일어났을까? 어떻게 그럴 수가 있었을 까? 이제는 늦었다. 좀 더 일찍 생각했어야 했다.

이제 그녀는 ── 이런 것을 뭐라고 해야 하나 ── 타락한 여 자인 것이다. 그녀는 프랑스 소설에 나오는 여자 같은데, 내일 은 김나지움에 가서 그녀에 비하면 아직 젖먹이에 불과한 소 녀들과 한 책상 앞에 앉아 있을 것이다. 맙소사, 맙소사, 어쩌 다 이런 일이 일어났을까!

언젠가 길고 긴 세월이 흐른 다음, 그럴 수 있다면, 라라는 이 일을 올랴 데미나에게 이야기할 생각이다. 올랴는 그녀의 머리를 끌어안고 엉엉 목 놓아 울 것이다.

창밖에서는 빗방울이 속닥대고 날씨가 한창 풀리고 있었다. 누군가가 거리에서 옆집 대문을 쾅쾅 두들겨 댔다. 라라는 머리를 들지 않았다. 어깨가 들썩였다. 그녀는 울고 있었다.

13

"아휴, 엠마 에르네스토브나. 이봐요, 이건 중요한 게 아니요. 신물이 난다고."

그는 커프스나 셔츠 장식 같은 물건을 양탄자와 소파 위로 마구 내던진 뒤 자기에게 무엇이 필요한지 생각해 보지도 않고 옷장의 서랍을 넣었다 빼기를 반복했다.

그는 그녀가 죽도록 필요했지만 이번 일요일에 그녀를 만날 가능성은 없었다. 그는 자신의 자리를 찾지 못한 채 야수처럼 방을 이리저리 오갔다.

영감을 주는 매력에 있어 그녀는 그 무엇과도 비교할 수 없었다. 그녀의 손은 어떤 고상한 사상도 놀라킬 만큼 충격을 주었다. 호텔 방의 벽지에 어린 그녀의 그림자는 때 묻지 않은 순결의 실루엣처럼 보였다. 루바시카는 수틀에 바싹 끼워진 캔버스 조각처럼 그녀의 가슴을 수수하고 팽팽하게 감싸고 있었다.

코마롭스키는 아래쪽 아스팔트 길을 유유자적하게 지나가

는 말발굽 소리에 맞추어 손가락으로 창유리를 톡톡 두드렸다. "라라." 하고 속삭이며 그는 눈을 감았다. 그러자 머릿속에서 그의 두 손에 얹힌 그녀의 머리가, 누군가가 잠도 자지 않고 몇 시간씩 쉼 없이 자기를 내려다보고 있는 것도 알지 못한 채 속눈썹을 내리고 잠에 빠져 있는 여자의 머리가 나타났다. 베개 위로 마구 흐트러진 그녀의 너무 아름다운 머리카락이 매캐한 연기처럼 코마롭스키의 눈을 콕콕 찌르고 그의 영혼을 파고들었다.

그는 일요일 산책을 하지 않았다. 코마롭스키는 잭과 함께 포장도로를 몇 발짝 걷다가 걸음을 멈추었다. 머릿속에 쿠즈네츠키 다리, 사타니디의 농담, 격류처럼 마주치는 지인들이 떠올랐다. 아니다, 그건 그로서도 어쩔 수 없는 일이었다! 모든 것이 얼마나 후회스러운지! 코마롭스키는 뒤돌아섰다. 개가 깜짝 놀라 땅바닥에서 못마땅한 눈초리로 그를 쏘아보다가 마지못해 그의 뒤를 따라 걸었다.

'너무도 괴롭구나.' 그가 생각했다. '이게 다 무슨 뜻일까? 깨어난 양심일까, 동정이나 회한의 감정일까? 아니면 불안일까? 아니다, 그녀가 자기 집에 있고 무사하다는 것을 알고 있잖은가. 그런데도 왜 그녀가 머리에서 떠나지 않는 것일까!'

코마롭스키는 현관으로 들어섰고 계단을 올라가 층계참에 이른 다음 그것을 끼고 돌았다. 거기에는 유리 모서리마다 장식 문장을 그려 놓은 베네치아 창문이 있었다. 총천연색 햇살이 그 창에서 마룻바닥과 창턱으로 떨어졌다. 이어지는 두 층계의 중간 부분에서 코마롭스키는 걸음을 멈추었다.

사람의 진을 빼고 피를 말리는 이런 우수에 굴복하지 말 것! 그는 아이가 아니다. 죽은 친구의 딸인 이 소녀, 이 어린아이가 기분 전환거리에서 광기의 대상이 된다면 그 자신이 어떻게 될지 깨달아야 한다. 정신 차릴 것! 자신에게 충실할 것, 습관을 배반하지 말 것. 그렇지 않으면 모든 것이 물거품이 되고 말리라.

코마롭스키는 넓은 난간을 손이 아플 만큼 꽉 쥐고 잠시 눈을 감았다가 단호히 몸을 돌려 계단을 내려가기 시작했다. 햇살이 떨어지는 층계참에서 그는 불도그의 애달픈 시선을 포착했다. 잭은 고개를 들고 축 처진 뺨에 침을 흘리는 늙은 난쟁이처럼 그를 아래에서 올려다보았다.

개는 그 처녀를 싫어하여 스타킹을 물어뜯고 그녀를 향해 이를 드러내며 으르렁거렸다. 녀석은 라라의 인간적인 무언가가 자기 주인을 감염시킬가 봐 두려운 듯 그녀를 질투했던 것이다.

"아휴, 옳거니, 그거로군! 네놈은 모든 것이 옛날과 똑같을 거라고 단정했구나? 사타니디며 저속한 짓거리며 일화들도? 자, 그렇다면 이놈, 어디 당해 봐라, 네 이놈!"

그는 불도그를 지팡이와 발로 때리기 시작했다. 잭은 낑낑거리며 몸부림 치더니, 문을 긁어 대면서 엠마 에르네스토브나에게 하소연하기 위해 엉덩이를 부들부들 떨고 절뚝거리며 계단 위로 올라갔다.

날이 가고 달이 갔다.

14

오, 이 무슨 마법의 원이란 말인가! 자신의 삶으로 침입한 코마롭스키가 순전히 혐오스럽기만 했다면 라라는 반항하며 벗어났을 것이다. 하지만 문제는 그렇게 단순하지 않았다.

소녀로서는, 자기에게 아버지 노릇을 해 주는 희끗한 머리의 잘생긴 남자가, 모임에서 박수갈채를 받고 신문에도 실리는 이 남자가 자기를 위해 돈과 시간을 쓰고 자기를 천사라고 부르고 극장과 콘서트에 데리고 다니며 자기를 '지적으로 발달시켜 주는' 것에 유혹을 느꼈던 것이다.

그런데 그녀는 아직 갈색 교복을 입은 미성년의 김나지움 여학생, 학교에서 몰래 순진무구한 음모나 꾸미고 장난이나 치는 아이가 아니었던가. 코마롭스키는 코앞에 마부가 앉아 있는 마차 안이든 온 극장이 다 보고 있는 구석진 자리든 가리지 않고 열을 올렸는데, 그 감춰진 대담함이 그녀 내면의 작은 악마를 일깨워 모방으로 이끌었다.

하지만 이 여학생의 장난기 섞인 불장난은 금방 꺼져 버렸다. 온몸이 쑤시는 것 같은 피로감과 자기 자신에 대한 공포가 내면에 깊게 뿌리를 내렸다. 그리고 항상 졸음이 밀려왔다. 밤에 잠을 충분히 자지 못하는 데다가 눈물과 만성 두통, 학교 과제, 육체의 총체적인 피로 때문이었다.

15

그는 그녀의 저주였고, 그녀는 그를 증오했다. 그녀는 날마다 이런 생각을 새로이 곱씹었다.

이제 그녀는 평생 그의 노예였다. 그는 무엇으로 그녀를 홀렸을까? 무엇으로 그녀의 순종을 손에 넣었으며 또 그녀는 무엇으로 그에게 넘어가 그의 욕망을 만족시켜 주고 꾸밈없는 치욕의 떨림으로써 그에게 쾌락을 주는 것일까? 나이가 많다는 것 때문에? 엄마가 금전적으로 그에게 의존하고 있기 때문에? 그녀, 즉 라라를 노련하게 협박하기 때문에? 아니, 아니, 아니다. 전부 얼토당토않은 소리다.

그녀가 그에게 종속된 것이 아니라 그가 그녀에게 종속된 것이었다. 정녕 그녀는 그가 자기 때문에 얼마나 애를 태우는지 모른단 말인가? 그녀는 양심이 깨끗했고, 두려운 것도 없었다. 만약 그녀가 그의 죄상을 폭로한다면 그는 마땅히 수치심과 두려움을 느낄 것이다. 하지만 문제는 그녀가 절대 그러지 못하리라는 점이다. 그러기 위한 비열함이, 아랫사람과 약자를 대할 때 코마롭스키의 주된 힘이 되는 비열함이 그녀에게는 부족한 탓이다.

바로 이것이 그들의 차이점이다. 이 때문에 삶은 오롯이 끔찍할 따름이다. 삶은 무엇 때문에 귀가 먹는 것일까, 천둥과 번개 때문일까? 아니다, 곱지 않은 눈초리와 중상모략의 속닥거림 때문이다. 그 내부에서는 모든 것이 간사하고 양가적이다. 한 가닥의 실은 거미줄에 불과하지만, 그 그물망에서 벗어나려고 하면 더더욱 엉켜들 따름이다.

그리하여 비열하고 약한 자가 강자 위에 군림하는 것이다.

16

그녀가 자신에게 말했다. '만약 결혼했다면 어땠을까? 어떻게 달랐을까?' 그녀는 궤변의 길로 들어섰다. 하지만 때때로 밑도 끝도 없는 우수에 사로잡히기도 했다.

어떻게 그는 부끄러움도 잊은 채 그녀의 발밑에서 몸부림치며 애원할 수 있었던가. '이대로 계속할 수는 없어. 나와 네가 무슨 짓을 했는지 생각해 봐. 너는 비탈길을 구르고 있는 거야. 어머니에게 털어놓자. 너와 결혼하겠어.'

그런 다음 그녀가 이론을 제기하고 승낙해 주지 않은 것처럼 울면서 고집을 부렸다. 하지만 이 모든 것은 그저 말뿐, 이 비극적인 공소한 말에 라라는 귀를 기울이지 않았다.

그는 계속하여 긴 베일을 씌운 그녀를 그 끔찍한 레스토랑의 별실로 데리고 다녔는데, 하인들과 식사하는 사람들이 그녀를 쭉 훑어보는 것이 흡사 발가벗길 듯한 기세였다. 그러면 그녀는 이렇게 자문했다. 사랑하는 사람을 이렇게 창피하게 만드나?

어느 날은 꿈을 꾸었다. 그녀는 땅속에 묻혀 있고, 왼쪽 옆구리와 어깨, 오른쪽 발바닥만 남아 있었다. 그녀의 왼쪽 젖꼭지에서는 풀이 한 포기 돋아나고 땅 위에서는 사람들이 「검은 눈동자와 하얀 젖가슴」과 「마샤는 냇가에 못 가요」를 불렀다.

17

라라는 신앙심이 없었다. 종교 의식도 믿지 않았다. 그러나 삶을 견디기 위해 가끔은 어떤 내적인 음악과 동행할 필요를 느꼈다. 그때마다 그녀가 매번 그런 음악을 작곡할 수는 없었다. 그 음악은 곧 삶에 대한 하느님의 말씀이었고, 그것을 들으며 울기 위해 라라는 교회에 다녔다.

12월 초의 어느 날, 「뇌우」의 카테리나[49] 같은 기분이 된 라라는 당장 발밑의 땅이 갈라지고 교회의 둥근 천장이 무너지는 것 같은 느낌에 기도를 하러 갔다. 스스로를 위해 잘한 일일 터였다. 그리고 모든 것이 끝날 터였다. 단, 수다쟁이 올랴 데미나를 데려온 것이 유감이라면 유감이었다.

"프로프 아파나시예비치야." 올랴가 그녀의 귀에 대고 속닥거렸다.

"쉿. 제발 좀 떨어져. 프로프 아파나시예비치가 누군데?"

"프로프 아파나시예비치 소콜로프 말이야. 우리 육촌이야. 낭송하는 사람."

"아, 성가를 낭송하는 분 말이구나. 티베르진의 친척. 쉿. 입

---

49) 알렉산드르 오스트롭스키(1823~1886)의 희곡 「뇌우」(1859)의 여주인공이다.

좀 다물어. 방해하지 말고, 제발."

그들은 예배가 시작될 즈음에 도착했다. 사람들은 "내 영혼아, 주님을 찬미하여라, 내 안의 모든 것들아, 그분의 거룩하신 이름을 찬미하여라."[50]라는 성가를 부르고 있었다.

교회 안이 좀 한산하여 소리가 크게 울렸다. 앞쪽에만 기도하는 사람들이 몰려 북적대고 있었다. 교회는 새로 지은 건물이었다. 채색되지 않은 창유리는 눈 덮인 회색 골목과 그 위를 걷거나 마차로 지나가는 행인들을 그 무엇으로도 장식해 주지 않았다. 교회의 집사가 이 창문 옆에서 서서 예배에는 주의도 기울이지 않고 온 교회가 떠나가라 큰 소리로 어떤 귀머거리 유로지브이[51] 여자 거지에게 일장 훈시를 늘어놓고 있었다. 그의 목소리는 이 창문이나 골목만큼 사무적이고 일상적이었다.

라라가 한 손에 동전들을 꽉 쥔 채 자신과 올랴를 위해 양초를 사려고, 기도하는 사람들을 천천히 돌아 문 쪽으로 갔다가 역시나 누구라도 밀칠까 봐 조심하면서 다시 돌아오는 동안, 프로프 아파나시예비치는 아홉 가지 지복을 무슨 물건, 그것도 굳이 그가 아니어도 누구나 다 잘 아는 물건인 양 따발총처럼 줄줄 다 읽어 버렸다.

행복하여라, 마음이 가난한 사람들! 행복하여라, 슬퍼하는 사람들!……행복하여라, 의로움에 주리고 목마른 사람

---

50) 「시편」 103장 1절.
51) 성스러운 바보를 뜻한다.

들!…….[52)]

라라는 걸음을 떼다가 몸을 부르르 떨며 멈추어 섰다. 이건 그녀 이야기였다. 그분은 짓밟힌 자들의 운명을 부러운 것이라고 말씀하신다. 그들은 그들 자신에 대해 할 이야기를 가지고 있다. 그들의 앞날은 창창하다. 그분은 그렇게 생각하셨다. 이것이 그리스도의 견해였다.

18

프레스냐 봉기[53)] 때였다. 그들은 반란 지대에 있게 되었다. 그들의 집에서 몇 걸음 떨어진 트베르스카야 거리에 방어벽이 쳐졌다. 거실의 창문으로도 보였다. 사람들은 방어벽을 이루는 돌과 쇠막대를 얼음 장갑(裝甲)으로 굳히기 위해 마당에서 양동이에 물을 담아 거기다 들이부었다.

옆집 마당은 민병대의 집합소가 되었는데, 보건소나 급식소와 비슷했다.

그리로 두 소년이 지나갔다. 둘 다 라라가 아는 소년이었다. 한 명은 나댜의 친구인 니카 두도로프로서 나댜의 집에서 안면을 텄다. 그는 라라와 같은 부류로 직선적이고 오만하고 과묵했다. 비슷한 성격 탓에 그녀의 관심은 끌지 못했다.

---

52)「마태오 복음서」 5장 3~6절.
53) 1095년 12월 모스크바의 프레스냐 지역을 중심으로 일어난 노동자 봉기를 말한다.

다른 쪽은 올랴 데미나의 할머니인 티베르지나의 집에 사는 실업 학교 학생 안티포프였다. 마르파 가브릴로브나의 집을 드나들면서 라라는 자기가 소년에게 어떤 영향을 미치는지 조금씩 인지했다. 파샤 안티포프는 아직 어린아이처럼 순진무구해서, 라라가 방학 때 보는 깨끗한 풀과 구름이 있는 자작나무 숲 같은 존재라도 되는 양, 그녀의 방문이 안겨 주는 지복을 감출 줄 몰랐으며, 그렇기에 놀림을 받을까 봐 걱정하지도 않은 채 그녀로 인한 송아지 같은 환희를 스스럼없이 표현할 수 있었다.

라라는 자기가 그에게 영향력을 행사하고 있음을 인지하자마자 무의식적으로 이것을 이용하기 시작했다. 하긴 이 부드럽고 상냥한 인물을 보다 진지하게 길들여 간 것은 몇 년 뒤 그들의 우정이 훨씬 더 깊어진 후였고, 그때 파툴랴는 이미 자기가 그녀를 정신없이 사랑하고 있음을, 사는 동안 결코 물러설 수 없음을 알고 있었다.

소년들은 놀이 중 가장 무섭고 어른스러운 놀이인 전쟁놀이를 하고 있었는데 자칫하면 그런 데 참여했다 하여 교수형을 당하거나 유형을 가기도 했다. 하지만 외투의 후드 끝이 뒤쪽에서 꼭 매듭져 있는 것을 보면 그들이 어린아이임을 알 수 있고 또 아직도 엄마와 아빠가 있음이 드러났다. 라라는 다 자란 여자가 어린아이를 보듯 그들을 바라보았다. 그들의 위험한 놀이 위로 순수함이 드리워졌다. 그들과 연결된 나머지 모든 것도 바로 그 같은 여운을 남겼다. 텁수룩한 성에가 너무 두껍게 껴서 흰색이 아니라 검은색으로 보이는 싸늘한 저녁도. 푸른 마당도. 소년들이 숨어 있는 맞은편 집도. 그리고 그무엇, 무엇보다도 항상 그쪽에서 콩 볶듯 권총을 쏘는 소리도. '아이들이 총을 쏘는가 보다.' 하고 라라는 생각했다. 니카와 파툴랴가 아니라 총을 쏘는 도시 전체에 대해 이렇게 생각한 것이다. '좋은 아이들, 정직한 아이들이야.' 그녀는 생각했다. '좋은 아이들. 그래서 총을 쏘는 거야.'

19

사람들은 방어벽까지 대포 포격을 받을 수도 있고 자기들의 집이 위험에 처해 있음도 알게 되었다. 그들의 구역이 포위된 이상 이제는 모스크바의 다른 구역에 있는 지인의 집으로 옮겨 가기도 어려웠다. 포위망 안쪽에서 좀 더 가까운 피신처를 찾아야 했다. 체르노고리야가 떠올랐다.

그들이 먼저가 아님이 밝혀졌다. 호텔은 모두 차 있었다. 많은 사람이 그들과 같은 처지였다. 오랜 정을 생각해서 시트 보관실에 자리를 봐주겠노라는 약속을 받았다.

그들은 사람들의 주의가 트렁크 따위에 쏠리지 않도록 필수품만 세 꾸러미로 꾸려 놓고 호텔로의 이사를 차일피일 미루었다.

양장점은 가부장적 분위기가 지배하는 탓에 파업에도 아랑곳하지 않고 최근까지 일을 계속했다. 그러던 어느 날, 어쩐지 춥고 따분한 황혼녘에 거리에서 초인종이 울렸다. 누군가가 각종 요구 사항과 비난을 늘어놓으려는 듯 들어왔다. 여주인을 현관으로 불러 달라고 했다. 파이나 실란티예브나가 이 수난을 막으려고 현관으로 나왔다.

"얘들아, 이리 나와라!" 그녀는 당장 여공들을 그리로 불러내, 모두를 차례로 방문객에게 소개했다.

그는 각각의 여공과 일일이 마음을 담아 어색하게 악수를 나누며 인사를 주고받은 뒤 페티소바와 뭔가 말을 주고받고는 가 버렸다.

홀 안으로 돌아온 여공들은 숄을 두르고 두 손을 머리 위로 치켜 올려 비좁은 털외투의 소매 속으로 끼워 넣었다.

"무슨 일이지?" 때마침 나타난 아말리야 카를로브나가 물었다.

"우리를 데려가는 거예요, 마담. 우리도 파업해요."

"아니, 내가……. 내가 너희에게 무슨 잘못을 했는데?" 마담 기샤르는 울음을 터뜨렸다.

"속상해하실 것 없어요, 아말리야 카를로브나. 부인에게 나쁜 감정이 있는 건 아니에요, 오히려 정말 감사드려요. 하지만 문제는 부인이나 우리가 아니에요. 이제는 그러니까 모든 사람, 온 세상이 그런걸요. 그러니 어떻게 거역하겠어요?"

단 한 명도 남지 않고 모두 흩어졌으며, 여주인에게 작별 인사로 업체와 그 주인을 위해 이 파업에 동조하는 척하는 거라고 속삭인 올랴 데미나와 파이나 실란티예브나도 떠나갔다. 하지만 주인 쪽에서는 진정하지 못했다.

"배은망덕도 유분수지! 생각 좀 해 봐, 어쩜 이렇게 사람을 잘못 보았을까! 내가 이 계집애를 얼마나 아꼈는데! 뭐, 좋아, 애는 어리니까 그럴 수 있다고 치자고. 하지만 저 늙은 마녀까지!"

"좀 이해해 주세요, 엄마. 그 사람들이 엄마를 위하자고 예외가 될 수는 없잖아요." 라라가 그녀를 위로했다. "아무도 엄마한테 악의는 없어요. 오히려 정반대일 거예요. 지금 우리 주변의 모든 일은 인간의 이름으로, 약자를 보호하고 여자와 아이의 안녕을 위해 행해지는 거예요. 그래요, 그러니까 믿기지 않는다는 듯 그렇게 고개를 젓지 마세요. 그로 인해 언젠가는 나와 엄마도 더 좋아질 거예요."

하지만 어머니는 아무것도 이해하려 들지 않았다.

"항상 이런 식이야." 그녀가 흐느껴 울며 말했다. "가뜩이나 생각이 꼬이는데 너는 어떻게 그때마다 눈이 휘둥그레질 만큼 놀라운 소리만 지껄여 대는 거냐. 사람들이 내 머리에 똥칠을 했는데 이게 수지맞는 일이라는 식이니. 아니, 정말 내가 노망이 들었나 보다."

로댜는 사관 학교에 가 있었다. 라라와 어머니는 단둘이서 텅 빈 집을 어슬렁거렸다. 불을 밝히지 않은 거리가 공허한 눈길로 방 안을 들여다보고 있었다. 방 역시 그런 눈길로 화답해 주었다.

"호텔로 가요, 엄마, 더 어두워지기 전에요. 듣고 있어요, 엄마? 뭉그적대지 말고, 지금요."

"필라트, 필라트!" 그들이 문지기를 불렀다. "필라트, 우리를 체르노고리야로 좀 데려다 줘요, 예."

"알겠습니다, 마님."

"짐도 좀 맡아 주고, 그렇지, 필라트, 잠잠해질 때까지 이곳도 좀 봐줬으면 좋겠어. 키릴 모데스토비치에게 먹이와 물 챙겨 주는 것도 잊지 말고. 전부 열쇠로 잠가. 우리도 좀 찾아와 주고."

"알겠습니다, 마님."

"고마워, 필라트. 그리스도의 가호가 있기를. 그럼 작별을 위해 잠깐 앉아 있자,[54] 주님이 함께하도록."

그들은 거리로 나갔다. 오랜 병을 앓고 난 다음처럼 공기가 낯설었다. 공간이 지독히 두들겨 맞은 듯 꽁꽁 얼어붙은 탓에, 선반에 올려놓고 다듬는 것처럼 부드럽고 속닥대는 소리가 사방으로 가볍게 울려 퍼졌다. 철썩대고 쿵쾅대는 대포 소리와 빗발치는 총소리가 먼 곳을 묵사발로 만들고 있었다.

필라트가 아무리 아니라고 해도 라라와 아말리야 가를로브나는 이 총성을 공포(空砲)라고 생각했다.

"필라트, 자네는 정말 바보야. 아니, 스스로 판단 좀 해 봐. 누가 총을 쏘는지 보이지도 않는데 어떻게 공포가 아니라는 거야? 그럼 자네 생각에는 성령이 이렇게 총을 쏘아 대신다는 거야, 어? 당연히 공포지."

한 교차로에서 순찰대가 그들을 불러 세웠다. 카자크인들은 실실 웃으며 그들을 머리부터 발끝까지 더듬고 수색했다. 끈이 달린 챙 없는 모자가 그들의 귀께로 날렵하게 젖혀져 있

---

54) 러시아인은 길을 떠나기 전에 행운을 빌며 잠시 앉아 있는 풍습이 있다.

었다. 모두들 애꾸눈처럼 보였다.

아, 정말 행복하다! 라라는 생각했다. 그들이 도시의 나머지 구역과 차단되어 있는 동안은 코마롭스키를 보지 않아도 될 것이다! 어머니 때문에 그와 관계를 끊을 수도 없다. 엄마, 저 사람을 받아들이지 마세요, 라고 말할 수는 없으니까. 그랬다가는 모든 것이 탄로 날 것이다. 그럼 어때? 이걸 왜 두려워하지? 아휴, 맙소사, 몽땅 망하든 말든 제발 좀 끝장나 버려라. 주님, 주님, 주님! 그녀는 지금 당장 혐오감 때문에 길 한복판에서 의식을 잃고 쓰러질 것만 같았다. 방금 무엇이 떠올랐던가? 모든 일이 시작된 저 최초의 별실에 걸려 있던 그림, 뚱뚱한 로마인을 그린 무서운 그림의 제목이 뭐였더라? 「여자 혹은 꽃병」.[55] 그렇지. 물론. 유명한 그림이다. 「여자 혹은 꽃병」. 그리고 그때의 그녀는 아직 이 소중한 것과 겨룰 만한 여자가 아니었다. 나중에 그렇게 된 것이다. 식탁은 그토록 호화롭게 차려져 있었다.

"어딜 가려고 그렇게 미친 듯이 서두르니? 내가 네 뒤를 쫓아가야 되겠니, 원." 거칠게 숨을 몰아쉬고 가까스로 그녀를 쫓아오면서 뒤에서 아말리야 카를로브나가 우는소리를 했다.

라라는 빨리 걸었다. 오만하고 기운을 북돋아 주는 무언가가 힘을 주어 그녀는 공기 위를 걷듯 나아갔다.

'오, 정말 격렬하게 쏘아 대는군.' 그녀는 생각했다. '짓밟힌

---

55) 러시아 제국-폴란드 화가인 헨리크 시미라츠키(1843~1902)가 그린 그림.

자는 복이 있도다, 배반당한 자는 복이 있도다. 주님이 너희를
잘 보살펴 주길, 총성들이여! 총성, 총성들이여, 너희도 나와
같은 생각이겠지!'

20

그로메코 형제의 집은 십체프 브라조크와 다른 골목이 만
나는 모퉁이에 있었다. 알렉산드르 알렉산드로비치와 니콜라
이 알렉산드로비치는 화학 교수였는데, 전자는 페트롭스카야
아카데미에, 후자는 대학에 있었다. 니콜라이 알렉산드로비
치는 독신이었고, 알렉산드르 알렉산드로비치는 크류게르 집
안 출신의 안나 이바노브나와 결혼했다. 그녀의 아버지는 철
강업자이자 우랄의 유랴틴 부근 거대한 삼림 별장에 위치한,
수지 안 맞는 폐광들의 소유주였다.

집은 이 층 건물이었다. 침실들, 공부방, 알렉산드르 알렉산
드로비치의 서재와 도서관, 안나 이바노브나의 규방, 토냐와
유라의 방이 있는 위층은 주거 공간이었고 아래층은 손님을
접대하는 곳이었다. 피스타치오 색깔의 커튼, 그랜드피아노
뚜껑 위의 거울 같은 반짝임, 수족관, 올리브나무 가구와 해초
를 닮은 방 안의 식물 덕분에 이 아래층은 졸음에 겨워 흔들리
는, 초록빛 바다 밑바닥 같은 느낌이었다.

그로메코 집안은 교양 있고 손님 접대를 좋아하고 음악에
대단히 조예가 깊은 애호가들이었다. 그들은 자기 집에 사교

계 사람들을 모아 놓고 실내악 야회를 열곤 했는데, 피아노 삼중주, 바이올린 소나타, 현악 사중주가 연주되었다.

1906년 1월, 니콜라이 니콜라예비치가 외국 여행을 떠난 다음, 십체프에서는 정기 실내악 모임이 열리기로 되어 있었다. 타네예프 학교 출신의 어느 신인이 새 바이올린 소나타와 차이콥스키의 삼중주를 연주할 예정이었다.

준비는 전날 밤부터 시작되었다. 가구를 옮겨 홀을 비웠다. 구석에서는 조율사가 똑같은 음을 백 번씩 두들기고 구슬 같은 아르페지오가 여기저기 흩어졌다. 부엌에서는 새의 털을 뽑고 푸성귀를 다듬고 소스와 샐러드에 쓰려고 프로방살 기름에 겨자를 으깨 넣었다.

아침부터 슈라 실레진게르가 찾아와 성가시게 부산을 떨었는데, 그녀는 안나 이바노브나와 흉금을 털어놓을 만큼 절친한 친구였다.

슈라 실레진게르는 약간 남자 같은 얼굴에 이목구비가 또렷하고 키가 크고 좀 마른 여자로 약간은 군주를 연상시키는 얼굴이었는데, 특히 회색 카라쿨 양털 모자를 쓰고 있으면 더 그랬다. 그녀는 손님으로 와 있는 내내 그 모자를 쓴 채 거기 붙은 베일만 살짝 들어 올리고 있었다.

괴로운 일이나 번잡한 일이 있을 때마다 두 친구는 서로에게 위안이 되었다. 이런 위안이란, 슈라 실레진게르와 안나 이바노브나가 서로에게 더욱더 신랄하고 톡톡 쏘는 말을 하는 것이었다. 그러다 폭풍우 같은 장면이 연출되고 순식간에 눈물과 화해로 마무리되었다. 이 정기적인 다툼은 방혈에 거머리를 쓰는 것처럼 두 여자에게 안정을 주는 효과가 있었다.

슈라 실레진게르는 결혼을 여러 번 했지만 이혼하고 나면 즉시 남편을 잊고 별다른 의미를 부여하지 않았기 때문에 모든 습성에 있어 독신녀처럼 냉정한 활기를 유지했다.

슈라 실레진게르는 신지학자였지만 그와 더불어 정교 예배 의식의 과정도 너무 잘 알아서, 심지어 성직자가 환희에(toute transportée), 완전히 황홀경에 빠져 있을 때에도 무슨 말을 하고 무슨 노래를 불러야 할지 귀띔해 주기를 주저하지 않았다. "들으소서, 주여." "영원하리." "참으로 정결한 케루빔." 하고 그녀가 목 쉰 소리로 내도록 재빠르게 지껄이는 소리가 들려왔다.

슈라 실레진게르는 수학과 인도의 밀교뿐 아니라 모스크바 음악원에서 가장 유력한 교수들의 주소와 누가 누구와 살고 있는지도 알았으니, 정말 모르는 것이 없었다. 그래서 인생에 심각한 일이 생길 때마다 항상 재판관이자 처리자로 초대받았다.

약속 시간이 되자 손님들이 모여들기 시작했다. 아델라이다 필리포브나, 긴츠, 폼코프 내외, 바수르만 내외, 베르지츠키 내외, 캅카즈체프 대령이 왔다. 눈이 내렸고, 그래서 현관 문이 열릴 때마다 크고 작은 눈송이가 번득이는 바람에 공기가 매듭에 묶인 것처럼 갈피를 못 잡고 옆으로 질주했다. 남자들은 목이 길고 헐렁한 단화를 신고 추운 바깥에서 들어왔는데, 하나같이 얼빠지고 볼썽사나운 굼벵이 몰골이었다. 반면에 아내들은 혹한에 더 생기로워져서 모피 코트의 윗단추를 두어 개 풀고 서리가 내린 머리카락 위에 두른 북슬북슬한 숄을 뒤로 젖힌 채 빈틈이라곤 찾을 수 없는 악명 높은 악녀의 형상을, 교활 그 자체를 구현했다. "큐이[56]의 조카랍니다." 이 집에 처음 초대받은 신인 피아니스트가 도착하자 이런 속삭임이 들려왔다.

양쪽 모두 활짝 열린 홀의 옆문들을 통해 음식이 차려진, 겨울 길처럼 긴 식당의 식탁이 보였다. 마가목 열매로 담근 보드카가 병에 담긴 채 영롱하게 노니는 것이 눈에 들어왔다. 은제 쟁반 위에 놓인, 작은 양념병에 담긴 식초와 버터 그릇, 들새와 먹거리가 만들어 내는 그림 같은 풍경이 상상력을 사로잡았고, 피라미드처럼 접어 놓은 냅킨, 예쁘게 장식된 각각의 식기 세트, 그리고 바구니에 담겨 아몬드 향기를 풍기는 푸른 연보랏빛의 시네라리아마저 식욕을 돋우는 것 같았다. 지상의 양식을 맛보기를 학수고대하던 사람들은 이 순간을 연기하지 않기 위해 되도록 빨리, 서둘러 정신의 양식 쪽으로 향했다. 그들은 각자 홀에 줄을 지어 앉았다. "큐이의 조카랍니다." 피아니스트가 악기 앞에 자리를 잡았을 때 다시 속삭이는 소리가 들렸다. 콘서트가 시작되었다.

이 소나타가 지루하고 억지스럽고 골치 아프리란 것은 모두들 알고 있었다. 예상은 들어맞았으며 끔찍할 정도로 늘어지기까지 했다.

이것을 두고 쉬는 시간에 평론가 케림베코프와 알렉산드르

---

56) 체자르 큐이(1835~1918). 러시아의 작곡가.

알렉산드로비치가 논쟁을 벌였다. 평론가는 이 소나타를 비난했지만 알렉산드르 알렉산드로비치는 옹호했다. 주변에서는 사람들이 의자를 이 자리에서 저 자리로 옮겨 가며 담배를 피우고 소란을 떨었다.

그러나 시선들은 다시 옆방에서 반짝이는, 다림질된 식탁보에 떨어졌다. 다들 지체하지 말고 콘서트를 계속하자고 했다.

피아니스트는 곁눈질로 청중을 힐끔 보고 파트너들에게 시작하자는 의미로 고개를 까딱했다. 바이올리니스트와 트이시케비치가 활을 휘둘렀다. 트리오는 흐느끼기 시작했다.

유라, 토냐, 그리고 지금 인생의 절반은 그로메코 집에서 보낸 미샤 고르돈이 세 번째 열에 앉아 있었다.

"예고로브나가 부르는데요." 유라가 그의 자리 바로 앞에 앉아 있는 알렉산드르 알렉산드로비치에게 속삭였다.

홀의 문지방에는 그로메코 집안의 늙은 백발 가정부인 아그라페나 예고로브나가 서 있었다. 그녀는 절박한 눈길로 유라 쪽을 보며 단호한 고갯짓으로 알렉산드르 알렉산드로비치 쪽을 가리키면서 유라에게 지금 주인어른이 급히 필요함을 이해시키고자 했다.

알렉산드르 알렉산드로비치는 고개를 돌려 나무라듯 예고로브나를 쳐다보고는 어깨를 으쓱했다. 그래도 예고로브나는 단념하지 않았다. 곧 홀의 이쪽 끝과 저쪽 끝에 있는 그들 사이에서 벙어리, 귀머거리 같은 소통이 시작되었다. 사람들이 그들을 쳐다보았다. 안나 이바노브나는 남편을 향해 계속 차가운 눈길을 보냈다.

알렉산드르 알렉산드로비치가 일어났다. 뭐라도 해야 했다. 그는 얼굴을 붉히며 조용히 홀의 한 구석을 돌아 예고로브나 쪽으로 다가갔다.

"거참, 창피스럽게, 예고로브나! 정말 뭣 때문에 이 난리야? 자, 빨리 말해 보게, 무슨 일인가?"

예고로브나가 그에게 뭐라고 속삭였다.

"체르노고리야라니?"

"호텔 말이에요."

"그래, 무슨 일로?"

"얼른 보내 달라고 성화예요. 그쪽에서 누가 죽어 간대요."

"죽어 가다니. 알 만하군. 안 되겠어요, 예고로브나. 이제 한 토막만 더 연주하면 되는데, 말해 보지. 더 빨리는 안 돼요."

"호텔 사람이 끝까지 기다릴 태세예요. 마부도 그렇고요. 사람이 죽어 가고 있다니까요, 아시겠어요? 귀족 신분의 부인이래요."

"안 돼, 안 돼. 오 분이면 되는데, 왜 이리 난리야."

알렉산드르 알렉산드로비치는 예의 그 조용한 걸음걸이로 인상을 쓰고 콧잔등을 문지르면서 벽을 따라 자리로 돌아가 앉았다.

첫 악장이 끝나자 그는 연주자들 쪽으로 다가가, 여전히 박수갈채가 울려 퍼지는 가운데, 파데이 카지미로비치에게 사람들이 자기를 데리러 왔다고, 어떤 불상사가 일어나 음악회를 중단해야겠다고 말했다. 그런 다음 홀을 향해 손바닥을 움직여 보임으로써 박수를 멈추게 하고 큰 소리로 말했다.

"여러분, 트리오를 중단해야겠습니다. 파데이 카지미로비치에게 유감을 표해야 하는 상황입니다. 슬픈 일이 생겼거든요. 이분은 우리를 두고 떠나게 됐습니다. 이런 순간에 이분을 혼자 보내고 싶지 않군요. 이분에게는 아마 제가 꼭 필요할 겁니다. 저는 이분과 함께 떠나겠습니다. 유로치카, 나가서, 얘야, 세묜에게 현관 쪽에 마차를 대령하라고 말해 다오, 마구는 벌써 준비됐을 거야. 여러분, 작별 인사는 하지 않으렵니다. 모두 그대로 남아 주시길 부탁드립니다. 잠시만 자리를 비우겠습니다."

소년들은 이 한밤중에, 이 추위에 꼭 알렉산드르 알렉산드로비치와 같이 가게 해 달라고 졸랐다.

21

12월 이후, 삶의 흐름이 정상적으로 복구되었음에도 여전히 어디선가는 총소리가 났고 계속 빈발하는 새 화재 때문에 이전 화재의 잔해가 마저 타는 것처럼 여겨졌다.

그들이 이날 밤처럼 그렇게 멀리까지 오래 나가 본 것은 처음이었다. 사실 엎어지면 코 닿을 거리였다. 스몰렌스키와 노빈스키를 지나 사도바야 거리의 중간 지점이었으니 말이다. 하지만 안개 섞인 짐승 같은 추위가, 이 세상 어느 공간도 똑같지 않다는 듯, 발광한 공간을 하나하나의 조각으로 갈라놓았다. 뭉실뭉실, 너덜너덜 피어오르는 모닥불 연기, 저벅대는 발자국 소리, 썰매 날이 쌩쌩대는 소리 때문에 까마득한 옛날부터 달리고 있는 것 같은, 그래서 뭔가 소름 돋는 머나먼 공간으로 들어선 것 같은 느낌이 더 강해졌다.

호텔 앞에는 발굽에 붕대가 감기고 두꺼운 덮개에 덮인 말 한 마리가 멋스럽고 좁다란 썰매를 달고 서 있었다. 승객 자리에는 마부가 몸을 데우느라 목이 긴 장갑을 낀 두 손으로 머리를 꼭 감싸고 앉아 있었다.

로비 안은 따뜻했고, 입구와 코트 보관소 사이에 세워 둔 난간 뒤에서는 환풍기 소음과 페치카 윙윙대는 소리와 사모바르가 펄펄 끓는 소리를 들으며 잠들었던 수위가 꾸벅꾸벅 졸다가 자기 코 고는 소리에 놀라 깨곤 했다.

로비의 왼쪽, 거울 앞에는 얼굴에 밀가루를 뒤집어쓴 것처럼 짙은 분칠과 화장을 한 통통한 부인이 서 있었다. 그녀는 이 날씨에 입기에는 너무 얇아 보이는 모피 재킷을 걸치고 있었다. 부인은 누군가가 위에서 내려오기를 기다리면서, 거울 쪽으로 등을 돌리고 자신의 뒤태가 예쁜지 어떤지 오른쪽, 또 왼쪽 어깨 너머로 번갈아 비추어 보았다.

거리에서 문 안으로 꽁꽁 언 마부가 들어왔다. 카프탄[57]의 생김새 때문에 빵집 간판의 꽈배기 같은 것을 연상시키는 사람이었는데, 모락모락 솟아오르는 김 때문에 더 그랬다.

"저기 곧 되시는 거죠, 마님?" 그는 거울 옆의 부인에게 물었다. "마님 같은 분한테 붙들려 있다가는 말이 얼어 죽겠는

---

57) 옷자락이 길고 띠가 달린 농민 외투.

걸요."

24호실의 사건은 허구한 날 일상적인 골칫거리에 시달리는 하인들에게는 하찮은 일이었다. 벨이 매 순간 울리고 벽에 걸린 긴 유리 상자에서 번호판이 떨어져 나오면 어디서, 어느 방에서 사람이 미쳐 가고 있고 자기가 무엇을 원하는지도 모르면서 담당 급사들을 귀찮게 한다는 뜻이었다.

지금 24호실에서는 음독을 시도한 늙은 멍청이 기샤로바[58)를 치료하는 중, 즉 구토제를 주어 내장과 위장을 세척하는 중이었다. 하녀 글라샤는 그곳의 마룻바닥을 닦고 또 더러운 양동이를 치우고 깨끗한 양동이를 들여오느라 파김치가 되어 있었다. 하지만 종업원들 방에서 지금 일어나고 있는 소동은 이 난리법석이 있기 훨씬 전에 시작된 것이었다. 아직은 그런 조짐도 전혀 없고 의사와 저 불행한 첼리스트를 데려오라며 테레시카를 마차에 태워 보내지도 않았을 때, 코마롭스키도 오지 않고 문 앞의 복도로 하릴없는 사람들이 몰려들어 통행에 방해가 되지 않았을 때 말이다.

오늘의 난리법석은 하인 방에서 시작되었다. 낮에 누군가가 부엌의 좁은 통로에서 어설프게 몸을 돌리다가, 오른손에 요리가 가득 담긴 쟁반을 위로 치켜든 채 복도로 통하는 문에서 몸을 굽히고 막 달려 나오던 종업원 스이소이를 무심코 툭 밀쳤던 것이다. 쟁반이 떨어지고 수프가 엎질러지고, 식기가, 바닥이 깊은 접시 세 장과 작은 접시 한 장이 산산조각 났다.

---

58) 마담 기샤르를 러시아 식으로 부르는 것.

스이소이는 설거지 담당 여자의 잘못이니까 그녀에게 책임을 물어 변상하게 해야 한다고 한다고 주장했다. 이제 밤 10시가 지나 종업원의 절반이 서둘러 퇴근해야 했지만 그들은 여태껏 이 문제로 옥신각신하고 있었다.

"원래 손발을 벌벌 떨면서 밤낮없이 보드카 병을 마누라처럼 품고 코가 비뚤어지도록 마시는 주제에 왜 자기를 밀쳤냐니, 왜 자기 식기를 깨고 생선 수프를 쏟았냐니! 누가 너를 밀쳤다는 거야, 이 속 터진 놈아, 뻔한 눈깔을 치뜨고서?"

"내가 말 좀 조심하라고 했잖아요, 마트료나 스테파노브나."

"아니, 소란을 떨고 그릇을 부술 만한 무슨 이유라도 있으면 모를까, 정말 별꼴을 다 보겠어. 저 마담 프로담[59] 말이야, 그 신경질적인 갈보 년이 뭐 좋은 일이 있다고 비소를 드셨다지, 은퇴한 창녀 주제에. 체르노고리야 호텔 방에서 살며 수다쟁이 암컷도, 또 수컷도 못 만나니 말이야."

미샤와 유라는 호텔 방 문 앞에서 복도를 왔다 갔다 했다. 모든 것이 알렉산드르 알렉산드로비치가 예상했던 것과는 딴판이었다. 그가 상상한 것은 첼리스트며 비극과 같은 뭔가 존엄하고 순결한 일이었다. 한데 대체 이건 무엇이란 말인가. 진흙탕에 뭔가 추문 같은 일, 절대 아이들이 볼 만한 일이 아니지 않은가.

소년들은 복도에서 발을 구르고 있었다.

"아주머니 방으로 들어가 봐요, 꼬마 신사들." 소년들 쪽으

---

59) '매춘부'라는 의미가 내포된 듯하다.

로 다가온 담당 급사가 침착하고 조용한 목소리로 재차 설득했다. "들어들 가 봐요, 미심쩍어하지 말고. 저들은 괜찮으니까 마음 편히 가져요. 이제는 다 무사해요. 하지만 여기에 서 있으면 안 돼요. 방금 여기서 불미스러운 일이 일어나서 값비싼 식기가 깨졌거든요. 보이죠, 시중을 드느라 뛰어다니는데 비좁잖아요. 들어가요."

소년들은 그 말에 따랐다.

호텔 방에서는 식탁 위의 기름통에 걸어 둔 석유램프를 꺼내, 빈대 냄새를 풍기는 널빤지 칸막이 너머로, 호텔 방의 다른 편으로 옮겨 놓았다.

그곳은 현관과도, 또 먼지투성이 접이용 커튼을 통해 남의 시선과도 분리된 침소용 구석 자리였다. 지금은 북새통에 커튼을 치는 것을 잊었던 것이다. 커튼 자락은 칸막이의 위쪽 끝 너머에 걸쳐져 있었다. 램프는 침대 옆 의자에 놓여 있었다. 이 모퉁이는 극장의 각광을 받는 것처럼 아래에서부터 선명하게 밝혀져 있었다.

음독한 약물은, 설거지하는 여자가 잘못 알고 퍼부은 독설과 달리, 비소가 아니라 요오드였다. 호텔 방에는 아직 다 여물지 않아 초록색 껍질을 살짝만 건드려도 검은색이 묻어나는 햇호두의 끈적끈적하고 떫은 냄새가 가득했다.

칸막이 뒤에서 젊은 하녀가 마룻바닥을 훔치고 있었고, 침대 위에는 옷을 반쯤 벗은 여자가 물과 눈물과 땀에 절어 큰 소리로 울면서 서로 엉겨 붙은 머리채를 세숫대야 위로 떨구고 누워 있었다. 소년들은 얼른 시선을 돌렸는데, 그쪽을 보는 것이 너무 부끄럽고 민망했던 것이다. 하지만 그 와중에도 유라는, 여자가 긴장해서 힘을 준 탓에 몸을 바투 세우고 불편한 자세를 취하면 조각상 같은 모습이 없어지고 시합에 임하는, 짧은 바지 차림에 울퉁불퉁한 근육질의 벌거벗은 투사와 비슷해진다는 사실에 충격을 받았다.

드디어 칸막이 뒤의 사람들이 커튼을 쳐야 한다는 사실을 깨달았다.

"파데이 카지미로비치, 이봐요, 당신 손은 어디 있나요? 손을 주세요." 눈물과 구토 때문에 숨이 막히는 가운데 여자가 말했다. "아휴, 정말 무서운 일을 겪었어요! 그런 의심을 했거든요! 파데이 카지미로비치…… 나의 상상으론…… 하지만 천만다행으로 이 모든 것이 바보짓이고, 나의 흐트러진 상상이었다는 게 밝혀졌어요. 파데이 카지미로비치, 한번 생각해 보세요, 정말 안심이에요! 결국…… 이렇게…… 이렇게 나는 살아 있잖아요."

"진정하세요, 아말리야 카를로브나, 제발 좀 진정하세요. 이 모든 게 너무 거북하잖아요, 솔직히 말씀드려서 정말 거북하군요."

"그만 집으로 가자꾸나." 알렉산드르 알렉산드로비치가 아이들을 향해 퉁명스럽게 내뱉었다.

그들은 너무 어색해서 어쩔 줄 모른 채 칸막이가 쳐지지 않은 부분의 문지방, 어두운 현관에 서 있었고, 시선을 어디다 두어야 할지 몰라 램프를 치워 버린 호텔 방의 안쪽 구석을 들여다보았다. 그곳 벽에는 사진이 가득 걸리고 서가에는 악보

들이 꽂히고 책상 위에는 종이와 앨범이 뒹굴고 뜨개질한 식탁보가 덮인 식탁 저편에는 처녀가 안락의자에 앉아 등받이를 두 손으로 감고 뺨을 갖다 붙인 채 자고 있었다. 주위의 소음과 움직임도 그녀의 잠을 방해하지 못하는 것을 보면 죽도록 피곤한 모양이었다.

그들이 온 것은 무의미한 일이었고 여기에 계속 더 있는 것은 무례한 일이었다.

"이제 가자꾸나." 알렉산드르 알렉산드로비치가 다시 한번 말했다. "파데이 카지미로비치가 바로 나올 거다. 그만 작별 인사를 해야지."

하지만 칸막이 뒤에서 나온 사람은 파데이 카지미로비치가 아닌 다른 누군가였다. 탄탄한 체구에 면도를 하고 위풍당당하고 자신감이 넘쳐 보이는 사람이었다. 그는 기름통에서 꺼낸 램프를 머리 위에 들고 있었다. 그러다 처녀가 자고 있는 식탁 쪽으로 다가가 램프를 기름통에 걸었다. 불빛에 처녀가 잠에서 깼다. 그녀는 들어온 사람을 향해 미소를 짓고 게슴츠레 눈을 뜨며 기지개를 켰다.

낯선 사람이 나타나자 미샤는 깜짝 놀라더니 그를 뚫어져라 바라보았다. 그는 무슨 말을 하려는 듯 유라의 소매를 잡아당겼다.

"남의 집에서 귓속말을 하다니, 창피하지도 않아? 사람들이 너를 어떻게 생각하겠어?" 유라가 그의 말을 막으며 들으려 하지 않았다.

그러는 동안 처녀와 남자 사이에는 말 없는 장면이 연출되었다. 그들은 서로에게 한마디도 건네지 않고 눈길만 주고받았다. 하지만 그들의 상호적인 이해는 놀라우리만큼 마법적이었는데, 그가 인형사이고 그녀는 그의 손놀림을 따르는 꼭두각시 같았다.

얼굴에 나타난 피로한 미소로 인해 처녀의 눈이 반쯤 감기고 입술이 마지못해 반쯤 벌어졌다. 하지만 남자의 냉소적인 시선에 그녀는 공범자의 교활한 윙크로 화답했다. 모든 것이 무사히 해결되었고 비밀은 폭로되지 않았고 음독한 여자는 살아남은 것에 두 사람 모두 만족했던 것이다.

유라는 두 사람을 정신없이 탐색했다. 아무도 자기를 볼 수 없는 암흑에서 그는 램프 등불이 비추는 둥근 원에서 눈을 떼지 않았다. 처녀를 노예로 만드는 광경은 더없이 비밀스러웠고 또 수줍음을 잊은 듯 노골적이었다. 모순된 감정 때문에 그는 가슴이 북받쳤다. 유라는 아직 경험해 보지 못한 그 힘 때문에 심장이 죄어 왔다.

이것이야말로 그가 일 년 동안 미샤, 토냐와 함께 아무런 의미도 없는 속된 것이라고 부르면서, 때론 놀라며 때론 이끌리며 그토록 열렬히 토론한 그것, 안전거리를 확보한 채 말로 그토록 쉽게 처리한 그것이었다. 지금 그 힘이 철저히 물질적이면서도 꿈결인 양 혼란스럽고, 무자비하게 파괴적이고도 하소연하며 도움을 청하는 무언가로서 유라의 눈앞에 나타났다. 그들의 유치한 철학은 어디로 숨었으며 지금 유라는 무엇을 해야 할까?

"그 사람이 누군지 알아?" 거리로 나왔을 때 미샤가 물었다.

유라는 자기만의 생각에 빠져 대답을 하지 못했다.

"그 사람이 바로 너희 아버지를 술주정뱅이로 만들어 파멸시킨 장본인이야. 기억나? 기차에서 있었던 일 말이야, 내가 말했잖아."

유라는 아버지와 과거가 아니라 처녀와 미래에 대해 생각하고 있었다. 처음에는 심지어 미샤가 자기에게 무슨 말을 하는지도 이해하지 못했다. 너무 추워 대화를 하는 것조차 힘들었다.

"춥지, 세묜?" 알렉산드르 알렉산드로비치가 물었다.

그들은 출발했다.

3부

스벤티츠키 집의 크리스마스 파티

1

겨울에 알렉산드르 알렉산드로비치가 안나 이바노브나에게 고풍스러운 옷장 하나를 선물해 주었다. 우연히 산 것이었다. 흑단으로 만든 거대한 크기의 옷장이었다. 통째로는 어느 문으로도 들일 수가 없었다. 분해된 상태로 운반해 조각별로 집 안에 들여놓고는 어디에 둘지 생각했다. 좀 더 널찍한 아래층 방에는 용도가 맞지 않으니 쓸모없는 물건이었고, 위층은 너무 비좁아 들어가지가 않았다. 옷장을 두기 위해 위층, 주인들의 침실로 통하는 입구 옆 층계참 일부를 비웠다.

옷장을 조립하러 문지기 마르켈이 왔다. 그는 여섯 살짜리 마린카를 데려왔다. 마린카에게 사람들은 보리엇 막대 사탕을 주었다. 마린카는 코를 훌쩍이고 사탕과 침 범벅이 된 손가락을 빨며 아버지가 일하는 모습을 물끄러미 쳐다보았다.

　얼마 동안은 모든 것이 순조롭게 진행되었다. 옷장이 안나 이바노브나의 눈앞에서 점점 더 커졌다. 상판만 올려놓으면 됐을 때 갑자기 마르켈을 도와야겠다는 생각이 들었다. 그녀는 옷장의 높은 밑바닥으로 올라서 비틀대다가 오직 장부만으로 버티고 있던 옆쪽 벽을 찔렀다. 마르켈이 가장자리를 대충 헐렁하게 묶어 놓았던지라 매듭이 풀려 버렸다. 마룻바닥으로 쿵 떨어진 널빤지들과 함께 안나 이바노브나도 벌렁 나자빠졌고 그 바람에 심한 부상을 입었다.

　"어휴, 마님." 마르켈이 그녀 쪽으로 달려오며 말했다. "굳이 뭐 하러 이러셨어요, 마음씨만 좋으셔서는. 뼈는 괜찮으세요? 뼈 좀 만져 보세요. 제일 중요한 건 뼈지, 살이야 무슨 상관이겠어요. 살은 흔한 말로 부인네들의 만족을 위한 장식일 뿐인걸요. 아니, 병신 같긴. 넌 울지 좀 마라." 그가 울고 있는 마린카를 꾸짖었다. "콧물 닦고 엄마한테 가 봐. 어휴, 마님, 제가 마님 없이 이런 옷장 하나 조립 못할까 봐 그러세요? 분명히 첫눈에 이 몸이 그냥 문지기려니 생각하셨겠지만, 제대로 따지자면 원래 업은 목수라 그 일을 해 왔어요. 믿지 않으실 테지만, 이런 가구나 부엌 찬장은 무슨 래커 칠을 한 것이든 반대로 무슨 마호가니든 호두나무든 모조리 제 손을 거쳐 갔답니다. 그러니까 이를테면 부잣집 신붓감들이 수많은 세트로, 이런 표현은 좀 죄송하지만, 그냥 옆으로 지나쳐 갔지요. 이 모든 것의 원흉이 그놈의 술이랍니다, 어지간히 마셨어야 말이죠."

안나 이바노브나는 마르켈의 도움을 받아 그가 끌어다 준 안락의자까지 다가가 앉은 다음 신음 소리를 내면서 다친 부위를 문질렀다. 마르켈은 허물어진 옷장을 바로잡기 시작했다. 뚜껑을 얹고서 말했다.

"자, 이제 문짝만 달면 전시회에 내놔도 되겠어요."

안나 이바노브나는 이 옷장이 마음에 들지 않았다. 모양이나 크기가 영구차나 황제의 영묘와 비슷했다. 그것은 미신적인 공포를 자아냈다. 그녀는 이 옷장에 '아스콜트[60]의 무덤'이라는 별명을 붙였다. 이런 호칭을 통해 올렉의 말[馬], 즉 자기 주인에게 죽음을 가져다주는 것을 표현하고자 했던 것이다.[61] 많은 책을 되는대로 읽는 여자답게 안나 이바노브나는 서로 비슷한 개념을 혼동하고 있었다.

이 낙상 이후 안나 이바노브나는 폐 질환의 징후를 보였다.

2

1911년 11월 내내 안나 이바노브나는 침대에 누워 지냈다. 폐렴이었다.

유라와 미샤 고르돈, 토냐는 이듬해 봄에 각각 대학과 여성

---

60) 키예프 루시(러시아)를 세운 사람 중 한 명으로서 류릭 왕조의 첫 시조인 올렉에 의해 살해되었다.
61) 키예프 루시의 초대 대공 올렉은 자기 애마의 두개골에서 나온 뱀에게 물려 죽었다.

고등 교육 과정을 졸업할 예정이었다. 유라는 의학자, 토냐는 법률가, 미샤는 철학과의 인문학자로 졸업했다.

유라의 영혼은 모든 것이 교란되고 뒤엉켰으며 관점, 능력, 성향 등 모든 것이 현저히 독자적이었다. 그는 감수성이 무한히 예민했고 세계를 인지하는 방식은 묘사할 수 없을 정도로 새로웠다.

하지만 예술과 역사를 향한 끌림이 아무리 크다고 해도 진로 선택에 있어서는 별로 고민하지 않았다. 그는 타고난 명랑함이나 멜랑콜리에 가까운 기질이 직업이 될 수 없는 것과 같은 의미로 예술이 소명으로는 적합하지 않다고 생각했다. 그는 물리학과 자연 과학에 관심을 두었고, 실제 생활에서 뭐든 공공의 이익이 되는 일에 종사해야 한다고 생각했다. 그래서 의학자의 길로 들어섰다.

사 년 전 1학년 때, 그는 한 학기 내내 대학 지하실에서 시체를 해부했다. 나선형 계단을 따라 지하실로 내려가면, 해부실 안쪽에 무리를 지어, 혹은 따로따로 머리가 헝클어진 학생들이 모여 있었다. 어떤 학생들은 뼈에 둘러싸인 채 썩어 문드러지고 다 해진 교과서를 넘기며 암기 중이었고, 또 어떤 학생들은 말없이 구석에서 해부 중이었고, 또 어떤 학생들은 장난을 치고 농담을 주고받으며 시체 안치실의 돌바닥을 뛰어다니는 수많은 쥐들을 쫓아다녔다. 그 침침한 어둠 속에서 알몸이기에 눈에 확 들어오는 미지의 시신들, 신원 불명의 젊은 자살자들, 잘 보존되어 아직 부패가 진행되지 않은 익사한 여자들이 인광처럼 반짝였다. 명반이 주입된 그들은 실제보다 통통해져 더 젊어 보였다. 망자들은 개복되고 절단되고 해체되었다. 인간 육체의 아름다움은 어떻게, 또 얼마나 잘게 나누든 자신에게 충실한 채로 남아 있었고, 그래서 아연판 위로 통째로 거칠게 던져진 어느 루살카[62] 앞에서의 놀라움은 그녀에게서 그녀의 잘린 팔이나 절단된 손으로 시선이 옮겨질 때에도 사라지지 않았다. 지하실에서는 포르말린과 석탄산 냄새가 났고, 사지를 쭉 뻗은 이 모든 시신들의 미지의 운명부터 생사의 비밀에 이르기까지, 자기 집이나 본거지인 양 이곳 지하실에 도사린 비밀이 모든 것에 깃들어 있음이 감지되었다.

이 비밀의 목소리는 다른 모든 것을 누르고 유라의 해부 실습을 방해하며 그를 쫓아다녔다. 하지만 삶 속에서도 많은 것이 마찬가지로 그를 방해하는 듯했다. 그는 그에 익숙해졌고 주의를 흩뜨려 놓는 훼방에 교란되는 일이 없었다.

유라는 생각을 잘했고 글도 꽤 잘 썼다. 그는 김나지움 시절부터 자기가 본 것과 숙고한 것 중 가장 인상적인 것을 몰래 숨겨 놓은 화약처럼 써 넣을 수 있는 산문이나 전기 같은 책을 꿈꾸었다. 하지만 그런 책을 쓰기에는 아직 어렸기에 대신 시를 쓰기로 했다. 화가가 평생 구상한 거대한 그림을 그리기 위해 습작을 하듯이 말이다.

유라는 이렇게 쓰인 시들의 원죄를 에너지와 독창성으로 보완했다. 에너지와 독창성, 이 두 자질이 예술에 리얼리티를 부여하는 것이라고, 나머지 모든 것에 있어 예술은 무대상적

---

62) 물의 요정을 말한다.

이고 공소하고 불필요한 것이라고 유라는 생각했다.

유라는 자기 성격의 전반적인 자질이 외삼촌에게 큰 빚을 지고 있다는 것을 알고 있었다.

니콜라이 니콜라예비치는 로잔에 살았다. 그곳에서 러시아어와 번역판으로 출간된 저서에서, 역사란 시간과 기억의 현상들의 도움을 받아 죽음의 현상에 대한 대답으로서 인류에 의해 정립된 제2의 우주라는 자신의 해묵은 사상을 전개했다. 그 책들의 영혼은 새롭게 이해된 기독교였고, 그 직접적인 결과물은 예술의 새로운 이념이었다.

그런 일련의 사상은 유라보다 그의 친구에게 더 큰 영향을 미쳤다. 그 영향을 받아 미샤 고르돈은 전공을 철학으로 선택했다. 대학 때 신학 강의를 들으면서는 나중에 신학 아카데미로 옮길까 하는 생각까지 했다.

숙부의 영향 덕분에 유라는 앞으로 나아가며 더욱 자유로워졌지만 미샤는 그에 속박되었다. 유라는 미샤의 극단적인 열광에 그의 출생이 어떤 역할을 하는지 알고 있었다. 조심스럽고 절도 있는 성격 탓에 미샤에게 이상한 구상에서 벗어나라고 하지는 않았다. 하지만 자주 미샤가 삶에 좀 더 가까운 경험론자가 되었으면 좋겠다고 생각했다.

3

11월 말, 어느 저녁에 유라는 몹시 피곤하고 온종일 잘 먹지도 못한 채 학교에서 늦게 돌아왔다. 낮에 무서운 소동이 있었다는 얘기를 들었는데, 안나 이바노브나가 경련을 일으켜 의사도 몇 명 모였고 사제를 부르자는 의견도 나왔지만 나중에는 그러지 않기로 했다는 것이었다. 지금 그녀는 한결 좋아져 의식을 찾은 상태였고 유라가 오는 대로 자기에게 보내라고 분부해 둔 터였다.

유라는 그 말에 따라 옷도 갈아입지 않고 침실로 갔다.

방에는 방금 난리가 났던 흔적이 역력했다. 간병인은 소리 없이 움직이며 작은 탁자 위 뭔가의 위치를 바꾸고 있었다. 주위에는 구겨진 냅킨과 습포 밑으로 축축한 수건이 뒹굴고 있었다. 대야의 물은 가래에 섞여 나온 피 때문에 살짝 장밋빛이었다. 거기에는 목을 딴 유리 앰플 조각들과 물에 젖어 부풀어 오른 솜 덩어리들이 뒹굴고 있었다.

환자는 땀에 흠뻑 젖어 바싹 마른 입술을 혀끝으로 핥고 있었다. 아침에 마지막으로 보았던 모습에 비하면 현저하게 수척해 보였다.

'진단이 잘못된 건 아닐까?' 그가 생각했다. '모두 급성 폐렴 증상이야. 지금이 고비인 것 같은데.' 안나 이바노브나와 인사를 나누고 이런 경우에 항상 나오는 뭔가 격려가 되는 공소한 말을 해 주고서 그는 간병인을 방에서 내보냈다. 맥박을 재기 위해 안나 이바노브나의 손을 잡고 다른 한 손은 청진기를 꺼내려고 재킷 호주머니 안에 넣었다. 안나 이바노브나는 머리를 움직여 그럴 필요가 없다는 의사를 표시했고, 유라는 그녀가 자기에게 원하는 것이 다른 것임을 이해했다. 안나 이바노브나는 온 힘을 다해 말을 하기 시작했다.

"방금 고해 성사를 권하더구나……. 죽음이 코앞에 와 있어……. 아마 매 순간…… 이를 뽑으러 갈 때면 겁도 나고 아프니까 마음의 준비를 하지……. 하지만 이건 이가 아니라 너를, 네 목숨을, 그것을 통째로…… 뽑아 버리는 거야, 집게로 뽑아내듯……. 도대체 이게 뭐냐?…… 아무도 몰라……. 그래서 나는 괴롭고 무섭구나."

안나 이바노브나는 입을 다물었다. 눈물이 그녀의 뺨을 따라 뚝뚝 떨어졌다. 유라는 아무 말도 하지 않았다. 잠시 후 안나 이바노브나는 말을 이었다.

"너는 재능이 많아……. 재능이란, 그건…… 아무나 갖는 것이 아니지……. 너는 분명히 뭔가 알고 있는 게 있을 거다……. 무슨 말이든 해 다오……. 나를 안심시켜 주렴."

"무슨 말씀을 드려야 할까요." 하고 유라는 대답했는데, 의자에서 안절부절못하고는 일어나서 잠시 걷다가 다시 앉았다. "첫째, 내일이면 좀 나아지실 거예요. 그런 징후가 보이거든요, 목숨을 걸고 맹세해요. 그다음, 죽음, 의식, 부활에 대한 믿음이라……. 자연 과학도인 저의 의견을 알고 싶으시다고요? 글쎄, 다음에 하면 안 될까요? 안 된다고요? 지금 바로요? 뭐, 정 그러시다면. 다만 이렇게 한꺼번에 얘기하려면 어려운데요."

그러고서 그는 어떻게 이런 말이 나오는지 스스로도 놀라면서 전문가로서 숫제 강의를 들려주었다.

"부활이라. 흔히 약자를 위로하기 위해 설파되는 저 몹시 거친 형식이라면, 저도 잘 알지 못합니다. 산 자와 죽은 자에 대한 그리스도의 말씀을 저는 항상 다른 식으로 이해해 왔습니다. 수천 년에 걸쳐 모인 이 큰 무리를 어디에 배치하실 건가요? 그러려면 우주로도 부족하고 하느님도, 선도, 의미도 세계에서 밀려나게 될 겁니다. 이 탐욕스러운 동물의 북새통에서 압사당할 테니까요.

하지만 언제나 무한히 동일한 그 생명이 우주를 채우면서 무수한 결합과 변형을 통해 시시각각 새로워집니다. 지금 당신은 부활할지 어떨지 걱정하시지만, 태어나셨을 때 이미 부활한 것인데, 그걸 알아채지 못했을 따름입니다.

당신은 아프실까요, 조직이 자신의 붕괴를 감각하실까요? 달리 말해, 의식은 어떻게 되는 걸까요? 하지만 도대체 의식이란 뭘까요? 한번 살펴보죠. 의식적으로 잠들고 싶어 하면 그건 분명한 불면증이고, 자신의 소화 기관의 작업을 느끼려고 의식적으로 시도하면 그 신경 작용은 분명히 와해됩니다. 의식이란 독, 즉 그것을 자신에게 적용하려는 그 주체에게는 자기 중독의 수단인 것입니다. 의식이란 밖을 비추는 빛이고요, 의식이란 발을 헛딛지 않도록 우리의 앞길을 비추어 줍니다. 의식이란 것은 달리는 기관차 앞에 켜진 헤드라이트입니다. 그것을 안에서 비추면 파국이 올 겁니다.

그렇다면 당신의 의식은 어떻게 될까요? 당신의 의식. 당신의 의식 말입니다. 한데 도대체 당신이란 무엇입니까? 여기에 모든 난점이 있습니다. 한번 분석해 보죠. 무엇으로 자신을 기억하십니까, 자신의 구성체 중 어떤 부분을 의식하셨습니까?

신장입니까, 간입니까, 혈관입니까? 아니, 아무리 기억을 더 들어 봐도 당신은 자신이 항상 외적이고 활동적인 형상, 당신의 손이 하는 일 속에, 가족과 다른 사람들 속에 있음을 발견하셨습니다. 자, 이제 좀 더 주의를 기울여 봅시다. 다른 사람들 속의 인간이야말로 인간의 영혼입니다. 바로 그것이 당신이며, 당신의 의식은 평생 동안 바로 그것을 호흡하고 섭취하고 또 흠뻑 마셔 온 것입니다. 당신의 영혼, 당신의 불멸, 다른 사람들 속의 당신의 삶으로써 말입니다. 그래서 어떻다고요? 당신은 다른 사람들 속에 있었고 또 다른 사람들 속에 남을 겁니다. 훗날 그것이 기억이라고 불리게 된들 당신에게 무슨 차이가 있겠습니까. 그것이 미래의 구성체 속으로 들어간 당신일 텐데요.

끝으로, 마지막 문제는 이렇습니다. 염려할 것은 아무것도 없습니다. 죽음이란 없습니다. 죽음은 우리의 영역이 아니거든요. 방금 재능에 대해 말씀하셨지만, 그것은 다른 문제입니다. 그것은 우리의 소관이고 우리에게 열려 있는 문제입니다. 재능이란 가장 높고 넓은 의미에서 삶의 선물입니다.

죽음이란 없을 것이라고 사도 요한은 말하는데, 그의 소박한 논법에 귀를 기울이세요. 죽음은 없을 것인데, 과거가 지나가 버렸거든요. 이건 거의 다음과 같은 식입니다. 죽음이란 없을 것인데, 이미 그것을 보았고 낡아서 싫증이 난 것이니까, 지금은 새로운 것이 요구되고 그 새로운 것이야말로 영원한 삶이니까요."

그는 이런 말을 하며 방 안을 이리저리 오갔다. "좀 주무세요." 침대 쪽으로 다가가 안나 이바노브나의 머리에 두 손을 얹으며 그가 말했다. 몇 분이 지나갔다. 안나 이바노브나는 잠이 들었다.

유라는 조용히 방을 나와 예고로브나에게 간병인을 침실로 들여보내라고 말했다. '제기랄.' 하고 그가 생각했다. '내가 돌팔이 노릇이나 할 줄 누가 알았겠어. 주문을 외우고 두 손을 얹어서 치료를 하다니.'

이튿날 안나 이바노브나는 상태가 좋아졌다.

4

안나 이바노브나의 병세는 점차 호전되었다. 12월 중순, 그녀는 일어나려고 했지만 아직은 많이 쇠약했다. 누워서 푹 쉬라는 권유를 받았다.

그녀는 종종 유라와 토냐를 불러서 몇 시간씩 할아버지의 영지인 바르이키노에서, 우랄의 르인바강 가에서 보낸 어린 시절 이야기를 했다. 유라와 토냐는 그곳에 가 본 적이 없었지만 유라는 안나 이바노브나의 말만 듣고도 5,000데샤티나[63]에 이르는 그 밤처럼 컴컴하고 울창한 영구적인 숲을, 물살 센 강이 두세 군데서 굽이치며 칼로 숲을 도려내듯 관통하는 풍경을, 그 크류게르강의 돌바닥과 강가의 가파른 낭떠러지를

---

63) 1데샤티나는 1.092헥타르이다.

쉽게 상상할 수 있었다.

그 무렵 유라와 토냐는 인생의 첫 외출복을 맞추었다. 유라는 검정색 프록코트 정장을, 토냐는 목이 약간 드러난 밝은 색 공단의 이브닝 드레스였다. 그들은 27일 스벤티츠키 집에서 연례행사처럼 열리는 크리스마스 파티에 이 새 옷을 입고 갈 참이었다.

양복점과 양장점에서 주문한 옷을 같은 날 가져왔다. 유라와 토냐는 옷을 입어 보고는 만족했는데, 예고로브나가 와서 안나 이바노브나가 그들을 부른다고 말할 때도 새 옷을 벗지 않았다. 그렇게 새 옷을 입은 채 유라와 토냐는 안나 이바노브나에게 갔다.

그들이 나타나자 그녀는 팔꿈치를 짚고 일어나 그들을 비스듬히 바라보다가 한번 돌아보라고 한 다음 말했다.

"참 좋구나. 너무 멋져. 벌써 나온 줄도 몰랐지 뭐냐. 자, 토냐, 어디 한 번 더. 아니, 괜찮구나. 겨드랑이 쪽에 주름이 잡힌 것 같았거든. 내가 너희를 왜 불렀는지 알겠니? 한데 우선은 너에 대해 몇 마디 해야겠다, 유라."

"알고 있어요, 안나 이바노브나. 제가 직접 당신에게 이 편지를 보여 주려고 했어요. 당신은 니콜라이 니콜라예비치처럼 제가 거절하지 말아야 한다고 생각하시죠. 잠깐만 참아 주세요. 말을 하는 건 해롭거든요. 이제 모든 것을 설명해 드릴게요. 전부 잘 아시는 얘기겠지만요.

자, 그럼, 첫째. 지바고의 유산 관련 문제는 변호사들의 밥벌이와 법원 경비 징수를 위한 것인데, 실제 유산은 아예 없고 오직 빚과 혼란만, 그 와중에 속을 뒤집어 놓는 진흙탕만 있어요. 설사 뭔가를 돈으로 돌릴 수 있다고 해도, 법원에 선물할 뿐, 제가 써 보지도 못할 거잖습니까? 하지만 문제는 소송이 속 빈 강정이라는 것이고, 이 모든 것을 혜적이느니 차라리 존재하지도 않는 재산에 대한 권리를 포기하고 몇몇 명의상의 경쟁자와 시기심 많은 자칭 상속자에게 양보하는 편이 낫겠어요. 지바고라는 성(姓)으로 아이들과 함께 파리에 사는 마담 알리스라는 사람이 유산을 청구했다는 얘기는 오래전에 들었어요. 하지만 새로운 청구들이 덧붙었고, 당신은 어떤지 모르겠지만, 저는 완전히 최근에야 이 모든 것을 알게 되었거든요.

알고 보니 엄마가 살아 있을 때부터 아버지는 스톨부노바-엔리치 공작 부인이라는, 어느 미친 몽상가 여자한테 빠져 있었더군요. 이 부인과 아버지 사이에는 아들이 하나 있는데, 지금 열 살이고 이름은 예브그라프랍니다.

공작 부인은 은둔자입니다. 문밖 출입을 하지 않고 아들과 함께 출처를 알 수 없는 생활비로 옴스크 교외의 독립 주택에 산다는군요. 그 주택을 사진으로 본 적이 있습니다. 온전한 창문이 다섯 개 달려 있고 카르니스 위에 메달이 조각되어 있는 아름다운 집이었어요. 그런데 최근 이 집이 계속 이 다섯 창문을 통해, 유럽적 러시아[64]를 시베리아로부터 갈라놓는 수천 베르스타 너머에서 곱지 않은 눈초리로 나를 노려보는 것 같

---

64) 러시아는 전통적으로 우랄산맥을 기준으로 서쪽은 유럽적 러시아로, 동쪽은 아시아적 러시아로 나뉜다.

은, 조만간 나를 홀려 버릴 것 같은 느낌이 들어요. 날조된 거액의 재산이며 인위적으로 만들어진 경쟁자들이며 그들의 비우호적인 태도와 질투며 이 모든 것이 저에게 무슨 소용이 있겠어요? 변호사들도 그렇고요."

"어쨌든 거절하면 안 된다." 안나 이바노브나가 반박했다. "내가 너희를 왜 불렀는지 알겠니?" 하고 되물은 그녀는 즉시 말을 이어 갔다. "그 사람 이름이 생각났어. 기억나니, 내가 어제 숲지기 얘기를 했잖니? 그 사람 이름은 바크흐였어.[65] 정말 굉장하지 않니? 눈썹까지 수염으로 뒤덮인, 시커먼 숲속의 괴물이 이름도 바크흐라니! 곰한테 당해서 얼굴이 흉했는데, 어쨌든 물리쳤지. 그곳에는 다 그런 사람들이야. 이름도 다 그래. 단음절 이름들이지.[66] 낭랑하고 귀에 쏙 들어오라고. 루프라든가. 그도 아니면 파브스트라든가. 들어 봐라, 들어 봐. 그들이 뭐 그런 것을 아뢰러 오곤 했지. 아븍트나 저기 무슨 프롤이 할아버지의 사냥총 두 개에서 내뿜는 일제 사격처럼 나타나면 우리는 순식간에 우르르 어린이 방에서 부엌으로 달려갔지. 거기에는, 상상이 되니? 숲에 사는 숯쟁이가 살아 있는 새끼 곰을 데려오기도 하고 먼 국경선의 감시인이 광물 표본을 캐 오기도 했지. 할아버지는 그들 모두에게 쪽지를 써 주었어. 사무소에 가 보라고. 누구는 돈을, 누구는 곡식을, 누구는 총알을 받았지. 창문 앞은 숲이었어. 눈, 눈이 오면! 집보다

---

65) 주신 바쿠스의 러시아 식 발음.
66) 이하, 열거되는 이름(Lupp, Favst, Avkt, Frol)은 러시아어로 모두 단음절이다.

높았어!" 안나 이바노브나는 기침을 하기 시작했다.

"엄마, 그만해요, 해로워요." 토냐가 만류했다. 유라는 그녀를 부축했다.

"괜찮다. 아무렇지도 않아. 그래, 말이 나왔으니 말인데. 예고로브나가 일러 주던데, 너희가 모레 크리스마스 파티에 갈지 말지 망설인다더구나. 그런 멍청한 소리는 더 이상 듣지 않게 해 줘라! 부끄럽지도 않니. 유라, 그러고도 네가 의사냐? 자, 결정한 거야. 군소리하지 말고 가는 거다. 어떻든 바크흐 얘기로 돌아가자꾸나. 이 바크흐라는 사람은 젊었을 때는 대장장이였어. 주먹질을 하다가 그만 내장이 뜯겨 나갔지. 그래서 자기가 쇠로 새 내장을 만들었다지 뭐냐. 넌 정말 괴짜구나, 유라. 아니, 내가 잘 모를까 봐? 알 만하지, 곧이곧대로 믿을 얘기는 아니지. 하지만 사람들이 다 그렇게 말했어."

안나 이바노브나는 다시 기침을 하기 시작했는데, 이번에는 훨씬 오래 했다. 발작은 멎지 않았다. 여전히 숨도 못 쉴 지경이었다.

유라와 토냐는 동시에 그녀 쪽으로 달려갔다. 그들은 어깨를 맞댄 채 그녀의 침대 옆에 섰다. 계속 기침을 하면서 안나 이바노브나는 서로 맞잡은 그들의 손을 붙잡더니 한동안 포갠 채 쥐고 있었다. 그런 다음에는 목소리와 숨을 가다듬고 말했다.

"내가 죽어도 헤어지지 마라. 너희는 서로를 위해 창조되었어. 결혼해라. 자, 내가 너희를 정혼한 사이로 만들어 주마." 이렇게 덧붙이고는 울음을 터뜨렸다.

5

1906년 봄, 김나지움의 마지막 학년으로 올라가기 전 여섯 달 동안 라라와 코마롭스키의 관계는 라라의 인내심을 바닥냈다. 그는 그녀의 억눌린 상태를 아주 교묘하게 이용하여, 필요할 때마다 겉으로는 드러내지 않되 섬세하고 은근하게 그녀의 부정한 상황을 상기시켰다. 그로써 호색한이 흔히 여자에게서 요구하는 혼돈 속으로 라라를 몰아넣었다. 이 혼돈 때문에 라라는 점점 더 관능적인 악몽의 포로가 되었고, 악몽에서 깨어날 때마다 머리카락이 쭈뼛 섰다. 밤의 광기의 모순은 흑마술 같아서 좀처럼 설명이 되지 않았다. 모든 것이 뒤죽박죽이었고 논리에 어긋났으며, 날카로운 통증은 은방울처럼 낭랑한 웃음이 되어 흘러나왔고 투쟁과 거부는 동의를 의미하며 고문자의 손을 감사의 키스로 뒤덮었다.

영원히 끝나지 않을 것 같았다. 하지만 그해의 학기 말 수업이 있던 어느 봄날, 김나지움의 수업이 코마롭스키와의 빈번한 만남을 막아 준 마지막 은신처가 되었는데 그마저 없는 여름이 되면 이 추근거림이 얼마나 잦아질지 곰곰 생각한 끝에, 라라는 재빨리 먼 훗날 자신의 삶을 바꾸어 놓을 결론에 도달했다.

무더운 아침이었고, 뇌우가 몰려오고 있었다. 교실에서는 창문을 연 채로 수업이 진행되었다. 멀리서 도시가 벌집의 벌들처럼 계속 똑같은 음조로 윙윙 소리를 냈다. 교정에서 노는 아이들의 외침 소리가 들려왔다. 풀밭의 풀 냄새와 신록 냄새가 사육제 때 보드카 냄새와 블린[67] 굽는 탄내처럼 머리를 어지럽혔다.

역사 선생은 나폴레옹의 이집트 원정에 대해 이야기하고 있었다. 프레쥐스 상륙에 이르렀을 때 하늘이 시커메지고 금이 가는가 싶더니 천둥과 번개가 치면서 쩍 갈라졌고, 모래와 먼지 기둥이 싱그러운 향기와 함께 창문을 넘어 교실로 침투했다. 아첨쟁이 학생 둘이 창문을 닫으라고 아저씨를 부르기 위해 아양 떨듯 복도로 달려 나갔다. 그들이 문을 열자 한바탕 바람이 일며 모든 책상 위에 놓인 공책의 압지를 온 교실로 날려 버렸다.

창문이 닫혔다. 도시의 더러운 소나기가 먼지와 뒤섞여 쏟아졌다. 라라는 공책 한 장을 찢어 짝인 나댜 콜로그리보바에게 이렇게 썼다.

"나댜, 나는 엄마와 따로 떨어져 생활을 꾸려야겠어. 수입이 괜찮은 과외 자리 좀 몇 개 찾아봐 줘. 너희는 부자를 많이 알잖아."

나댜는 똑같은 방법으로 답장을 주었다.

"리파를 가르칠 가정 교사를 찾고 있어. 우리 집에 와 봐. 정말 좋겠다! 우리 엄마 아빠가 너를 얼마나 좋아하는지 너도 알잖아."

---

67) 러시아 식 팬케이크 혹은 부침개.

6

라라는 삼 년이 넘도록 콜로그리보프네 집에서 돌벽에 싸인 듯 살았다. 그 어디서도 그녀를 해하려 들지 않았고 그녀 스스로 대단히 소원해졌다고 느낀 어머니와 오빠도 별로 생각나지 않았다.

라브렌티 미하일로비치 콜로그리보프는 대단히 새로운 성향의 재능 있고 현명하고 굵직한 사업가이자 실업가였다. 그는 시대에 뒤떨어진 구체제를 증오 이상의 증오로 싫어했다. 그것은 국고에 맞먹을 만큼 엄청난 부를 쌓은 유능한 부호의 증오였고, 개천의 용처럼 출세한 질박한 민중 출신 특유의 증오였다. 그는 자기 집에 범법자들을 숨겨 주기도 하고 정치범으로 기소된 사람들에게 변호사를 대 주기도 하고, 사람들이 농담 삼아 단언한 대로, 혁명에 뒷돈을 대면서 스스로 자본가인 자신을 타도하고 자기 공장에서 파업을 조직하기도 했다. 라브렌티 미하일로비치는 명사수인 데다가 열정적인 사냥꾼으로 1905년 겨울, 일요일마다 세레브랸느이 소나무 숲과 로신느이 섬에 가서 민병대에게 사격을 가르쳤다.

그는 훌륭한 사람이었다. 세라피나 필리포브나도 그와 잘 맞는 짝이었다. 라라는 두 사람에 대해 감탄과 존경심을 느꼈다. 집안의 모든 사람이 그녀를 혈육처럼 사랑했다.

라라가 근심 걱정 없이 지낸 지 사 년째, 오빠인 로댜가 용건이 있다며 그녀를 찾아왔다. 긴 두 다리를 멋 부리듯 경중대며, 또 더욱더 근엄해 보이려고 콧소리를 내며 말을 부자연스럽게 질질 끌면서 그는, 사관 학교 동기생들이 졸업을 기념하여 교장의 선물을 사려고 모은 돈을 주면서 선물 선택과 구입을 자기에게 일임했다고 이야기했다. 그런데 그 돈을 그저께 한 푼도 남기지 않고 몽땅 다 날려 버렸다는 것이었다. 이 말을 한 다음, 로댜는 꺽다리 같은 몸을 안락의자로 털썩 내던지며 울기 시작했다.

이 얘기를 들었을 때 라라는 온몸이 싸늘해지는 느낌이었다. 훌쩍거리며 로댜가 말을 이었다.

"어제 빅토르 이폴리토비치 집에 갔어. 그 사람은 나와 이 문제로 이야기하기를 거절했지만, 만약 네가 원한다면, 하고 말하더라…… 네가 우리를 모두 싫어하게 되었다 해도 그 사람에 대한 너의 권력은 여전히 그렇게 크다고 말했어…… 라로치카…… 너의 말 한마디면 돼…… 이게 얼마나 큰 치욕인지, 이게 사관생도 제복의 명예를 얼마나 손상시키는지 알지……? 그 사람한테 가서 부탁 좀 해 줘, 너한테는 별로 힘든 일도 아니잖아…… 설마 내가 그렇게 탕진한 돈을 내 피로 씻도록 두지는 않겠지."

"피로 씻도록…… 사관생도 제복의 명예를." 라라는 화가 나서 이 말을 반복했고 흥분한 상태로 방을 오갔다. "그럼 나는 제복도 없고 명예도 없으니까 나한테는 무슨 짓이든 해도 괜찮다는 소리네. 오빠가 지금 무슨 부탁을 하고 있는지, 그 사람이 오빠한테 제안한 일이 정확히 뭔지 알기나 해? 해마다 시시포스처럼 일하고 잠도 설치며 쌓아 올렸는데, 이런 인간이 나타나서는 훅 바람을 불고 침을 뱉어 몽땅 산산조각이 나도 아무 상관없다, 이 말씀이군! 오빠 같은 인간은 정말! 제발 자살이라도 하셔. 내가 알게 뭐야? 대체 얼마나 필요한 거야?"

"690 몇 루블쯤 되니까 정확히 계산하려면 700이야." 약간 우물대면서 로댜가 말했다.

"로댜! 아니, 정신 나간 거 아냐! 지금 오빠가 무슨 말을 하고 있는지 생각은 하는 거야? 700루블을 날렸다고? 로댜! 로댜! 나 같은 보통 사람이 성실하게 일해서 그만한 거금을 만들려면 얼마나 많은 시간이 필요한지 알기나 해?"

잠깐 쉬었다가 그녀는 남처럼 싸늘한 어조로 덧붙였다.

"좋아. 한번 해 볼게. 내일 와. 자살할 때 쓰려고 했던 권총도 갖고 오고. 그건 완전히 나한테 주는 거야. 총알도 충분히 채워 줘, 꼭."

그 돈을 그녀는 콜로그리보프에게서 구했다.

7

콜로그리보프의 집에서 일은 했지만 라라가 김나지움을 졸업하고 대학에 입학, 교과 과정을 훌륭히 마치는 데는 아무 지장이 없었다. 이듬해인 1912년 그녀는 졸업을 앞두고 있었다.

1911년 봄, 그녀가 돌봐 온 리포치카가 김나지움을 졸업했다. 그녀에게는 벌써 약혼자가 있었는데, 훌륭하고 유복한 집안 출신의 젊은 기사(技師) 프리젠단크였다. 부모는 리포치카의 선택에 동의했지만 그렇게 일찍 결혼하는 데에는 반대하여 좀 기다리라고 충고했다. 이 일로 소란이 일어났다. 가족의 귀염둥이로 자라 응석받이에 고집불통인 리포치카는 어머니와 아버지에게 소리를 지르고 발을 동동 구르며 울어 댔다.

이 부잣집에서는 라라를 혈육처럼 생각하여 그녀가 로댜 때문에 진 빚은 기억하지도 않았고 상기시키는 일도 없었다.

라라가 남몰래 어딘가에 돈을 계속 쓰지 않았더라면 이 빚은 오래전에 갚았을 것이다.

그녀는 파샤 몰래, 유형살이를 하는 그의 아버지 안티포프에게 돈을 부쳐 주고 또 걸핏하면 골골대고 툴툴대는 그의 어머니를 도와주고 있었다. 그 밖에도 더 큰 비밀이 있었는데, 파샤의 아파트 주인에게 그의 식비와 방세를 몰래 지불함으로써 그의 지출도 줄여 주었던 것이다.

파샤는 라라보다 약간 어렸는데, 그녀를 미치도록 좋아하여 무슨 말이든 다 들었다. 그녀의 강권에 따라 실업 학교를 졸업한 다음에는 대학의 인문학부에 입학하기 위해 따로 라틴어와 그리스어를 공부하기 시작했다. 라라의 꿈은, 일 년 후 두 사람이 국가 고시에 합격하면 결혼식을 올리고 파샤는 남학교 교사로, 그녀는 여학교 교사로 우랄 도(道)의 도시 어디로 발령받아 떠나는 것이었다.

파샤는 라라가 직접 구해 준 방에 살았는데, 예술 극장 근처 카메르게르스키 골목에 있는 새 건물의 조용한 집주인에게서 빌린 것이었다.

1911년 여름, 라라는 콜로그리보프 가족과 함께 마지막으로 두플랸카에 다녀왔다. 그녀는 그곳을 주인들보다 더, 정신

없이 좋아했다. 그런 줄 잘 알았기에, 이런 여름 여행을 떠날 경우 라라와 관련해서는 다음과 같은 불문율이 있었다. 시커먼 매연을 뿜으며 그들을 태우고 온 무더운 기차가 멀리 떠나고, 무심하고 어리둥절하고 향기로운 적막함이 가득한 가운데 흥분한 라라가 할 말을 잃을 때면, 그녀 혼자 영지까지 걸어가도록 내버려 두고, 그동안 사람들은 간이역에서 짐을 끌어내 달구지에 옮겨 싣고 소매 없는 코트를 입고 빨간 루바하의 소매를 진동 밖으로 꺼내 놓은 두플랸카의 마부가 마차에 탄 나리들에게 지난 계절의 그 지방 소식을 전해 주는 것이다.

라라는 노반을 따라 순례자들과 성지 참배자들이 다져 놓은 오솔길을 걷다가 숲으로 난 풀밭의 샛길로 접어들었다. 거기서 그녀는 걸음을 멈추고 눈을 살짝 감은 채 광활한 주변 들판의 여러 향기가 뒤섞인 공기를 들이마셨다. 그것은 아버지와 어머니보다 가깝고 연인보다 훌륭하고 책보다 현명했다. 한순간, 존재의 의미가 다시 라라에게 모습을 드러냈다. 자기가 여기 있는 것은, ─ 하고 그녀는 간파했다 ─ 대지의 광기 어린 매력을 파악하고 모든 것을 그 이름으로 불러 주기 위해, 만약 그것이 힘에 부친다면 삶을 향한 사랑 때문에 자기 대신 이 일을 해 줄 자손들을 낳기 위해서임을.

올여름, 라라는 스스로에게 짐 지운 과도한 노동 때문에 완전히 지친 상태로 왔다. 그녀는 쉽게 기분이 상했다. 속에서는 원래 없던 의심하는 버릇이 생겼다. 이런 기질은 항상 까다로운 구석이라곤 없이 너그러웠던 라라의 성격을 좀스럽게 만들었다.

콜로그리보프 집안은 그녀를 내보내지 않았다. 그녀는 그들 집에서 예전처럼 상냥한 대접을 받았다. 하지만 리파가 다 자라자 라라는 자신이 이 집에서 쓸모없는 존재라고 생각했다. 그녀는 봉급을 거절했다. 그들은 받으라고 했다. 그 와중에도 돈은 필요했으며, 손님 신분으로 따로 돈벌이를 하는 것이 난처하기도 하고 실제로 불가능하기도 했다.

라라는 자신의 처지가 기만적이며 참을 수 없다고 생각했다. 다들 그녀를 부담스러워하면서도 내색하지 않는 것만 같았다. 그녀도 자신이 부담스러웠다. 어디든 되는대로, 자기 자신에게서, 또 콜로그리보프 집에서 도망치고 싶었지만 그 전에 콜로그리보프 집안에 돈을 갚아야 한다는 것이 라라의 생각이었다. 그러나 지금으로서는 어디서도 돈을 구할 수 없었다. 그녀는 멍청한 로댜가 돈을 낭비한 죄로 자기가 인질처럼 잡혀 있다고 느끼며 무기력한 분노에 사로잡혀서 어찌할 바를 몰랐다.

모든 일에서 그녀는 무성의의 징후들을 감지했다. 콜로그리보프 집에 드나드는 지인들이 고양된 관심을 보이면, 그것은 그녀를 고분고분한 '가정 교사'이자 손쉬운 먹잇감처럼 대한다는 의미였다. 반면 그녀를 가만히 내버려 두면, 그녀를 하찮은 존재로 생각해 아예 신경도 쓰지 않는다는 것을 증명하는 것이었다.

우울증이 엄습했지만 라라가 두플랸카를 찾은 수많은 손님들과 함께 즐거운 시간을 보내는 데 방해가 되지는 않았다. 그녀는 멱을 감고 수영을 하고 보트를 탔으며 강 건너 밤 소풍에도 참여했고 모두와 함께 불꽃놀이를 하며 춤을 추었다. 아마 추어 공연에도 출연했고, 유달리 열광하며 짧은 모젤 권총을 이용한 사격 경기에도 나갔는데, 원래 그녀가 그보다 더 선호한 것은 가벼운 로댜의 권총이었다. 그것은 적중률이 대단히 높아, 그녀는 농담처럼 자기가 여자라서 결투의 달인이 될 길이 막혔다고 아쉬워했다. 하지만 즐기면 즐길수록 라라의 기분은 더욱 나빠졌다. 그녀 자신도 자기가 뭘 원하는지 알지 못했다.

도시로 돌아온 다음에는 특히 더 심했다. 그러다 라라의 불쾌함에 파샤와의 가벼운 말다툼까지 더해졌다.(라라는 그를 자신의 최후의 보루로 여겼기 때문에 심하게 다투지 않도록 조심했다.) 최근에 파샤에겐 어떤 자신감이 생겼다. 대화를 할 때 보이는 그의 훈계조 말투가 라라는 우습기도 하고 슬프기도 했다.

파샤, 리파, 콜로그리보프 집안사람들, 돈, 이 모든 것이 그녀의 머릿속에서 맴돌았다. 라라는 삶이 지긋지긋했다. 그녀는 슬슬 미쳐 갔다. 지금껏 알게 되고 경험한 모든 것을 버리고 뭔가 새로운 일을 시작하고 싶었다. 이런 기분 상태로 그녀는 1911년 크리스마스 때 숙명적인 결단을 내리게 되었다. 콜로그리보프 집안과 즉시 헤어져 어떻게든 혼자 독립적인 삶을 꾸리되, 그러기 위해 필요한 돈은 코마롭스키에게 부탁하기로. 라라는 그 모든 일이 있고 나서 자기가 몇 년째 자유를 누려 왔으니 그는 꼬치꼬치 캐묻지도 말고 어떤 더러운 짓도, 이해타산도 없이 기사도 정신으로 자기를 도와주어야 한다고 생각했다.

이런 목적으로 그녀는 12월 27일 저녁, 페트롭스키예 거리로 향했다. 만약 빅토르 이폴리토비치가 거절하거나 그녀의 뜻을 잘못 이해하여 어떻게든 굴욕을 주려고 하면 쏘아 버릴 작정으로 나갈 때 장전한 채 안전장치를 푼 로댜의 권총을 머프 속에 넣었다.

축일의 거리를 걷고 있는 그녀는 무섭도록 혼란스러운 상태였고 따라서 주위의 아무것도 인지하지 못했다. 숙고된 총탄은 누구를 겨냥하는가와는 전혀 상관없이 이미 그녀의 마음속에서 탕, 하고 발사되었다. 그 발사만이 그녀가 의식하는 유일한 것이었다. 그녀는 길을 가는 내내 그 총성을 들었는데, 그것은 코마롭스키를, 그녀 자신과 자신의 운명을, 그리고 두 플랸카 풀밭의, 기둥에 과녁을 파 놓은 참나무를 겨냥한 발사였다.

8

"머프는 만지지 마세요." 라라는 옷 벗는 것을 도와주려고 두 손을 내밀며 감탄사를 연발하는 엠마 에르네스토브나에게 이렇게 말했다.

빅토르 이폴리토비치는 집에 없었다. 엠마 에르네스토브나는 계속 라라에게 들어와서 모피 외투를 벗으라고 권했다.

"안 돼요. 바쁘거든요. 그는 어디 있죠?"

엠마 에르네스토브나는 그가 크리스마스 파티에 갔다고 말했다. 손에 주소를 든 채 라라는 모든 것을 생생하게 상기시키는, 창문에 꽃무늬 문장이 그려진 음울한 계단을 뛰어 내려가 무치노이 소도시에 있는 스벤티츠키 집으로 향했다.

두 번째로 거리에 나와서야 비로소 주위를 제대로 둘러보았다. 겨울이었다. 도시였다. 저녁이었다.

동장군이 기승을 부렸다. 거리는 깨진 맥주병의 유리 밑바닥처럼 두툼하고 검은 얼음으로 덮여 있었다. 숨 쉬는 것도 고통스러웠다. 공기는 잿빛 서리를 잔뜩 품은 채, 꽁꽁 얼어버린 그녀의 잿빛 모피 목도리 털이 성가시게 입속까지 기어들듯이, 자신의 억세고 수북한 털로 사람을 간질이고 따끔따끔 찌르는 것 같았다. 라라는 요동치는 가슴을 안고 텅 빈 거리를 걸었다. 길을 가는 중에 찻집과 음식점의 문에서 김이 새어 나왔다. 소시지처럼 빨갛게 얼어붙은 행인들의 얼굴이, 턱수염에 고드름을 단 말들과 개들의 낯짝이 안개를 뚫고 불쑥 나타나곤 했다. 두꺼운 얼음과 눈으로 뒤덮인 집들의 창문은 분필을 칠해 놓은 것 같았으며, 그것의 불투명한 표면에 불 밝힌 크리스마스트리의 총천연색 반사광과 즐거움에 겨운 사람들의 그림자가 어리어, 거리의 사람들에게 집 안의 마법의 환등 앞에 걸린 하얀 장막 위로 희뿌연 그림을 보여 주는 것 같았다.

카메르게르스키 골목에서 라라는 걸음을 멈추었다. '더는 안 되겠어, 못 참겠어.' 금방이라도 이런 말이 입에서 큰 소리로 터져 나올 것 같았다. '올라가서 그에게 모든 걸 이야기하겠어.' 스스로를 제어하며 이렇게 생각한 그녀는 앞에 버티고 선 현관의 육중한 문을 열었다.

9

긴장한 탓에 얼굴이 빨개진 파샤는 와이셔츠 깃을 달고 나서 달랑대는 단추를 풀 먹인 와이셔츠의 단춧구멍에 끼우느라 혓바닥으로 뺨을 부풀린 채 거울 앞에서 안간힘을 쓰고 있었다. 어디를 방문할 참이었는데, 아직은 너무 순결하고 때 묻지 않은 청년인지라 라라가 노크도 없이 들어오는 바람에 정장을 다 차려입지 못한 모습을 들키자 어쩔 줄 몰라 했다. 그는 그녀가 흥분했음을 즉시 알아챘다. 그녀의 다리가 툭 꺾이는 것 같았다. 그녀는 원피스 자락을 걷어들고 여울물을 건너듯 성큼성큼 들어왔다.

"왜 그래? 무슨 일이야?" 그는 그녀를 맞으러 달려오며 불안한 어조로 물었다.

"옆에 앉아 봐. 지금 그 모습대로 앉아. 굳이 옷 더 입지 말고. 나 바쁘거든. 지금 가 봐야 돼서. 머프는 만지지 마. 잠깐만. 잠시 몸을 좀 돌리고 있어."

그는 그녀가 시키는 대로 했다. 라라는 영국식 복장을 하고 있었다. 그녀는 코트를 벗어 못에 걸고 로댜의 권총은 머프에서 꺼내 코트 호주머니에 넣었다. 그런 다음에 소파로 돌아와서 말했다.

"이제 봐도 괜찮아. 촛불을 켜고 전등을 꺼 줘."

라라는 촛불을 밝히고 어스름 속에서 대화하는 것을 좋아했다. 파샤는 그녀를 위해 항상 뜯지 않은 양초 다발을 준비해 두고 있었다. 그는 촛대의 양초 토막을 온전한 새 양초로 교체하여 창턱에 갖다 놓고 불을 밝혔다. 불꽃이 스테아린에 막혀, 탁탁 쪼개지는 별들을 사방으로 쏘아 대며 화살처럼 뾰족해졌다. 방 안이 은은한 빛으로 가득 찼다. 유리창의 얼음은 촛불의 높이에서 검은 눈동자처럼 녹고 있었다.

"들어 봐, 파툴랴." 라라가 말했다. "곤란한 일이 있어. 거기서 벗어나도록 나를 도와줬으면 해. 놀라지도 말고 캐묻지도 마, 하지만 우리가 다른 사람과 같다는 생각은 버려. 계속 침착하게 굴어도 안 돼. 나는 항상 위험한 상태야. 네가 나를 사랑해서 파멸하지 않도록 지켜 주고 싶다면 미루지 말고 얼른 결혼하자."

"하지만 그거야말로 내가 계속 바라던 일이잖아." 그가 그녀의 말을 막았다. "얼른 날을 잡아 봐, 네가 원하는 날이면 나는 언제라도 좋아. 하지만 대체 무슨 일인지 좀 간단히, 좀 분명히 말해 줘. 수수께끼 같은 말로 나를 괴롭히지 말고."

하지만 라라는 직접적인 대답은 은근슬쩍 피하며 그의 주의를 다른 데로 돌렸다. 그들은 라라의 슬픔과는 아무 상관도 없는 주제로 오랫동안 대화를 나누었다.

10

이번 겨울, 유라는 대학의 금메달을 따기 위해 망막의 신경계에 대한 학위 논문을 썼다. 유라는 일반 내과 과정을 마쳤지만 눈에 대해서도 장차 안과 의사가 될 사람 못지않게 완벽한 지식을 쌓았다.

　시각 생리학에 대한 이런 관심을 통해 유라가 지닌 천성의 다른 측면, 즉 창의적인 재능, 그리고 예술적 형상의 본질과 논리적 사상의 구축에 대한 사유가 나타났다.

　토냐와 유라는 대여한 썰매를 타고 스벤티츠키 집안의 크리스마스 파티에 갔다. 둘은 유년 시절의 끝과 청소년기의 시작을, 그 육 년의 세월을 서로 꼭 붙어 살았다. 그들은 서로를 속속들이 잘 알았다. 공통된 습관이 있어서 짤막한 농담을 주고받는 둘만의 방식, 단속적으로 깔깔대며 대답을 대신하는 둘만의 방식도 있었다. 지금도 추위 때문에 입술을 앙다물고 그렇게 침묵을 지키며 가다가 짤막한 몇 마디를 주고받곤 했다. 그러면서 각자 자신의 생각에 빠져들었다.

　유라는 시험 날짜가 다가오니 논문 작성을 서둘러야겠다고 생각했으며, 이런 상념은 한 해가 저물어 가는 가운데 거리에서 느껴지는 축일의 왁자지껄한 분위기 속에서 다른 상념으로 옮겨졌다.

　고르돈의 학부에서는 등사판으로 민 학생 잡지를 펴냈다. 고르돈이 편집자였다. 유라는 오래전부터 그쪽에 블로크[68]에 관한 논문을 주겠다고 약속했다. 두 수도의 청년들이 모두 블로크에 푹 빠져 있었고 그와 미샤는 다른 누구보다 더 그랬다.

　하지만 이런 상념도 유라의 의식 속에 그리 오래 머물지는

---

68) 알렉산드르 블로크(1880~1921). 러시아 상징주의를 대표하는 시인이자 극작가.

않았다. 그들은 턱을 옷깃에 파묻고 꽁꽁 언 귀를 문지르며 달렸고, 각자 다른 생각을 하고 있었다. 하지만 한 가지 점에서는 생각이 일치했다.

최근 안나 이바노브나의 방에서 있었던 일이 둘을 새로 태어나게 했다. 그들은 눈이 뜨인 듯 서로를 새로운 시선으로 바라보았다.

오랜 벗인 토냐가, 어떤 설명도 필요 없이 이해되는 이 명백한 존재가 유라가 상상할 수 있는 모든 것 중 가장 불가해하고 복잡한 무엇이 되었다. 여자가 된 것이다. 유라는 환상의 힘을 좀 더 동원하면 스스로를 아라라트산에 올라간 영웅이며 예언자며 정복자며 무엇이든 원하는 대로 상상해 볼 수 있었지만, 여자만은 될 수 없었다.

모든 것을 능가하는 이 지난한 과제를 토냐는 가냘프고 연약한 어깨에 짊어졌다.(완전히 건강한 처녀였음에도 이때부터 유라의 눈에는 그녀가 갑자기 가냘프고 연약하게 보였다.) 그리고 그의 마음은 열정의 시초인 그녀를 향한 열렬한 연민과 수줍은 경이로 충만해졌다.

적절한 변화를 동반한 채, 유라를 대하는 토냐의 태도에도 똑같은 일이 일어났다.

유라는 어쨌거나 괜히 집을 나왔다고 생각했다. 자기들이 없는 동안 무슨 일이 일어나면 어쩌지? 그리고 그는 회상했다. 안나 이바노브나의 병세가 나빠진 것을 알고 나서 그들은 이미 외출할 채비를 마친 차림으로 그녀의 방으로 가서 집에 있겠다고 했다. 그 제안에 그녀는 예전처럼 펄쩍 뛰며 크리스마스 파티에 가야 한다고 우겼다. 유라와 토냐는 날씨가 어떤지 보려고 커튼 뒤, 창문이 깊이 박힌 벽감으로 들어갔다. 벽감에서 나오니 망사 커튼의 양쪽 끝이 그들이 입은 새 옷의 빠닥빠닥한 천에 붙어 있었다. 잘 달라붙는 가벼운 옷감이 신부 뒤를 따르는 면사포처럼 토냐의 뒤를 몇 걸음이나 질질 따라왔다. 다들 웃음을 터뜨렸는데, 침실의 모든 사람들이 별말 없이도 한눈에, 동시에 그 유사성을 알아보았던 것이다.

유라는 사방을 둘러보다가 얼마 전 라라가 먼저 보았던 것과 똑같은 풍경을 보았다. 그들의 썰매는 정원과 가로수 길의 꽁꽁 언 나무 밑에서 부자연스러울 만큼 큰 소음을 일으켜서 이상할 정도로 긴 메아리를 깨웠다. 안쪽에 불을 밝힌, 성에 긴 집 창문은 연기 무늬를 여러 겹 입힌 토파즈 보석함 같았다. 그 안에서는 모스크바의 신성한 삶이 따사롭게 펼쳐지고 크리스마스트리가 타오르고 손님들이 북적대고 어릿광대 같은 사람들이 숨바꼭질 놀이와 고리 통과 게임을 하고 있었다.

갑자기 유라는, 블로크라는 존재가 러시아의 삶의 모든 영역, 그리고 북방 도시의 일상과 최신 문학에서 크리스마스 같은 현상이라고, 현대 거리의 별이 빛나는 하늘 아래, 현 세기 거실의 불 밝힌 크리스마스트리 주변으로 펼쳐지는 그런 현상이라고 생각했다. 블로크에 관한 한은 어떤 논문도 필요 없다고, 네덜란드인의 경우처럼 그냥 혹한과 늑대들과 울창한 전나무 숲을 곁들여 동방박사들의 러시아 식 경배를 그리면 된다고 생각했다.

그들은 카메르게르스키 골목을 지나고 있었다. 유라는 어느 창문에 종기처럼 볼록 붙어 있는 얼음 위로 거무스름하게 녹아 버린 구멍에 주의를 기울였다. 그 구멍을 통해 촛불이 의식적인 시선으로 거리를 꿰뚫어 보듯 타올랐는데, 꼭 마차를 탄 행인들을 훔쳐보며 누군가를 기다리는 것 같았다.

'촛불이 탁자 위에서 타올랐다. 촛불이 타올랐다…….' 유라는 미처 다 형성되지 못한 희미한 어떤 것의 시작 부분을 혼잣말처럼 속삭이며 뒷부분이 억지 없이 저절로 따라 나와 주기를 고대했다. 그것은 나와 주지 않았다.

11

스벤티츠키 집안의 크리스마스 파티는 옛날 옛적부터 같은 견본에 따라 진행되었다. 아이들이 각자의 방으로 들어가는 10시, 청년들과 어른들이 두 번째 불을 밝히고 아침까지 즐겼다. 나이가 지긋한 사람들은 홀의 연속이되, 세 벽이 큰 청동 고리가 달린 무겁고 두꺼운 커튼으로 가려진 폼페이 식 거실에서 밤새도록 카드놀이를 했다. 동틀 녘이면 다들 어울려 밤참을 먹었다.

"왜 이렇게 늦었어?" 스벤티츠키 내외의 조카인 조르주가 아파트 안쪽 현관을 가로질러 숙부와 숙모의 방으로 뛰어가던 길에 물었다. 유라와 토냐도 주인 내외와 인사를 나누기 위해 그리로 가기로 하고는 도중에 옷을 벗으며 홀 안을 살펴보았다.

몇 겹의 줄을 두른 채 빛을 쏟아 내고 뜨거운 열기를 뿜어내는 크리스마스트리 옆을 지나니, 춤을 추지 않고 홀을 거닐며 이야기를 나누는 사람들이 옷자락을 사각거리고 서로 발을 밟으며 검은 벽처럼 움직였다.

춤을 추는 사람들이 그 원 안을 미친 듯이 맴돌았다. 검사보의 아들인 리체이[69] 학생 코카 코르나코프가 그들을 빙빙 돌며 짝을 지어 주고 한 줄로 세웠다. 그는 춤을 지휘하며 홀의 한쪽 끝에서 다른 쪽 끝을 향해 목청껏 고함을 질렀다. "그랑 롱!(Grand rond!) 셴 시노아즈!(Chaîne chinoise!)"[70] 그러자 모두들 그의 말에 따랐다. "윈 발즈 실 부 플레!(Une valse s'il vous plaît!)"[71] 그는 피아니스트에게 이렇게 목청껏 소리치고는 첫 한 바퀴의 선두에 서서 자신의 파트너를 아 트루아 탕(à troi temps), 아 두 탕(à deux temps)[72] 이끌어 스텝을 줄곧 늦추고 좁히다가 한자리에서 눈에 뜨일락 말락 제자리걸음을 했으니, 그것은 이미 왈츠가 아니라 왈츠의 잦아드는 메아리일 뿐이었다. 그러자 다들 박수갈채를 보냈고 이렇게 움직이고 사부작대고 웅성대는 군중에게 아이스크림과 시원한 음료를 날라다 주었다. 흥분한 처녀 총각들은 잠시 동안 웃고 떠들기를 멈추고 서둘러, 그리고 탐욕스럽게 차가운 과일 주스와 레모네이드를 들이켰으며, 잔을 쟁반에 내려놓기 무섭게 흥을 돋우는 사람이라도 붙잡은 듯 열 배는 더 큰 소리와 웃음소리를

---

69) 러시아의 왕립 귀족 학교.
70) "큰 원! 중국식으로 한 줄!"이라는 뜻이다.
71) "왈츠를 부탁합니다!"라는 뜻이다.
72) '세 박자, 두 박자'라는 뜻이다.

냈다.

토냐와 유라는 홀 안으로 들어가지 않고 곧장 주인 내외가
있는 안채로 갔다.

12

스벤티츠키 집의 안쪽 방들에는 더 넓은 공간을 확보하기
위해 거실과 홀에서 갖다 놓은 쓸데없는 물건이 가득했다. 이
곳은 주인들에게 마법의 부엌이자 크리스마스 주간의 작업실
이었다. 이곳에서는 물감과 풀 냄새가 났으며 색종이 두루마
리와 함께 코티용 댄스에 쓸 별과 트리 장식을 위한 여분의 양
초가 든 상자들이 산더미처럼 쌓여 있었다.

스벤티츠키 노부부는 선물 상자의 번호표, 저녁 만찬의 지
정 좌석 카드, 제비뽑기에 쓸 표에 번호를 써넣고 있었다. 조
르주가 그들을 돕고 있었지만 숫자를 자주 혼동하는 바람에
짜증을 내며 투덜댔다. 스벤티츠키 내외는 유라와 토냐를 보
자 몹시 반가워했다. 어릴 때부터 알아 온 사이라 격식을 차릴
것도 없이 바로 앉히고는 일을 시켰다.

"펠리차타 세묘노브나는 이런 일은 손님들이 한창 몰려들
기 전에, 더 일찌감치 생각해야 했다는 것을 모르지 뭐냐. 아
휴, 뭐든 섞어 놓는 파라스케바,[73] 너도 정말, 조르주, 숫자를

---

73) '터무니없다'라는 뜻의 관용어구인 듯하다.

또 어떻게 한 거냐! 봉봉 사탕은 탁자에, 빈 상자는 소파에 놓기로 했는데 또 죄다 엉망진창, 뒤죽박죽이잖아."

"아네타[74]의 상태가 호전됐다니 정말 기쁘구나. 나와 피에르[75]가 많이 걱정했단다."

"그야 그렇지만, 여보, 그분의 상태는 지금 더 악화되었는데, 알겠소, 당신은 항상 죄다 드방-데리에르(devant-derrière)[76]란 말이야."

유라와 토냐는 저녁 시간의 꼬박 절반을 조르주, 노부부와 함께 그 크리스마스트리 무대 뒤에서 보냈다.

13

그들이 스벤티츠키 내외와 앉아 있는 동안 라라는 계속 홀에 있었다. 무도회 복장을 하고 있지도 않았고 누구 하나 아는 사람도 없었지만 그녀는 꿈을 꾸듯 자기도 모르는 사이에 코카 코르나코프와 함께 빙빙 돌며 춤을 추는가 하면 완전히 주눅 든 상태로 홀 안을 돌며 서성이기도 했다.

라라는 홀 안쪽으로 얼굴을 돌리고 앉아 있는 코마롭스키가 자기를 알아봐 주기를 바라며, 벌써 한두 번 거실의 문턱에

---

74) 안나의 프랑스 식 애칭인 '아네트'의 러시아 식 발음. 토냐의 어머니를 말한다.
75) 표트르의 프랑스 식 발음.
76) '뒤죽박죽'이라는 뜻이다.

서 주저하듯 걸음을 멈추고 머뭇거렸다. 하지만 그는 정말 그녀를 보지 못했는지, 아니면 알아채지 못한 척하는 것인지 왼손에 방패처럼 들고 있는 카드만 바라보았다. 라라는 모욕감에 숨이 턱 막혔다. 바로 그때 라라가 모르는 어느 처녀가 홀에서 거실로 들어왔다. 코마롭스키는 그 처녀를 라라가 익히잘 아는 시선으로 쳐다보았다. 우쭐해진 처녀는 홍조를 띠며행복하게 빛나는 얼굴로 코마롭스키에게 미소를 지었다. 그것을 본 라라는 하마터면 고함을 지를 뻔했다. 수치심의 홍조가 그녀의 얼굴을 짙게 물들이더니 이마와 목까지 빨갛게 만들었다. '새로운 희생양이군.' 그녀는 생각했다. 라라는 자신의 전체 모습과 역사를 거울에 비추듯 보았다. 그래도 여전히코마롭스키와 얘기를 좀 하고 싶은 생각을 떨치지 못한 채 좀더 적당한 순간이 올 때까지 자신의 시도를 미루기로 결심하고는 마음을 간신히 진정하고 홀로 돌아왔다.

코마롭스키와 같은 탁자에는 세 명이 더 카드를 하고 있었다. 그의 옆에 앉아 있는 파트너 중 한 명은 라라에게 왈츠를청한 멋쟁이 리체이 학생의 아버지였다. 그 파트너와 함께 홀을 돌며 주고받은 두어 마디 대화를 통해 라라는 그렇게 결론지었다. 그리고 검은 옷에 미친 듯 활활 타오르는 눈과 뱀처럼 기분 나쁘도록 빳빳한 목을 한, 갈색 머리의 키 큰 여자, 수시로 거실을 나와 아들의 활동 무대인 홀로, 또 남편이 카드를하고 있는 거실로 옮겨 다니는 이 여자가 코카 코르나코프의어머니였다. 끝으로, 라라에게 복잡다단한 감정을 불러일으킨 처녀가 코카의 누이라는 사실이 우연히 밝혀졌으니, 라라의 연상은 전혀 터무니없는 억측이었던 셈이다.

"코르나코프라고 합니다." 코카는 처음부터 라라에게 자기소개를 했다. 하지만 그때는 제대로 알아듣지 못했다. "코르나코프라고 합니다." 그는 그녀를 안락의자로 데려다주며 미끄러지듯 마지막 원을 그릴 때 이렇게 반복하곤 몸을 숙여 인사했다.

이번에는 라라가 제대로 알아들었다. '코르나코프, 코르나코프.' 그녀는 생각에 잠겼다. '뭔가 익숙하다. 뭔가 불쾌하다.' 이어 그녀는 떠올렸다. 코르나코프는 모스크바 법원의 검사보였다. 일단의 철도 노동자들을, 그들과 함께 재판을 받았던 티베르진을 기소했던 사람이다. 라브렌티 미하일로비치는 라라의 청원으로 그에게 이 재판에서 너무 가혹하게 하지 말아달라고 회유하러 갔지만, 기세를 꺾지 못했다. '바로 그거다! 그렇다, 그렇다, 그렇다. 흥미롭군. 코르나코프, 코르나코프.'

14

밤 12시 혹은 새벽 1시에 가까운 시각이었다. 유라의 귀에 계속 이명이 들렸다. 휴식 시간에 식당에서 작은 케이크를 곁들인 차를 마신 다음 다시 춤이 시작되었다. 크리스마스트리의 양초가 다 탔지만 더 이상 아무도 갈아 끼우지 않았다.

유라는 홀의 한가운데 멍하니 서서, 모르는 사람과 춤을 추는 토냐를 바라보았다. 토냐는 유라 옆을 헤엄치듯 지나가면서, 지나치게 긴 공단 드레스의 작은 치맛자락을 발로 걷어 내고는 작은 물고기처럼 철썩거리며 춤추는 군중 속으로 숨어들었다.

그녀는 몹시 흥분해 있었다. 그들이 식당에 있던 휴식 시간에 토냐는 차를 거절하고 쉽게 까지는 향긋한 귤껍질을 셀 수 없이 까며 귤로 갈증을 달랬다. 그녀는 허리띠나 소매 끝동에서 수시로 과일나무의 꽃처럼 자그마한 마포 손수건을 꺼내 입가와 끈적끈적한 손가락 사이의 땀줄기를 닦았다. 활기찬 대화를 이어 가며 웃는 동안에도 손수건을 기계적으로 허리띠나 허리께의 주름장식 속에 다시 넣었다.

지금 토냐는 미지의 파트너와 춤을 추면서 방향을 틀 때마다, 한쪽으로 비켜나 인상을 쓰고 있는 유라를 건드리며 장난스럽게 그의 한 손을 잡고 의미심장한 미소를 지었다. 그렇게 손을 잡다가 한번은 그녀가 쥐고 있던 손수건이 유라의 손바닥에 남게 되었다. 그는 그것을 입술에 갖다 대고 눈을 감았다. 손수건은 귤껍질과 흥분한 토냐의 손바닥 냄새가 뒤섞여 매혹적인 향기를 풍겼다. 유라가 인생에서 한 번도 경험한 적 없는, 머리부터 발끝까지 날카롭게 관통하는 뭔가 새로운 것이었다. 어린애다운 순진한 향기가 어둠 속에서 속삭이는 어떤 말처럼 다정하고도 명징했다. 유라는 서서 손수건을 쥔 손바닥에 눈과 입술을 파묻고 숨을 들이쉬었다. 갑자기 집 안에 총성이 울렸다.

모두 거실과 홀을 갈라놓은 커튼 쪽으로 고개를 돌렸다. 잠시 침묵이 흘렀다. 다음 순간, 소동이 시작되었다. 모두 부산을 떨고 소리를 질렀다. 일부는 코카 코르나코프의 뒤를 따라 총성이 난 곳으로 달려갔다. 그쪽에서는 이미 사람들이 걸어 나오며 윽박지르고 울고 말다툼하느라 서로의 말을 가로막기도 했다.

"이 애가 무슨 짓을 했지? 무슨 짓을 한 거야?" 하고 코마롭스키가 절망스럽게 반복했다.

"보랴, 살아 있어요? 보랴, 살아 있는 거냐고요?" 코르나코바 부인이 히스테릭하게 비명을 질렀다. "여기에 의사 드로코프가 와 계시다던데. 그래, 하지만 대체 어디, 어디 계신 거야? 아휴, 제발 좀 내버려 두세요! 당신한테는 그냥 찰과상이지만 나한테는 내 한평생이 옳았다는 증거란 말이에요. 오, 나의 가없는 박해자, 저 모든 범죄자들을 고발한 양반! 여기 있군, 요 걸레 같은 것, 네 눈을 할퀴어 주마, 더러운 것 같으니! 자, 이제는 나가지도 못해! 무슨 말씀을 하셨죠, 코마롭스키 씨? 당신을요? 얘가 당신을 쏜 거라고요? 아니, 난 안 되겠어. 너무 괴로워요, 코마롭스키 씨, 정신 차리세요, 저는 지금 농담할 기분이 아니에요. 코카, 코코치카, 자, 또 무슨 말을 하려고! 네 아버지를…… 그래…… 하지만 하느님의 오른팔이…… 코카! 코카!"

군중이 거실에서 홀로 밀려들었다. 한가운데서 코르나코프가 살짝 긁혀 피가 나는 왼손의 상처를 깨끗한 냅킨으로 꼭 누른 채 자기는 괜찮다면서 모두를 설득하고 큰 소리로 농담을 하며 걸어 다녔다. 좀 멀리 떨어진 저쪽, 다른 무리에서는 라라의 손을 뒤에서 붙잡고 데려가는 중이었다.

유라는 그녀를 보고 어안이 벙벙해졌다. 바로 그 여자애다! 이번에도 얼마나 예사롭지 않은 상황인가! 그리고 또다시 저 머리가 희끗한 남자. 하지만 이제는 유라도 그를 안다. 저명한 변호사 코마롭스키로 아버지의 유산 관련 업무를 처리한 사람이다. 인사를 하지 않아도 되는 상황이라 유라와 그는 서로 모르는 척했다. 그런데 저 여자애는…… 그럼 저 여자애가 총을 쏘았단 말인가? 검사를 향해? 분명히 정치적인 이유일 것이다. 가엾어라. 이제 무사하지 못하겠군. 저렇게 도도하고 예쁜데! 한데 저 사람들은! 빌어먹을, 저 여자애를 체포된 도둑 취급 하며 팔을 뒤로 비틀어 끌고 가는군.

하지만 그는 이내 오해였다는 것을 깨달았다. 라라는 다리가 꺾여 있었다. 사람들은 그녀가 쓰러지지 않도록 손을 잡아 제일 가까이 있는 안락의자로 간신히 끌고 갔고, 그녀는 털썩 주저앉았다.

유라는 그녀에게 달려가 의식을 회복하게 하고 싶었지만 편의상 우선은 살인 미수의 희생자에게 관심을 쏟기로 했다. 그는 코르나코프에게 다가가 말했다.

"여기서 의사의 도움이 필요하다고 해서요. 제가 뭘 좀 해 드릴 수 있습니다. 손을 좀 보여 주세요……. 천만다행이군요. 워낙에 별것 아니라 저라면 붕대도 감아 드리지 않겠어요. 하긴 요오드를 발라서 나쁠 건 없겠네요. 여기 펠리차타 세묘노브나가 계시니 한번 부탁해 봅시다."

빠른 걸음으로 유라 옆으로 온 스벤티츠카야와 토냐는 얼굴이 말이 아니었다. 모든 것을 내버려 두고 어서 코트를 입으러 가자는, 그들을 데려갈 마차가 와 있다는, 집에 뭔가 심상치 않은 일이 일어났다는 얘기였다. 소스라치게 놀란 유라는 최악의 상황을 가정하며 모든 일을 잊고 코트를 입으러 달려갔다.

15

그들이 십체프 현관에서 쏜살같이 집 안으로 달려 들어갔을 때 안나 이바노브나는 이미 산 사람이 아니었다. 죽음은 그들이 도착하기 십 분 전에 찾아왔다. 사인은 적시에 판별하지 못한 급성 폐부종으로 인한 장시간의 천식 발작이었다.

처음 몇 시간 동안 토냐는 울부짖고 경련하며 몸부림치느라 아무도 알아보지 못했다. 이튿날에는 아버지와 유라가 하는 말을 참을성 있게 들을 만큼 진정되었지만, 대답이라곤 고개만 끄덕이는 게 전부였다. 슬픔이 이전과 같은 힘으로 그녀를 점령하여 거의 입을 열지 못할 정도였고 마치 귀신 들린 여자처럼 입에서 저절로 비명이 터져 나오려 했기 때문이다.

그녀는 추도식 막간에 고인 옆에 무릎을 꿇고 주저앉아 아름답고 큰 손으로 관의 모서리를 관이 놓인 단상의 끄트머리, 관을 덮은 화환과 함께 껴안고 있었다. 주변의 아무도 알아보지 못했다. 하지만 가까운 사람과 눈이 마주치면 황급히 마룻바닥에서 일어나 빠른 걸음으로 홀을 빠져나가서는 흐느낌을 억누르며 계단을 따라 위층 자기 방으로 정신없이 달려가 침

대 위에 몸을 던지고 내부에서 끓어올라 폭발한 절망을 베개
에 파묻었다.

너무 오래 서 있었거니와 슬픔, 수면 부족, 엄숙한 노래, 밤
낮을 밝힌 촛불의 눈부신 빛, 최근에 걸린 감기 때문에 유라의
마음속에는 축복의 미망 같기도 하고 비애의 환희 같기도 한
달콤한 혼란이 일었다.

십 년 전 엄마를 묻을 때만 해도 유라는 완전히 어린아이였
다. 지금까지도 슬픔과 공포에 압도되어 무척 서럽게 울었던
일이 기억났다. 그때 중요했던 것은 그 자신이 아니었다. 그때
는 개별적으로 존재하고 흥미나 가치를 불러일으키는 유라라
는 존재가 있다는 사실조차 거의 생각하지 못했다. 그때 중요
했던 것은 주변에 있는 것, 즉 외적인 것이었다. 외부 세계, 숲
처럼 울창하고 논란의 여지도 없고 촉지 가능한 그 세계가 유
라를 사방에서 에워싸고 있었고, 그 때문에 유라는 엄마와 함
께 그 숲속에서 길을 잃고 헤매다가 갑자기 엄마 없이 자기 혼
자 남게 된 듯 엄마의 죽음에 충격을 받았던 것이다. 그 숲은
세상의 모든 것 — 구름, 시내의 간판, 소방서 망루의 공들, 성
모 마리아 성화를 실은 마차 앞, 성물이 있어서 맨머리에 모
자 대신 귀 가리개를 쓴 채 말을 타고 달리는 수도원의 하인들
등 — 으로 이루어져 있었다. 그 숲은 아케이드에 들어찬 상
점의 유리 진열장, 별들과 하느님과 성자들이 빛나는 까마득
히 높은 밤하늘로 이루어져 있었다.

가없이 높은 그 하늘은 유모가 뭔가 성스러운 이야기를 해
줄 때면 그들의 어린이 방까지, 유모의 치맛자락까지 정수리

를 낮게, 아주 낮게 기울여 주었는데, 열매를 따기 위해 가지를 구부러뜨린 골짜기의 개암나무 꼭대기처럼 손이 닿을 만큼 가까워지곤 했다. 그 하늘은 어린이 방에서는 도금한 세숫대야에 잠겨 불과 황금으로 목욕을 하는 것 같았고, 유모의 손에 이끌려간 골목의 작은 교회에서는 새벽 기도나 미사로 바뀌는 것 같았다. 그곳에서 하늘의 별들은 램프가 되고 하느님은 하느님 아버지가 되고, 모든 것은 다소간 제 깜냥에 맞는 직위에 배치되었다. 하지만 중요한 것은 어른들의 현실 세계, 그리고 숲처럼 주위가 어두워지는 도시였다. 그 무렵, 유라는 반쯤 맹목적인 모든 믿음으로 이 숲의 신을 산지기처럼 믿었다.

지금은 사정이 완전히 달랐다. 초등, 중등, 고등 등 십이 년에 걸친 이 모든 학창 시절 동안 유라는 고전과 주님의 법칙, 전설과 시인, 과거와 자연에 관한 학문을 자기 집안의 연대기나 족보처럼 공부했다. 지금은 삶도 죽음도 무섭지 않았는데, 세상의 모든 것, 모든 사물이 그의 사전 속 단어였던 것이다. 그는 자신이 우주와 나란히 서 있는 듯이 느꼈고, 옛날 엄마 때와는 전혀 다른 식으로 안나 이바노브나의 추도식에 임했다. 그때는 마음이 너무 아파 정신을 잃고 겁에 질려 있었다. 그러나 지금은 진혼 미사를 곧장 그를 향한, 그와 직접적으로 관련된 전언처럼 듣고 있었다. 그는 그 말을 귀담아들으며, 매사에 다 그렇지만, 거기서 쉽게 이해되도록 표현된 의미를 찾으려 했는데, 자신이 위대한 선행자인 양 경배해 온 하늘과 땅의 높은 힘을 계승한다는 감정 속에 신앙심과 공통되는 것은 하나도 없었다.

16

"성스러운 신이시여, 성스럽고 강력한 분이시여, 성스러운 불멸의 존재여, 우리에게 자비를 베푸소서." 이것이 무엇인가? 그는 어디에 있는가? 발인이다. 관을 내간다. 잠에서 깨야 한다. 새벽 5시가 지난 시각, 그는 옷을 입은 채로 이 소파에 쓰러졌다. 분명히 열이 있다. 지금 그를 찾아 온 집 안을 뒤지고 있지만 그가 도서관의 외진 구석, 천장까지 닿는 높은 책장 뒤에서 누가 업어 가도 모를 만큼 곤히 자고 있을 줄은 아무도 짐작하지 못할 것이다.

"유라, 유라!" 문지기 마르켈이 어딘가 근처에서 그를 부른다. 발인이 시작되었다. 마르켈은 화환을 아래 길거리로 끌어내야 하는데, 도무지 유라를 찾을 수 없는 데다가 설상가상으로 장롱의 열린 문짝 하나가 침실 문을 가로막아 나가지도 못하고 화환이 산처럼 쌓인 침실에 계속 갇힌 형국이었다.

"마르켈! 마르켈! 유라!" 아래쪽에서 그들을 부르는 소리가 난다.

마르켈은 한 번의 일격으로 장애물을 치운 다음 화환 몇 개를 갖고 계단을 따라 아래로 내려간다.

"성스러운 신이시여, 성스럽고 강력한 분이시여, 성스러운 불멸의 존재여." 조용한 산들바람처럼 골목 안으로 불어 들어와 그 안에 머물고, 부드러운 타조 깃털로 공기를 쓸듯 모든 것이 흔들린다. 화환들, 오가는 사람들, 깃 장식을 단 말 머리들, 사제의 손에 들린 사슬 달린 향, 두 발 밑의 하얀 땅 등 모든 것이.

"유라! 맙소사, 드디어. 좀 일어나거라, 제발." 그를 찾아낸 슈라 실레진게르가 그의 어깨를 흔든다. "어떻게 된 거야? 발인인데. 우리와 함께 갈 거니?"

"그야 물론이죠."

17

장례식이 끝났다. 거지들이 너무 추워 발을 동동 구르며 두 줄로 점점 더 빽빽이 모여들었다. 영구 마차, 화환을 실은 이륜마차, 크류게르의 마차가 흔들리며 조금씩 움직였다. 마부들은 교회까지 늘어서 있었다. 사원에서 슈라 실레진게르가 운 얼굴로 나와 눈물에 젖은 베일을 걷어 올리고 줄지어 선 마부들을 따라 뭔가 찾는 듯한 시선을 던졌다. 그 행렬에서 장의사의 운반인들을 찾아내자 고갯짓을 하며 자기 쪽으로 불러 함께 교회 안으로 사라졌다. 교회에서는 점점 더 많은 사람이 쏟아져 나왔다.

"이제 안니-이바나나[77] 차례군. 영원히 작별 인사를 하고, 가엾은 것, 먼 길을 나섰어."

"그래, 춤은 끝났어, 가엾은 것. 잠자리[78]가 쉬러 떠났어."

_____

77) 안나 이바노브나를 독일식으로 발음한 듯하다.
78) 안나 이바노브나를 말한다.

"마부를 부르시겠어요, 아니면 걸어서 가시겠어요?"

"너무 오래 서 있었어요. 좀 걷다가 타고 가려고요."

"픕코프가 얼마나 상심했는지 보셨죠? 이제 막 고인이 된 사람을 쳐다보는데 눈물을 뚝뚝 흘리고 코를 푸는 것이 아주 삼켜 버릴 기세더라고요. 바로 옆에 남편이 있는데도."

"그는 평생 그녀에게서 눈을 떼지 않았잖아요."

이런 대화를 나누며 그들은 도시의 다른 쪽 끝에 있는 묘지를 향해 터벅터벅 걸음을 옮겼다. 그동안의 맹추위가 한풀 꺾인 날이었다. 추위가 누그러지고 한 생명이 떠나 버린 날, 공기가 착 가라앉은 것이 자연이 장례를 치르도록 창조한 듯한 날이었다. 약간 더러워진 눈은 아무렇게나 드리워진 크레이프 천을 통해 보는 듯 반짝였고, 담장 너머 검은빛을 머금은 은처럼 어둡고 축축한 전나무들은 상복과 비슷해 보였다.

이곳이 바로 저 잊지 못할 묘지, 마리야 니콜라예브나가 잠든 곳이었다. 유라는 최근 몇 년 동안 어머니의 무덤에 와 본 적이 없었다. "엄마." 멀리 저 쪽을 바라보며 그는 거의 그 시절처럼 입술을 달싹이며 속삭였다.

사람들은 깨끗이 청소해 둔 오솔길을 따라 장엄하게, 심지어 그림처럼 흩어졌는데, 구불구불한 길의 굴곡이 천천히 보조를 맞추어 걷는 그들의 슬픈 발걸음과 잘 맞지 않았다. 알렉산드르 알렉산드로비치는 토냐를 부축하고 있었다. 그들 뒤를 크류게르 집안사람들이 따르고 있었다. 토냐는 상복이 참 잘 어울렸다.

십자가가 꽂힌 둥근 지붕의 사슬과 장밋빛 수도원 벽 위로 턱수염처럼 삐죽삐죽한 서리가 곰팡이 피듯 덮여 있었다. 수도원 마당의 외진 곳, 빨랫줄이 한쪽 벽에서 다른 쪽 벽으로 걸려 있었고 소매가 흠뻑 젖어 무거워진 루바시카, 복숭아 색깔의 식탁보, 잘못 짜서 뒤틀어진 시트 등이 널려 있었다. 유라는 그쪽을 살펴보다가, 그곳이 새로 들어선 건물 때문에 좀 바뀌긴 했어도, 그때 눈보라가 휘몰아치던 수도원 땅의 그 장소라는 것을 깨달았다.

유라는 빠른 걸음으로 나머지 사람을 앞질러 걷다가 그들이 따라올 때까지 간간히 걸음을 멈추어 가면서 혼자 걸었다. 뒤에서 천천히 걸음을 떼는 저 사람들 사이에서 죽음이 가져온 허탈함에 답하듯, 깔때기처럼 소용돌이치며 심연을 향해 질주하는 물의 불가항력적인 힘으로, 그는 몽상하고 생각하고 열심히 형태를 다듬고 아름다움을 창조하고 싶었다. 예술은 끊임없이 두 가지를 탐구한다는 것이 지금 그 어느 때보다 분명히 와닿았다. 예술은 집요하게 죽음을 사유하고 그로써 또 집요하게 삶을 창조한다. 위대하고 진정한 예술은 「요한 묵시록」이라 불리는 것, 그것을 마저 쓰는 것이다.

유라는 하루나 이틀쯤 가족과 학교의 경계를 벗어나 안나 이바노브나의 영면을 기리는 자신의 시구에 그 순간 떠오를 모든 것을, 그의 삶 속에서 우연히 나타날 모든 것을 삽입하고 싶은 욕구에 몸이 달았다. 고인의 훌륭했던 장점 두세 가지, 상복을 입은 토냐의 모습, 묘지에서 돌아오는 길에 보았던 몇몇 거리 풍경, 언젠가 오래전 눈보라가 휘몰아치는 밤에 어린 소년이었던 그가 울었던 바로 그 자리에 널린 빨래 등 모든 것을.

4부

무르익은 필연들

1

라라는 반쯤 정신이 혼미한 상태에서 펠리차타 세묘노브나의 침실 침대에 누워 있었다. 그녀 주변에서 스벤티츠키 내외와 의사 드로코프, 하인이 소곤대고 있었다.

스벤티츠키 가족의 텅 빈 집은 어둠에 잠겨 있었으며, 길게 늘어선 방 한가운데 작은 거실에서만 희끄무레한 램프가 타오르며 한 줄로 쭉 뻗어 관통하는 열을 따라 앞뒤로 빛을 던지고 있었다.

이 통로를, 손님이 아니라 마치 자기 집인 양 매섭고 단호한 걸음걸이로 빅토르 이폴리토비치가 오가고 있었다. 그는 저쪽에서 일이 어떻게 되어 가는지 알아보기 위해 침실을 엿보기도 하고 집의 맞은편 끝으로 방향을 틀어 은빛 구슬이 달린 크리스마스트리 옆을 지나 식당까지 가 보기도 했는데, 상다리가 부러질 만큼 차린 만찬은 아무도 손대지 않았고 창문 너머로 마차가 거리를 지나가거나 생쥐 한 마리가 식탁보 위의 접시들 사이로 내뺄 때면 초록색 술잔이 쩔렁거렸다.

코마롭스키는 너무 화가 나서 진정하지 못하고 있었다. 그의 가슴속으로 모순되는 감정이 가득 차올랐다. 이 무슨 스캔들이란 말인가, 이 무슨 추태란 말인가! 그는 분노에 휩싸였다. 그의 지위가 위기를 맞고 있었다. 그의 평판을 손상시키는 사건이었다. 어떤 대가를 치르더라도 더 늦기 전에 유언비어를 막아야 하고 벌써 알려졌다면 소문이 확산되기 전에 싹을 잘라 잠재워야 했다. 그 밖에도 그는 절망과 광기에 휩싸인 이 처녀가 얼마나 거역할 수 없는 존재인지 새삼 실감했다. 그녀가 다른 사람과 같지 않다는 것은 당장에 알 수 있었다. 그녀에게는 항상 뭔가 평범하지 않은 것이 있었다. 그런데도 그는 분명코 그녀의 인생을 민감하게 구제 불능의 불구로 만들어 놓지 않았던가! 운명을 자기 식으로 개조하고 처음부터 다시 존재해 보려는 열망을 불태우며 그녀는 미치도록 몸부림치고 있다. 줄곧 분연히 떨치고 일어나 반항하고 있다.

아마도 방을 얻어 준다든지 하는 식으로, 그는 그녀를 모든 면에서 도와야 할 것이고, 하지만 어떤 경우에도 그녀를 건드려서는 안 될 것이며, 오히려 그림자도 비치지 않도록 물러나 한쪽으로 비켜서 있어야 할 것이다. 만약 그러지 않았다가는 보다시피, 이 아이가 또 무슨 짓을 저지를지 모르는 일 아닌가!

앞으로도 성가신 일이 얼마나 많이 일어날까! 이런 일이 쉽게 넘어갈 리 없다. 법률이 낮잠을 자지는 않을 테니. 아직 밤이고 그런 소동이 연출되고 두 시간이 지나지 않았음에도 벌써 두 번이나 경찰서에서 사람들이 나왔고 코마롭스키는 식당에 가서 경찰관들과 얘기를 나누며 모든 것을 수습하느라 진땀을 흘렸다.

앞으로 일은 더 꼬일 것이다. 라라가 코르나코프가 아니라 그를 겨냥했다는 증거가 요구될 것이다. 하지만 그걸로 일은 해결되지 않을 것이다. 죄목의 일부분은 감해지겠지만 남은 부분 때문에 라라는 기소될 것이다.

물론 그는 전력을 다해 그 일을 막겠지만 혹시라도 사건이 제기된다면 정신 감정을 통해 살인 기도 당시 라라의 정신이 책임 불능 상태였다는 결론을 얻어 소송이 중지되게 만들 것이다.

이렇게 생각하자 코마롭스키는 마음이 놓였다. 밤이 지나갔다. 빛줄기가 방마다 다 들어와 도둑이나 전당포 감정가처럼 식탁과 소파 밑을 구석구석 엿보았다.

침실에 들러 라라의 상태가 회복되지 않았음을 확인한 코마롭스키는 스벤티츠키 집을 나와 평소 알고 지내는, 정치적 망명자의 아내이자 여성 법률가인 루피나 오니시모브나 보이트-보이트콥스카야의 집으로 출발했다. 방이 여덟 칸이나 되는 이 집은 지금 다 쓰고 있지도 않거니와 분수에도 맞지 않았다. 방 두 칸은 세놓고 있었다. 그중 한 칸이 최근에 비었는데, 코마롭스키는 라라를 위해 그 방을 빌렸다. 몇 시간 뒤 라라는 열에 들떠 의식이 몽롱한 채로 그리로 옮겨졌다. 신경성 열병이었다.

2

루피나 오니시모브나는 진보적인 여성으로서 각종 편견을 적대시하고, 그녀가 생각하고 표현한 대로, '긍정적이고 생기 있는' 모든 것을 응원했다.

그녀의 옷장 위에는 저자의 서명이 적힌 에르푸르트 강령[79] 한 부가 놓여 있었다. 벽에 걸린 사진 중 하나는 그녀의 남편인 '나의 착한 보이트'가 플레하노프[80]와 함께 스위스에서 민중처럼 산책하는 모습을 찍은 것이었다. 두 명 다 러스트린 재킷을 입고 파나마모자를 쓰고 있었다.

루피나 오니시모브나는 처음 본 순간부터 이 아픈 세입자가 마음에 들지 않았다. 못된 꾀병쟁이로 여긴 것이다. 라라가 미망에 들떠 헛소리를 하는 것이 루피나 오니시모브나의 눈에는 모조리 연기처럼 보였다. 그녀는 라라가 감옥에 갇힌 미친 마르가리타[81] 흉내를 내고 있다고 맹세라도 할 태세였다.

루피나 오니시모브나는 라라에 대한 경멸을 유난스러운 활

---

79) 1891년 독일 사회 민주당이 에르푸르트 회의에서 채택한 행동 강령.
80) 게오르기 플레하노프(1856~1918)는 러시아의 사회주의자, 혁명가, 비평가.
81) 괴테(1749~1832) 『파우스트』(1831)의 여주인공 그레트헨을 말한다.

기로 표출했다. 문을 쾅 닫는가 하면 집에서 자기가 사용하는 곳을 회오리처럼 질주하며 큰 소리로 노래를 부르고 몇 날 며칠 동안 방을 환기시키기도 했다.

그녀의 집은 아르바트 거리에 있는 큰 건물 위층에 있었다. 동지가 되면 그 층의 창문들엔 넓고 푸르고 밝은 하늘이 범람하는 강처럼 채워졌다. 겨울의 절반 동안 집은 다가오는 봄의 징후와 예감으로 가득 찼다.

따뜻한 남쪽 바람이 통풍구로 불어오고 역에서는 증기선들이 철갑상어처럼 포효하고 병상에 누워 있는 라라는 여유를 즐기며 까마득한 추억에 젖어들었다.

칠팔 년 전 잊지 못할 어린 시절, 우랄에서 모스크바에 도착한 첫날 저녁이 자주 떠올랐다.

그들은 기차역에서 마차를 타고 어스름한 골목길을 달려 전 모스크바를 가로지르며 호텔로 가는 중이었다. 가까워지다가 멀어지는 가로등이 몸을 웅크린 마부의 그림자를 건물들 벽에 드리웠다. 그림자는 자라고 또 자라서 부자연스러울 정도로 거대해지더니 포장도로와 지붕을 덮었다가 사라졌다. 그리고 모든 것이 처음부터 다시 시작되었다.

어둠이 자욱한 가운데 머리 위로 모스크바의 사십의 사십 교회가[82] 종을 울리고 철로 마차[83]가 방울을 짤랑이며 땅 위를 질주하지만, 아우성치는 유리창과 불꽃도 종과 바퀴처럼

---

82) 옛 모스크바의 사원 수(총 1600개)를 지칭하는 말이다.
83) 말이 끄는 전차로서 트람바이의 전신.

자기만의 어떤 소리를 내는 양 라라의 귀를 먹먹하게 했다.

호텔 방의 식탁 위에는 코마롭스키가 집들이 선물로 보내 온 어마어마한 크기의 수박이 놓여 그녀를 어리둥절하게 했 다. 라라의 눈에는 수박이 코마롭스키의 권력과 부를 상징하 는 것처럼 보였다. 빅토르 이폴리토비치가 차갑고 달달한 과 육을 품은 짙은 초록색의 둥근 덩어리를 단칼에 쩍 소리를 내 며 두 쪽으로 갈랐을 때는 너무 무서워서 숨이 턱 막혔지만 감 히 거절하지 못했다. 향긋한 장밋빛 조각을 억지로 삼켰더니 너무 흥분한 탓인지 목구멍에 탁 걸려 버렸다.

실상 귀한 음식과 야밤의 수도 앞에서 느낀 이 무서움은 훗 날 코마롭스키 앞에서의 무서움으로 반복되면서 이후 모든 사건의 주된 실마리가 되었다. 하지만 이제 그는 못 알아볼 정 도였다. 아무것도 요구하지 않고 자신의 존재를 상기시키지 도 않고 모습을 보이는 일도 별로 없었다. 그리고 항상 거리를 두고 아주 품위 있게 도움을 주고자 했다.

콜로그리보프의 방문은 전혀 다른 문제였다. 라라는 라브 렌티 미하일로비치를 더없이 반겼다. 이 손님은 큰 키와 위풍 당당한 체구가 아니라 사람 자체가 풍기는 생기 넘치는 기운 과 재능 덕분에, 방의 절반을 빛나는 시선과 총명한 미소로 채 웠다. 방 안이 한층 좁게 느껴질 정도였다.

그는 두 손을 비비며 라라의 침대 앞에 앉았다. 페테르부 르크의 국무 회의에 불려 가면 고위층 인사들과도 예비 학부 의 개구쟁이 대하듯이 얘기를 나누는 그였다. 하지만 지금 그 의 앞에 누워 있는 사람은 최근까지도 가족의 일부이자 친딸과 같은 존재였으며, 식구라는 것이 다 그렇지만 그녀와는 지나는 길에 가벼운 눈짓을 건네고 몇 마디 말을 주고받는 것만으로도 충분했다.(이것은 그들의 압축적이고 의미심장한 소통의 두드러진 매력이었고 둘 다 이 점을 잘 알았다.) 그는 라라에게, 다른 여자에게 하듯 무겁고 무심하게 굴 수 없었다. 어떻게 얘기를 나눠야 그녀의 기분이 상하지 않을지 몰라, 그는 피식 웃으며 어린애에게 하듯 말했다.

"어쩌자고 이런 짓을 꾸미셨을까, 아가씨? 이런 멜로드라마가 누구에게 필요하다고?" 그는 입을 다물고 천장과 벽지에 번져 있는 습한 반점을 살펴보았다. 그러고는 나무라듯 고개를 까딱이며 말을 이었다. "뒤셀도르프에서 회화, 조각, 원예를 다룬 국제 전시회가 열려요. 가 볼 참이야. 우리 아가씨 방이 습하군. 그런데 하늘과 땅 사이를 이렇게 오래 뒹굴 생각이신가? 이곳은 정말이지 갑갑한 곳이잖아요. 누가 알게 뭐야. 이 보이테사라는 여자는, 우리끼리 하는 말로 점잖은 쓰레기랄까. 내가 그녀를 잘 알아요. 이사를 갑시다. 충분히 빈둥거렸잖아. 좀 아팠으니 그걸로 됐어요. 이제 그만 일어나야지. 방도 옮기고 공부도 계속해서 졸업해야지. 알고 지내는 화가가 한 명 있어. 이 년쯤 투르케스탄에 간다더군. 그의 작업실은 여러 칸으로 나뉘어져 사실상 아담한 집 한 채나 다름없어요. 가구까지 해서 마땅한 사람에게 넘기려고 하는 것 같아요. 어때, 좀 주선해 볼까요? 그다음에 할 얘기가 또 있어요. 이건 업무상 부탁이오. 오래전부터 하고 싶었던 건데, 나의 성스러운 의무랄까…… 리파 일 이후로…… 자, 얼마 안 되는 액수지만, 그 아이의 졸업을 도와준 대가로…… 아니, 제발, 제발 좀…… 아니, 제발 부탁이니 고집 부리지 말고…… 아니, 미안하지만 좀 봐줘요.”

그녀의 반대와 눈물, 심지어 드잡이 가까운 것에도 불구하고 그는 떠나면서 1만 루블짜리 은행 수표를 기어이 손에 쥐어 주었다.

건강이 회복되자 라라는 콜로그리고프가 칭찬해 마지않던 곳으로 거처를 옮겼다. 스몰렌스키 시장 바로 근처였다. 집은 오래전에 지어진 아담한 이 층짜리 석조 주택의 위층이었다. 밑에는 상점들이 들어와 있었다. 주택에는 짐마차꾼들이 살았다. 자갈로 포장된 마당에는 항상 귀리가 흩어지고 건초가 떨어져 있었다. 비둘기들이 구구대며 마당을 거닐었다. 그러다가 생쥐들이 마당의 석조 홈통을 우르르 달려가면 시끄럽게 울면서 라라의 창문 가까이까지 떼 지어 날아올랐다.

3

파샤는 슬픔이 컸다. 라라가 심하게 앓는 동안 그녀의 방 출입을 금지당했다. 그의 기분이 어땠을까? 파샤의 생각에, 라라는 자기와 무관한 사람을 죽이려고 했고 그다음에는 살인 미수의 희생자인 그 사람의 비호를 받고 있었다. 그리고 이 모든 일은 크리스마스 밤 촛불이 타오르는 가운데 그들 사이의 그 기념비적인 대화가 오간 직후에 일어났다! 이 사람이 아니었다면 라라는 체포되어 재판을 받았을 것이다. 그는 그녀를 위협하는 징벌을 면하게 해 주었다. 덕분에 그녀는 계속 학교에 다닐 수 있었고 온전하고 또 무사했다. 파샤는 죽도록 괴로워하며 의혹에 시달렸다.

상태가 호전되자 라라는 파샤를 자기 방으로 불렀다. 그리고 이렇게 말했다.

"나는 나쁜 여자야. 너는 나를 몰라, 언젠가 얘기할게. 지금은 말하기가 힘들어, 보다시피 눈물 때문에 목이 메어. 하지만 나를 단념하고 잊어 줘, 나는 너를 만날 자격이 없는 몸이야."

가슴을 아리는 장면들이 잇따라, 점점 더 참을 수 없게 연출되었다. 보이트콥스카야는 — 이것은 아직 라라가 아르바트 거리에 머물고 있을 때 일어난 일이기 때문에 — 엉엉 운 파샤의 모습을 보고는 복도에서 자기 방으로 달려가더니 소파에 나뒹굴며 배꼽이 빠져라 웃어 댔다. "아, 못하겠어, 아, 못해! 이건 정말 뭐라고 말할 수 있을까……. 하하하! 용사 납셨네! 하하하! 예루슬란 라자레비치![84]"

파샤를 오점 많은 애착에서 벗어나게 하기 위해, 그것을 뿌리째 뽑아 모든 고통에 마침표를 찍게 하기 위해 라라는 그를 사랑하지 않으며, 그래서 단칼에 거부하겠다고 말했다. 하지만 이 같은 단념 선언을 하면서 너무 흐느꼈기 때문에 파샤는 그 말을 믿을 수가 없었다. 그는 그녀가 온갖 죽을죄를 지었

84) 18세기에서 20세기 초까지 유행한 민담이나 민화에 나오는 고대 이야기의 주인공.

으리라 의심하고 그녀의 말은 단 한마디도 믿지 않고 저주하고 증오할 준비를 마치고도, 그녀를 지독히 사랑하여 그녀의 생각과 그녀의 잔과 그녀의 베개까지도 질투했다. 미치지 않으려면 더 단호하게, 더 서둘러서 행동해야 했다. 그들은 졸업 시험이 끝날 때까지 미루지 말고 결혼하기로 했다. 부활절 다음 일요일에 결혼식을 올리자는 제안이 나왔다. 라라의 부탁에 따라 결혼식은 다시 연기되었다.

그들은 자신들이 성공리에 졸업할 것이 확실시된 성령 강림절의 둘째 날인 성령의 날[85]에 결혼식을 올렸다. 모든 일은 류드밀라 카피토노브나 체푸르코, 즉 라라와 함께 졸업한 동급생인 투샤 체푸르코의 어머니가 맡아 주었다. 류드밀라 카피토노브나는 가슴이 크고 목소리가 낮은 아름다운 여자로 노래도 잘 부르고 이야기도 잘 지어냈다. 자신이 알고 있는 미신과 믿음에 덧붙여 그녀는 자신의 것들도 마음껏 지어냈던 것이다.

라라가 '화관을 받으러 가는 날' 도시는 푹푹 쪘다. 출발에 앞서 신부 단장을 해 주며 류드밀라 카피토노브나가 집시 파니나[86]처럼 저음으로 흥얼거린 그대로였다. 교회의 황금빛 둥근 지붕과 오솔길의 신선한 모래가 너무 노래서 눈을 찌를 것 같았다. 성령 강림절 전날 밤 꺾은, 먼지투성이의 어리고 푸른 자작나무 가지가 햇볕에 그을린 듯 돌돌 말려 사원의 담에 의

---

85) 5월 14일.
86) 바르야 파니나(1872~1911). 유명한 집시 가수.

기소침하게 매달려 있었다. 숨쉬기가 힘들고 햇빛이 눈부셔서 눈앞이 어지러웠다. 그리고 주변에서 수천 쌍이 결혼식을 올리는 것처럼 보였는데, 처녀들은 모두 신부처럼 구불구불 말아 올린 머리에 밝은 색 옷을 입고 총각들은 모두 축일을 맞아 포마드를 바르고 몸에 딱 맞는 검정색 정장을 입고 있었기 때문이다. 다들 흥분했고 다들 더워했다.

라라의 다른 동급생 어머니인 라고디나는 그녀가 양탄자에 발을 내딛자 부자가 되라며 발밑으로 은전을 한 움큼 던졌다. 류드밀라 카피토노브나 역시 같은 목적으로 화관을 받을 때 맨손을 쑥 내밀지 말고 망사나 레이스 끝에 손을 살짝 감싸 성호를 그으라고 충고했다. 그런 다음에는 라라가 가정에서 주도권을 쥘 수 있도록 촛불을 높이 들라고 말했다. 하지만 라라는 자신의 미래를 파샤를 위해 희생하려고 가능한 한 촛불을 아래로 낮추었는데, 아무리 애써도 계속 그녀의 촛불이 파샤의 것보다 더 높은 형국이 됐기 때문에 헛수고가 되고 말았다.

교회에서 돌아온 그들은 곧장 파티를 위해, 그 무렵 안티포프 내외가 새롭게 단장한 화가의 작업실로 갔다. 하객들은 "써서 못 마시겠는걸."이라고 소리쳤고 다른 쪽에서는 동조하는 외침으로 "달콤하게 해 줘야지."라고 화답했다. 그러자 젊은이들은 수줍게 웃으며 입을 맞추었다. 류드밀라 카피토노브나는 그들에게 두 번에 걸친 후렴구 "주님이 사랑과 조언을 주시길"을 곁들여 송가 「포도」와 「땋은 머리여 풀려라, 황갈색 머리여 흩날려라」를 불러 주었다.

모두가 흩어지고 단둘만 남자 파샤는 느닷없이 밀려든 적막감에 안절부절못했다. 라라의 창문 맞은편, 마당의 기둥에서 가로등이 타올라 라라가 아무리 커튼을 쳐도 톱질한 판자처럼 가느다란 빛줄기가 벌어진 커튼 틈으로 들어왔다. 누군가가 자기들을 엿보는 양 이 밝은 빛줄기가 파샤를 불안하게 했다. 파샤는 자신이, 자신과 라라, 그리고 그녀를 향한 자신의 사랑보다 이 가로등에 더 신경을 쓰고 있음을 깨닫고는 소스라치게 놀랐다.

영원처럼 지속된 이날 밤, 얼마 전만 해도 대학생이었던 안티포프, 학우들이 '스테파니다'나 '어여쁜 처녀'라고 부른 그는 지복의 정점과 절망의 심연을 오갔다. 의심에 찬 그의 추측이 라라의 고백과 교차되었다. 그는 물었고, 라라가 대답할 때마다 나락으로 떨어지는 것처럼 가슴이 철렁했다. 그의 상처 입은 상상력은 새로운 발견들을 미처 뒤쫓아 가지 못했다.

그들은 아침까지 이야기를 나누었다. 이날 밤, 안티포프의 인생에서 가장 놀랍고 갑작스러운 변화가 일어났다. 아침에 일어났을 때 그는 옛날 이름으로 불리는 것이 놀라울 만큼 다른 사람이 되어 있었다.

4

열흘 뒤 친구들은 바로 그 방에서 그들을 위해 환송회를 열었다. 파샤와 라라는 둘 다 졸업했고 둘 다 우수한 성적을 받았고 둘 다 우랄의 같은 도시에 임명장을 받았고 다음 날 아침

그곳으로 떠나야 했다.

또다시 마시고 노래하고 떠들었지만 이번에는 연장자 없이 젊은이들뿐이었다. 손님들이 모여 있는 큰 작업실과 구석진 침실을 나누어 놓은 칸막이 뒤에는 라라의 큰 여행 가방과 중간 크기의 광주리 하나, 트렁크, 식기 상자가 있었다. 구석에는 자루도 몇 장 있었다. 물건이 많았다. 그중 일부는 다음 날 아침에 보통 화물로 부칠 참이었다. 짐은 거의 다 꾸려졌지만 그래도 전부는 아니었다. 상자와 광주리는 위쪽까지 다 차지 않은 채 열려 있었다. 라라는 간간히 뭔가 기억해 내고는 잊었던 물건을 칸막이 뒤로 가져가 광주리에 넣고 울퉁불퉁한 부분을 매만졌다.

출생증명서와 서류를 떼러 대학 사무실에 갔던 라라가 내일 이삿짐을 묶는 데 쓸 거적과 튼튼하고 두꺼운, 굵직한 밧줄 다발을 든 문지기와 함께 돌아왔을 때 파샤는 이미 손님들과 함께 집에 있었다. 라라는 문지기를 내보내고 손님들을 쭉 돌며 몇몇과는 악수로 인사를 나누고 몇몇과는 키스를 주고받은 다음 옷을 갈아입으러 칸막이 뒤로 갔다. 그녀가 옷을 갈아입고 나오자 모두 손뼉을 치고 웅성대며 각자 자리를 잡고 앉았는데 며칠 전 결혼식 때처럼 소란이 시작되었다. 제일 진취적인 자들이 옆 사람에게 보드카를 따라 주었고 포크로 중무장한 많은 손들이 빵이 있는 식탁의 중심으로, 음식과 안주가 담긴 접시로 쭉 뻗어져 나왔다. 일장연설이 이어지고 꺽꺽거리고 목을 축인 다음 앞을 다투어 재담을 주고받았다. 몇 명은 금방 취했다.

"피곤해 죽겠네." 남편 옆에 앉아 있던 라라가 말했다. "당신이 하고 싶었던 건 다 한 거지?"

"응."

"어쨌거나 나는 기분이 정말 좋아. 행복해. 당신은?"

"나도 그래. 나도 좋아. 하지만 얘기가 좀 길어지겠어."

젊은 무리의 저녁 모임에 예외적으로 코마롭스키의 출입이 허용되었다. 모임의 끝에 그는 젊은 친구들이 떠나고 나면 자기는 고아가 되고 모스크바는 사하라 사막이 될 것이라고 말하려고 했지만, 너무 감정에 복받친 나머지 흐느끼다가 흥분 때문에 끊긴 말을 반복해야 했다. 그는 안티포프 부부에게 서로 편지를 주고받고 또 이별이 견디기 힘들 때 그들의 새 거처인 유랴틴을 방문하게 해 달라고 부탁했다.

"전혀 그럴 필요 없어요." 라라가 큰 소리로, 아무렇게나 응수했다. "편지니 사하라니 말할 필요도 없어요. 그리고 그곳으로 올 생각 같은 건 아예 하지도 마세요. 하느님이 보우하시니, 우리가 없어도 무사하실 거예요, 우리가 뭐 그리 진귀한 존재라고. 안 그래, 파샤? 아마 당신의 젊은 친구들 중에서 우리를 대신할 사람이 나올 거예요."

그러고서 라라는 누구와 무슨 이야기를 하고 있었는지 깡그리 잊어버리고 뭔가를 생각해 낸 다음 급히 일어나 칸막이 뒤 부엌으로 갔다. 거기서 그녀는 고기 다지는 기계의 나사를 풀어 해체된 조각을 식기 상자에 구석구석 쟁여 넣고 건초 뭉치도 같이 쑤셔 넣었다. 그러다 모서리에서 떨어져 나온 날카로운 조각에 손을 찔릴 뻔했다.

이 일을 하느라 자기 집에 손님이 와 있는 것도 깜박하고 더이상 그들의 얘기도 듣지 않았는데, 갑자기 칸막이 뒤에서 우레처럼 유달리 떠들썩한 소리가 터져 나와 그들의 존재가 상기되었다. 그제야 비로소 라라는, 술 취한 사람들은 참 열심히 취한 척하기를 좋아하는구나, 그것도 많이 취할수록 무능하고 아마추어적인 면이 더 강조되는구나, 하고 생각했다.

바로 그때 열린 창문을 통해 마당에서 완전히 다르고 특별한 소리가 주의를 끌었다. 라라는 커튼을 걷고 밖으로 몸을 쑥 내밀었다.

마당에서는 두 발이 묶인 말이 절뚝거리며 뛰고 있었다. 누구의 말인지는 모르겠지만 분명히 실수로 잘못 들어온 것 같았다. 날은 벌써 샜지만 해가 뜨려면 아직 한참을 더 있어야 했다. 완전히 멸종된 듯 잠자는 도시는 이른 시각의 잿빛을 띤 연보랏빛 냉기 속에 가라앉아 있었다. 라라는 눈을 감았다. 그 어떤 것과도 비교할 수 없는 이 훌륭한 말의 뜀박질 소리를 듣자니 어딘지 모를 매혹적인 산간벽지로 이동하는 기분이었다.

계단에서 초인종 소리가 울렸다. 라라는 귀를 쫑긋 세웠다. 누군가가 식탁에서 일어나 문을 열어 주러 갔다. 나댜였다! 라라는 안으로 들어온 여자를 맞으러 달려갔다. 나댜는 기차역에서 바로 오는 길이었는데, 사람을 홀릴 만큼 싱그러운 모습에 온 몸으로 두플랸카의 은방울꽃 향기를 뿜어냈다. 두 친구는 말 한마디 하지 못하고 선 자세 그대로 소리만 지르고 서로를 질식시킬 듯 껴안았다.

나댜는 라라에게 온 집안이 보내는 축하와 환송 인사와, 또 부모님이 주신 보석 선물을 가져온 참이었다. 그녀는 여행 가방에서 종이로 싼 보석함을 꺼내 풀더니 뚜껑을 탁 튕겨 연 다음 진귀할 만큼 아름다운 목걸이를 라라에게 건네주었다.

연이어 오, 아, 하고 감탄이 터져 나왔다. 술 취한 사람 중 누군가가 벌써 어느 정도 술이 깨서 말했다.

"장밋빛 히아신스야. 그래, 그래, 장밋빛이네요, 세상에. 다이아몬드 못지않은 보석이에요."

하지만 나댜는 노란색 사파이어라고 우겼다.

라라는 그녀를 자기 옆에 앉히고 음식을 대접하면서 목걸이를 자신의 접시 옆에 두고 눈을 떼지 않았다. 보랏빛 보석함 쿠션 위에 한 움큼으로 모아 놓은 목걸이는 찰랑대며 반짝이는 것이 방울방울 이슬이 맺힌 것 같기도 하고 잔 포도나무 가지 같기도 했다.

그러는 사이에 식탁 앞에 앉아 있던 누군가가 정신을 차렸다. 정신을 차린 사람들이 나댜와 어울리기 위해 다시 술잔을 돌렸다. 그 바람에 나댜는 금방 취하고 말았다.

곧 집은 잠의 왕국이 되었다. 대부분이 내일 역까지 전송을 나올 계획이라 여기 묵으려고 남았다. 절반은 진즉부터 아무렇게나 누워 코를 곯았다. 라라도 자기가 어떻게, 벌써 소파에서 자고 있던 이라 라고디나 옆에 옷을 입은 채로 눕게 되었는지 기억하지 못했다.

자기 귀 바로 위에서 들리는 큰 말소리에 라라는 잠이 깼다. 사라진 말을 찾아 거리에서 마당으로 들어온 낯선 사람들 소리였다. 라라는 놀라며 눈을 떴다. '파샤가 왜 저러지, 정말로 불안하게 방 한가운데에 이정표처럼 서서 계속 끊임없이 뭘 뒤지고 있잖아.' 그때 파샤일 거라고 짐작한 사람이 그녀 쪽으로 얼굴을 돌렸고, 그녀는 그자가 파샤가 아니라 관자놀이에서 턱까지 칼로 벤 흉터가 있는, 얼굴도 얽은 어떤 괴물이라는 것을 알게 되었다. 그러자 집에 도둑이, 강도가 들었음을 깨닫고서 비명을 지르려고 했지만 아무 소리도 낼 수 없었다. 갑자기 목걸이가 떠올라서 슬며시 팔꿈치를 짚고 몸을 일으켜 식탁을 비스듬히 쳐다보았다.

목걸이는 빵 조각과 캐러멜 찌꺼기 사이의 원래 자리에 놓여 있었는데, 눈치가 둔한 도둑은 먹다 남은 음식물 더미에서 그 존재를 인지하지 못한 채 오직 개 놓은 옷가지를 헤집고 라라가 꾸려 둔 짐만을 어질러 놓았다. 아직 술도 안 깨고 반쯤은 졸음에 겨워 상황을 제대로 인식하지 못한 라라는 자기가 해 놓은 일이 유달리 아까워졌다. 화가 난 그녀는 다시 소리를 지르려고 했지만 이번에도 입을 열 수도, 혀를 달싹일 수도 없었다. 그러다가 옆에서 자고 있는 이라 라고디나의 복부를 무릎으로 힘껏 찔렀고 상대가 너무 아파 자기 소리가 아닌 것 같은 목소리로 비명을 지르자 라라도 함께 소리를 질렀다. 도둑은 훔친 물건이 든 보따리를 떨어뜨리고 쏜살같이 방을 뛰쳐나갔다. 벌떡 일어난 남자들 중 누군가가 영문도 모른 채 도둑을 쫓아 돌진했지만 도둑은 흔적 없이 사라진 뒤였다.

이 소란과 그에 따른 우정 어린 이야기가 모두를 일어나게 하는 신호 구실을 했다. 라라는 남아 있던 술기운이 싹 가시는 기분이었다. 좀 더 자고 뒹굴게 해 달라는 그들의 간청에 굴하지 않고 자는 사람을 모두 깨워 서둘러 커피를 마시게 하고, 좀 있다 기차 시간에 맞추어 기차역에서 다시 만날 수 있도록 집으로 쫓아 보냈다.

사람들이 떠나자 일거리가 넘쳤다. 라라는 특유의 빠른 손놀림으로 여행 가방들 사이를 뛰어다니고 베개를 좌우로 밀쳐 놓고 끈을 잡아 묶으면서도 파샤와 문지기 부인에게는 방해하지 않는 것이 돕는 것이라고 애원했다.

모든 일이 시간에 맞춰 진행되었다. 안티포프 부부는 늦지 않았다. 친구들이 작별 인사로 흔들어 주는 모자의 움직임을 흉내 내듯 기차는 부드럽게 출발했다. 모자를 흔들던 손이 멈추고 멀리서 세 번에 걸쳐 무슨 고함 소리(분명히 "만세!"였을 것이다.)가 들렸을 때 기차는 속도를 높였다.

5

사흘째 궂은 날씨가 계속되었다. 전쟁[87]이 나고 두 번째 가을이었다. 첫해의 승전에 이어 패전이 시작되었다. 카르파티아 산맥에 집결한 브루실로프[88]의 제8군은 고개를 넘어 헝가리 침공을 준비했으나 오히려 총퇴각의 물결에 휩쓸려 후퇴를 거듭했다. 아군은 군사 활동의 처음 몇 달 동안 점령한 갈

---

87) 1차 세계 대전.
88) 알렉세이 브루실로프(1853~1926). 1차 세계 대전에서 활약한 러시아의 장군.

리시아마저 내주는 중이었다.

의사 지바고, 옛날에는 유라라고 불렸으나 지금은 이름과 부칭[89]으로 불리는 경우가 더 많아진 그는, 지금 막 데려온 아내 안토니나 알렉산드로브나가 입원한 산부인과 병원의 분만 병동 복도, 병실 문 맞은편에 서 있었다. 그녀와 작별 인사를 한 다음, 필요할 경우 어떻게 자기한테 알릴지, 자기가 어떻게 토냐의 건강 상태를 알아볼지 상의하려고 산파를 기다리는 중이었다.

두 환자의 집에 왕진을 갔다가 서둘러 자기 병원에 가야 했기에 시간이 촉박했다. 그는 귀중한 시간을 허비하며 창밖에 비스듬히 떨어지는 빗줄기를, 폭풍우에 들판의 이삭이 나뒹굴며 뒤엉키듯 그 빗물들이 거센 가을바람에 구부려져 한쪽으로 기울어지는 풍경을 응시하고 있었다.

아직 많이 어둡지는 않았다. 유리 안드레예비치의 눈앞으로 병원의 뒷마당, 데비치예 들판 단독 주택들의 유리 테라스, 한 병동의 뒷문까지 이어진 전차의 지선이 펼쳐졌다.

비는 더 거세지지도, 더 약해지지도 않은 채 매우 우울한 모습으로 쏟아졌는데, 땅에 떨어진 빗물의 태연함에 더더욱 매서워진 듯 보이는 바람의 기세에도 아랑곳하지 않았다. 바람이 휘몰아치며 어느 테라스를 휘감고 있는 야생 포도의 어린 가지를 괴롭혔다. 바람은 식물을 뿌리째 뽑아 버릴 기세로 공중으로 들어 올려 한바탕 뒤흔들더니 구멍투성이 누더기처럼

---

89) 이름과 부칭을 함께 부르는 것은 공손함의 표현이다.

꺼림칙하다는 듯 아래로 내동댕이쳤다.

두 대의 트레일러를 단 내연 동차가 테라스를 지나 병원 쪽으로 다가갔다. 거기서 부상병들이 내리기 시작했다.

모스크바의 군 병원들은 손쓸 수 없을 만큼 미어터졌고, 특히 루츠크 작전[90] 이후에는 부상병을 계단 층계참과 복도에 두기 시작할 정도였다. 시내의 병원이 모두 넘쳐 나자 부인과 쪽에도 영향을 미친 것이다.

유리 안드레예비치는 너무 피곤해서 창 쪽으로 등을 돌리고 하품을 했다. 생각할 것도 전혀 없었다. 느닷없이 떠오르는 일이 있었다. 그가 근무하는 크레스토보즈드비젠스카야 병원의 외과에서 최근 여성 환자 한 명이 사망했다. 유리 안드레예비치는 그녀의 사인이 간의 에키노코쿠스[91] 때문이라고 주장했다. 다들 그의 견해에 맞섰다. 오늘 그녀의 시신을 해부할 예정이었다. 해부가 진실을 밝혀 줄 것이다. 하지만 그 병원의 해부 의사는 대책 없는 주정뱅이다. 그가 이 일을 어떻게 처리할지 누가 알겠는가.

날이 빠르게 어두워졌다. 창밖의 사물이 분간되지 않을 정도였다. 마술 봉을 휘두른 듯 모든 창문에 전등이 켜졌다.

병동과 복도를 가르는 좁은 로비를 거쳐 토냐의 분만실에서 부인과 주임이 나왔다. 건장한 체격의 이 산부인과 의사는 질문에 대답할 때마다 항상 시선을 천장으로 치켜뜨고 어깨

---

90) 1916년 6월 4~7일 우크라이나 남서쪽에서 가장 성공한 작전. 이 작전을 이끈 브루실로프 장군의 이름을 따 '브루실로프 공세'라고도 한다.
91) 촌충의 하나.

를 으쓱했다. 몸짓 언어로 표현된 이 움직임들은, '지식의 성취가 아무리 위대하다 해도 나의 친구 호레이쇼여, 과학이 두 손 들 수밖에 없는 수수께끼가 있다네'[92]라는 의미를 전했다.

그는 유리 안드레예비치 옆을 지나며 미소를 머금고 고개를 숙여 인사했는데, 꾹 참고 좀 기다리라는 뜻으로 두툼한 손바닥과 투실투실한 손을 헤엄치듯 흔들고 담배를 피우러 복도를 따라 휴게실 쪽으로 갔다.

그때 유리 안드레예비치를 향해, 말수가 적은 산부인과 의사와는 반대로 수다스러운 조수가 나왔다.

"제가 선생님이라면 집에 가겠어요. 내일 크레스토보즈드비젠스카야 협회로 전화드릴게요. 더 일찍 시작되지는 않을 거예요. 인공적인 처치 없이 자연 분만을 할 거라고 확신해요. 하지만 한편으론 골반이 좁고 태아의 위치가 제2 후두부인 데다가 산모가 진통은 없고 미미한 자궁 수축만 있어 좀 위험할수도 있겠어요. 하긴 미리 무슨 말을 하기는 일러요. 모든 것이 분만이 시작될 때 부인이 진통을 어떻게 이겨 내느냐에 달려 있거든요. 그건 앞으로 보시면 되고요."

다음 날 그의 전화를 받은 병원 수위는 전화를 끊지 말라고 하고서 뭘 알아보러 가더니 그를 십 분은 족히 괴롭힌 다음에야 거칠고 앞뒤가 안 맞는 전언을 가져왔다. "부인을 너무 일찍 데려왔으니 도로 모셔 가야겠다고 하시던걸요."

---

92) 셰익스피어 「햄릿」 1막 5장, 햄릿의 대사. 파스테르나크는 이 작품을 직접 번역하기도 했다.

화가 머리끝까지 난 유리 안드레예비치는 상황을 좀 더 잘 아는 사람을 아무나 바꿔 달라고 요구했다. "가진통이었어요." 하고 간호사가 말했다. "의사 선생님더러 불안해하지 마시라고 하셨어요. 스물네 시간이나 마흔여덟 시간은 더 참아야 할 것 같다고요."

사흘째 되는 날 그는 밤에 분만이 시작되었음을, 동틀 녘에 양수가 터지고 아침부터 심한 산통이 끊이지 않음을 알게 되었다.

그는 쏜살같이 병원으로 달려갔는데, 복도를 걷다가 부주의 때문에 반쯤 열린 문으로 가슴이 터질 것 같은 토냐의 비명을, 기차 바퀴에 깔려 사지가 잘린 사람이 지를 법한 비명을 들었다.

분만실 출입은 허락되지 않았다. 마디에 피가 나도록 손가락을 깨물고 창가로 다가갔는데, 창밖에서는 어제 그제와 마찬가지로 예의 그 비스듬한 빗줄기가 쏟아지고 있었다.

병실에서 간호조무사가 나왔다. 안에서 신생아 울음소리가 들려왔다.

"무사하군, 무사해." 유리 안드레예비치가 기뻐하며 혼잣말을 반복했다.

"아들이에요. 사내아이요. 순산하셨어요." 간호조무사가 노래하듯 말했다. "지금은 안 돼요. 때가 되면 보여 드릴게요. 그때는 산모에게 보답을 하셔야 할 거예요. 산고가 심했거든요. 초산이라. 초산은 항상 고생이지요."

"무사하군, 무사해." 유리 안드레예비치는 너무 기뻐서 간호조무사가 하는 말도, 그녀가 말을 하며 자신을 이 사건의 당사자인 양 다루는 것도 이해하지 못했다. 아니, 대체 자기가 이 일과 무슨 상관인가? 아버지와 아들이라니. 그는 거저 얻은 아버지 자리에 대해 어떤 자부심도 느끼지 못했고, 하늘에서 뚝 떨어진 아들의 자리에 대해 아무것도 느끼지 못했다. 모든 것이 그의 의식 바깥에 있었다. 중요한 것은 토냐, 죽음의 위기에 처했다가 다행히도 그 고비를 넘긴 토냐였다.

병원에서 멀지 않은 곳에 그의 환자가 있었다. 그에게 들렀다가 반 시간 뒤에 돌아왔다. 복도에서 로비로 통하는 문과 더 멀리 로비에서 병동으로 통하는 문이 둘 다 이번에도 반쯤 열려 있었다. 유리 안드레예비치는 자기가 무엇을 하는지 의식하지 못한 채 로비로 슬쩍 들어갔다.

흰 가운을 입은 건장한 체구의 부인과 의사가 땅에서 솟아난 듯 두 손을 활짝 벌리고 그의 앞에 섰다.

"어딜 가려고요?" 산모가 듣지 않도록 숨죽여 속삭이며 그를 멈추어 세웠다. "정신 나갔어요? 정신적인 충격은 말할 것도 없거니와 상처, 출혈, 항생제까지. 대단한 양반이군! 그러고도 의사라니."

"아니, 나는…… 나는 그저 한번 보려는 거예요. 여기서요. 틈새로."

"아, 그렇다면 그건 다른 문제죠. 할 수 없지. 하지만 내가……! 한번 봐요! 혹시라도 산모가 알아채면 죽여 버리겠소, 흔적도 안 남기고!"

병실 안에는 가운을 입은 여자 두 명, 산파와 유모가 문 쪽으로 등을 돌리고 서 있었다. 유모의 손에는 삑삑 우는 정겨운 인간의 싹이 검붉은 고무 덩어리처럼 몸을 오므렸다 폈다 하면서 꼬물거렸다. 산파는 아이를 태반에서 떼 내기 위해 탯줄에 끈을 묶고 있었다. 토냐는 병실 한가운데에서 올렸다 내렸다 할 수 있는, 외과 수술용 침대 위에 누워 있었다. 그녀는 상당히 높이 누워 있었다. 흥분한 탓에 모든 것을 과장해서 보는 유리 안드레예비치의 눈에는 그녀의 위치가 사람이 선 자세로 글을 쓸 수 있는 사무용 책상 높이 정도로 보였다.

보통 사람들보다 천장 쪽으로 더 높이 올려진 채 토냐는 완전히 기진맥진하여 연기를 뿜어내듯 고초를 겪은 자의 증기 속에 빠져 있었다. 병동 한가운데 높이 솟아 있는 토냐의 모습은 만 한가운데서 이제 막 닻을 내리고 짐을 부린 다음 우뚝 솟아 있는 범선 같았다. 어딘지 모르는 곳에서 이주하는 새 영혼들을 싣고 죽음의 바다를 건너 삶의 대륙으로 온 범선. 그녀는 그중 이제 막 한 영혼을 상륙시키고서 지금은 닻을 내리고 가벼워진 선체로 텅 빈 휴식을 취하며 누워 있었다. 그녀와 함께, 쓰일 대로 쓰여 닳아 버린 삭구와 갑판, 그리고 그녀가 조금 전까지 어디에 있었는지, 어디를 건너와 어떻게 정박했는지에 대한 꺼져 버린 기억, 그 망각도 쉬고 있었다.

아무도 그녀가 어느 나라의 깃발 아래 정박했는지 그 지리를 몰랐기 때문에 어떤 언어로 말을 걸어야 할지 알지 못했다.

직장에서는 다들 앞을 다투어 그에게 축하의 말을 건넸다. '정말 빨리도 알았군!' 유리 안드레예비치는 놀랐다.

그는 의사 대기실로 갔는데, 이곳은 선술집이나 구정물 통이라고도 불렸다. 병원이 짐으로 가득 차 비좁아지자 사람들은 이제 덧신을 신은 채 거리에서 바로 이 방으로 들어와 겉옷을 벗었고 다른 데서 가져온 부수적인 물건들을 두고 갔으며, 담배꽁초와 종이를 어질러 놓곤 했다.

의사 대기실의 창가에서 살이 축 늘어진 해부 의사가 두 손을 들어 올리고 서서 유리병에 담긴 흐릿한 용액을 안경 너머로 빛에 비추어 보고 있었다.

"축하드립니다." 그는 숫제 유리 안드레예비치 쪽으로 시선도 돌리지 않고 같은 방향에 시선을 고정한 채로 말했다.

"고맙습니다. 감동했습니다."

"감사하고 자시고 할 것도 없어요. 나는 전혀 관여하지 않았으니까. 해부는 피추지킨이 했소. 하지만 다들 충격을 받았어요. 에키노코쿠스였거든요. 사람들이 그러더군요. 역시 진단 전문의군! 다들 그 얘기뿐이오."

바로 그때 병원의 주임 의사가 방으로 들어왔다. 그는 두 사람과 인사를 주고받은 다음 이렇게 말했다.

"당최 이게 뭐야. 의사 대기실이 아니라 길바닥이군, 아주 엉망진창이잖아! 그렇소, 지바고, 세상에 에키노코쿠스였소! 우리가 틀렸던 거요. 축하합니다. 자, 그리고 불미스러운 일이 하나 있군요. 당신의 업무 범주가 재검토되었소. 이번에는 당신을 구하지 못할 것 같아요. 군의관이 턱없이 부족한가 봐요. 화약 냄새를 맡게 될 거요."

6

안티포프 부부는 유랴틴에서 기대 이상으로 쉽게 자리를 잡았다. 기샤르 가족에 대한 이곳의 기억이 좋았던 것이다. 덕분에 라라는 큰 어려움 없이 새 장소에 안착할 수 있었다.

라라는 일과 살림으로 정신이 없었다. 그녀에게는 가정과 세 살짜리 딸 카텐카가 있었다. 붉은 머리의 마르푸트카가 안티포프 부부의 집에서 시중을 들고 있었지만, 아무리 애를 써도 그 도움만으로는 충분치 않았다. 라리사 표도로브나는 파벨 파블로비치의 모든 일에 관여했다. 여성 김나지움에서 아이들도 가르쳤다. 라라는 쉼 없이 일했고 행복했다. 이것이야말로 그녀가 꿈꾸던 삶이었다.

그녀는 유랴틴에서의 생활이 마음에 들었다. 이곳은 그녀의 고향이었다. 중류와 하류로 배가 오갈 만큼 큰 르인바강을 끼고 우랄 철도의 한 지선에 위치한 곳이었다.

유랴틴에서 겨울이 오는 것은 보트 소유주들이 달구지를 이용해 보트를 강에서 시내로 끌어 올리는 것을 보면 알 수 있었다. 각기 자기 마당으로 옮겨진 보트는 한데서 봄까지 겨울을 났다. 유랴틴에서 마당의 깊숙한 곳, 하얀 바닥이 보이도록 뒤집어진 땅 위의 보트는 다른 지역에서 학의 가을 이동이나 첫눈과 같은 것을 의미했다.

안티포프 부부가 세 들어 사는 집의 마당에도 그런 보트가 하얗게 칠해진 밑바닥을 위로 한 채 놓여 있어, 정원 정자의 불룩한 지붕인 양 카텐카가 그 밑에서 놀곤 했다.

라리사 표도로브나는 벽지의 풍습과, 펠트 장화에 잿빛 플란넬로 만든 따뜻한 털조끼를 입고 북방식 사투리를 쓰는 지방 인텔리겐치아와, 사람을 잘 믿고 순박한 그들의 성향이 좋았다. 대지와 소박한 민중에게 마음이 끌렸다.

모스크바 철도 노동자의 아들인 파벨 파블로비치가 어찌해 볼 수 없는 도시 사람이라는 것은 이상한 일이었다. 그는 유랴틴 사람들을 아내보다 훨씬 더 엄격하게 대했다. 그들의 투박함과 무식함이 거슬렸던 것이다.

이제 돌이켜 생각하면 그에게는 통독을 통해 퍼 올린 지식을 습득하고 보존하는 비상한 능력이 있었다. 원래도 그는 그전부터 얼마간은 라라의 도움을 받으며 상당히 많은 책을 읽었다. 군(郡)에 고립되어 있는 동안에는 책을 워낙 많이 읽어서 라라마저 박식하지 않은 여자로 여겨질 정도였다. 그는 동료 교사들보다 훨씬 수준이 높았고 그들 사이에 있으면 숨이 막힐 것 같다고 투덜거렸다. 이 전시 기간에 유행한 그들의 따분한 관료식 애국주의도 안티포프가 갖고 있던 더더욱 복잡한 형식의 감정과 잘 맞지 않았다.

파벨 파블로비치는 고전학도로 졸업했다. 김나지움에서는 라틴어와 고대사를 가르쳤다. 하지만 한때 실업 학교를 다녔던 그의 내면에 잠재해 있던 수학과 물리학과 자연 과학을 향한 열정이 갑자기 깨어났다. 그는 독학으로 이 모든 과목을 대학 수준까지 습득했다. 가능하기만 하다면 당장 그 과목과 관련된 이 지방의 시험을 통과하고 수학 쪽으로 전공을 바꾸어 가족과 함께 페테르부르크로 이주하는 것이 꿈이었다. 밤에 너무 열심히 공부하느라 파벨 파블로비치는 건강이 나빠졌다. 불면증이 나타났다.

아내와의 사이는 좋았지만 단순함이 부족했다. 그녀의 친절함과 배려는 그를 억눌렀고, 또 그는 그녀에 대한 비판을 스스로에게 허락하지 않았다. 아주 사심 없는 지적도 그녀에게는 뭔가를 숨긴 질책처럼, 가령 그녀는 귀골인데 그는 천골이라거나, 자기 이전에 그녀가 다른 남자의 소유였다거나 하는 질책처럼 들릴까 봐 조심했다. 혹시 자기가 부당하고 모욕적인 헛생각을 한다고 그녀가 의심할지도 모른다고 불안해하다 보니 그들의 삶은 부자연스러웠다. 그들은 서로를 너무 점잖게 대하려고 애썼고 그럼으로써 모든 것을 복잡하게 만들었다.

안티포프 부부의 집에는 손님이 와 있었는데, 파벨 파블로비치의 동료 교사 몇 명, 라라가 근무하는 김나지움의 여교장, 파벨 파블로비치가 어느 날 이곳에서 조정 위원으로 출두한 중재 재판소 관련자, 그 밖에 다른 사람들이 있었다. 파벨 파블로비치의 관점에서 보자면 모조리 바보 머저리였다. 그는 라라가 그들 모두를 상냥하게 대하는 것에 충격을 받았고 그들 중 누구도 진심으로 그녀의 마음에 드는 사람은 없을 거라고 생각했다.

손님들이 떠나자 라라는 오랫동안 방을 환기하고 청소를 한 다음 부엌에서 마르푸트카와 함께 설거지를 했다. 그런 다음에는 카텐카가 이불은 제대로 덮었는지, 파벨이 자고 있는지 확인하고는 빨리 옷을 벗고 램프를 끄고 나서 어머니의 침대로 들어온 어린아이처럼 자연스럽게 남편 옆에 누웠다.

하지만 안티포프는 자는 척했을 뿐, 자지 않고 있었다. 최근 그는 자주 불면증에 시달렸다. 앞으로도 서너 시간은 잠들지 못하고 이렇게 뒤척일 게 분명했다. 잠도 청할 겸 손님들이 남겨 놓은 담배 그을음에서도 해방될 겸 그는 조용히 일어나 잠옷 위에 모피 외투를 걸치고 모자를 쓴 채 거리로 나갔다.

한기가 느껴지는 맑은 가을밤이었다. 안티포프의 발밑에서 살얼음이 낭랑하게 부서졌다. 별이 빛나는 하늘이 타오르는 알코올램프의 화염처럼 푸르스름하게 어른거리는 반사광을 뿌리며 얼어붙은 진흙 뭉치로 덮인 거무스름한 땅을 비추고 있었다.

안티포프 가족이 사는 건물은 도시의 선착장 맞은편 구역에 있었다. 거리의 맨 마지막 건물이었다. 그 뒤로는 들판이 펼쳐졌다. 철도가 그것을 가로질렀다. 선로 근처에는 초소가 있었다. 레일을 가로질러 건널목이 있었다.

안티포프는 뒤집어 놓은 보트 위에 앉아 별을 바라보았다. 최근 몇 년 동안 익숙해진 상념이 그를 불안한 힘으로 휘감았다. 조만간 끝장을 보아야 한다고, 기왕이면 오늘 하는 것이 좋겠다고 생각했다.

이런 식으론 더 이상 지속될 수 없다고 그는 생각했다. 하지만 모두 충분히 예견할 수 있었던 일인데, 늦게야 깨달은 것이다. 대체 왜 그녀는 어린아이였던 그에게 자기를 그토록 넋 놓고 바라보게 했을까, 왜 그를 자기가 원하는 모습으로 만들었던 것일까? 결혼하기 전 겨울, 그녀가 먼저 그러자고 고집을 부렸을 때 무엇 때문에 적시에 그녀를 단념하지 못했을까? 그녀가 사랑하는 것은 그가 아니라 그와의 관계에서 설정된 자신의 고결한 과제, 자신의 육화된 위업이라는 것을 정녕 모르는 것일까? 이 영감에 찬 칭찬할 만한 임무와 실제 가정 생활 사이에 무슨 공통점이 있을까? 제일 고약한 것은, 그가 오늘날까지도 그녀를 옛날과 다름없이 사랑한다는 것이다. 그녀는 넋이 나갈 만큼 예뻤다. 어쩌면 그에게도 이것은 사랑이 아니라 그녀의 아름다움과 관대함 앞에서 느끼는, 고마움에 찬 당혹감이 아닐까? 하, 누가 알겠는가! 귀신이 곡할 노릇이다.[93]

그럼 이런 경우에는 어떻게 해야 할까? 라라와 카텐카를 이 위선에서 해방시켜 준다? 이건 심지어 그 자신의 해방보다 더 중요한 일이다. 그렇다, 하지만 어떻게 한단 말인가? 이혼한다? 물에 빠져 죽는다? '아, 정말 쓰레기군.' 그는 부아가 치밀었다. '어차피 절대 하지도 않을 거잖아. 그러면서 뭐 하러 이렇게 과격하고 추잡한 짓을 생각 속에서라도 거론하는 거지?'

그는 조언을 구하듯 별을 바라보았다. 빽빽하든 듬성듬성하든, 큼직하든 자잘하든, 푸르든 무지갯빛으로 아롱지든 별이 반짝이고 있었다. 별빛이 느닷없이 희미해지면서, 누군가가 불 밝힌 횃불을 흔들면서 들판에서 대문 쪽으로 달려오는 것처럼 집과 보트, 거기 앉아 있는 안티포프, 마당이 날카롭게 몸부림치는 빛을 받아 환해졌다. 서부행 군용 열차가 불꽃 섞

---

93) 직역하면 '악마도 발을 부러뜨릴 일이다.'라는 뜻이다.

인 노란 연기를 하늘로 뿜어 대면서 건널목 옆을 지나가는 것이었는데, 작년부터 이곳을 밤낮으로 셀 수 없이 그래 왔다.

파벨 파블로비치는 미소를 지으며 보트에서 일어나 잠자리로 돌아갔다. 바라던 출구가 보였다.

7

파샤의 결정을 알게 되었을 때 라리사 표도로브나는 처음에는 어안이 벙벙하여 자기 귀를 의심했다. '말도 안 되는 소리. 흔한 변덕이야.' 그녀는 생각했다. '신경 쓸 거 없어, 자기가 먼저 다 잊을 거야.'

하지만 남편은 벌써 두 주 전부터 준비를 해 왔음이, 서류는 징병 사무소로 들어가고 김나지움에는 후임 교사가 결정되고 옴스크 소재 사관 학교의 입대 통지서가 도착했음이 밝혀졌다. 그가 떠날 날이 다가왔다.

라라는 안티포프의 손을 붙잡고 그의 발밑에 쓰러져 시골 아낙처럼 울부짖으며 몸부림쳤다.

"파샤, 파셴카." 하고 그녀가 소리쳤다. "나와 카텐카를 누구한테 맡기려고? 이러지 마, 제발! 아무것도 늦지 않았어. 내가 모든 것을 바로잡을게. 게다가 의사한테 진찰도 제대로 안 받았잖아. 당신 심장 말이야. 부끄럽지? 가족을 광기의 희생양으로 만들다니, 부끄럽지도 않아? 자원병이라니! 평생 로댜를 속물이라고 비웃더니 갑자기 부러워졌나 봐! 사벨을 절그럭

거리며 장교 노릇을 하고 싶어진 거야? 파샤, 왜 그래, 너무 당신답지 않잖아! 누가 당신을 바꿔치기한 거야, 아니면 못 먹을 걸 먹은 거야? 제발 말 좀 해 봐, 판에 박힌 말 말고 제발 솔직하게 말해 줘, 이게 러시아를 위해 필요한 일이야?"

어느 순간, 그녀는 문제는 이것이 전혀 아님을 깨달았다. 세부적인 것은 파악할 수 없었지만 핵심은 포착했다. 그녀는 파툴랴가 그를 향한 그녀 자신의 태도 때문에 방황하고 있음을 알아차렸다. 그는, 그녀가 그를 향한 애정에 평생 섞어 넣은 모성애를 높이 평가하지도 않았고, 그런 사랑이 여자의 평범한 사랑보다 크다는 것도 깨닫지 못했던 것이다.

그녀는 입술을 깨물고 얻어맞은 여자처럼 온몸을 안으로 움츠린 채 말없이 눈물을 삼키며 남편의 출발 채비를 도왔다.

그가 떠나고 나자 온 도시가 조용해지고 하늘을 나는 까마귀 숫자도 줄어든 것 같았다. "마님, 마님." 하고 마르푸트카가 불러도 소용없었다. "엄마, 엄마." 하고 카텐카가 그녀의 소매를 잡아당기며 끝없이 옹알거렸다. 이것은 그녀의 인생에서 가장 심각한 패배였다. 그녀의 가장 훌륭하고 가장 밝은 희망이 무너지고 말았다.

시베리아에서 온 편지를 통해 라라는 남편에 대해 모든 것을 알게 되었다. 곧 상황이 분명해졌다. 그는 아내와 딸을 몹시 그리워했다. 몇 달 뒤 파벨 파블로비치는 예정보다 빨리 소위보로 임관했고 역시나 예기치 못하게 작전 부대에 배치되어 출발했다. 그는 매우 긴박하게 유랴틴을 멀리서 한 옆으로 지나쳤고 모스크바에서는 누구를 만나 볼 시간도 없었다.

전선에서 편지가 오기 시작했는데, 옴스크 사관학교 시절처럼 슬프지 않고 좀 더 활기찬 내용이었다. 안티포프는 무슨 공훈에 대한 보상이나 가벼운 부상의 결과로 휴가를 얻어 가족과 만나기 위해 두각을 드러내고 싶어 했다. 진급할 기회도 얻었다. 훗날 브루실로프 공세[94]라는 이름으로 알려진 최근의 적진 돌파에 이어 군대는 공격으로 돌아섰다. 안티포프의 편지가 끊겼다. 처음에는 라라도 불안해하지 않았다. 파샤의 침묵을 그녀는 군사 활동이 진행 중이고 행군을 하면서는 편지를 쓸 수 없기 때문이라고 생각했다.

가을, 군대의 이동이 중지되었다. 군대는 참호로 숨어들었다. 하지만 전처럼 안티포프의 소식은 전혀 전해지지 않았다. 라리사 표도로브나는 슬슬 불안해져서 처음에는 자기가 사는 유랴틴에서 수소문을 하고 그다음에는 파샤의 이전 야전 부대 주소로 모스크바와 전선에 편지를 썼다. 아무도 몰랐고 아무 데서도 답이 오지 않았다.

봉사를 좋아하는 군(郡)의 많은 부인들처럼 라리사 표도로브나는 전쟁의 초창기부터 유랴틴 젬스트보 병원에 설치된 군 병원을 힘닿는 데까지 도왔다. 이제는 의학의 기초를 진지하게 공부하여 병원의 간호사 자격 취득 시험에 합격했다.

이 자격으로 직장인 김나지움에 반년 동안 휴직 허가를 얻고 유랴틴의 집은 마르푸트카에 관리하도록 맡긴 다음 카탸

---

94) 1916년 6~9월 브루실로프 휘하의 기병 군단이 서남부 전선에서 독일, 오스트리아를 돌파한 유명한 전투. 194쪽 90번 주석 참조.

를 품에 안고 모스크바로 갔다. 거기서 딸을 리포치카 집에 맡겼다. 독일계인 그녀의 남편 프리젠단크는 다른 민간인 포로들과 함께 우파에 갇혀 있었다.

장거리 수색이 무용하다는 확신에 이르자 라리사 표도로브나는 최근에 전투가 있었던 곳으로 옮겨 가기로 했다. 이런 목적으로 그녀는 간호사로서 리스키 시를 거쳐 헝가리 국경인 메조-라보르치로 가는 병원 열차에 탔다. 그것은 파샤가 마지막 편지를 보내온 곳의 지명이었다.

8

타티야나 위원회[95]가 기부자들의 재원으로 부상병을 돕기 위해 목욕탕 설비를 갖춰 놓은 열차가 전선의 사령부에 도착했다. 짧고 볼품없는 난방차로 구성된 긴 열차의 일등칸에 탄 손님들은 모스크바에서 온 사회 활동가로서 사병들과 장교들에게 줄 선물을 갖고 있었다. 그들 중에 고르돈도 있었다. 그는 정보를 수집한 결과 어린 시절의 벗 지바고가 가까운 시골 마을의 사단 야전 병원에서 일하고 있음을 알게 되었다.

고르돈은 전선 지역을 이동하는 데 반드시 필요한 허가를 얻어 통행증을 손에 쥐고 그쪽 방향으로 가는 마차를 타고 친구를 만나러 갔다.

---

95) 니콜라이 2세의 여동생 타티야나 대공비가 조직한 위원회.

마부는 벨라루스 사람인지 리투아니아 사람인지 러시아어를 잘 못했다. 스파이 공포증에 사로잡혀 모든 말을 뻔하고 판에 박힌 공식에 가두었다. 겉치레 호의만으로는 대화 분위기가 잘 조성되지 않았다. 길을 가는 동안 승객도, 마부도 대부분 입을 다물었다.

부대를 통째로 이동시키는 데 익숙하고 100베르스타 단위로 거리를 측정하는 사령부에서는 그 마을이 20베르스타나 25베르스타쯤 떨어진 어디 근처인 것처럼 주장했다. 실제로는 80베르스타도 넘었다.

그들이 움직이는 방향의 왼쪽에 있는 지평선 부분에서 내도록 덜덜대고 쿵쾅대는 비우호적인 소리가 들렸다. 고르돈은 살면서 직접 지진을 목격한 적이 한 번도 없었다. 하지만 멀리서는 간신히 식별할 수 있는 적군의 음울한 대포 소리가 땅 밑의 진동이나 화산 폭발의 울림과 제일 비슷하다고 생각했는데, 맞는 생각이었다. 어스름이 내리자 그쪽 하늘 밑에서 장밋빛 불꽃이 번쩍이더니 아침까지 사라지지 않았다.

마부는 고르돈을 파괴된 마을 옆으로 태우고 갔다. 어떤 마을은 주민들이 버렸고, 또 다른 마을에서는 사람들이 땅속 깊숙한 지하실에서 복닥대고 있었다. 이런 마을은, 언젠가 집들이 그랬듯, 한 줄로 늘어선 쓰레기나 자갈 더미와 다를 바 없었다. 불타 버린 이 마을은 풀 한 포기 없는 황야처럼 이쪽 끝과 저쪽 끝이 한눈에 다 보였다. 땅 위에서는 늙은 여자들이 불타 버린 자기 집의 잿더미를 파헤치다가 뭔가를 꺼내서는 계속 어딘가에 감추었는데, 자기들 주위로 예전처럼 벽이 서 있는 듯 남의 눈에 띄지 않으리라 생각하는 것 같았다. 그들은 세상이 곧 정신을 차릴지 어떨지, 삶의 평화와 질서가 다시 돌아올지 어떨지 묻는 듯한 눈길로 고르돈을 맞고 또 배웅했다.

밤에 마차 여행객들 앞에 척후대가 나타났다. 비포장도로로 다시 빠져나가 우회로를 통해 이곳을 돌아가라는 명령이 내려졌다. 마부는 그 새 길을 알지 못했다. 그들은 두 시간 가까이나 길을 찾아 헤맸다. 동트기 전, 여행자는 마부와 함께 원래 찾던 이름이 붙은 마을에 도착했다. 그곳에서는 야전 병원 얘기를 전혀 들을 수 없었다. 곧 이 지역에 이름이 같은 마을이 두 개 있고 저쪽이야말로 그가 찾는 마을이라는 사실이 밝혀졌다. 아침에야 그들은 목적지에 도달했다. 카밀러[96]와 요오드포름의 냄새를 풍기는 마을 부근을 지나가며 고르돈은 지바고의 숙소에서는 밤을 보내지 않고 그와 어울려 낮 시간을 보낸 다음 저녁에 다시 전우들이 남아 있는 철도역으로 나가리라 생각했다. 상황은 그를 이곳에 일주일 이상 붙들어 놓았다.

9

이 무렵 전선이 술렁였다. 예기치 못한 변화가 일어났다. 고르돈이 찾아간 곳의 남쪽에서 아군 부대 하나가 따로 분산돼 있던 병력을 합쳐 성공적인 공격을 이끌어 냄으로써 적군의

---

96) 국화과의 한해살이풀 또는 두해살이풀.

방어선을 뚫은 것이다. 공격을 감행하는 쪽은 여세를 몰아 적진을 더욱 깊이 파고들었다. 그 뒤로 돌파구를 넓히면서 지원 부대가 따라왔다. 점차 퇴각을 거듭하면서 그들은 선두 부대에서 떨어지고 말았다. 그러다가 선두 부대가 포로가 되었다. 이런 상황에서 소위보 안티포프도 자기 소대와 함께 항복할 수밖에 없었다.

그에 대해 잘못된 소문이 퍼졌다. 사망하여 폭탄이 떨어진 구멍 속에 파묻혔다는 소문이었다. 그의 지인이자 같은 부대 소속의 소위인 갈리울린의 말에 근거하여 전해진바, 안티포프가 자신의 병사들을 이끌고 공격을 감행하다 사망하는 모습을 관측소에서 망원경으로 봤다는 것이었다.

갈리울린의 눈앞에는 익숙한 공격대의 풍경이 펼쳐졌다. 공격대는 마른 쑥이 바람에 흔들리고 가시투성이 엉겅퀴가 꿈쩍도 않고 위로 솟아 있는, 두 군대를 갈라놓는 가을 들판을 거의 달리듯 빠른 걸음으로 지나가야 했다. 한껏 용맹을 뽐내며 반대편 참호에 매복한 오스트리아군을 총검으로 유인하거나 수류탄을 던져 물리쳐야 했다. 달리는 사람들에게는 들판이 끝없이 이어지는 것처럼 보였다. 땅은 그들의 발밑에서 늪의 바닥처럼 출렁였다. 처음에는 선두에서, 나중에는 그들과 번갈아 가며 소위보가 달리고 있었는데, 머리 위로 권총을 흔들고 입을 귀까지 찢어지도록 벌린 채 "만세."를 외쳤으나 그 자신도, 그 주변에서 달리는 병사들도 들을 수 없는 소리였다. 정확한 간격을 두고 달리던 사람들은 땅바닥에 엎드렸다가 일제히 벌떡 일어나 또다시 소리를 지르면서 더 멀리 달려

갔다. 그럴 때마다 그들과 함께, 하지만 그들과는 완전히 다른 식으로, 큰 나무를 벌목할 때처럼 통째로 쓰러졌고 그렇게 제 각기 넘어간 사람들은 다시 일어나지 못했다.

"너무 멀리 쏘는군. 포병대에 연락하시오." 흥분한 갈리울린이 옆에 서 있는 포병 장교에게 말했다. "아니, 됐어요. 대포를 더 깊숙이 옮긴 건 제대로 한 거요."

그때 공격대가 적군과 가까워졌다. 포격이 중단됐다. 적막감이 엄습하자 관측소에 서 있던 자들은 자기들이 안티포프가 된 것처럼, 부하들을 오스트리아군의 참호 끝까지 데려가 곧장 지략과 용맹의 기적을 보여 주려는 듯, 심장이 대놓고 수시로 쿵쾅댔다. 그 순간 앞에서, 독일군의 16인치 포탄 두 발이 연거푸 폭발했다. 흙과 연기가 검은 기둥처럼 솟아오르며 이후의 모든 것을 감추어 버렸다.

"알라의 뜻이군! 다 됐어! 끝났어!" 갈리울린은 소위보와 병사가 모두 죽은 것으로 생각하며 창백해진 입술로 속닥거렸다.

세 번째 포탄은 관측소 바로 옆에 떨어졌다. 모두 땅 쪽으로 몸을 낮게 숙이고 서둘러 더 멀리 물러나려고 했다.

갈리울린은 안티포프와 같은 엄폐호에서 잤다. 연대에서는 그가 전사했고 다시는 돌아오지 못할 것이라는 생각을 굳히고, 안티포프를 잘 알았던 갈리울린에게 앞으로 그의 아내에게 전해 줄 유품을 보관하라는 임무를 내렸다. 안티포프의 물건 중에는 사진이 무척 많았다.

지원병 출신의 아까 그 소위보인 기계공 갈리울린은 티베르진의 마당을 지키던 문지기 기마제트딘의 아들로서 먼 과거에는 장인인 후돌레예프에게 죽도록 얻어맞던 그 기계 견습공[97]이었다. 그가 승진한 것은 옛날 자신을 괴롭힌 사람 덕분이었다.

소위가 된 다음 갈리울린은 어찌 된 영문인지는 모르지만 자신의 의지와 상관없이 따뜻하고 한가한 자리에, 한적한 어느 후방 지역에 배치되었다. 거기서 그는 반쯤은 노병인 부대의 지휘를 맡았는데, 그들과 함께 그 못지않게 늙어 빠진 고참이자 교관들이 아침마다 오래전에 잊어버린 제식 훈련을 하고 있었다. 그 밖에도 갈리울린은 그들이 병참 창고 경비를 제대로 서고 있는지 점검했다. 매우 무사태평한 생활로 그는 더 이상 아무것도 요구받지 않았다. 갑자기 모스크바에서 그의 휘하로 들어온, 나이 많은 예비군으로 구성된 보충병들 틈에 그가 너무 잘 아는 표트르 후돌레예프가 있었다.

"아, 오래된 지인이군!" 갈리울린이 음산하게 웃으며 말했다.

"예, 그렇습니다, 각하." 후돌레예프는 이렇게 대답하며 차렷 자세로 거수경례를 했다.

이 정도로 싱겁게 끝날 일이 아니었다. 교련에서 처음 실수를 하자마자 소위보는 하급 병사를 향해 고함을 질렀고, 병사가 그의 눈을 똑바로 보는 것이 아니라 어쩐지 모호하게 한쪽을 보는 것처럼 생각되자 이빨을 후려치고 꼬박 마흔여덟 시간 동안 빵과 물만 나오는 영창에 보냈다.

---

97) 유슈카를 말한다.

이제 갈리울린의 움직임 하나하나는 모두 옛날에 대한 복수의 냄새를 풍겼다. 하지만 절대 복종의 조건에서 이런 방식으로 셈을 치르는 것은 너무 안일하고 치사한 놀이였다. 어떻게 해야 할까? 두 사람이 한곳에 있는 것은 더 이상 불가능했다. 하지만 징계 처분을 내리지 않는다면 무슨 구실로 장교가 사병을 원래 소속된 부대에서 다른 곳으로 전출시킬 수 있겠는가? 다른 한편, 자신의 전출을 요청하기 위해 어떤 근거를 생각해 낼 수 있을까? 수비대 복무는 권태롭고 무익하다는 이유를 대며 갈리울린은 전선 배치를 요청했다. 이것이 그에게 좋은 쪽으로 작용한 데다가 뒤이은 전투에서 다른 자질을 보여 준 덕분에 그는 훌륭한 장교로 인정받아, 소위보에서 소위로 빠르게 승진했다.

갈리울린은 티베르진의 집에 살던 시절부터 안티포프를 알았다. 1905년, 파샤 안티포프가 반년 동안 티베르진의 집에 살 때 유숩카는 축일마다 그를 찾아가 함께 놀았다. 그때 그들 집에서 한두 번 정도 라라를 본 적이 있었다. 그 후로는 그들에 대해 아무 소식도 듣지 못했다. 파벨 파블로비치가 유랴틴에서 그들 연대에 들어왔을 때 갈리울린은 옛 친구에게 일어난 변화에 충격을 받았다. 처녀처럼 수줍음을 잘 타고 웃음이 많던 결벽증 환자에 장난꾸러기였던 그가 신경이 예민하고 세상만사를 다 아는, 경멸적인 우울증 환자가 되어 있었다. 그는 똑똑하고 몹시 용맹스럽고 과묵하고 냉소적이었다. 그를 바라보면서 갈리울린은 때때로 창문 깊숙한 곳처럼 무거운 안티포프의 시선 속에 누군가 두 번째 사람, 혹은 그의 내면에 깊이 뿌리내린 사상이나 딸에 대한 우수, 혹은 아내의 얼굴이 보인다고 맹세할 수 있을 것 같았다. 안티포프는 마법에 걸린 동화 속 인물 같았다. 그리고 이제 그는 없어졌고, 갈리울린의 손에는 안티포프의 서류와 안티포프의 사진만, 그의 변신의 비밀만 남게 되었다.

조만간 라라의 수소문이 갈리울린에게 닿을 터였다. 그는 그녀에게 답장 쓸 준비를 했다. 하지만 너무 바쁜 때였다. 답장을 쓸 여유가 없었다. 그는 그녀가 받을 충격에 대해 마음의 준비도 시키고 싶었다. 그래서 자세한 내용이 담긴 장문의 편지를 쓰는 일을 계속 미루었고 그러다가 그녀가 어딘가 전선에 간호사로 직접 와 있다는 사실을 알게 되었다. 이제는 어느 주소로 편지를 써야 할지 알 수 없었다.

10

"그래, 어때? 오늘은 말[馬]이 있을까?" 고르돈은 의사 지바고가 그들이 묵고 있는 갈리치아의 오두막에 점심을 먹으러 왔을 때 물었다.

"거기에 무슨 말이 있겠어? 넌 또 어딜 가려고 그래, 앞뒤가 다 막혔는데. 주변이 전부 아수라장이야. 아무도 아무것도 몰라. 남쪽의 몇몇 지역에서 아군이 독일군을 피해 갔다느니 돌파했다느니 하는데 그 과정에서 뿔뿔이 흩어진 몇몇 아군 부대가 독 안에 든 쥐 신세가 되었다는 말도 있어. 북쪽에서는 독일군이 그 지역에서는 통과할 수 없으리라 여겼던 스벤타 강을 건넜다고 하고. 군단 규모의 병력을 갖춘 기병대라는 거야. 그들은 철로를 파괴하고 창고를 부술 뿐만 아니라, 내 생각으론 우리를 포위하고 있어. 봐, 이런 상황이란 말이야. 그런데 너는 말 타령이나 하고 있으니, 원. 자, 어서 카르펜코, 밥상을 차려 와야지. 오늘은 뭐지? 아, 송아지 다리. 대단한걸."

야전 병원을 비롯하여 모든 관할 분과를 갖춘 의료 부대는 기적적으로 살아남은 마을 여기저기에 흩어져 있었다. 모든 벽이 어슴푸레 빛나는, 창틀이 많고 좁다란 서유럽식 창문이 달린 마을의 집들이 최근까지 남아 있었던 것이다.

인디언 서머, 즉 무더운 황금빛 가을의 끄트머리에 맑은 날이 이어졌다. 낮이면 의사들과 장교들은 창문을 활짝 열고 창턱과 낮은 천장에 친 하얀 천 위로 새카맣게 떼 지어 기어 다니는 파리들을 때려잡고 제복 재킷과 셔츠의 단추를 풀어 젖힌 채 땀을 뻘뻘 흘리면서도 뜨거운 시[98]나 차를 후후 불어 마셨으며, 밤에는 활짝 열린 페치카 아궁이 앞에 웅크리고 앉아 잘 타지 않는 눅눅한 장작 밑에서 꺼져 가는 숯불을 훅훅 불어 대고 매운 연기 때문에 눈물이 고이자 불도 제대로 뗄 줄 모른다며 졸병들을 꾸짖곤 했다.

조용한 밤이었다. 고르돈과 지바고는 맞은편 벽 양쪽, 긴 의자 위에 마주 보고 누워 있었다. 그들 사이에는 식탁이 있었고 길고 좁은 창문이 벽을 따라 이어졌다. 방 안은 더울 정도로 데

---

98) 러시아 식 수프.

워졌고 연기가 자욱했다. 그들은 맨 끝에 있는 창의 문짝 두 개를 열어, 창유리를 적신 가을밤의 신선한 공기를 들이마셨다.

요즘 늘 그랬듯, 그들은 밤낮으로 이야기를 나누었다. 언제나처럼 전선 쪽의 지평선이 장밋빛으로 타올랐다. 총성이 한순간도 쉬지 않고 고르게 윙윙대는 가운데 좀 더 나직하고 따로 분간이 되는, 대지를 살짝 한쪽으로 밀어낼 듯한 묵직한 일격이 떨어질 때면, 지바고는 굉음을 존중하는 차원에서 대화를 중단하고 잠시 쉬었다가 말했다.

"이건 '베르타포'야, 10인치 독일군 대포인데 무게가 60푸드[99]나 되지." 그런 다음 다시 대화를 시작하면서 좀 전에 했던 이야기를 잊어버렸다.

"마을에서는 항상 이렇게 무슨 냄새가 나?" 고르돈이 물었다. "첫날부터 맡았어. 달달하고 느끼한 것이 너무 역겨워. 꼭 쥐 냄새 같아."

"아, 무슨 말인지 알겠다. 이건 대마 냄새야. 여기는 대마 밭이 많아. 대마 자체에서 짐승 시체처럼 괴롭고 끈덕진 냄새가 나지. 그 밖에도 전투 지역에서 사망자들이 대마 밭에 쓰러지면 오랫동안 발견되지 않은 채로 남아 부패하거든. 여기에는 송장 냄새가 잔뜩 배어 있어, 당연한 일이지. 또 '베르타포'군. 들리지?"

이 며칠 사이 그들은 세상만사에 대해 실컷 이야기를 나누었다. 고르돈은 전쟁과 시대정신에 대한 친구의 생각을 이해

---

99) 1푸드는 16.38킬로그램이다.

했다. 유리 안드레예비치[100]는 자신이 상호적인 살육의 피로 얼룩진 논리에, 부상병들의 모습, 특히 몇몇 현대적인 부상의 공포에, 작금의 전투 기술에 의해 추악한 살덩이로 바뀐 채 불구로 살아남은 자들의 모습에 익숙해지기가 얼마나 힘들었는지 이야기했다.

고르돈은 매일 지바고를 따라 어디에 갔고 그 덕분에 항상 무엇을 보았다. 당연한 일이지만, 그는 남의 용맹스러움을 태평하게 살펴보는 것이 얼마나 비도덕적인지, 그리고 다른 사람들이 어떻게 비인간적일 만큼의 의지력을 발휘하여 죽음의 공포를 극복하는지, 그 와중에 무엇을 희생하는지, 얼마나 위험을 무릅쓰는지를 의식했다. 하지만 이와 관련하여 아무 행동도 하지 않고 대책 없이 한숨만 쉬는 것도, 딱히 더 도덕적으로 생각되지 않았다. 그는 처한 인생 상황에 맞추어 정직하고 자연스럽게 행동해야 한다고 생각했다.

부상자의 모습만 보고도 기절할 수 있다는 것을, 그들로부터 서쪽, 거의 최전선 옆 야전 병원에서 일하는 적십자의 유격 부대에 출장을 갔다가 직접 경험으로 확인한 터였다.

그들은 대포의 화염에 절반이 날아간 거대한 숲의 가장자리에 도착했다. 꺾이고 짓밟힌 관목 덤불 속에는 파괴되고 박살 난 대포의 앞차들이 뒤집어진 채 나뒹굴고 있었다. 나무에는 기마용 말 한 필이 매여 있었다. 숲의 깊은 곳에서 보이는 산림청의 목조 건물은 지붕의 절반이 내려앉아 있었다. 야전

---

100) 지바고의 이름과 부칭.

병원은 산림청의 사무실과, 산림청에서 길을 건너 숲 한가운데, 부서진 두 개의 큰 회색 천막 안에 있었다.

"너를 괜히 데려왔나 봐." 지바고가 말했다. "참호가 완전히 가까운 곳에, 1.5베르스타나 2베르스타쯤 떨어진 곳에 있고, 아군의 포병 중대는 이 숲 너머 저쪽에 있어. 들리지, 무슨 일이 벌어지는지? 제발 영웅인 척 굴지 마. 난 믿지 않아. 지금 너는 도망치고 싶겠지만, 자연스러운 일이야. 상황은 매 순간 변할 수 있어. 여기에도 포탄이 날아올 거야."

숲길, 땅바닥에는 군복의 가슴팍과 견갑골에 땀이 가득 밴, 피로에 지친 젊은 병사들이 먼지를 뒤집어쓴 채 무거운 장화를 신은 두 발을 벌리고 엎드리거나 바로 누워 있었는데 인원수가 심히 줄어든 부대의 생존자들이었다. 꼬박 나흘 동안 지속된 전투에서 벗어나 짧은 휴식을 취하도록 후방으로 보내진 것이었다. 병사들은 미소를 짓거나 상소리를 지껄일 힘도 없이 돌덩어리처럼 누워 있었는데, 숲의 깊은 곳에서 마차 몇 대가 빠른 속도로 접근하며 덜커덩거릴 때도 누구 하나 고개를 돌리지 않았다. 그것은 전속력으로 달리는 용수철 없는 타찬카[101]로서 위쪽으로 솟구치면서 불운한 자들의 뼈를 마저 부수고 내장을 뒤틀면서, 그렇게 부상병들을 붕대 처치소로 싣고 갔고, 그곳에서는 응급조치를 하고 후다닥 붕대를 감아주고 유달리 긴급한 몇몇 경우에는 다급하게 수술을 해 주었다. 모두 삼십 분 전 발포가 잠깐 잠잠해졌을 때 들판에서 참

---

101) 적군(赤軍)의 초기 무장 마차.

호 앞으로 실려 온 사람들로 그 수가 어마어마했다. 그중 족히 절반은 의식이 없었다.

그들을 사무소의 현관까지 실어다 놓자, 거기서 들것을 든 위생병들이 내려와 타찬카에서 끌어 내리기 시작했다. 천막에서 간호사가 천막 자락을 아래쪽에서 한 손으로 붙잡은 채 밖을 내다보고 있었다. 지금은 그녀의 근무 시간이 아니었다. 그녀는 비번이었다. 숲속, 천막 뒤에서 어떤 사람 둘이 큰 소리로 서로에게 욕을 하고 있었다. 높고 신선한 숲이 그들의 말다툼 소리를 메아리처럼 먹먹하게 전해 주었지만 무슨 말인지는 들리지 않았다. 부상자들이 실려 오자 말다툼을 하던 사람들은 사무소 쪽으로 향하며 길로 나왔다. 흥분한 장교는 유격 부대의 의사에게 소리치며 이전에 여기 숲에 있던 포병대가 어디로 이동했는지 알아내려고 애썼다. 의사는 아무것도 몰랐고, 그와 상관 있는 일도 아니었다. 그는 장교에게, 부상자들이 실려 와 일을 봐야 하니 그만 물러가라고, 소리 지르지 말라고 부탁했고, 그런데도 장교는 진정하기는커녕 적십자와 포병대와 세상의 모든 것을 물고 늘어졌다. 그 의사에게 지바고가 다가갔다. 그들은 인사를 나누고 산림청으로 올라갔다. 장교는 타타르 억양이 약간 섞인 소리로 계속 크게 욕설을 내뱉으며 나무에서 말을 풀어 올라타고 숲속 깊은 곳을 향해 길을 따라 달렸다. 간호사는 이 모든 것을 계속 보고 있었다.

갑자기 그녀의 얼굴이 공포로 일그러졌다.

"뭘 하시는 거예요? 정신이 나갔군요." 그녀는 제삼자의 도움 없이 들것들 사이를 지나 야전 병원으로 가는 경상자 두 명에게 이렇게 소리치면서 천막에서 달려 나와 그들이 있는 길로 질주했다.

들것에 실려 온 사람은 유달리 무시무시하게, 괴물처럼 망가진 불운한 부상병이었다. 폭발한 포탄의 밑바닥이 그의 얼굴을 박살 내고 혀와 이빨을 피투성이 묵사발로 만들어 놓고도 죽이지는 않고 턱뼈에, 뜯겨 나간 뺨의 자리에 박혀 있었다. 불구가 된 사람은 사람 소리 같지 않은, 탁탁 끊기는 짧고 가느다란 신음 소리를 냈다. 그것은 누구에게나 마땅히 자기를 제발 빨리 죽여 달라는, 무의미하게 늘어지는 고통을 중단시켜 달라는 애원으로 이해되었다.

간호사는, 그 옆을 나란히 걷고 있던 경상자들이 그의 신음 소리를 듣다 못해 맨손으로 그의 뺨에서 그 끔찍한 쇳조각을 꺼내려 한다고 생각했다.

"뭐 하세요, 아니 어떻게 이런 일을 할 수가 있어요? 그건 외과 의사가 특수한 도구를 사용해서 할 일이에요. 단, 그때까지 버텨 준다면.(주여, 주여, 저 사람을 구해 주소서, 제가 주님의 존재를 의심하지 않도록 하옵소서!)"

다음 순간 층계참을 올라가는 중에 불구자는 비명을 지르며 온몸을 떨더니 숨을 거두었다.

사망한 불구자는 예비역 병사인 기마제트딘이었고, 숲에서 소리를 지르던 장교는 그의 아들인 갈리울린 소위였고, 간호사는 라라였고, 고르돈과 지바고는 그 목격자였는데, 다들 함께, 다들 나란히 있었음에도 어떤 이들은 서로를 알아보지 못했고 또 어떤 이들은 서로를 숫제 알지 못했으며, 그리고 어떤 일은 영원토록 확인되지 않은 채로 남았고 또 어떤 일은 다음 기회에, 새로운 만남이 있을 때 밝혀지길 기다려야 했다.

11

이 지대의 마을들은 기적적으로 보존되었다. 그들은 파괴의 바다 한가운데서 불가해하게 살아남은 섬 같았다. 저녁이 되어 고르돈과 지바고는 집으로 돌아가는 중이었다. 해가 지고 있었다. 그들이 마차를 타고 지나간 어느 마을에서는 주변 사람들의 호의적인 웃음이 퍼지는 가운데 젊은 카자크[102]가 5코페이카[103]짜리 동전을 위로 던져, 긴 프록코트를 입은 회색 수염의 늙은 유대인에게 받게 하고 있었다. 노인은 어김없이 동전을 놓쳤다. 동전은 애처롭게 펼쳐 올린 그의 두 손을 지나 진흙 바닥에 떨어졌다. 노인이 동전을 주우려고 몸을 구부리자 카자크는 그러는 그의 엉덩이를 철썩 후려쳤고 주위에 서 있는 사람들은 옆구리를 움켜잡고 신음 소리가 날 만큼 웃어댔다. 이것이 오락의 전부였다. 일단은 별로 해가 되지 않았지만, 좀 더 심각하게 변하지 않으리라고 장담할 사람은 아무도 없었다. 반대편 오두막에서 그의 늙은 아내가 길가로 달려 나와 비명을 지르고 노인을 향해 두 손을 뻗었다가 그때마다 또

---

102) 러시아의 농민 병사를 지칭한다.
103) 러시아의 화폐 단위로 1루블은 10코페이카이다.

겁을 먹고 안으로 사라졌다. 오두막의 창문으로 두 소녀가 할아버지를 쳐다보며 울고 있었다.

이 모든 장면이 굉장히 유난스럽다고 여긴 군용 마차 마부는 주인들이 좀 즐길 수 있도록 말을 걸리다시피 몰았다. 하지만 지바고는 그 카자크를 살짝 불러 꾸짖으며 조롱을 멈추라고 명령했다.

"알겠습니다, 각하." 상대방이 얼른 대답했다. "잘 모르고 그냥 웃자고 한 일입니다."

남은 길을 가는 내내 고르돈과 지바고는 말을 하지 않았다.

"끔찍해." 유리 안드레예비치가 자기네 마을이 보이자 입을 열었다. "이번 전쟁에서 이 불행한 유대인 주민들이 얼마나 큰 수난을 겪었는지 너는 거의 상상도 못 할 거야. 하필이면 그들의 강제 거주 지역에서 전쟁이 벌어지고 있거든. 그래서 지금껏 산전수전 다 겪으며 고생하고 과중한 세금과 파산에 덧붙여 그 대가로 대량 학살과 조롱, 애국심이 부족하다는 비난까지 받고 있어. 적군 치하에서는 모든 권리를 누리지만 아군 치하에서는 다들 박해만 받는 상황이니, 어디서 애국심이 생기겠나. 유대인에 대한 증오는 그 자체로 근본부터 모순이야. 감동과 호감을 유도해야 하는데 지금은 오히려 자극하고 있으니 말이지. 그들의 가난과 인구 과잉, 나약함, 공격에 대처하지 못하는 무능력. 이해가 안 돼. 여기에는 뭔가 숙명적인 것이 있어."

고르돈은 아무런 대답도 하지 않았다.

12

그들은 다시 길고 좁은 양쪽 창가에 누웠다. 밤이었고 대화를 나누었다.

지바고는 고르돈에게 전선에서 국왕[104]을 본 이야기를 했다. 그는 말을 잘했다.

전선에서 맞는 첫 번째 봄의 일이었다. 그가 소속된 부대의 본부는 카르파티아 산맥 분지에 주둔해 있었는데, 헝가리 계곡 쪽에서의 진입로를 이 부대가 차단하고 있었다.

분지 맨 아래에는 기차역이 있었다. 지바고는 고르돈에게 그 지역의 외부 풍경을 묘사해 주었다. 산에는 우람한 전나무와 소나무가 울창하고 그 우듬지에 하얀 솜털 구름이 걸려 있고 회색 슬레이트와 흑연 절벽이 두꺼운 가죽의 닳아서 해진 부분처럼 숲 한가운데로 내비쳤다. 습하고 어두운 이 슬레이트 같은 잿빛의 4월 아침, 사방이 첩첩산중이라 바람 한 점 없이 숨 막히는 아침이었다. 날은 푹푹 쪘다. 증기가 분지 위에 깔려 계속 김이 솟아오르고 기차역의 증기 기관차 연기, 풀밭의 잿빛 수증기, 잿빛 산, 어두운 숲, 어두운 구름 등 모든 것이 아지랑이처럼 위로 뻗어 갔다.

그 무렵 국왕은 갈리시아 지방을 순방하고 있었다. 갑자기 그가 자신이 총사령관이기도 한 이곳 주둔 부대를 방문한다는 소식이 전해졌다.

---

104) 니콜라이 2세(1868~1918)를 말한다.

당장 언제라도 도착할 수 있는 상황이었다. 플랫폼에는 국왕을 영접하기 위해 의장대가 배치되었다. 괴로운 기다림의 시간이 한두 시간 흘러갔다. 그다음 두 대의 수행 열차가 연이어 빠르게 지나갔다. 잠시 후 황제의 기차가 왔다.

국왕은 니콜라이 니콜라예비치 대공을 대동하고 정렬한 척탄병을 열병했다. 그가 한 음절 한 음절씩 조용히 인사말을 할 때마다 흔들리는 양동이 속에서 물이 출렁이듯 천둥 같은 만세 소리가 철썩거리며 터져 나왔다.

민망한 표정으로 미소를 짓는 국왕은 루블 지폐나 메달 속에서 본 모습보다 더 늙고 쇠약한 느낌을 주었다. 무기력해 보이는 얼굴은 약간 부어 있었다. 그는 현 상황에서 자기에게 요구되는 것이 무엇인지 몰라 미안한 듯 니콜라이 니콜라예비치를 수시로 곁눈질했고, 니콜라이 니콜라예비치는 정중하게 그의 귀 쪽으로 몸을 기울여 말도 아닌 눈썹이나 어깨의 움직임으로 그를 곤경에서 꺼내 주었다.

따뜻한 산악 지대의 이런 잿빛 아침, 그는 황제가 안쓰러웠고, 이런 소심함과 숫기 없음이 압제자의 본질일 수 있다는 생각에, 이런 유약함으로 벌을 내리거나 자비를 베풀고 포박하고 또 결정을 내린다는 생각에 모골이 송연했다.

"그는 빌헬름 황제[105]처럼 나와 나의 검과 나의 민족[106] 같은 것, 혹은 그런 유의 무슨 연설을 해야 했어. 하지만 반드시,

---

105) 카이저 빌헬름 2세(1859~1941). 독일 황제 겸 프로이센의 왕.
106) 이하 러시아어 '나로드(narod)'는 맥락에 따라 '민족'이나 '민중'으로 번역했다.

꼭 민족에 관한 것이어야 했어. 하지만 너도 알다시피 그는 러시아 식으로 자연스러운 사람이라, 그런 속물성을 비극적일 정도로 초월해 있었어. 사실 러시아에서 그런 연극 같은 짓거리는 생각도 할 수 없잖아. 그건 정말 연극적인 짓거리야, 안 그래? 카이사르 시절이라면 민족이란 게 뭔지, 갈리아인이나 수에비인이나 일리아인이란 게 뭔지 나도 알겠어. 하지만 그 시절 이후로 민족이니 나의 민족이니 하는 것은 황제나 활동가나 왕들이 그것에 관한 연설을 하기 위해서만 존재하는 고안물이야.

지금 전선에는 각종 통신원과 기자가 넘쳐. 그들은 '관찰'이니 민중의 지혜가 깃든 격언이니 하는 것을 받아 적고 부상병들을 둘러보고 민중의 영혼에 관한 새 이론을 정립해. 이것은 일종의 새로운 달,[107] 그런 식으로 고안된 존재이고, 참지 못해 배설물처럼 터져 나오는 말을 언어학적으로 기록한 것이라 할 수 있지. 이런 유형이 하나 있고, 또 다른 유형도 있어. 툭툭 끊어지는 연설, '스케치와 장면', 회의주의, 인간 혐오 같은 것이지. 예를 들어, 어느 글에 (내가 직접 읽은 건데) 이런 문장이 있어. '어제처럼 잿빛인 날. 아침부터 비, 진창이다. 창밖으로 길을 본다. 길에는 포로의 행렬이 무한히 뻗어 있다. 부상병들을 싣고 간다. 대포를 쏜다. 또다시 쏘는데, 오늘이 어제 같고 내일은 오늘 같고, 매일, 매 시각 그렇게⋯⋯.' 생각 좀

---

107) 블라디미르 달(1801~1872). 러시아의 민속학자, 언어학자로서 『러시아어 대사전』, 『러시아 속담집』 등을 편찬했다.

해 봐, 얼마나 통찰력 있고 재기발랄한 문장인지! 하지만 그는 왜 대포에게 화를 내는 거지? 대포에게 다양한 변화를 요구하다니 얼마나 이상한 주장이냐 말이야! 대체 왜 대포 대신에, 날이면 날마다 열거와 쉼표와 문구를 쏘아 대는 자기 자신에게 놀라지 않고, 대체 왜 톡톡 뛰는 벼룩처럼 성급한 저널리즘의 인류애를 향한 사격을 중단하지 않는 거냐고? 어떻게 모르는 거지? 대포가 아니라 바로 그가 새로운 존재가 되어야 하고 반복을 멈추어야 한다는 것을, 공책에다 쓸데없는 소리만 잔뜩 써 봐야 아무런 의미도 얻을 수 없다는 것을, 거기에다가 인간이 뭔가 자기 것을, 자유분방한 인간적 천재성의 어떤 부분이나 어떤 동화를 집어넣지 않는 한 사실이란 존재하지 않는다는 것을 그는 왜 모르는 걸까.”

“정말 맞는 말이야.” 고르돈이 그의 말을 가로막았다. “이제 오늘 본 장면에 대해 대답할게. 가엾은 유대인 가장을 골려 주던 그 카자크는 그런 수천의 경우와 마찬가지로 아주 단순한 저열함의 일례야. 철학적 논의를 할 것도 없이 낯짝만 갈겨 주면 그만이야, 분명히. 하지만 유대인 전반의 문제라면 철학이 적용되고 그때는 뜻밖의 국면을 맞게 돼. 그렇다고 해서 이 경우에 내가 뭔가 새로운 얘기를 할 수는 없을 거야. 나의 생각은 모두 너의 경우처럼 네 외삼촌한테서 온 거니까.

민중이란 대체 무엇인가? 너는 이렇게 묻고 있어. 민중은 돌봐 주어야 하는 존재일까? 즉, 민중을 생각하지 않은 채 자기 일의 아름다움 자체와 장중함으로 민중을 전 국가로 이끌어 영광과 영원을 부여하는 사람은 민중을 위해 아무것도 하지 않는 것인가? 물론, 물론이야. 게다가 기독교 시대에 어떤 민족들에 관한 이야기가 가능할까? 이건 단순한 민족들이 아니라 개종하고 개조된 민족들이니까 모든 문제는 바로 변형에 있는 것이지, 낡아 빠진 근거들에 대한 믿음이 아니라는 거야. 복음서를 생각해 봐. 이 주제와 관련하여 어떤 얘기가 있지? 첫째, 그것은 이렇다 저렇다 하는 주장이 아니었어. 그것은 순진하고 대범하지 못한 제안이었어. 복음서는 제안할 따름이야. 예전에는 없던 새로운 방식으로 존재하고 싶은가, 정신의 지복을 원하는가? 그리고 천년왕국에 사로잡힌 사람들이 모두 이 제안을 받아들였어.

복음서에서 하느님의 왕국에는 헬라인도, 유대인도 없다고 했는데, 그건 하느님 앞에서는 모두가 평등하다는 얘기를 하려고 했던 것일까? 아니, 그것을 위해서였다면 굳이 그럴 필요도 없었을 텐데, 그것은 복음서 이전에 그리스의 철학자들, 로마의 모럴리스트들, 구약의 선지자들도 다 알았던 얘기거든. 하지만 복음서가 말하는 것은 그곳, 즉 마음으로 고안해 낸 새로운 존재 방식과 새로운 소통의 양상이 있는 하느님의 왕국에는 민족은 없고 개인만 있다는 거지.

방금 너는 사실이란 그것에 의미를 부여하지 않는 한 무의미하다고 말했어. 사실이 인간에게 있어 모종의 의미를 갖게 하려면 바로 기독교를, 개인의 신비를 부여해야 해.

우리는 총체로서의 삶과 세계를 향해 해 줄 말이 전혀 없는 중간치의 활동가들에 대해서도 말했는데, 이런 이류 세력들은 항상 무슨 민족, 특히 주로 소수 민족이 화제가 되도록, 그들이 고통받는 것, 그들을 판단하고 가장하여 동정심에 호소할 수 있도록 하는 것에 관심을 갖지. 이 자연력에 말려든 완벽하고 완전한 희생양이 바로 유대 민족이야. 그들에게는 수세기 동안 민족, 오직 민족이 되고 민족으로 남아 있어야 한다는 절박한 필요성이 민족적 사상처럼 부여되었고, 그 수세기 동안 언젠가 그 계열에서 나온 힘 덕분에 세계는 그 굴욕적인 과제에서 해방된 거야. 이 얼마나 충격적인 일이야! 어떻게 이런 일이 가능했을까? 이 축제, 범상함이라는 악마로부터의 이 해방, 무지몽매한 일상 세계를 넘어서는 비상, 이 모든 것이 그들의 땅 위에서 태어나 그들의 언어로 말하고 그 종족에 속해 있었지. 그러고는 이것을 보고 들으면서도 놓쳐 버렸던 걸까? 어떻게 그들은 그처럼 압도적인 아름다움과 힘의 영혼이 자신에게서 빠져나가도록 내버려 둘 수 있었던 걸까, 어떻게 그렇게 승리하고 군림하면서도 언젠가 자기들이 내팽개친 이 기적이 텅 빈 껍데기의 모습으로 남아 있으리라고 생각할 수 있었던 것일까. 이 자발적인 수난이 누구에게 이익이 되는 것일까, 수세기 동안 죄 없는 노인들과 여자들과 아이들, 그토록 섬세하고 착하고 진정 어린 소통의 능력이 있는 그들이 그 많은 조롱을 당하고 그 많은 피를 흘리는 것이 누구에게 필요하냐고! 모든 민족의 글을 쓰는 민족 애호가들은 대체 왜 이토록 게으르고 재능이 없는 걸까? 이 민족의 사상가들은 대체 왜 너무나 쉽게 주어지는 세계고(世界苦)와 아이러니를 일삼는 지혜의 형식보다 더 멀리 나아가지 못한 것일까? 압력을 견디지 못해 폭발하는 증기 보일러처럼 철회할 수 없는 자신의 의

무와 결별할 위험을 무릅쓰더라도, 대체 왜 그들은 무엇을 위해 싸우며 무엇을 위해 얻어맞는지도 모르는 이 부대를 해산하지 않은 걸까? 대체 왜 '정신 차려라. 됐다. 더 이상은 필요 없다. 옛날과 같은 이름을 버려라. 무리 지어 있지 말고 각자 흩어져라. 다른 모든 사람들과 함께 있어라. 너희는 세계에서 최초이자 최고의 기독교인들이다. 너희는 정확히 너희 중 가장 나쁘고 약한 자들이 너희와 대립시킨 바로 그 무엇이다.'라고 말하지 않는 걸까."

13

다음 날 식사를 하러 와서 지바고가 말했다.

"떠나고 싶어 미칠 지경이더니, 이제 소원 성취하겠어. '너의 행운'이라고는 못하겠어. 다시 아군이 밀리거나 두들겨 맞는 상황이니까. 동쪽으로 가는 길은 자유롭지만 서쪽에서 오는 길은 아군이 밀리고 있어. 모든 위생 부대는 이동하라는 명령을 받았어. 내일이나 모레는 여기를 뜰 거야. 어디로 갈지는 미지수야. 그나저나 카르펜코, 미하일 그리고리예비치의 속옷은 물론 빨아 놓지 않았을 테지. 항상 이 모양이야. 무슨 아줌마 어쩌고 하는데 정확히 어떤 아줌마를 말하는 거냐고 제대로 물으면 자기도 잘 모르더라고, 얼간이 녀석."

그는 위생병인 당번병이 변명 삼아 늘어놓는 말도 듣지 않고, 지바고의 속옷을 써 왔고 그의 루바시카를 입고 떠나게 되어 골이 난 고르돈에게도 신경 쓰지 않았다. 지바고가 이야기를 계속했다.

"아, 행군하는 우리의 생활이란 집시의 유랑 생활과 다를 바 없어. 여기에 들어왔을 때는 모든 것이 마뜩지 않았어. 페치카도 이게 아니고 천장도 낮고 온통 진창이라 갑갑했지. 하지만 지금은 우리가 그 전까지 어디에 묵었는지 죽어도 기억이 안 나. 타일 위에 햇살이 반짝이고 그 위로 가로수의 그림자가 어른거리는 이 난로의 모서리를 보면서 한 세기는 족히 더 살 수 있을 것 같아."

그들은 느긋하게 짐을 꾸리기 시작했다.

밤중에 소음과 비명, 총성과 추격전 소리가 그들을 깨웠다. 마을은 불길한 빛을 받으며 환해졌다. 창가로 그림자들이 어른거렸다. 벽 뒤로 주인들이 일어나 움직이기 시작했다.

"카르펜코, 거리로 뛰어가서 무엇 때문에 이 소란인지 물어봐." 유리 안드레예비치가 물었다.

곧 모든 것이 밝혀졌다. 지바고도 급히 옷을 입고 야전 병원으로 갔는데 소문이 사실로 확인되었다. 독일군이 이 구역의 저항을 격퇴한 것이다. 방어선은 이 마을 쪽으로 이동하여 점점 더 가까워지는 중이었다. 마을은 포격을 받고 있었다. 야전 병원을 비롯한 각종 시설은 철수 명령도 기다리지 않고 떠나는 중이었다. 동틀 녘까지 모두 마무리할 예정이었다.

"너는 첫 군용 열차로 가면 돼, 대형 마차가 지금 떠나려 하는데 너를 기다려 달라고 말해 놨거든. 그럼 잘 가. 너를 바래다주고 네가 타는 걸 볼게."

그들은 부대를 무장시키고 있는 마을의 다른 끝으로 달려 갔다. 집들 옆을 지나가면서 몸을 굽히고 집의 돌출부 뒤로 몸을 숨겼다. 거리에서는 총알이 윙윙대며 날아다녔다. 길들이 만나는 들판의 교차로에서부터 그들 위로 유산탄이 폭발하며 우산 모양의 불꽃처럼 퍼지는 것이 보였다.

"그럼 너는 어떡하냐?" 달려가면서 고르돈이 물었다.

"나중에. 물건을 가지러 숙소로 돌아가 봐야 해. 나는 제2대와 함께 갈 거야."

그들은 마을 입구에서 헤어졌다. 달구지 몇 대와 짐마차 대열이 서로 엎치락뒤치락하더니 차츰 대열을 잡으며 움직였다. 유리 안드레예비치는 떠나는 친구에게 손을 흔들어 주었다. 불타는 헛간의 불꽃이 그들을 비추었다.

유리 안드레예비치는 다시 오두막의 모퉁이 밑으로 몸을 숨기고 그 옆을 따라가려고 애쓰면서 자신도 빨리 집으로 돌아갔다. 숙소의 현관까지 두 채의 집을 앞두었을 때 공중에서 폭탄이 터지면서 그는 땅바닥으로 나뒹굴었고 유산탄 총알에 부상을 입었다. 유리 안드레예비치는 피를 쏟으며 길 한가운데 쓰러져 의식을 잃었다.

14

철수한 병원은 철도 옆, 서쪽 변방의 어느 소도시에 틀어박혔는데 사령부 옆이었다. 2월 말, 따뜻한 날씨가 계속되었다.

회복기 환자를 위한 장교 병동, 치료 때문에 여기 있게 된 유리 안드레예비치의 부탁으로 그의 침대 옆에는 창문이 열려 있었다.

식사 시간이 다가오고 있었다. 환자들은 그때까지 남는 시간을 저마다 뭔가를 하면서 때우고 있었다. 병원에 새 간호사가 들어왔고 오늘 처음으로 그들을 둘러볼 것이라는 이야기가 들렸다. 유리 안드레예비치 맞은편에 누워 있던 갈리울린은 이제 막 받은 《레치》와 《루스코예 슬로보》[108]를 훑어보다가 검열에 걸려 인쇄에서 누락된 공백을 보고 분개했다. 유리 안드레예비치는 야전 우체국에 차곡차곡 쌓였다가 한꺼번에 배달된 토냐의 편지를 읽고 있었다. 편지의 낱장과 신문지가 바람에 휘날렸다. 가벼운 발걸음 소리가 들려왔다. 유리 안드레예비치는 편지에서 눈을 들었다. 병동 안으로 라라가 들어왔다.

유리 안드레예비치와 소위는 각기 따로, 서로 이 사실을 모른 채 그녀를 알아보았다. 그녀는 그들을 아무도 몰랐다. 그녀가 말했다.

"안녕하세요. 왜 창문이 열려 있죠? 춥지 않으세요?" 그러고는 갈리울린 쪽으로 다가갔다. "어디가 불편하세요?" 그녀는 이렇게 물으며 맥박을 재기 위해 그의 손을 잡았지만 그 즉시 내려놓고 곤혹스러워하며 그의 침대 옆 의자에 앉았다.

---

108) 《레치》는 '연설'이란 뜻으로 페테르부르크에서 1906년부터 1917년까지 간행된 일간지이고, 《루스코예 슬로보》는 '러시아의 말'이란 뜻으로 1894년부터 1917년까지 간행된 일간지이다.

"정말 뜻밖이군요, 라리사 표도로브나." 갈리울린이 말했다. "저는 당신 남편과 한 부대에서 근무했고 파벨 파블로비치를 알았습니다. 당신에게 드릴 그의 물건들이 쌓여 있습니다."

"그럴 리 없어요, 그럴 리가." 하고 그녀가 되뇌었다. "정말 충격적인 우연이군요. 그러니까 그이를 아신단 말이죠? 어서 이야기해 주세요, 모두 어떻게 된 일이에요? 정말 사망한 건가요, 흙더미에 파묻혔나요? 아무것도 숨기지 말고 걱정도 하지 마세요. 저도 다 알고 있어요."

갈리울린은 그녀가 소문으로 주워 모은 정보를 확증해 줄 배짱이 부족했다. 그는 그녀를 위로하기 위해 거짓말을 하기로 했다.

"안티포프는 포로로 잡혀 있습니다." 그가 말했다. "그는 공격 시 자기 부대를 이끌고 선두에서 너무 멀리까지 잠입해 혼자 고립되었습니다. 포위되었고요. 항복하지 않으면 안 되는 상황이었지요."

하지만 라라는 갈리울린의 말을 믿을 수 없었다. 느닷없이 시작된 충격적인 대화가 그녀를 흥분시켰다. 그녀는 쏟아지는 눈물을 주체할 수 없었지만 남이 있는 데서는 울고 싶지 않았다. 그녀는 복도에서 마음을 진정하기 위해 빨리 일어나 병동을 나갔다.

일 분 뒤 돌아온 그녀의 모습은 겉보기엔 침착해 보였다. 다시 울음을 터뜨리게 될까 봐 그랬는지 일부러 갈리울린이 있는 쪽은 보지 않았다. 그녀는 곧장 유리 안드레예비치의 침대로 다가가 암기한 말을 내뱉듯 멍하게 말했다.

"안녕하세요. 어디가 불편하세요?"

유리 안드레예비치는 그녀의 흥분과 눈물을 지켜보았고, 무슨 일이냐고 묻고 싶었고, 평생 그녀를 두 번 보았노라고, 김나지움 시절과 대학 시절에 그랬노라고 말해 주고 싶었지만, 그러면 너무 허물없이 구는 것처럼 보여 그녀가 자신의 의도를 오해할 것이라 생각했다. 그다음에는 갑자기 관 속에 안치된 죽은 안나 이바노브나와 그 당시 십체프의 비명이 떠올라 자제력을 발휘하고는 이 모든 것 대신 이렇게 말했다.

"감사합니다. 저도 의사라 제 힘으로 치료하고 있습니다. 필요한 건 아무것도 없습니다."

'왜 나한테 화가 났지?' 라라는 이렇게 생각하고는 별달리 두드러지는 데 없는 이 들창코의 낯선 인물을 놀란 눈으로 쳐다보았다.

며칠 동안 날씨는 변덕스럽고 불안정했으며 밤마다 축축한 흙냄새를 풍기는 따뜻한 바람이 재잘대며 불었다.

그 무렵 사령부에는 계속해서 이상한 보고가 들어왔고 집과 국내에서는 불길한 소문들이 날아왔다. 페테르부르크와의 전신 연결이 끊겼다. 사방 어디를 가든 정치 이야기였다.

당직을 설 때마다 간호사 안티포바는 아침과 저녁, 두 번 회진했고 다른 병동의 환자들과 갈리울린, 유리 안드레예비치와 아무런 의미도 없는 말을 몇 마디씩 주고받았다. '이상하게 호기심을 끄는 사람이야.' 그녀가 생각했다. '젊은데 상냥하지 않아. 들창코에다 아주 잘생겼다고는 할 수 없어. 하지만 지적인 사람이라는 말로는 부족한 사람, 마음을 끄는 생기로운 지성의 소유자야. 하지만 문제는 그게 아냐. 여기서 빨리 내 임무를 끝내고 모스크바로, 카텐카 옆으로 옮겨야 해. 모스크바에서 간호사 사직서를 제출하고 유랴틴의 집으로, 직장인 김나지움으로 돌아가야 해. 가엾은 파툴레치카[109]에 관한 모든 것이 분명해졌잖아. 어떤 희망도 없는데 야전의 영웅으로 남아 있는 게 무슨 소용이야. 그를 찾기 위해서라면 할 만큼 했잖아.'

지금 카텐카는 어떻게 지내고 있을까? 불쌍한 고아 같으니.(여기서 그녀는 울기 시작했다.) 최근 들어 매우 과격한 변화들이 보인다. 얼마 전만 해도 조국 앞에서의 의무, 용감한 군인 정신, 고고한 사회적 감정이 신성하게 여겨졌다. 하지만 전쟁에서 지자, 이것이 주된 재앙이 되어 나머지 것, 그야말로 모든 것이 후광을 잃고 아무것도 신성하지 않게 되었다.

갑자기 어조며 공기며 모든 것이 변해서 어떻게 생각해야 할지, 누구의 말을 경청해야 할지 알 수 없었다. 평생 동안 어린아이인 양 사람의 손을 잡아 주다가 갑자기 혼자 걸음마를 배우라며 손을 놓아 버린 격이었다. 주변에는 누구 하나 가까운 사람도, 권위 있는 사람도 없었다. 그러자 삶의 힘이나 아름다움이나 진실 같은 가장 중요한 것이 믿고 싶어졌다. 뒤집어진 인류의 법규 따위가 아니라 그런 것이 완전하고도 무자비하게, 이제는 저물고 사라져 버린 평화롭고 익숙한 삶에서 그랬던 것보다 더 완전히 통제하도록 말이다. 하지만 그녀의

---

109) 파벨 안티포프의 애칭.

경우에는 — 라라는 제때 파악했다 — 그런 목적이자 절대적인 존재가 카텐카일 터였다. 파툴레치카가 없는 지금 라라는 오직 어머니일 뿐이며 모든 힘을 카텐카, 이 가엾은 고아에게 바칠 터였다.

유리 안드레예비치는 편지를 받았다. 고르돈과 두도로프가 허락 없이 그의 책을 출간했는데 호평을 받고 있고 문학적 장래성이 촉망된다는 평가를 받고 있으며, 모스크바가 지금 몹시 흥미롭고 불안한 상태에 있고 하층 계급의 잠재된 분노가 커져서 뭔가 중대한 일이 터지기 직전이며, 심각한 정치적 사건들이 가까워지고 있다는 내용이었다.

늦은 밤이었다. 유리 안드레예비치는 무섭게 쏟아지는 졸음에 휩쓸리고 있었다. 그는 간간히 졸면서도 하루 종일 너무 흥분했기 때문에 쉽게 잠들지 못하는 것이라고, 지금 못 자고 있는 것이라고 상상했다. 창밖에서는 졸음에 겨워 졸음의 숨을 내쉬는 바람이 하품을 해 대며 투덜거렸다. 바람은 울고 또 옹알댔다. '토냐, 슈로치카, 너희가 너무 보고 싶구나. 정말 집에 가고 싶다, 일하러 가고 싶다!' 바람의 속삭임을 들으며 유리 안드레예비치는 잠을 잤는데 변덕스러운 날씨처럼, 이 불안정한 밤처럼 행복과 고통이 격렬하고 불안하게, 급속히 교차하는 가운데 깨다가 잠들기를 반복했다.

라라는 생각했다. '그는 저 기념품을, 가엾은 파툴레치카의 물건을 보관하고 그렇게 신경을 써 주었는데 나는 돼지같이 그가 누구이고 어디 출신인지도 물어보지 않았어.'

다음 날 아침 회진을 돌 때 그녀는 지난번의 무심함을 보상하고 배은망덕한 행동을 만회하기 위해 갈리울린에게 모든 일을 물어보며 연신 오, 아, 하며 감탄사를 내뱉었다.

"주여, 주님의 거룩한 뜻이여! 브레스츠카야 거리 28번지, 티베르진의 집, 1905년 혁명의 겨울! 유숩카라고요? 아니, 유숩카는 몰라요, 아니면 기억이 안 나거나, 죄송합니다. 하지만 그해, 바로 그해와 마당! 정말 그래요, 정말 그런 마당과 그런 해가 있었죠!" 오, 그녀는 갑자기 이 모든 것을 또다시 얼마나 생생하게 느꼈는지 모른다! 그리고 그때의 충격을, 그리고 (그게 뭐였더라, 기억난다.)「그리스도의 견해」! 오, 어린 시절에는 처음이라 느낌의 힘이 얼마나 강렬하고 또 예리한지! "죄송해요, 죄송해요. 성함이 어떻게 되시죠, 소위님? 예, 예. 저한테 벌써 한 번 말씀해 주셨죠. 고마워요. 오, 정말 고마워요. 오시프 기마제트디노비치, 제 안에 있는 정말 소중한 추억과 생각을 일깨워 주셨어요!"[110]

하루 종일 그녀는 마음속에 '그 마당'을 담고 다니며 계속 탄성을 지르고 거의 소리를 낼 듯 사색에 잠겼다.

생각해 보라. 브레스츠카야 거리 28번지라니! 다시 총격이 시작됐지만 몇 배 더 무서워졌다! 이건 '소년들이 총을 쏜다' 정도가 아니다. 소년들은 다 자랐고 모두 여기에 군인으로 있다. 모든 소박한 민중이 그 마당과 그와 똑같은 마을 출신이라니. 정말 충격이다! 충격!

부상병들, 들것 신세를 지지 않아도 되는 이웃 병동의 환자

---

110) 따옴표는 옮긴이가 붙였다.

들이 지팡이와 목발을 짚고 걷거나 절룩거리거나 뛰어서 거처 안으로 들어오더니 앞을 다투어 외쳤다.

"비상사태다. 페테르부르크에 시가전이 시작됐다. 페테르부르크 수비대가 반란군 쪽으로 돌아섰다. 혁명이다."

5부

지난날과의 작별

1

    소도시의 이름은 멜류제예프였다. 흑토 지대였다. 이곳을 지나면서 부대와 짐마차들이 일으킨 검은 먼지가 시커먼 메뚜기 떼처럼 지붕을 덮었다. 그들은 아침부터 저녁까지 전쟁에서 돌아왔다가 전쟁에 나가느라 두 방향으로 움직였고, 때문에 전쟁이 계속되는지 이미 끝났는지 제대로 말할 수 없었다.

    날마다 새로운 일자리들이 버섯처럼 생겨났다. 그래서 그들 모두는 선출되었다. 지바고 자신, 갈리울린 중위, 간호사 안티포바, 그 밖에 그들 동료 중 몇 사람, 그리고 대도시에 살아서 일을 잘하고 경험이 많은 사람들 모두가.

    그들은 시 자치회를 채우고 군대와 위생 분과의 말단 위원 일도 수행했는데, 이런 업무를 번갈아 하면서도 야외 오락이

나 게임을 하는 것 같은 태도를 취했다. 하지만 이런 게임에서 벗어나 집으로, 자신의 원래 업무로 돌아가고 싶은 날이 점점 더 많아졌다.

일 때문에 지바고와 안티포바는 자주 마주쳤다.

2

비가 내리면 도시의 검은 먼지는 짙은 갈색 진창으로 바뀌어, 대부분 포장되지 않은 도시의 거리를 덮었다.

소도시는 크지 않았다. 여기 아무 곳에서나 모퉁이를 돌면 곧장 음울한 초원과 어두운 하늘과 전쟁의 공간, 혁명의 공간이 펼쳐졌다.

유리 안드레예비치는 아내에게 이렇게 썼다.

"군대의 혼란과 무정부 상태가 지속되고 있어. 군인들의 규율을 강화하고 사기를 높이려는 조치들이 강구되고 있지. 나는 근처에 배치된 몇몇 부대를 돌아봤어.

더 일찍 알릴 수도 있었지만, 마지막으로 당신에게 추신 대신 할 얘기가 있어. 나는 여기서 모스크바에서 온 우랄 출신 간호사 안티포바와 함께 일하고 있어.

당신 어머니가 돌아가신 그 무서운 밤, 크리스마스 파티에서 한 아가씨가 검사에게 총을 쏘았던 일 기억나? 나중에 재판에 회부되었던 것 같은데. 그때 당신에게 말했던 걸로 기억하지만, 그때까지 김나지움에 다니고 있던 그 여학생을 나와 미샤가 당신 아버지와 함께 어느 누추한 호텔 방에 갔다가 본 적이 있어. 어떤 목적으로 갔는지는 기억이 안 나지만 한밤의 추위가 살을 에일 정도로 매서웠지. 지금 생각하니 프레스냐 무장봉기 때가 아니었나 싶어. 그 사람이 바로 안티포바야.

몇 번이나 집에 가려고 애썼어. 하지만 그렇게 간단치가 않더라고. 주로 일 때문에 지체되는 건 아니야. 그거야 별 탈 없이 다른 사람들에게 넘겨줄 수 있거든. 여행 자체가 어려워. 기차가 전혀 다니지 않거나 너무 만원인 채로 그냥 지나쳐 버려서 도저히 탈 수가 없어.

물론 그렇다고 해서 이런 상황이 무한정 지속되지는 않을 테니 나나 갈리울린, 안티포바처럼, 완치됐거나 제대했거나 풀려난 사람들은 무슨 일이 있어도 다음 주에는 떠나기로, 승차의 편의를 위해 서로 다른 날에 각자 출발하기로 결정했어.

어느 날 갑자기 내가 머리 위의 눈처럼 나타날지도 몰라. 전보를 치도록 노력하겠지만."

하지만 출발하기도 전에 유리 안드레예비치는 안토니나 알렉산드로브나의 답장을 받을 수 있었다.

흐느낌이 문장의 짜임새를 파괴하고 눈물자국과 얼룩이 구두점처럼 되어 버린 이 편지에서 안토니나 알렉산드로브나는 남편에게 모스크바로 돌아오지 말고 그 경이로운 간호사를 따라 곧장 우랄로 가라고 주장했다. 그런 소명과 우연한 상황의 일치가 동반되는 가운데 삶을 행군하는 간호사와, 그녀 자신, 즉 토냐의 얌전한 인생행로는 비교도 되지 않는다면서 말이다.

"사셴카와 그 애의 장래는 걱정하지 마." 하고 그녀가 썼다. "그 애 때문에 당신이 부끄러워할 일은 없을 거야. 당신이 아이였을 때 우리 집에서 보았던 그 규칙에 따라 키우겠다고 약속할게."

"정신이 나갔군, 토냐." 유리 안드레예비치는 얼른 답장을 썼다. "어떻게 그런 의심을! 아니, 당신과 당신에 대한 생각, 당신과 집에 대한 충실함이 무섭고 파괴적인 저 이 년의 전쟁 동안 나를 죽음과 모든 종류의 파멸에서 구원했다는 것을 모르는 거야, 아니면 충분히 잘 알지 못하는 거야? 하긴 말해 봐야 무슨 소용이 있겠어. 이제 곧 만나면 옛날과 같은 삶이 시작되고 모든 것이 설명될 텐데.

하지만 당신이 그런 답장을 할 수 있다는 것에 나는 완전히 다른 식으로 놀라고 있어. 그런 답장에 빌미를 제공한 것이 나였다면, 아마 내가 정말 모호한 행동을 한 셈이고 그렇다면 나는 그 여자에게도 괜한 오해를 사게 한 잘못을 범했을 테니 사과해야겠군. 그녀가 근처 마을 몇 군데를 돌고 돌아오면 즉시 그렇게 하겠어. 예전에는 도와 군에만 있었던 젬스트보가 지금은 작은 면 단위까지 도입됐어. 안티포바는 마침 여기 새 입법 기관에서 지도자로 일하는 지인을 도와주러 갔어.

놀랍게도, 안티포바와 한 건물 안에 살면서도 나는 지금까지 그녀의 방이 어딘지도 모르고 그런 건 관심조차 없었어."

3

멜류제예프에는 동쪽과 서쪽으로 두 갈래 큰길이 있었다. 하나는 비포장도로로 숲을 따라 곡물을 매매하는 곳인 즈이부시노 쪽으로 이어졌는데, 행정적으로는 멜류제예프에 속했지만 모든 면에서 그보다 앞서는 곳이었다. 자갈이 뿌려진 다른 길은 여름에는 말라 버리는 늪지의 들판을 가로지르면서, 멜류제예프에서 멀지 않은 곳에서 만나는 두 철로의 교차역인 비류치 쪽으로 이어졌다.

6월, 즈이부시노에는 제분업자 블라제이코가 선포한 즈이부시노 독립 공화국이 두 주째 지속되고 있었다.

공화국은 제212 보병 연대에서 무기를 소지한 채 탈영하여 전복[111]의 순간에 맞추어 비류치를 지나 즈이부시노로 온 자들에 의존하고 있었다.

공화국은 임시 정부의 권력을 인정하지 않았으며 러시아의 나머지 지역과 분리되어 있었다. 젊은 시절 톨스토이와 편지를 주고받던 분리 종파 블라제이코는 즈이부시노에 노동과 재산을 공유하는 새로운 천년 왕국이 들어섰음을 선언하고 면의 관리자를 사도직으로 개명했다.

즈이부시노는 항상 전설과 과장의 원천이었다. 그것은 울창한 숲속에 위치해 있고 동란의 시대[112]의 문서에도 언급되

111) 1917년 2월 혁명을 말한다.
112) 류리크 왕조가 끝나고 로마노프 왕조로 넘어가기까지 섭정, 참칭 등으로 혼란했던 시대(1598~1613)를 말한다.

었으며 주변에는 그 이후 시대에도 강도들이 들끓었다. 이곳은 상인 계급이 번창하고 토양이 환상적일 만큼 비옥하기로 유명했다. 몇몇 미신과 풍습, 전방 지대의 이곳 서부 지역을 특징짓는 특이한 말투는 바로 즈이부시노에서 나온 것이다.

지금 떠도는 기이한 이야기는 모두 수석 보좌관 블라제이코에 관한 것이었다. 이자는 태어날 때부터 귀머거리이자 벙어리였는데 영감을 받을 때마다 말하는 재능을 얻었다가 빛이 소진되면 다시 잃어버리는 사람이라고 주장되었다.

7월, 즈이부시노 공화국이 무너졌다. 그 자리에는 임시 정부를 따르는 부대가 들어왔다. 탈영병들은 즈이부시노에서 쫓겨나 비류치로 물러났다.

그곳은 길에서 몇 베르스타에 이르는 숲이 모조리 벌목된 상태였는데, 튀어나온 그루터기를 산딸기가 덮고 반출되지 않은 오래된 장작이 절반은 도둑맞은 채 쌓여 있었으며, 한때 이곳에서 철마다 일을 해 온 벌목꾼들의 움막이 허물어진 채 남아 있었다. 탈영병들은 바로 이곳에 자리를 잡았다.

4

의사가 치료차 누워 있었고 그다음에는 근무했고 이제는 떠날 준비를 하는 이 병원은 자브린스카야 백작 부인이 전쟁 초기부터 부상자들을 위해 기부한 그녀 소유의 독채 건물 안에 있었다.

이 이 층짜리 독채 건물은 멜류제예프에서 가장 훌륭한 자리 중 하나에 위치했다. 중심 거리와 도심 광장이 교차하는 곳이었는데, 이른바 이 연병장에서 예전에는 군대가 훈련을 했고 지금은 저녁마다 집회가 열렸다.

여러 방향의 교차로에 위치한 덕분에 독채는 전망이 좋았다. 중심 거리와 광장 외에도 그것과 접한 이웃집들의 마당이, 여느 시골의 살림과 전혀 다를 바 없는 가난하고 촌티 나는 살림살이가 보였다. 또한 뒷담 쪽으로 오래된 백작 부인의 정원도 펼쳐졌다.

이 독채는 그 자체로는 자브린스카야에게 별로 가치가 없었다. 군내의 큰 영지인 '라즈돌노예'도 그녀의 것이어서, 시내의 집은 업무상 시내에 올 때를 위한 준거점 역할을, 마찬가지로 여름에는 여기저기서 영지로 몰려드는 손님을 영접하는 장소 역할을 할 뿐이었다.

지금 건물 안에는 병원이 있고, 원래 주인은 원래 살던 페테르부르크의 거처에서 체포되었다.

독채의 하인들 중 흥미로운 여자가 두 명 남아 있었는데, 지금은 시집을 간 백작 부인의 딸들을 돌봐 준 늙은 가정교사 마드무아젤 플레리와 백작 부인과 백작 부인의 옛 수석 요리사 우스티니야였다.

머리가 희끗희끗하고 볼이 발그스레한 마드무아젤 플레리는 자브린스키 가족과 함께 살던 그 언젠가처럼 이제는 편안한 장소가 된 병원 전체를 슬리퍼를 질질 끌면서 헐렁하고 다 해진 재킷을 걸친 채 꾀죄죄하고 칠칠맞지 못한 여자처럼 누비고 다녔고, 러시아 단어의 어미를 프랑스 식으로 삼켜 버리며 혀짤배기처럼 중얼거리곤 했다. 거드름을 피우고 양손을 흔들고 수다의 말미에는 목 쉰 소리로 깔깔대며 웃다가 끝에 가서는 오래도록 기침을 터뜨렸다.

마드무아젤은 간호사 안티포바를 속속들이 잘 알았다. 그녀 눈에는 의사와 간호사가 분명히 서로 마음이 있는 것처럼 보였다. 라틴계 본성에 깊이 뿌리박혀 있는, 중매쟁이 노릇을 하고 싶은 열정에 휩쓸려 마드무아젤은 둘이 함께 있는 모습을 발견하면 즐거워했고 그들을 손가락으로 의미심장하게 위협하며 장난스럽게 윙크하기도 했다. 안티포바는 의아해하고 의사는 화를 냈지만, 마드무아젤은 괴짜들이 흔히 그러듯이, 자신의 착오를 너무 귀하게 여긴 나머지 결코 버리려 들지 않았다.

좀 더 흥미로운 본성을 내보인 쪽은 우스티니야였다. 그녀는 몸매가 위쪽으로 볼품없이 좁아지는, 그래서 알을 품는 암탉 같은 느낌을 주는 여자였다. 우스티니야는 앙심이 느껴질 만큼 쌀쌀맞고 고지식했지만, 이런 분별력을 미신 영역의 고삐 풀린 환상과 결합시켰다.

우스티니야는 민중의 주술을 많이 알았는데, 집을 나갈 때는 언제나 걸음을 떼기에 앞서 페치카 불 앞에서 주문을 외웠고, 또 자물통 구멍에다 대고 부정한 힘으로부터 자기를 지켜 달라고 속삭였다. 그녀는 즈이부시노 출신이었다. 마을 마법사의 딸이라는 말도 있었다.

우스티니야는 몇 년이라도 입을 다물고 지낼 수 있었지만,

일단 첫 발작이 일어나 폭발하면 그 무엇으로도 말릴 수 없었다. 정의를 지키려는 열정에 불탔던 것이다.

즈이부시노 공화국의 몰락 이후 멜류제예프의 집행 위원회는 이 작은 지역의 무정부주의적 경향과 투쟁하기 위한 운동을 펼쳤다. 연병장에서는 매일 저녁 소수의 사람들로 구성된 평화로운 집회가 자연스럽게 열렸고, 할 일 없는 멜류제예프 사람들이, 옛날에 여름마다 소방서 대문 옆의 야외 모임에 나오듯 그리로 모여들었다. 멜류제예프의 문화 평의회는 이런 회합을 장려하고 토론의 지도자 자격으로 자기 지역 출신의 활동가나 외지에서 온 활동가를 보내기도 했다. 그들은 즈이부시노의 허풍 중 말할 줄 아는 벙어리 이야기를 가장 어처구니없는 헛소리로 여겼기 때문에 폭로전에서 특히 그쪽으로 자주 화제를 돌렸다. 하지만 멜류제예프의 소규모 수공업자나 군인들, 옛날에 양반집의 하인이었던 사람들은 견해가 달랐다. 그들은 말할 줄 아는 벙어리를 헛소리의 극치로 여기지 않았다. 그를 옹호했던 것이다.

그를 변호하는 군중 사이에서 제각기 울려 퍼지는 함성 중에 우스티니야의 목소리도 들렸다. 처음에 그녀는 여자다운 수치심에 사로잡혀 밖으로 나설 엄두를 내지 못했다. 하지만 점차 용기를 내어, 멜류제예프에 이로울 것 없는 견해를 피력하는 연사에게 점점 더 대범하게 맞서기 시작했다. 이렇게 눈에 띄지 않게 그녀는 진정한 연단의 연사가 되었다.

독채의 열린 창문으로 광장에서 여러 목소리가 뒤섞여 웅성대는 소리가 들려왔고 유달리 조용한 저녁에는 개별적인 연설 내용까지 드문드문 들렸다. 우스티니야가 말할 때면 종종 마드무아젤이 방으로 뛰어와 그 자리에 있는 사람들에게 잘 들어 보라면서 단어를 망가뜨려 가며 상냥하게 흉내를 내곤 했다.

"해방이다! 해방이다! 차르 악당! 즈이부시노! 귀머거리 벙어리! 반역! 반역!"

마드무아젤은 입담이 좋은 이 전사 같은 여자를 속으로 자랑스러워했다. 이 두 여자는 서로 다정스레 엮여 있으면서도 서로에게 끊임없이 툴툴거렸다.

5

유리 안드레예비치는 점차 떠날 준비를 하며 작별 인사를 나눠야 하는 사람이 있는 집과 기관을 쭉 돌고 필요한 서류를 받으러 다녔다.

그때 이 도시에는 전선 이쪽 부대의 새 군사 위원이 군대로 가다가 머물고 있었다. 소문에 따르면 아직 아무것도 모르는 애송이라고 했다.

최근 들어 새로운 대공습이 준비되고 있었다. 병사들의 분위기를 쇄신하려는 노력이기도 했다. 병력이 강화되었다. 군사-혁명 재판소가 설치되고 최근 폐지되었던 사형 제도도 부활했다.

출발 전에 의사는 사령관에게 가서 말소 신고를 해야 했는데, 멜류제예프에서는 군사령관, 그냥 짧게 '지방관'이라고 불리는 사람이 그 일을 수행했다.

평소 그의 집은 사람들로 북적였다. 현관과 마당으로도 모자라 관청의 창문 앞쪽 거리도 절반이나 찼다. 책상 쪽으로 비집고 들어가기도 힘들 정도였다. 수백 명의 목소리가 웅성거려 그 누구도, 아무것도 이해할 수 없었다.

이날은 접수일이 아니었다. 텅 비어 조용한 사무실에서 점점 더 복잡해지는 업무에 불만을 품은 서기들이 서로 빈정대는 눈짓을 주고받으며 묵묵히 필기에 열중했다. 사령관의 집무실에서 명랑한 목소리가 들려왔는데, 꼭 여름 제복의 단추를 풀고 뭔가 찬 음료를 마시며 기분 전환을 하는 소리 같았다.

갈리울린은 거기서 공용 방으로 나오다가 지바고를 보았고, 달리기 준비를 할 때처럼 온몸을 움츠려 의사에게 그곳에 가득 찬 생기를 공유하자고 손짓했다.

의사는 어쨌거나 사령관의 서명을 받으러 집무실에 가야 했다. 그곳에서 그는 모든 것이 가장 예술적인 무질서를 뽐내는 것을 보았다.

이 소도시에 물의를 일으킨 이날의 영웅인 새로운 군사 위원은 자기가 맡은 임무의 목표 달성을 꾀하는 대신 사령부의 중대한 부문이나 군사 작전 문제와는 아무런 상관도 없는 이곳 집무실, 군사-서류 왕국의 행정가들 앞에 와 있었으며, 그들 앞에 서서 일장 연설을 늘어놓는 중이었다.

"자, 여기, 우리의 스타가 또 한 명 왔군요." 지방관이 의사를 군사 위원에게 소개했지만 정작 그쪽은 자신에게 흠뻑 도

취되어 그를 쳐다보지도 않았고, 지방관도 의사가 내민 서류에 서명하려고 잠깐 자세를 바꾸었을 뿐, 다시 원래 자세로 돌아가서는 지바고에게 친절한 손짓으로 방 한가운데에 있는 폭신하고 나지막한 의자를 가리켰다.

이곳 집무실에 있는 사람 중 사람답게 앉아 있는 이는 의사뿐이었다. 나머지 사람들은 서로 경쟁하듯 더 기묘하고 방만한 자세를 취하고 있었다. 지방관은 페초린[113]처럼 한 손으로 머리를 받치고 책상 옆에 반쯤 누워 있었고 그의 부관은 반대로 부인용 말안장에 앉듯 다리를 자기 쪽으로 갖다 붙인 채 소파의 팔걸이 쿠션에 떡하니 솟아 있었다. 갈리울린은 뒷부분이 앞쪽으로 보이도록 놓인 의자 위에, 등받이를 껴안고 그 위에 머리를 얹은 채 기마 자세로 앉아 있었고, 앳된 군사 위원은 창턱의 틈새를 잡고 몸을 들어 올리는가 하면 거기서 뛰어내리기도 하면서 팽이처럼 연신 몸을 움직이며 잰걸음으로 집무실을 돌아다녔다. 그는 입을 쉬지 않았다. 이야기 주체는 비류치의 탈영병이었다.

군사 위원에 대한 소문은 사실이었다. 이자는 날씬하고 균형 잡힌 몸매에 아직 머리에 피도 안 마른 청년으로 더없이 드높은 이상을 촛불처럼 불태우는 인물이었다. 좋은 집안 출신, 원로원 의원의 아들에 가깝다는 말도 있고, 2월에는 최초로 자신의 중대를 혼자 국가 두마[114]로 이끈 인물 중 하나라는 말

---

113) 러시아의 낭만주의 작가 미하일 레르몬토프(1814~1841)의 소설 『우리 시대의 영웅』에 나오는 주인공.
114) 1906~1917년에 존속한 제정 러시아의 의회.

도 있었다. 서로 소개를 주고받을 때 의사는 그의 성이 긴체인지 긴츠인지 제대로 듣지 못했다. 군사 위원의 말은 명료하고 정확한 페테르부르크 발음이었지만, 발트해 쪽 억양이 살짝 섞여 있었다.

그는 몸에 꽉 끼는 짧은 군복 재킷을 입고 있었다. 자기가 아직 이렇게 젊은 것이 거북했는지, 나이가 들어 보이도록 얼굴을 꺼림칙한 듯이 찌푸리고 일부러 등을 구부정히 하고 있었다. 그러기 위해 두 손을 승마 바지 주머니 속에 깊숙이 찔러 넣고 구겨지지 않은 새 견장이 달린 어깨를 꼭짓점처럼 추켜올렸는데, 그 때문에 몸매가 정말 기병처럼 단순해져서 어깨에서 발끝까지 아래에서 만나는 두 선분만으로도 충분히 그릴 수 있을 것처럼 보였다.

"여기서 철로를 따라 몇 구간 떨어진 곳에 카자크 중대가 주둔해 있습니다. 헌신적인 적군(赤軍)이지요. 그들을 소환해 반란군을 포위하면 일은 끝납니다. 군단장은 그들을 서둘러 무장 해제하자고 주장하고 있습니다." 지방관이 군사 위원에게 알려 주었다.

"카자크라고요? 절대 안 돼요!" 군사 위원은 펄쩍 뛰었다. "1905년이라니, 혁명 전의 추억이군요! 우리는 당신들과 다른 입장인데, 당신네 장군들은 잔꾀를 너무 많이 부리는군요."

"아직 한 일은 아무것도 없습니다. 모든 것이 계획이고 제안일 뿐이죠."

"작전 명령에 개입하지 않겠다고 전쟁 참모와 협정을 맺었습니다. 카자크를 거부하지는 않겠소. 그렇다고 칩시다. 하지만 나로서는 잘 따져 보고 그에 따라 행보를 정하겠소. 그들은 저쪽에서 야영하고 있죠?"

"그런 셈이죠. 어쨌거나 진영이니까요. 아주 자리를 잡았어요."

"멋지군요. 그들 쪽에 한번 가 보고 싶소. 저 뇌우를, 저 숲속의 강도들을 보여 주시오. 반란자들, 심지어 탈영병들이라 해도 그들은 민중입니다, 여러분, 여러분은 바로 이 점을 잊고 있어요. 한데 민중이란 어린아이거든요. 그들을 알아야 하고 그들의 심리를 알아야 하는데, 그러기 위해서는 특수한 접근법이 요구됩니다. 그들의 심금을 울리도록 가장 훌륭하고 가장 감상적인 부분을 건드릴 줄 알아야 합니다. 그들의 숲속 주둔지로 가서 가슴을 터놓고 얘기를 나눠 보겠소. 두고 보십시오, 그들은 모범적인 질서를 유지하며 자기들이 버렸던 원래 위치로 돌아올 겁니다, 내기라도 할까요? 안 믿기시오?"

"의심이 되긴 하는군요. 하지만 제발 좀!"

"그들에게 이렇게 말하겠소. '형제들이여, 나를 보십시오. 여기 나는 가족의 희망인 외아들이지만, 여러분이 세계의 어떤 민족도 누리지 못하는, 그런 자유를 쟁취하기 위해 어떤 아쉬움도 없이 내 이름과 지위와 부모님의 사랑을 희생했습니다. 옛 기병대의 훌륭한 선구자들이나 유형수가 된 인민주의자들, 슐뤼셀부르크 감옥에 갇힌 인민의지당[115] 당원들은 말할 것도 없거니와 나와 다수의 그런 청년들이 그렇게 했습니

---

115) 19세기 말에 조직된 혁명적 테러 조직.

다. 우리가 우리 자신을 위해 그런 노력을 했을까요? 그럴 필요가 있었을까요? 지금 우리는 더 이상 예전과 같은 졸병이 아니라 세계 최초로 결성된 혁명 군대의 전사들입니다. 자신에게 정직하게 물어보십시오. 여러분 자신은 이렇게 높은 지위를 받을 자격이 있습니까? 주변을 히드라처럼 휘감는 적을 떨쳐 버리려고 조국이 피를 흘리며 마지막 힘을 다할 때, 여러분은 이름 모를 악당 무리가 여러분의 정신을 해이하게 만들도록 방치했으며 의식 없는 인간 쓰레기로, 자유를 잔뜩 처먹은 고삐 풀린 불한당 무리로 바뀌었습니다. 그들은 무엇을 주든 항상 모든 것이 부족할 겁니다, 정말 그렇습니다, 돼지를 식탁 앞에 앉히면 다리도 식탁 위에 올릴 테죠.' 오, 나는 그들을 감화시켜 수치를 느끼게 할 겁니다!"

"아닙니다, 안 돼요. 그건 너무 위험합니다." 지방관이 슬며시 조수와 의미심장한 눈짓을 주고받으며 반박을 시도했다.

갈리울린은 군사 위원에게 그 광적인 기획을 포기하라고 설득했다. 그는 자신의 연대가 속해 있던, 예전에 자기가 복무했던 212 사단의 앞뒤를 가리지 않는 치들을 알고 있었다. 하지만 군사 위원은 그의 말을 듣지 않았다.

유리 안드레예비치는 여차하면 일어나 나갈 생각이었다. 군사 위원의 순진함이 당혹스러웠다. 하지만 지방관과 그의 부관, 본심을 감춘 이 냉소적인 두 능구렁이의 교활한 요설도 별로 나을 것이 없었다. 이 멍청함과 이 교활함이 서로를 상쇄했다. 그리고 이 모든 것이 말의 격류에 휩쓸려 나와, 인생이 그따위 것 없이 굴러가길 그토록 갈망하는 잉여적이고 비본질적이고 불분명한 것이 되었다.

오, 가끔은 재능 없이 고상을 떠는 컴컴한 인간의 말에서 도피하여 자연의 가시적인 침묵 속으로, 길고 집요한 노동의 감옥 같은 무음 속으로, 깊은 잠과 참된 음악과 영혼이 충만해져 벙어리가 되는 조용하고 진정한 접촉의 말 없음 속으로 가고 싶어라!

의사는 아무래도 조만간 안티포바와 달갑잖은 이야기를 나눠야 할 것 같은 생각이 들었다. 그녀를 만날 필요가 생겼다는 사실이, 그것이 어떤 대가를 요구한다 해도, 기뻤다. 하지만 그녀가 벌써 돌아왔을 가능성은 거의 없었다. 의사는 적당한 기회가 생기자 바로 일어나 눈에 띄지 않게 집무실을 나왔다.

6

알고 보니 그녀는 벌써 집에 와 있었다. 그녀가 온 것을 의사에게 알려 준 마드무아젤은 라리사 표도로브나가 지친 몸으로 돌아와 후다닥 저녁을 먹고 자기를 귀찮게 하지 말라고 부탁하고는 방으로 갔다고 덧붙였다.

"그래도 방문을 살짝 두드려 봐요." 마드무아젤이 조언했다. "분명히 아직은 안 잘 거예요."

"그런데 그녀의 방이 어디죠?" 의사의 이런 질문은 마드무아젤을 말할 수 없는 놀라움에 빠뜨렸다.

안티포바의 거처는 위층 복도의 끝, 자브린스카야의 이곳

비품을 몽땅 옮겨 놓고 열쇠로 잠가 둔, 의사가 결코 엿본 적 없는 방들과 나란히 붙어 있었다.

그사이 바깥은 금방 어두워졌다. 거리는 한결 좁아졌다. 집들과 담장들이 저녁의 어둠 속에서 하나로 뒤엉겼다. 나무들은 마당의 깊은 곳에서 나와 램프 불빛이 불타는 창문 쪽으로 다가왔다. 무덥고 후텁지근한 밤이었다. 움직일 때마다 땀이 뚝뚝 떨어졌다. 마당으로 떨어지는 석유 등잔의 불빛도 더러운 땀방울처럼 나무줄기를 따라 흘러내렸다.

마지막 계단에서 의사는 멈추어 섰다. 먼 길을 다녀오느라 녹초가 된 사람의 방을 노크하다니 그것만도 어색하고 주제 넘은 짓이라는 생각이 들었다. 차라리 대화를 다음 날로 미루는 편이 낫겠다 싶었다. 결정을 바꿀 때면 항상 동반되는 멍한 상태로 그는 복도를 따라 다른 쪽 끝으로 갔다. 그곳 벽에는 이웃집 마당으로 난 창문이 있었다. 의사는 그리로 몸을 쑥 내밀었다.

조용하고 신비스러운 소리가 밤을 채우고 있었다. 옆쪽 복도의 세면대에서 물방울이 규칙적으로 뚝뚝 떨어졌다. 창밖 어딘가에서는 누가 속닥거렸다. 텃밭이 시작되는 곳에서는 누가 양동이마다 물을 옮겨 담으며 이랑의 오이에 물을 주고 있었고 우물에서는 물 긷는 쇠사슬이 절그럭거렸다.

세상의 모든 꽃들이 한꺼번에 향기를 뿜어냈고, 낮 동안 의식 없이 누워 있던 땅이 지금 그 향기를 맡고 정신을 차린 것 같았다. 쓰러진 나무의 무성한 가지들 때문에 길이 막혀 버린 백작 부인의 백 년 묵은 유구한 정원에서, 꽃을 피우기 시작한 오래된 보리수나무의 거대하고 빈민굴의 먼지 같은 향기가 큰 건물의 벽처럼, 한껏 자란 나무처럼 풍겨 왔다.

오른쪽, 담장 너머의 거리에서 고함 소리가 울렸다. 휴가병 하나가 노랫가락 한 토막을 흥얼거리며, 문을 쾅쾅거리는 등 소란을 피웠다.

백작 부인 정원의 까마귀 둥지 뒤로 괴물 같은 크기의 검붉은 달이 모습을 드러냈다. 처음에는 즈이부시노의 벽돌색 증기 제분소와 비슷하더니 나중에는 비류치의 철도 급수탑처럼 노란색이 되었다.

하지만 아래쪽 창문 밑의 마당에서는 분꽃 향기에, 꽃잎 차처럼 향기로운 신선한 건초 냄새가 뒤섞여 났다. 최근에 먼 마을에서 구입한 암소가 이곳으로 왔다. 암소는 하루 종일 걸어서 지친 데다가 떠나온 무리가 그리워, 아직 정들지 않은 새 여주인의 손이 주는 먹이를 먹지 않았다.

"자, 자, 워이, 워이, 어리광 그만 부리고, 요 악마 녀석, 내가 뿔로 받는 법을 가르쳐 주마." 여주인이 이렇게 속삭이며 암소를 살살 얼렀지만 암소는 성을 내며 머리를 이쪽저쪽으로 흔들거나 목을 쭉 빼고 설움에 겨워 구슬프게 울어 댔다. 멜류제예프의 검은 헛간 너머에는 암소를 동정하는 다른 세계의 외양간이라도 있는 듯이, 별들이 반짝이며 암소를 향해 보이지 않는 연민의 실오라기를 드리웠다.

주위의 모든 것이 존재의 마법 같은 효모 속에서 배회하고 성장하며 부풀어 올랐다. 삶의 환희가 조용한 바람처럼, 넓은 파도처럼 이 땅과 도시 어디로 가야 할지 모른 채 벽과 담장을 지나, 수목과 육체를 지나 걸으며 도중의 모든 것을 전율로 사로잡았다. 이 전류의 작용을 억누르기 위해 의사는 집회에서 오가는 말을 들어 보려고 연병장으로 갔다.

7

달은 벌써 하늘 높이 떠 있었다. 모든 것이 하얀 물감을 뿌린 듯 짙은 달빛에 잠겼다.

광장을 에워싼, 기둥이 늘어선 관용 석조 건물들이 문지방 옆 땅 위로 검은 양탄자처럼 넓은 그림자를 드리웠다.

집회는 광장 반대편에서 진행되었다. 연병장 너머로 귀를 기울여 들으려고만 하면 그곳에서 나오는 얘기를 모두 알아들을 수 있었다. 하지만 장엄한 풍경이 의사를 압도했다. 그는 소방서의 대문 옆 의자에 앉아, 길 건너편에서 들려오는 목소리 따위에는 신경도 쓰지 않고 사위를 바라보았다.

광장의 양옆에서 좁고 막다른 샛길들이 그리로 흘러 들어갔다. 그 깊숙한 곳에서 비스듬히 기울어진 낡고 작은 집들이 보였다. 이쪽 거리에는 시골길처럼 푹푹 빠지는 진창이 있었다. 그 진창에서 버드나무 가지로 엮은 긴 울타리가 연못에 쳐 놓은 통발이나, 가재를 잡으려고 빠뜨려 놓은 바구니처럼 튀어나와 있었다.

작은 집들이 활짝 열어 놓은 창문의 유리가 희미한 광채를 뿜어냈다. 방 안쪽에는 온실에서 기름을 바른 듯 반들거리는 머리카락과 술이 달린, 땀에 젖은 황갈색 머리의 옥수수가 뻗어 있었다. 축 늘어진 울타리 뒤에서, 너무 더워서 신선한 공기를 마시려고 루바하만 달랑 걸친 채 후텁지근한 오두막을 뛰쳐나온 파리하게 여윈 농부(農婦)를 닮은 접시꽃들이 독신처럼 먼 곳을 바라보고 있었다.

달빛이 비치는 밤은 자비심이나 투시력의 재능처럼 충격적이었는데, 갑자기 이 해맑고 빛나는 동화의 적막 속으로, 지금 막 들은 것처럼 누구인지 익숙한 목소리의 리듬감 있고 촘촘한 소리가 떨어지기 시작했다. 목소리는 아름답고 격렬했으며 확신에 차 있었다. 귀를 기울이자마자 의사는 바로 소리의 주인공을 알아차렸다. 군사 위원 긴츠였다. 그가 광장에서 말을 하고 있었던 것이다.

당국이 권력을 이용하여 자기들을 지지해 달라고 부탁했는지, 그는 격한 감정을 담아 멜류제예프 사람들이 조직력이 없어서 볼셰비키의 부패한 영향에 그토록 쉽게 굴복했다고 힐난했으며 즈이부시노 사건을 일으킨 진범도 볼셰비키라고 주장했다. 사령관실에서 말할 때와 똑같은 기세로 그들이 잔인하고 막강한 적임을, 조국에 시련의 시각이 도래했음을 상기시켰다. 연설의 중간부터 사람들이 그의 말을 막기 시작했다.

말을 막지 말라는 연사의 요청과 이에 불응하는 외침이 번갈아 들려왔다. 항의를 표하는 횟수가 많아지고 목소리도 커졌다. 긴츠를 수행해 온, 마침 지금은 의장의 임무를 맡은 누군가가 청중석의 발언은 허용되지 않는다고 소리치며 질서를 촉구했다. 어떤 사람들은 군중의 한 여성에게 발언권을 주라

고 요구했고, 다른 사람들은 쉬쉬하며 방해하지 말라고 부탁
했다.

연단 구실을 하는 뒤집어진 궤짝 쪽으로 여자 하나가 군중
을 헤치고 나왔다. 그녀는 궤짝 위로 올라갈 생각은 하지 않은
채 그리로 비집고 간 다음 옆에 비스듬히 섰다. 모두가 아는
여자였다. 정적이 찾아왔다. 여자는 운집한 사람들의 주의를
집중시켰다. 우스티니야였다.

"자, 군사 위원 동지, 즈이부시노 얘기를 하시더니 그다음
에는 눈 얘기를 하시며 눈을 똑바로 뜨고 기만에 빠져들지 말
아야 한다고 말씀하셨지만, 당신 말을 좀 들어 보니 당신이야
말로 할 줄 아는 건 볼셰비키-멘셰비키 말장난뿐인지, 볼셰비
키와 멘셰비키 외에는 다른 말이 전혀 안 들려요. 더 이상 싸
우지 말고 항상 형제처럼 지내라니, 그것은 멘셰비키가 아니
라 하느님이 하실 일이고, 제조소와 공장을 가난한 사람들에
게 주라니, 이것도 볼셰비키가 아니라 인간적인 연민이 알아
서 할 일이지요. 농아 얘기라면 당신이 아니더라도 비난을 너
무 많이 들어서 신물이 나요. 그 사람이 당신한테 뭐길래요,
정말! 그 사람의 무엇이 그렇게 거슬리죠? 평생 벙어리로 살
다가 누구의 허락도 없이 갑자기 말문이 터졌다고요? 볼 수
없는 일이라고 생각하는 모양이군요. 그보다 더한 일도 있을
걸요! 가령, 그 유명한 암탕나귀 얘기도 있잖아요. '발라암, 발
라암, 제 명예를 걸고 부탁드리니 그리로 가지 말아요, 후회
할 거예요.'라고 했어요. 뭐, 뻔한 일이지만, 그는 듣지 않고 계
속 갔죠. '농아 주제에.'라고 말하는 당신하고 비슷하게 말이

죠. 암탕나귀, 동물 주제에, 그런 말을 듣다니, 하고 생각한 거죠. 짐승이라고 멸시했어요. 그러다가 나중에 뼈저리게 후회했죠. 어떻게 끝났는지는 당신도 잘 알 거예요.[116)"

"어떻게 끝나는데요?" 청중 중 누군가가 호기심을 보였다.

"됐어요." 우스티니야가 퉁명스럽게 말했다. "모르는 게 약이에요."

"아니, 그런 말은 다 소용없고, 어떻게 끝나는지 말해 줘요." 똑같은 목소리가 진정하지 않았다.

"무슨 어떻게야, 찰거머리처럼 끈질긴 양반이군! 소금 기둥으로 변했어요."

"이 아줌마가 장난을 치시는군! 그건 롯이야. 롯의 아내 얘기잖아."[117)] 외침 소리가 울려 퍼졌다.

다들 웃음을 터뜨렸다. 의장은 모임을 향해 질서를 지키라고 주문했다. 의사는 자러 갔다.

8

이튿날 저녁 그는 안티포바를 만났다. 그는 그녀를 식기실에서 발견했다. 라리사 표도로브나 앞에는 탈수한 옷이 한 무더기 놓여 있었다. 다림질을 하던 중이었다.

---

116) 「민수기」 22장 23절에 나오는 발라암의 나귀를 말한다.
117) 「창세기」 19장 26절.

위층 뒤쪽의 방들 중 하나인 식기실은 정원으로 연결되었다. 여기서는 사모바르를 올려놓고 부엌에서 수동식 승강기로 가져온 음식 접시를 펼쳐서 더러운 식기는 식모에게 내려보냈다. 병원의 회계 자료가 식기실에 보관돼 있기도 했다. 거기서 목록에 따라 식기와 옷가지를 점검하기도 하고 한가할 때는 휴식을 취하고 서로 시간을 정해 만나기도 했다.

정원 쪽 창문들이 열려 있었다. 식기실은 오래된 공원처럼 라일락 꽃향기와 회향같이 쓴 마른 나뭇가지 냄새, 그리고 두 개의 증기 다리미에서 나오는 가벼운 탄내를 풍겼다. 라리사 표도로브나는 다림질을 할 때 두 대를 번갈아 쓰면서 다리미가 데워지도록 하나는 세워 두고 다른 하나는 통풍관에 넣어 두곤 했다.

"어제 왜 노크하지 않았어요? 마드무아젤이 말해 주더라고요. 하긴 잘한 거예요. 이미 잠자리에 들어서 당신을 들어오게 할 수 없었을 거예요. 그래, 안녕하세요. 조심해요, 옷에 묻어요. 여기 숯가루를 흘렸거든요."

"병원 빨래는 죄다 다려 주는 모양이죠?"

"아니요, 여기엔 내 빨래가 많아요. 당신은 항상 내가 절대여기를 빠져나가지 못할 거라고 놀렸죠. 하지만 이번에는 나도 진지해요. 봐요, 떠나려고 이렇게 짐을 챙기고 있잖아요. 짐 정리가 끝나는 대로 안녕이에요. 나는 우랄로, 당신은 모스크바로. 나중에 언제 누가 유리 안드레예비치에게 '멜류제예프라는 도시를 들어 보신 적이 있습니까?'라고 물으면 '글쎄, 생각이 잘 안 나는데요.'라고 할걸요. '그럼 안티포바는 누구입니까?'라고 하면 '전혀 모르겠는걸요.'라고 하겠죠."

"뭐, 그렇다고 칩시다. 면을 돌아다닌 건 어땠어요? 마을은 괜찮았어요?"

"한두 마디로 할 수 있는 얘기가 아니에요. 다리미가 어쩜 이렇게 빨리 식는지! 힘들지 않으면 새것 좀 갖다 줘요. 저기 통풍관에 걸려 있잖아요. 이건 다시 통풍관에 넣어 주고요. 그렇게요. 고마워요. 마을에 따라 달라요. 모든 것이 거기 사는 사람들에게 달렸죠. 어떤 곳은 주민들이 근면하고 성실해요. 그런 곳은 괜찮아요. 하지만 어떤 곳은 주정뱅이들만 있는 것 같아요. 그런 곳은 황폐해요. 그치들은 보기만 해도 무서워요."

"바보 같은 소리군요. 주정뱅이라뇨? 참 많이도 아는군요. 남자들이 모두 군대로 끌려가서 진짜 아무도 없기 때문에 그런 거요. 뭐, 좋아요. 그럼 새로운 혁명 젬스트보는 어때요?"

"주정뱅이에 관한 당신 말은 틀렸어요, 동의할 수 없어요. 젬스트보요? 젬스트보는 계속 골칫거리가 많을 거예요. 지침도 확립이 안 됐고 면에는 같이 일할 사람도 없어요. 이 순간에도 농부들의 관심사는 토지 문제뿐이에요. 라즈돌노예에도 잠시 들렀어요. 얼마나 아름답던지! 당신도 가 보면 좋아할 거예요. 봄에 불이 나고 약탈도 좀 당했어요. 곳간도 타 버리고 과일나무도 숯 덩어리가 되고 건물 정면도 일부가 그을렸더군요. 즈이부시노에는 못 갔어요, 잘 안 됐어요. 하지만 곳곳에서 귀먹은 벙어리 얘기는 지어낸 것이 아니라고 주장하더군요. 생김새도 묘사해 줬어요. 젊고 교양 있는 사람이라던데요."

"어제 광장에서 우스티니야가 그 사람을 옹호하느라 고군

분투하더군요."

"집에 오자마자 라즈돌노예에서 또 고물을 한 수레 가득 싣고 왔어요. 가만히 좀 내버려 달라고 몇 번이나 부탁했는데. 우리 것만도 넘치는걸요! 오늘 아침에는 사령부에서 지방관의 쪽지를 들고 보초병이 왔더라고요. 백작 부인의 은제 찻잔과 크리스털 포도주 잔이 꼭 필요하다는 거예요. 딱 하루 저녁만 쓰고 돌려준다면서요. 이 돌려준다는 게 어떤 건지 잘 알잖아요. 물건의 절반도 못 찾을걸요. 저녁 모임이 있다고 하더라고요. 외지에서 손님이 왔다고."

"아, 알 만하군요. 전선의 새 군사 위원이 왔어요. 우연히 보게 됐어요. 탈영병들을 체포하려고, 포위해서 무장해제시킬 참이죠. 군사 위원은 아직 완전히 풋내기고 업무에도 애송이입니다. 이곳 사람들이 카자크 얘기를 꺼내니까 눈물 작전을 펴려고 하더라고요. 민중이란 어린아이고 어쩌고저쩌고 하는데, 이 모든 것이 아이들 장난이라 생각하는 거죠. 갈리울린은 자고 있는 짐승을 깨우지 말라고, 그 일은 우리에게 맡겨 달라고 호소했지만, 저런 사람은 한 가지에 집착하면 도무지 말릴 수가 없다니까요. 다리미는 잠깐 치우고 좀 들어 봐요. 곧 상상도 못한 난장판이 펼쳐질 겁니다. 우리 힘으론 막을 수 없어요. 이 혼란이 일어나기 전에 당신이 떠나 주길 그렇게 바랐건만!"

"아무 일도 없을 거예요. 정말 과장이 심하네요. 게다가 나도 어차피 떠나는걸요. 그렇다고 그냥 훌훌 털고 갈 순 없고 작별 인사를 해야죠. 목록에 따라 비품도 인계해야지, 안 그랬다가는 내가 훔친 것처럼 될 거예요. 한데 누구한테 인계해야 하죠? 그게 문제예요. 이 비품 때문에 내가 얼마나 고생을 했는데, 돌아오는 건 질책뿐이더라고요. 나는 자브린스카야의 재산을 병원 소유로 등록해 놨는데, 법령의 의미가 그랬거든요. 그런데 이제 와서는 여주인의 물건을 지키기 위해 고의로 그렇게 한 것처럼 돼 버렸어요. 얼마나 치사한지!"

"아, 정말 그놈의 양탄자와 도자기는 침이나 뱉어 주고 훌훌 털어 버려요. 그런 걸로 마음 상할 이유가 없잖아요! 예, 예, 어제 당신을 만나지 못한 것이 극도로 짜증스럽군요. 정말 그러고 싶은 기분이었는데요! 당신에게 천체의 모든 역학을 설명해 주고 모든 빌어먹을 질문에 대답해 주었을 것을! 아니, 농담이 아니라 정말 흉금을 터놓고 얘기를 하고 싶었어요. 아내와 아들 얘기며, 나 자신의 인생 얘기를 말이죠. 제기랄, 정말로 성인 남자는 당장 무슨 '흑심'을 품지 않고 성인 여자에게 말도 걸 수 없는 건가요? 부르르! 속셈이고 흑심이고, 제기랄!

다림질, 다림질이나 해요, 제발 그러니까 옷이나 다리고 나한테는 신경도 쓰지 말아요, 나는 나대로 말을 할 거요. 그것도 오랫동안 말할 거요.

생각 좀 해 봐요, 지금이 어떤 시대인지! 당신과 나는 이런 시절을 살고 있단 말이죠! 영겁의 세월에 딱 한 번 있을까 말까 한 일이 일어나고 있잖아요. 생각 좀 해 봐요. 러시아 전체가 지붕이 날아가고 우리 민족 전체가 허허벌판에 서게 된 거나 마찬가지요. 누구 하나 우리를 감시할 사람도 없고요. 자유! 진짜 자유, 말이나 요구로 이루어진 자유가 아니라 기대 이상으로 하늘에서 뚝 떨어진 자유예요. 착오 끝에 얼떨결에 떨어진 자유.

그리고 다들 어쩌나 당황스럽고 거대한지! 알아차렸어요? 각자가 자기 자신에게, 이제 막 발견된 자신의 용맹스러움에 짓눌린 것 같아요.

아니, 다림질이나 해요, 말은 내가 하니까. 아무 말 말아요. 지루하지는 않죠? 다리미도 내가 바꿔 줄게요.

어젯밤에는 집회를 구경했어요. 충격적인 광경이더군요. 어머니 러시아가 움직였으니 한자리에 서 있지를 못하고, 걸어도 머물 곳을 못 찾고, 아무리 말해도 속 시원히 다 하질 못하는 거요. 또 사람만 말하는 것도 아니었어요. 별과 나무도 모여서 얘기를 하고 야밤의 꽃도 철학을 논하고 석조 건물도 집회를 하더군요. 뭔가 복음서 같아요, 그렇지 않소? 사도들의 시대처럼 말이오. 바울 얘기 기억나요? '언어로 말하고 예언하라. 해석의 재능을 달라고 기도하라.'[118]"

"집회하는 나무와 별 얘기는 이해돼요. 당신이 무슨 말을 하려는지도 알겠어요. 나도 경험해 봤거든요."

"절반은 전쟁이 해 놓았고 나머지는 혁명이 완성한 거요. 전쟁은 삶의 인위적인 휴지인데, 꼭 존재를 잠깐 연기할 수 있는 것 같단 말이죠.(얼마나 터무니없는 생각인지!) 혁명은 너무 오래 참아 왔던 한숨처럼 의지와 무관하게 터져 나왔어요. 각자 소생하고 부활하고 모두가 변화와 전환의 계기를 맞았죠.

118) 「코린토 신자들에게 보낸 첫째 서간」 14장 5절, 13절.

이렇게 말할 수도 있겠네요. 즉, 각자에게 두 가지 혁명이 일어났는데, 하나는 자신의 개인적인 혁명이고 또 하나는 공통의 혁명이라고 말이죠. 내 생각으론, 사회주의란 이 모든 개별적인 혁명들이 흘러 들어가게 되어 있는 바다, 즉 삶의 바다이자 자족성의 바다요. 삶의 바다라고 했지만, 그건 천재가 된 삶, 창조적으로 풍요로워진 삶의 그림 속에서 볼 수 있는 그런 삶을 말해요. 하지만 지금 사람들은 그것을 책이 아니라 자기 자신에게서, 추상이 아니라 실제에서 체험하기로 작정한 거요."

예기치 못한 목소리의 떨림이 의사가 슬슬 흥분하기 시작했음을 말해 주었다. 라리사 표도로브나는 잠시 다림질을 멈추고 그를 진지하고 놀란 눈으로 쳐다보았다. 그는 당황한 나머지 자기가 무슨 얘기를 했는지도 잊었다. 짧은 휴지부 뒤에야 다시 말문을 열었다. 생각할 겨를도 없이 닥치는 대로 말이 쏟아져 나왔다. 그가 말했다.

"최근에는 정말 정직하고 보람되게 살고 싶어 미치겠단 말이죠! 이 보편적인 생기의 일부가 되고 싶다고요! 그리고 모두를 사로잡은 기쁨 한가운데서 나는 천국인지 지옥인지 어디인지 통 알 수 없는 곳을 헤매는, 수수께끼처럼 우울한 당신의 시선을 만났소. 그것이 없어지도록, 당신의 얼굴에 당신이 운명에 만족하고 아무에게도 아무것도 바라지 않는다는 말이 쓰이도록 할 수 있다면, 나는 뭐라도 내놓았을 거요. 당신과 가까운 사람, 친구든 남편이든(군인이라면 제일 좋겠지만) 아무나 내 손을 잡고 당신의 운명 따위는 걱정하지 말라고, 괜한 신경을 써서 당신에게 부담을 주지 말라고 부탁할 수 있다면 말이죠. 그러면 나는 손을 빼내고 손사래를 치고는…… 아휴, 내가 제정신이 아니군! 죄송합니다, 정말."

목소리가 다시 의사를 배반했다. 그는 한 손을 내젓고는 수습할 수 없는 어색한 감정을 품은 채 자리에서 일어나 창가로 물러났다. 그는 방 안쪽으로 등을 보이며 섰고, 창턱에 팔꿈치를 괴고 손바닥으로 뺨을 받친 다음 어둠에 싸인 정원 깊은 곳을 향해, 마음을 가라앉히려고 애쓰며, 넋 나간 듯 멍한 시선을 던졌다.

탁자에서 다른 창문의 끝 사이에 놓인 다림판을 돌아, 라리사 표도로브나는 의사에게서 몇 발짝 떨어진 곳, 방 한가운데 그의 뒤에 멈추어 섰다.

"아, 이렇게 될까 봐 항상 두려웠는데!" 그녀가 조용히 혼잣말처럼 말했다. "정말 치명적인 실수로군요! 그만해요, 유리 안드레예비치, 이러면 안 돼요. 아, 봐요, 내가 당신 때문에 무슨 짓을 저질렀는지!" 그녀는 큰 소리로 외치며 다림판 쪽으로 달려갔는데, 그곳, 깜박하고 그냥 놓아 둔 다리미 밑 눌어붙은 블라우스에서 매캐한 연기가 가느다란 줄처럼 피어올랐다. "유리 안드레예비치, 좀 현명하게 굴어요. 잠깐 마드무아젤에게 가서 물 좀 마시고, 이봐요, 그리고 내가 익히 아는 그 모습으로, 또 내가 보길 원하는 그 모습으로 다시 돌아와요. 듣고 있어요, 유리 안드레예비치? 당신이 그럴 수 있다는 것도 알아요. 그렇게 해 줘요, 부탁이에요."

이와 같은 고백은 그들 사이에서 더 이상 반복되지 않았다. 일주일 뒤 라리사 표도로브나는 떠났다.

9

그리고 얼마 뒤 지바고는 떠날 채비를 했다. 출발하기 전날 밤, 멜류제예프에는 무시무시한 폭풍이 몰아쳤다.

폭풍 소리가 폭우 소리와 뒤섞였는데, 폭우는 지붕 위로 곧추 내리꽂히는가 하면 수시로 달라지는 바람의 압력을 받으며 채찍처럼 휘몰아치는 자신의 격류로 한 걸음씩 정복을 해 나가듯 거리를 따라 움직이기도 했다.

천둥의 굉음이 쉼 없이 잇따라 나오더니 하나의 고른 쿵쾅거림으로 바뀌었다. 수시로 번개가 번쩍일 때마다, 깊숙한 곳으로 도망치는 거리와 몸을 굽힌 채 저쪽으로 달려가는 나무들이 모습을 드러냈다.

밤중에 마드무아젤 플레리는 현관문을 두드리는 불안한 소리에 잠을 깼다. 그녀는 깜짝 놀라며 침대에 걸터앉아 귀를 기울였다. 노크 소리는 멈추지 않았다.

병원 전체에서 밖으로 나가 문을 열어 줄 사람이 한 명도 없단 말인가, 하고 그녀는 생각했다. 오직 타고나길 정직하고 의무감이 투철하다는 이유 때문에 불운한 노파인 자기가 혼자서 모든 사람의 뒤치다꺼리를 해야 한단 말인가?

그래, 좋다. 자브린스카야 집안은 원래 부자이자 귀족이었다. 하지만 병원은, 이것은 자기들 것, 즉 민중의 소유가 아닌가. 이걸 누구한테 던져 놓은 거야? 가령 궁금한 게 있는데, 위생병들은 어디로 사라졌지? 전부 달아나고 상관도, 간호사도, 의사도 없다. 집 안에는 아직도 부상병이 있어서, 전에 거실이었던 위층 외과 수술실에는 다리 잘린 사람이 두 명 있고 세탁실과 나란히 붙은 아래층 창고에는 이질 환자가 가득했다. 그리고 저 악마 같은 우스티니야는 어디론가 외출을 해 버렸다. 바보 같은 년, 뇌우가 칠 것 같은데, 어라, 만만치 않은 놈이 왔군. 지금쯤은 남의 집에서 밤을 보낼 핑계를 찾고 좋아라 하겠지.

그래, 천만다행이다, 노크가 멎고 잠잠해졌다. 문을 열어 주지 않을 것 같으니 손사래를 치고 가 버린 모양이다. 이런 날씨에 누가 왔담. 혹시 우스티니야였을까? 아니다, 그 여자에겐 열쇠가 따로 있다. 맙소사, 무서워 죽겠네, 또 두드리잖아!

하지만 어쨌거나 정말 막돼먹은 인간이군! 지바고에게는 아무것도 얻을 것이 없다고 치자. 내일 떠나니까 마음은 벌써 모스크바나 여로에 있겠지. 하지만 갈리울린은 뭔가! 이런 노크 소리를 듣고도 편히 누워 잠이나 퍼질러 자다니, 결국은 그녀, 즉 이 허약하고 의지할 데 없는 노파가 일어나서 이 무서운 밤, 이 무서운 나라에서 누군지도 알 수 없는 사람에게 문을 열어 주러 가라는 건가.

'갈리울린!' 갑자기 그녀는 정신이 번쩍 들었다. '갈리울린이라니, 무슨!' 아니, 이런 어처구니없는 생각은 잠결에나 머릿속에 떠오를 수 있겠다! 그의 흔적조차 사라져 버린 판에 무슨 갈리울린? 역에서 이 무서운 사형(私刑)이 있을 때, 사람들이 군사 위원 긴츠를 죽이고 갈리울린 뒤에다 총을 쏘며 비류치에서 바로 멜류제예프까지 바짝 추격하고 온 도시를 샅샅이 뒤질 때, 그녀가 몸소 지바고와 함께 그를 숨겨 주고 민간인으로 변장시킨 다음 도망칠 곳을 찾아가도록 이 근방의 길과 마을을 일일이 설명해 주지 않았던가. 갈리울린이라니!

그때 그 장갑차들이 없었다면 도시에는 돌멩이 하나 남지 않았을 것이다. 장갑 부대가 우연히 도시를 지나고 있었다. 그들은 주민들 편을 들어 무뢰한들을 진압했다.

뇌우가 잠잠해지며 물러났다. 멀리서 울리던 천둥소리도 뜸하고 희미해졌다. 조금씩 비가 그쳤고, 빗물이 조용히 철썩거리며 나뭇잎과 홈통을 따라 계속 아래로 흘러내렸다. 소리 없이 번쩍이는 번갯불이 마드무아젤의 방에 살짝 들러 방을 비추고 뭔가를 찾는 듯 괜히 잠시 더 꾸물대곤 했다.

갑자기 한동안 중단되었던 노크 소리가 다시 시작되었다. 누군가가 도움이 필요한 듯 필사적으로 점점 더 다급하게 문을 두드렸다. 다시 바람이 일었다. 다시 빗줄기가 휘몰아쳤다.

"지금 나가요!" 마드무아젤은 누군지도 알 수 없는 사람에게 소리쳤는데, 그녀 스스로도 자신의 목소리에 깜짝 놀랐다.

뜻밖의 추측이 그녀의 뇌리를 스쳤다. 그녀는 침대에서 발을 내려 슬리퍼에 집어넣고 실내복을 걸친 다음 혼자서는 너무 무서워 지바고를 깨우러 달려갔다. 하지만 그 역시 노크 소리를 듣고 양초를 들고 마주 내려오던 참이었다. 그들은 똑같은 추정을 했던 것이다.

"지바고, 지바고! 누가 바깥문을 두드리는데 혼자서 열어 주기가 겁나요." 그녀는 프랑스어로 소리친 다음 러시아어로 이렇게 덧붙였다. "라르인지 가이울[119] 중위인지 봐요."

유리 안드레예비치도 이 노크 소리에 잠을 깼고, 틀림없이 누군가가 자기 쪽 사람일 것이라고, 어떤 장해가 있어 가던 길을 멈추고 자기를 숨겨 줄 은신처로 돌아온 갈리울린이거나 뭔가 난관에 부딪쳐 여행길에서 돌아온 간호사 안티포바일 것이라고 생각했다.

현관에서 의사는 마드무아젤에게 촛불을 건네주며 들고 있으라고 하고 그 자신은 문 열쇠를 돌려 빗장을 벗겼다. 돌풍이 그의 손아귀에서 문을 획 낚아채고 촛불을 꺼뜨리더니 두 사람 위에다 거리의 싸늘한 빗방울을 포말처럼 퍼부었다.

"거기 누구요? 거기 누구요? 누구 있어요?" 마드무아젤과 의사가 암흑을 향해 앞을 다투어 소리쳤지만 아무도 대답하지 않았다.

갑자기 그들은 아까와 같은 노크 소리가 다른 곳에서 나는 것을 들었다. 뒷문 쪽인 것 같았는데, 지금은 정원과 면한 창문 쪽인 것도 같았다.

"바람이었나 보군요." 의사가 말했다. "그래도 어쨌든 꺼림칙하니까 뒷문 쪽으로 가서 확인해 보시고요. 저는 무슨 다른 이유가 있어서가 아니라 정말로 누가 온 것이라면 우리가 서로 엇갈리지 않도록 여기서 좀 기다릴게요."

마드무아젤은 집의 깊은 곳으로 물러났고 의사는 바깥, 현관의 차양 밑으로 나왔다. 눈이 어둠에 익숙해지자 먼동이 터

---

119) 각각 라라, 갈리울린을 프랑스 식으로 발음한 것이다.

오는 조짐을 알아볼 수 있었다.

도시 위로 먹구름이 추격을 피하듯 미치광이처럼 빠른 속도로 질주했다. 구름 조각이 너무 낮게 내려와 그쪽으로 기울어진 나무를 건드리다시피 했고, 그래서 구부러진 빗자루 같은 먹구름이 하늘을 쓰는 것 같은 모양새였다. 비가 목조 가옥의 벽을 후려쳐서 회색 벽이 검은색이 되었다.

"그래, 어때요?" 의사가 돌아온 마드무아젤에게 물었다.

"당신 말이 맞아요. 아무도 없어요." 그리고 그녀는 온 집을 다 돌아보았다고 말했다. 보리수나무 가지 한 조각이 유리창을 때려 식기실의 창문 하나가 깨졌고 마룻바닥에는 거대한 웅덩이가 생겼으며 라라가 떠난 방 안도 똑같이 바다, 진짜 물바다, 완전히 대양이 되어 있었다.

"여기 덧문이 떨어져 나가 창틀을 때리는 거예요. 보이죠? 모든 것이 이렇게 설명되네요."

그들은 조금 더 이야기를 나눈 다음 문을 걸어 잠그고 각자 자러 갔는데, 둘 다 이 소요가 괜한 것으로 밝혀진 것을 아쉬워했다.

그들은 현관문을 열면 그토록 잘 아는 여인이 생쥐처럼 홀딱 젖은 채 오들오들 떨면서 집 안으로 들어서리라고, 그녀가 물기를 닦는 동안 그들은 질문 공세를 퍼부을 것이라고 확신했더랬다. 그런 다음 그녀는 옷을 갈아입고 어제 피워 두어 아직 열기가 남아 있는 난로 옆으로 몸을 말리러 와서 자기가 경험한 무궁무진한 모험담을 들려주며 머리카락을 매만지고 웃을 것이라고.

그 확신이 너무도 견고했던 탓에, 문을 걸어 잠근 다음에도 그 확신의 흔적이 거리, 집의 구석 뒤에 남아 있고 이 여인의 물빛 표식이나 그녀의 형상이 길모퉁이 뒤에서 계속 어른거리는 것 같았다.

10

역에서 일어났던 병사들의 소란에는 비류치의 전신 기사 콜랴 프롤렌코가 간접적으로 개입된 것으로 여겨졌다.

콜랴는 멜류제예프의 유명한 시계공의 아들이었다. 멜류제예프 사람들은 그를 기저귀 차던 시절부터 알고 있었다. 소년 시절에는 라즈돌노예의 하인들 중 누군가의 집에 와서 머물며 마드무아젤의 감시하에 그녀의 제자인 백작 부인의 두 딸과 함께 놀곤 했다. 마드무아젤은 콜랴를 잘 알았다. 그때 그는 프랑스어를 조금 터득하게 되었다.

멜류제예프에서는 날씨가 어떻든 가벼운 옷차림에 모자도 안 쓰고 여름용 캔버스 신발을 신고 자전거를 타고 다니는 콜랴의 모습을 흔히 볼 수 있었다. 그는 핸들을 잡지도 않은 채 몸을 뒤로 젖히고 팔짱을 끼고 신작로와 시내를 질주했고 전선망을 점검하며 전신주와 전선을 살펴보았다.

도시의 몇몇 집은 철도 전화의 지선을 통해 역과 연결되어 있었다. 그 지선 관리가 기차역의 제어실에 있는 콜랴의 손에 달려 있었다.

그곳에서 그는 일에 빠져 지냈다. 철도의 전보와 전화, 그리고 이따금씩 역장 포바리힌이 잠깐 자리를 비울 때면 송신과 폐색, 역사나 제어실에 위치한 각종 장치까지 담당했다.

한꺼번에 여러 기계의 작동을 살피다 보니 콜랴에게는 특별한 말투, 즉 애매하고 퉁명스럽고 수수께끼로 가득 찬 말 습관이 생겼는데, 누구에게 대답을 하고 싶지 않거나 누구와 대화하기 싫을 때면 곧잘 그런 말투를 썼다. 혼란이 있던 날 그가 이 권리를 너무 많이 행사했다는 말이 전해졌다.

침묵을 고수함으로써 그는 사실상 시내에서 전화한 갈리울린의 모든 선량한 의도를 박탈했고, 아마 본의는 아니었겠지만, 잇따른 사건들을 치명적으로 가속화한 셈이었다. 갈리울린은 역 안이나 어디 근처에 있는 군사 위원을 바꿔 달라고 요청했는데, 지금 그의 벌채지로 떠난다고 말하기 위해, 자기 없이는 아무 일도 시작하지 말고 좀 기다리라고 부탁하기 위해서였다. 콜랴는 그의 회선이 비류치행 기차에게 신호를 보내야 한다는 핑계를 대며 긴츠를 불러 달라는 갈리울린의 부탁을 거절했고, 그러고서 정작 자신은 그 시각 갖은 술수를 부려 비류치로 소환된 카자크들을 싣고 가는 이 기차를 가까운 대피역에 붙들어 두었다.

어쨌거나 군용 열차가 도착했을 때 콜랴는 불만을 감출 수 없었다.

증기 기관차는 플랫폼의 어두운 지붕 밑으로 천천히 달려와 때마침 기계실의 커다란 창문 맞은편에 멈추어 섰다. 콜랴는 가장자리를 따라 철로명의 머리글자를 수놓은, 검푸른 나사로 된 역의 무거운 커튼을 활짝 걷었다. 석조 창턱에는 커다란 물병과 표면이 수수한 두꺼운 유리컵이 커다란 쟁반 위에 놓여 있었다. 콜랴는 컵에 물을 따라 몇 모금 마신 다음 창밖을 내다보았다.

기관사는 콜랴를 알아보고 운전석에서 우호적으로 고개를 까딱했다. '우, 구린내 나는 걸레쪽, 노린재 같은 놈!' 증오심을 갖고 이런 생각을 하며 콜랴는 기관사에게 혀를 쑥 내밀고 주먹으로 위협했다. 기관사는 콜랴의 몸짓을 이해했을뿐더러 그 자신도 어깨를 으쓱하고 머리를 객차 쪽으로 돌려 '그럼 어쩌라고? 네가 한번 해 봐. 그의 뜻인걸.'이라는 의사를 상대에게 전했다. '어쨌거나 걸레쪽같이 썩을 놈이야.' 콜랴가 몸짓으로 대답해 주었다.

객차에서 말들이 끌려 나오기 시작했다. 말들은 움직이지 않고 버텼다. 나무 널빤지를 두드리는 먹먹한 말발굽 소리가 플랫폼의 돌을 때리는 말편자의 절그럭 쇳소리로 바뀌었다. 뒷발로 곧추선 말들이 여러 갈래의 철로 너머로 옮겨졌다.

철로는 풀이 무성하고 두 개의 녹슨 바퀴 자국이 있는, 두 줄의 객차 폐기물에서 끝났다. 빗물에 나무의 페인트가 벗겨지고 벌레와 습기에 마모되어 허물어지자, 부서진 난방 화차는, 자작나무를 하얗게 물들인 영지버섯, 그 위로 솟은 뭉게구름이 어우러진 가운데, 차량들 쪽에서 시작되는 축축한 숲과 비슷한 옛날의 상태로 돌아가는 중이었다.

숲 언저리에서 카자크들은 명령에 따라 말안장에 올라타고 벌채지로 달려갔다.

212 사단의 무법자들은 포위되었다. 말 탄 자들은 탁 트인 곳에 있을 때보다 나무들 사이에 있을 때 항상 더 높고 위압적으로 보인다. 움막집 안의 병사들도 총을 갖고 있었지만 그들에게 압도되고 말았다. 카자크들은 칼을 빼 들었다.

사슬처럼 늘어선 말들의 안쪽, 흔들고 맞추어 쌓아 놓은 장작들 위로 긴츠가 펄쩍 뛰어올라 자신을 에워싼 사람들을 향해 연설을 했다.

다시 그는 습관대로 군인의 의무, 조국의 의미와 많은 다른 고상한 주제에 대해 말했다. 여기서는 이 개념들이 공감을 얻지 못했다. 모인 사람의 수가 너무 많았다. 또 그 구성원들은 전쟁으로 산전수전 다 겪은 터라 거칠고 지쳐 있었다. 긴츠가 하는 말은 이미 오래전부터 귀에 못이 박히도록 들어온 터였다. 넉 달에 걸친 좌익과 우익의 감언이설이 이 군중을 타락시켰다. 그 구성원인 소박한 민중은 연사의 러시아적이지 않은 성(姓)과 발트해 억양에 싸늘한 반응을 보였다.

긴츠도 자기 말이 늘어진다는 것을 느끼고는 신경질이 났지만 청중이 좀 더 쉽게 이해할 수 있도록 이렇게 하는 것이라고 생각했는데, 정작 그들은 고마움은커녕 무심함과 적대감이 담긴 따분함만 드러냈다. 짜증이 더욱더 북받치는 가운데 그는 이 청중에게 좀 더 확고한 언어로 말하기로, 예비로 아껴두었던 협박의 말을 흘리기로 결심했다. 곳곳에서 쏟아지는 불평은 듣지도 못한 채 전시 혁명 재판이 도입되어 실행 중임을 군인들에게 상기시켰고 죽음이 두렵거든 무기를 내려놓고 주동자들을 내놓으라고 요구했다. 그렇게 하지 않는 것은 그들이 비열한 배신자요, 아무 생각 없는 깡패요, 주제넘은 상놈임을 증명하는 격이라고 말했다. 사람들은 그런 어조를 더 이상 참지 못했다.

수백 개의 목소리가 포효하듯 으르렁거렸다. "그만하면 됐어요. 그렇게 될 거요. 좋소." 어떤 이들이 악의가 거의 담기지 않은 낮은 목소리로 외쳤다. 하지만 증오로 얼룩진 날카로운 목소리가 히스테릭한 외침을 쏟아 냈다. 사람들은 그 소리에 귀를 기울였다. 이 사람들은 이렇게 외치고 있었다.

"동지들, 저자가 욕질하는 소리 들었소? 구식이오! 장교들의 습성이 근절되지 않은 거요! 아니, 그럼 우리가 배신자라는 거요? 정작 네놈은 어디 출신이신가, 각하 양반? 저따위 놈을 상대할 이유가 어디 있어. 이 독일 놈, 이거 첩자 아니야, 엉. 에잇, 이놈, 신분증을 보여라, 귀족 놈아! 네놈들, 진압군들, 왜 입을 쩍 벌리고 있는 거냐? 자, 우리를 묶어라, 우리를 잡아 잡수라고!"

한데 카자크들도 긴츠의 별 볼일 없는 연설에 점점 싫증을 냈다. "우리가 모두 상놈에 돼지 새끼라는 소리군. 이런, 도련님 나셨네!" 그들이 서로 수군댔다. 처음에는 하나씩, 그다음에는 점점 더 많은 수가 장검을 칼집에 꽂기 시작했다. 그들은 연이어 말에서 내렸다. 상당수가 말에서 내려와 212사단을 맞이하기 위해 숲의 빈터 한가운데로 무질서하게 움직였다. 모든 것이 뒤섞였다. 연대가 시작되었다.

"당신은 어떻게든 눈에 띄지 않게 사라져야겠소." 애가 탄 카자크 장교들이 긴츠에게 말했다. "건널목 옆에 당신 차가 있어요. 사람을 보내 그 차를 더 가까이 대라고 하겠소. 빨리 떠나요."

긴츠는 그렇게 행동하려 했으나 슬쩍 내빼는 것이 체면에 안 맞는 것처럼 생각되어, 응당 요구되는 신중함 없이 거의 노골적으로 역을 향해 걸었다. 무섭도록 흥분한 상태에서 걸음을 옮겼으나, 자존심 때문에 서두르지 않고 억지로 차분하게 걸었다.

숲과 인접한 역이 멀지 않은 곳에 있었다. 숲 언저리에 이르러 이미 선로가 보이는 곳에서 그는 처음으로 뒤를 돌아보았다. 총을 든 군인들이 그의 뒤를 따라오고 있었다. '저들이 왜 저러지?' 긴츠는 이렇게 생각하며 걸음을 재촉했다.

그를 쫓는 자들도 똑같이 했다. 그와 추격자들이 계속 같은 간격을 유지했다. 앞쪽에 부서진 객차들의 이중 벽이 보였다. 긴츠는 그 뒤로 돌아가 달리기 시작했다. 카자크들을 태우고 온 기차는 조차장으로 옮겨져, 선로는 텅 비어 있었다. 긴츠는 그 선로를 가로질러 뛰어갔다.

그는 껑충 뛰어 높은 플랫폼으로 훌쩍 올라섰다. 그때 부서진 객차에서 그를 쫓아온 군인들이 뛰어나왔다. 포바리힌과 콜랴가 긴츠에게 뭐라고 소리치며 역사 안으로 들어오라고, 거기라면 그를 구할 수 있겠다고 손짓했다.

하지만 또다시 대대손손 교육된 도시적이고 희생적인 명예심, 이런 경우에는 전혀 먹혀들지 않는 명예심이 그가 살 길을 막았다. 그는 초인적인 의지력을 발휘하여 사정없이 요동치는 심장을 진정시키려고 애썼다. '저들에게, 형제들, 정신

차리시오, 내가 무슨 간첩이란 말이오?, 하고 외쳐 주어야 할까?' 그는 생각했다. '저들의 정신을 명료하게 만들어 저지시킬 만한 진정 어린 말이 있을 텐데.'

최근 몇 달 동안 공명심의 감각과 영혼의 외침은 그의 내부에서 무의식적으로, 펄쩍 뛰어올라 운집한 군중을 향해 무슨 호소와 선동적인 말을 던질 수 있었던 연단, 강단, 의자와 연결되었다.

역사의 문 옆, 역의 종 밑에 높은 방화수 통이 놓여 있었다. 꽉 닫힌 채였다. 긴츠는 그 통의 뚜껑 위로 펄쩍 뛰어올라, 다가오는 군인들을 향해 숨이 막힐 정도로 비인간적이고 두서없는 말을 몇 마디 해 댔다. 두어 걸음 떨어진 곳에 너무도 가뿐히 도망칠 수 있는, 활짝 열린 역사의 문이 있음에도 그가 미치광이처럼 대범하게 구는 바람에 그들은 어안이 벙벙해서 그 자리에 우뚝 서 버렸다. 군인들은 총을 내렸다.

한데 긴츠가 뚜껑의 끄트머리에 서 있었기 때문에 그것이 뒤집히고 말았다. 그의 한쪽 발은 물속에 빠지고 다른 쪽 발은 방화수 통의 가두리에 매달렸다. 통의 테두리 위에 말 탄 듯 걸터앉은 형국이었다.

군인들은 이 볼썽사나운 꼴에 웃음을 터뜨렸으며, 맨 앞에 서 있던 군인이 이 불운한 사람의 목에 총을 한 방 쏘아 즉사시키자 나머지 군인들이 달려들어 죽은 자를 총검으로 마저 찔러 댔다.

11

마드무아젤은 콜랴에게 전화를 걸어 의사가 기차 안에서 좀 더 편히 지낼 수 있도록 해 달라고, 안 그랬다가는 콜랴에게 불리한 폭로를 해 버리겠다고 협박했다.

마드무아젤에게 답할 때 콜랴는 평상시처럼 다른 전화도 받고 있었는데, 그의 말에 섞여 들어간 소수로 판단하건대 제삼의 장소에 암호로 전보를 치는 것 같았다.

"프스코프, 코모세프, 내 말 들리나? 무슨 반란군? 무슨 손? 그래, 뭐요, 맘젤?[120] 순 거짓부렁에 손금놀이군. 그만 좀 하고 전화 끊으세요, 방해만 되잖아요. 프스코프, 코모세프, 프스코프. 삼십육, 쉼표, 제로, 제로, 십오. 아휴, 귀신은 이 아줌마 안 잡아가고 뭐하나, 테이프 끊겨요. 아? 아? 안 들려. 또 당신인가요, 맘젤? 안 된다고 러시아어로 말씀드렸잖아요, 난 해 줄 수 없어요. 포바리힌에게 물어보세요. 순 거짓부렁에 손금놀이군. 삼십육…… 아, 젠장…… 그만 좀 하세요, 방해하지 말고, 맘젤."

그래도 마드무아젤은 말했다.

"이놈, 딴청 부리지 마, 손금놀이라니, 프스코프, 프스코프, 손금놀이라니, 내가 네놈의 정체를 만천하에 폭로할 거야. 네놈은 내일 의사 선생을 기차에 태울 것이고, 그러면 나는 더 이상 살인자와는 말을 섞지 않을 거야, 이 유다 같은 꼬맹이

---

120) 마드무아젤.

배신자야."

12

유리 안드레예비치가 떠나는 날은 몹시 무더웠다. 또다시 그제처럼 뇌우가 칠 기세였다.

해바라기 씨 껍데기가 내뱉어진 역 근처 지저분한 마을, 오막살이 흙집과 거위들이 뇌우 치는 시커먼 하늘의 굳어 버린 시선에 깜짝 놀라 하얗게 질려 있었다.

역사 건물 바로 옆에는 넓은 들판이 양쪽으로 멀리 펼쳐져 있었다. 들판의 풀은 짓밟히고 각자 필요한 방향의 기차들을 몇 주째 기다려 온 수많은 군중이 그 위를 온통 뒤덮고 있었다.

군중 속에는 태양이 이글거리는데도 회색 털외투를 입고 소문이나 정보를 얻으려고 이 무리, 저 무리를 왔다 갔다 하는 노인들도 있었고, 열네 살쯤 되는 아이들이 가축을 치듯 나뭇잎을 뜯어 낸 나뭇가지를 한 손에 쥔 채 팔꿈치를 괴고 비스듬한 자세로 말없이 누워 있었다. 그들의 발치 아래에는 남동생, 여동생들이 셔츠를 들어 올리고 장밋빛 엉덩이를 내놓은 채로 뛰놀고 있었다. 어머니들은 두 다리를 힘껏 모아 쭉 뻗은 채 갈색 코트를 비뚤게 여미며 젖먹이 아이들을 꽁꽁 싸 품에 안고 땅바닥에 앉아 있었다.

"총격이 시작되자 숫양들처럼 사방팔방으로 흩어졌어요. 못마땅했던 거죠!" 역장 포바리힌이 반감을 드러내며 말했는데, 의사와 함께 바깥쪽 문 앞과 역의 안쪽 마룻바닥에 마구잡이로 누워 있는 몇 열의 몸뚱어리를 지그재그로 헤치며 지나가는 중이었다.

"갑자기 잔디밭이 텅 비게 됐지 뭡니까! 땅이 어떻게 생겼는지를 다시 보게 됐어요. 다들 기뻐했죠! 이 무리 때문에 넉 달이나 못 봐서 잊어버렸거든요. 자, 여기가 그가 쓰러져 있던 자리예요. 정말 놀라운 일인데, 나는 전쟁 때문에 온갖 끔찍한 일을 질리도록 봐서 그래도 익숙했거든요. 한데 그때는 얼마나 안됐던지! 무엇보다도 너무 말도 안 되는 일이었으니까요. 대체 무엇을 위해서죠? 그가 그들에게 무슨 나쁜 짓을 했다고요? 그러고도 정말 사람인가요? 집안의 귀염둥이였다고 하더군요. 자, 이제 오른쪽으로, 옳지, 그렇지요, 이쪽 제 집무실로 갑시다. 이번 기차는 생각도 하지 마세요, 미어터져 죽을 거예요. 당신을 위해 이 지역 라인의 다른 기차를 마련해 드리죠. 우리가 직접 편성 중인데 지금 될 겁니다. 단, 승차할 때까지는 말하면 안 됩니다, 아무에게도! 혹시라도 말이 새 나갔다가는 연결되기도 전에 동네방네로 퍼질 테니까요. 밤에 수히니치에서 갈아타면 될 겁니다."

13

비밀리에 보관되었다가 편성된 기차가 차고 건물 뒤에서 후진하며 역 쪽으로 나오자, 풀밭에 모여 있던 사람들이 모두 천천히 뒷걸음치는 열차를 향해 앞을 다투어 돌진했다. 사람들은 콩알처럼 언덕에서 굴러 내려와 철둑 위로 뛰어 올라갔다. 서로 밀치는 와중에 어떤 이들은 달리면서 완충기와 발판 위로 뛰어오르고 또 어떤 이들은 객차의 창문과 지붕 위로 기어 올라갔다. 기차는 순식간에, 그것도 아직 움직이는 상태에서 완전히 가득 찼고, 플랫폼에 다다랐을 때는 발 디딜 틈도 없이 들어차서 맨 꼭대기에서 맨 아래까지 사람들이 매달려 있었다.

의사는 기적적으로 승강구로 비집고 들어갔고 그다음에는 더더욱 설명할 수 없는 방식으로 객차의 통로로 들어갈 수 있었다.

그는 가는 내내 통로에 있었고, 바닥 위에 놓은 자기 짐들 위에 앉아 수히니치까지 갔다.

뇌우의 먹구름은 오래전에 흩어졌다. 작열하는 태양빛이 쏟아지는 들판을 따라 이쪽 끝에서 저쪽 끝으로 끊임없이 울어 대는 귀뚜라미 소리가 기차 소리마저 묻어 버렸다.

창문 옆에 서 있던 승객들이 나머지 승객들에게 갈 빛을 붙들어 두고 있었다. 그들의 그림자가 마룻바닥, 의자, 칸막이 위로 두 겹, 세 겹 길게 드리워졌다. 이 그림자들도 객실 안에 자리를 잡지 못했다. 그들은 저쪽 반대편 창문 너머로 밀려나, 달리는 기차 전체의 그림자와 함께 다른 경사면을 따라 깡충 깡충 뛰어갔다.

주위에서는 왁자지껄 떠들고 목청껏 노래를 부르고 서로 욕설을 퍼붓고 카드 판을 벌였다. 정차할 때마다 바깥에서 기차를 에워싼 군중의 소음이 내부의 아수라장에 합세했다. 바다의 태풍 수준으로 몰아치는 웅성거림이 귀청을 찢을 것 같았다. 그러다 갑자기 바다 같은 정거장 한복판에 설명할 수 없는 고요가 밀려왔다. 기차를 따라 플랫폼을 다급하게 걷는 소리, 화물칸 옆에서 왔다 갔다 하며 말다툼하는 소리, 멀리서 배웅하는 사람들이 서로 주고받는 이야기 소리, 역의 뜰에서 암탉들이 조용히 꼬꼬댁거리고 나무들이 사각거리는 소리까지 들렸다.

그때 유리 안드레예비치에게 온 것인 양 익숙한 향기가 여행 중에 도착한 전보나 멜류제예프에서 온 안부처럼 창문 안으로 흘러들었다. 저쪽 어딘가에서 조용하고 멋지게 자신을 과시하는, 들꽃이나 화단의 꽃은 모르는 높은 곳에서 내려오는 향기였다.

의사는 사람들 틈에 눌려서 창가로 다가갈 수 없었다. 하지만 이 나무들은 보지 않고도 상상 속에서 그릴 수 있었다. 분명히 아주 가까이에서 자라며, 나뭇가지들을 객실 지붕 쪽으로 이리저리 뻗고 있을 것이며, 철도의 북새통에 먼지를 잔뜩 뒤집어쓴 한밤처럼 무성한 나뭇잎에 납빛 별처럼 반짝이며 자잘하게 흩뿌려져 있을 것이다.

길을 가는 내내 그랬다. 어디서나 군중은 소란스러웠다. 어디서나 보리수나무는 꽃을 피우고 있었다.

사방에 흩날리는 이 향기는 북쪽으로 가는 기차를 앞질러 가는 것 같았다. 모든 대피역과 초소와 간이역을 돌아다니는, 그래서 여행자들이 어딜 가나 그 자리에서 널리 퍼지고 확증

된 것임을 알게 되는 무슨 소문처럼 말이다.

14

한밤, 수히니치에서 옛날 하인처럼 고분고분한 짐꾼이 의사를 데리고 불빛도 없는 길을 지난 다음 이제 막 도착한, 예정표에 없는 임시 열차의 이등칸 뒷자리에 태워 주었다.

짐꾼은 차장의 열쇠로 뒷문을 열고 의사의 짐을 승강구에 올려놓은 뒤, 곧바로 그들을 하차시키려는 안내원과 잠깐 싸움이 붙었는데, 유리 안드레예비치의 통사정이 먹혀들어 땅 밑으로 꺼진 듯 물러갔다.

특별 임무를 띤 이 비밀 열차는 어떤 경호를 받으며 잠깐씩만 정차하고 상당히 빨리 달렸다. 객실은 텅 비어 있었다.

지바고가 들어선 침대칸은 탁자 위에서 녹아내리는 촛불 덕분에 환했고, 살짝 열어 놓은 창문으로 들어오는 한 줄기 바람이 그 불꽃을 흔들었다.

촛불은 이 침대칸에 탄 유일한 승객의 것이었다. 팔다리가 긴 것으로 보아 키가 몹시 큰 금발 청년이었다. 그의 사지는 잘못 고정된 접이용 물건의 부품처럼 너무도 가뿐하게 꼬여 있었다. 청년은 창문 옆 소파에 가분가분 몸을 기대고 눕다시피 앉아 있었다. 지바고가 나타나자 정중하게 몸을 일으키고 반쯤 누워 있던 자세를 바꿔 좀 점잖게 앉았다.

그의 소파 밑에서는 뭔가 바닥 닦는 걸레 같은 것이 뒹굴고 있었다. 갑자기 넝마의 끄트머리가 꿈틀대더니 소파 밑에서 호들갑스럽게 소란을 떨며 귀가 축 늘어진 사냥개 한 마리가 기어 나왔다. 녀석은 유리 안드레예비치의 냄새를 맡으며 살펴보더니, 자기 주인이 길쭉길쭉한 다리를 꼬듯 유연하게 쭉쭉 뻗으며 침대칸 안을 구석구석 뛰어다니기 시작했다. 그러다가는 이내 주인의 명령에 따라 호들갑스럽게 소파 밑으로 기어 들어가 아까처럼 구겨진 바닥 걸레의 모습을 취했다.

그제야 비로소 유리 안드레예비치는 총신이 두 개인 사냥총이 상자 안에 있는 것과, 가죽 탄피, 총 맞은 새를 쑤셔 넣은 사냥용 가방이 침대칸의 고리에 걸려 있는 것을 알아차렸다.

청년은 사냥꾼이었던 것이다.

그는 유달리 수다스러웠고 상냥한 미소를 지으며 서둘러 의사와 대화를 나누려 했다. 그러면서 비유적인 의미가 아니라 아주 직설적인 의미로 줄곧 의사의 입을 바라보았다.

청년은 듣기 불쾌할 만큼 고성을 냈고 언성을 높일 때는 쇳소리 같은 가성을 냈다. 또 하나 이상한 점인즉, 어딜 봐도 러시아인임에도 모음 중 하나, 정확히 '우'를 아주 얄궂게 발음했다. 프랑스어의 u나 독일어 u 움라우트(Umlaut)처럼 발음이 부드러웠다. 그나마 이 뭉개진 '우'도 발음하기가 고역스러웠는지 엄청나게 긴장해서 약간 새된 소리로 나머지 음들보다 크게 발음했다. 그는 거의 처음부터 이런 말을 해서 유리 안드레예비치를 어리둥절하게 했다.

"바로 어제 아침에(ütrom) 오리를(ütok) 사냥했습니다."

발음에 신경을 쓸 때는 더러 이 부정확한 발음이 극복되는 것도 같았지만, 뭔가에 몰입하면 슬그머니 다시 나타났다.

'이건 대체 뭘까?' 하고 지바고가 생각했다. '어디선가 읽은 적이 있는 익숙한 것이다. 의사로서 내가 마땅히 알 법한 것인데 까맣게 잊었군. 조음 장애를 일으키는 일종의 뇌 현상이다. 하지만 이 앙앙대는 소리는 계속 진지한 표정을 짓기가 힘들 정도로 우습다. 대화는 아예 나눌 수도 없다. 차라리 위로 올라가서 눕자.'

의사는 그렇게 했다. 유리 안드레예비치가 위쪽 침대용 선반에 누우려고 하자 청년은 방해가 되면 촛불을 끄는 것이 어떨지 물었다. 의사는 고맙게 제안을 받아들였다. 이웃이 촛불을 껐다. 어두워졌다.

침대칸 안의 창틀이 반쯤 내려져 있었다.

"창문을 닫아야 하지 않을까요?" 유리 안드레예비치가 물었다. "도둑이 들까 봐 걱정되지 않아요?"

이웃은 아무 대답도 하지 않았다. 유리 안드레예비치가 매우 큰 소리로 다시 물었지만 이번에도 응답은 없었다.

그래서 유리 안드레예비치는 이웃에게 무슨 일이 있는 것은 아닌지, 이렇게 짧은 사이에 침대칸을 나간 것은 아닌지, 이보다 더 가능성이 없지만 잠이 든 것은 아닌지 살피려고 성냥불을 켰다.

하지만 아니었다. 그는 자기 자리에 앉은 채 눈을 뜨고 자기를 내려다보는 의사에게 미소를 지었다.

성냥불이 꺼졌다. 유리 안드레예비치는 새로 성냥불을 켜고 그 빛을 받으며 설명을 듣고 싶은 얘기를 세 번째로 반복했다.

"좋으실 대로 하세요." 하고 사냥꾼이 바로 대답했다. "저는 도둑맞을 게 아무것도 없어요. 그래도 닫지 않는 편이 낫겠어요. 갑갑하거든요."

'이건 또 뭐야!' 하고 지바고가 생각했다. '이 괴짜는 아무래도 밝을 때만 얘기하는 게 편한 모양이야. 게다가 지금은 모든 발음이 얼마나 깨끗한가, 예의 그 틀린 발음도 없고. 아무리 머리를 굴려도 알 수 없군!'

15

의사는 지난주에 있었던 일과 출발하기 전의 흥분, 여행 준비, 그리고 이른 아침에 기차를 탄 탓에 녹초가 된 기분이었다. 편한 자리에 몸을 뻗기가 무섭게 잠이 들 것이라고 생각했다. 하지만 그렇지 않았다. 지나친 피로가 불면증을 불렀다. 그는 동틀 녘이 되어서야 잠이 들었다.

이 오랜 시간 동안 그의 머릿속에서 들끓던 상념의 회오리는 더없이 혼란스러웠지만, 본질적으로는 두 개의 원, 뒤엉켰다가 풀어지곤 하는 두 개의 성가신 실타래였다.

하나의 원은 토냐와 집, 틀이 잡힌 예전의 삶에 대한 상념이었는데, 그 속에서는 아주 사소한 디테일까지 모든 것이 시적인 분위기를 띤 채 정다움과 순결함을 머금고 있었다. 의사는 애가 탈 정도로 그 삶이 그리웠고, 그것이 무사하고 잘 보존되어 있길 바랐으며, 야간 급행열차를 타고 달려가는 중에도 이

년이 넘도록 떨어져 있던 그 삶으로 돌아가고 싶어 조바심이 났다.

혁명에의 충성과 열광도 이 원 안에 들어 있었다. 중산층이 혁명을 받아들이며 부여한 의미, 블로크를 숭배한 1905년의 젊은 학생들이 이해한 방식대로의 그 혁명 말이다.

이 친근하고 익숙한 원 안에는 또한 새로운 것의 징후, 약속과 예감도 포함되어 있었다. 그것들이 1912년과 1914년 사이, 전쟁 이전 러시아의 사상과 러시아의 예술과 러시아의 운명, 전 러시아와 그 자신, 즉 지바고의 운명의 지평선으로 모습을 드러냈다.

전쟁이 끝나면 떠나온 집이 그리워지듯, 그런 흐름을 재개하고 지속하기 위해 그리로 돌아가고 싶었다.

새로운 것이란 두 번째 원의 상념의 대상이기도 했지만 너무도 다르고 너무도 뛰어나도록 새로웠다! 이건 자신의 것이나 익숙한 것, 오래된 것에 의해 준비된 새로운 것이 아니라, 무의식적이고 철회되지 않은 것, 현실이 명령한 진동처럼 느닷없고 새로운 것이었다.

이 새로운 것은 전쟁이자, 전쟁의 피와 공포, 집도 절도 잃고 흉포해지는 것이었다. 전쟁의 경험과 그것이 가르쳐 준 생활의 지혜가 이 새로운 것이었다. 전쟁이 데려다준 벽지의 도시에서 전쟁 때문에 만나게 된 사람들이 또한 이 새로운 것이었다. 혁명, 그것도 대학생들의 이상화된 1905년식 혁명이 아니라 지금 전쟁에서 태어난 이 유혈 혁명, 자연력의 달인인 저볼셰비키들이 이끄는 아무것도 고려하지 않는 군사 혁명이 또한 이 새로운 것이었다.

　이 새로운 것은 또한 간호사 안티포바였다. 그녀는 전쟁에 의해 어딘지 알 수 없는 곳으로 던져져 그가 전혀 알지 못하는 삶을 살고 아무것도, 아무도 탓하지 않은 채 불만이 있어도 거의 말하지 않고, 수수께끼처럼 과묵하되 침묵을 지킬 줄 아는 여자였다. 평생 동안 가족과 친지는 물론이요 모든 사람을 사랑으로 대하려고 노력한 유리 안드레예비치가 그녀를 사랑하지 않으려고 안간힘을 쓴 것, 그 정직한 노력 또한 너무도 새로운 것이었다.

　기차는 전속력으로 달렸다. 열어 놓은 창문으로 들어온 맞바람이 유리 안드레예비치의 머리카락을 흩뜨리며 먼지를 묻혔다. 밤의 정거장에서는 낮의 정거장과 똑같은 일이 일어나, 군중이 술렁대고 보리수나무가 사각거렸다.

　이따금씩 밤의 심연을 뚫고 달구지와 마차가 덜거덕거리며 역으로 다가왔다. 목소리와 바퀴의 굉음이 나무 소리와 뒤섞였다.

　이런 순간이면 이 밤의 그림자들이 무엇 때문에 사각거리고 서로 몸을 기울이는지, 그들이 졸음에 겨워 몸이 축 처진 잎사귀들을 혀짤배기소리로 옹알이하는 혀처럼 간신히 굴리면서 서로 뭐라고 속삭이는지 알 것 같았다. 그것은 유리 안드레예비치가 위층 침대용 선반에 누워 몸을 뒤척이며 생각한 것과 같았다. 바로 점점 확대되는 흥분에 휩싸인 러시아, 혁명, 그것이 마주한 숙명적이고 힘겨운 시간, 그것의 궁극적인 위엄을 전하는 신빙성 있는 소식 등이었다.

16

이튿날 의사는 늦게 일어났다. 11시가 넘은 시각이었다. "후작, 후작!" 이웃이 그르렁거리는 개를 반쯤 기어드는 목소리로 제지하고 있었다. 유리 안드레예비치는 침대칸 안에 여전히 자신과 사냥꾼뿐, 도중에 아무도 타지 않았다는 사실에 놀랐다. 역의 이름들은 어린 시절부터 들어온 것이었다. 기차는 칼루가 도를 지나 모스크바 도로 깊숙이 들어갔다.

전쟁 전에 시설을 갖춘 화장실에서 세안을 한 다음 의사는 호기심 많은 동행자가 권한 아침 식사를 하러 침대칸으로 돌아왔다. 유리 안드레예비치는 이제 그를 좀 더 잘 관찰할 수 있었다.

이 인물의 두드러지는 특징은 극도의 수다스러움과 활발함이었다. 이 미지의 인물은 말하는 것을 좋아했을 뿐만 아니라 그에게 주된 것은 의사소통이나 생각의 교환이 아니라 말이라는 행위 자체, 단어의 발음과 소리의 발성이었다. 이야기를 나눌 때는 용수철처럼 소파에서 몸을 들썩거리고 밑도 끝도 없이 귀가 먹먹해질 정도로 껄껄 웃었으며 만족스러울 때는 양손을 빨리빨리 비볐는데 이걸로도 환희가 충분히 표현되지 않았다고 생각될 때는 손바닥으로 자기 무릎을 툭툭 치며 눈물이 핑 돌도록 웃었다.

다시 시작된 대화는 어제처럼 이상한 점이 많았다. 이방인은 놀라울 정도로 두서가 없었다. 청하지도 않았는데 고백에 몰입하는가 하면 전혀 사심 없는 질문도 대답은커녕 귓등으로 흘려 버렸다.

그는 자신의 신상에 대해 많은 정보를 쏟아 냈지만 하나같이 환상적이고 뒤죽박죽이었다. 미안한 말이지만, 거짓말을 좀 보탠 것이 분명했다. 극단적인 견해를 늘어놓고 일반적인 통념을 모두 부정함으로써 모종의 효과를 노린 것이 틀림없었다.

이 모든 것이 오래전부터 아는 뭔가를 연상시켰다. 지난 세기의 허무주의자들이 이런 급진주의 정신으로 말했고 좀 지나서는 도스토예프스키의 몇몇 주인공이 그랬으며 그다음, 아주 최근 들어서는 그들의 직계 후손, 즉 수도에서는 유행이 끝난 낡은 것이 됐지만 산간벽지에는 그 근본이 보존되어 있던 까닭에 종종 수도보다 더 앞서가는 러시아의 교양 있는 지방 인사들이 또 그랬다.

청년은 자신이 어느 유명한 혁명가의 조카라고, 반면 그의 부모는 정반대로 구제 불능의 복고주의자, 그의 표현으론 보수 꼴통이라고 이야기했다. 그들은 전선 근처 어느 지방에 괜찮은 영지를 갖고 있었다. 청년은 거기서 성장했다. 그의 부모는 숙부와 평생 사이가 나빴지만, 숙부가 원한을 품는 사람이 아니어서 지금 자신의 영향력을 발휘하여 그들을 많은 불미스러운 일에서 구해 준다는 것이었다.

이 수다스러운 인물은 자신의 신념이 숙부와 비슷하다고, 즉 삶과 정치와 예술의 문제 등 모든 점에서 극단주의자이자 최대주의자라고 알렸다. 이 역시 페텐카 베르호벤스키[121]의

---

121) 표도르 도스토예프스키(1821~1861)의 소설 『악령』(1871)의 등장인물로 야비한 혁명가다.

냄새를 풍겼는데, 좌익이라는 의미가 아니라 타락하고 허풍스럽다는 의미에서 그랬다. '이제 자기가 미래파[122]라고 소개할 거야.' 유리 안드레예비치는 이렇게 생각했는데, 정말 화제가 미래파 쪽으로 흘러갔다. '이제 스포츠 얘기가 나오겠군.' 의사는 계속 앞질러 추측해 보았다. '경마나 스케이팅 아니면 프랑스 전쟁 얘기가.' 정말로 화제는 사냥으로 옮겨 갔다.

청년은 고향에 살 때부터 사냥을 했다면서 자기가 뛰어난 사수라고, 군 입대를 방해한 신체적 결함이 아니었다면 전쟁에서 백발백중으로 이름을 날렸을 것이라고 자랑했다.

지바고의 의문에 찬 시선을 포착하고 그가 이렇게 외쳤다.

"설마요? 아무것도 알아채지 못하셨단 말인가요? 나는 당신이 내 결함을 짐작했다고 생각했어요."

그러고서 호주머니에서 카드 두 장을 꺼내 유리 안드레예비치에게 내밀었다. 한 장은 명함이었다. 그는 성이 두 개였다. 이름이 막심 아리스타르호비치 클린초프-포고렙시흐였는데, 자기를 그냥 포고렙시흐라고 불렀던 숙부를 기리기 위해서라며 그렇게 불러 달라고 했다.

다른 카드에는 네모 칸에 여러 모양으로 결합한 손과 다양한 방식으로 접은 손가락이 그려진 표가 있었다. 농아를 위한 수화 철자였다. 갑자기 모든 것이 설명되었다.

포고렙시흐는 가르트만이나 오스트로그라츠키 학교의 유

---

122) 20세기 초에 형성된 모더니즘 계열의 한 분파로서 대부분 혁명에 적극 참여했다.

달리 훌륭한 학생, 즉 청각이 아니라 선생의 목 근육이 움직이는 걸 보며 눈으로 말하는 법을 믿을 수 없을 정도로 완벽하게 터득했고 그런 식으로 상대방의 말을 알아듣는 농아였던 것이다.

그러자 의사는 그가 어디 출신이고 어느 지역에서 사냥을 했는지 머릿속에서 비교한 다음 물었다.

"너무 거침없이 굴어서 죄송합니다만, 또 대답해 주지 않으셔도 되지만, 혹시 즈이부시노 공화국이나 그 설립과 무슨 관계가 없는지요?"

"아니, 어떻게…… 저기…… 그러니까 블라제이코를 아신다고요……? 관계가 있지요, 있다마다요! 물론 있지요." 포고렙시흐는 기뻐하며 큰 소리로 웃고는 온몸을 이리저리 흔들고 자기 무릎을 미친 듯 치며 쉴 새 없이 지껄였다. 다시 기상천외한 환상이 전개되었다.

포고렙시흐는 자기에게 있어 블라제이코는 핑곗거리에 지나지 않았으며 즈이부시노는 자신의 사상을 실현하는 데 필요한 터전이었을 뿐이라고 말했다. 유리 안드레예비치는 그가 하는 말을 좇아가기가 힘들었다. 포고렙시흐의 철학은 절반은 무정부주의의 명제로, 또 절반은 순전히 사냥꾼의 거짓말로 이루어져 있었다.

포고렙시흐는 신탁처럼 침착한 어조로 가까운 장래에 파괴적인 대란이 일어날 것이라고 예언했다. 유리 안드레예비치는 그것이 불가피하리라는 점에는 내심 동의했지만 이 기분 나쁜 소년이 권위적인 평온을 과시하며 예언이랍시고 곱씹어

대는 말에는 그만 폭발하고 말았다.

"잠깐, 잠깐만요." 그가 조심스럽게 반박했다. "모든 것이 그렇게 될지도 모르겠습니다. 하지만 내 생각에는 혼돈과 붕괴에 처해 있는 상황에서, 또 밀어닥치는 적의 면전에서, 우리가 그런 위험을 무릅쓴 시험을 할 때는 아닌 것 같아요. 나라가 정신을 차려야 하고 다른 전복을 감행하기 전에 하나의 전복을 물리치고 숨을 가다듬어야 합니다. 하다못해 상대적인 평온과 질서일지라도 뭔가를 끝까지 기다려야 합니다."

"순진한 말씀이에요." 포고렙시흐가 말했다. "당신이 붕괴라고 부르는 것은, 당신이 찬양하고 사랑하는 질서와 마찬가지로 정상적인 현상입니다. 이 파괴는 보다 광범위한 창조 계획의 합법적인 앞부분입니다. 사회는 아직 충분히 붕괴되지 않았습니다. 그것이 산산이 부서지도록 해야 하고, 그러면 진짜 혁명 권력이 분과별로 완전히 다른 토대 위에서 그것을 통합할 겁니다."

유리 안드레예비치는 기분이 언짢아졌다. 그는 복도로 나왔다.

기차는 속도를 내며 모스크바 근교를 질주했다. 별장이 빼곡히 늘어선 자작나무 숲이 맞은편에서 매 순간 창가로 달려왔다가 옆으로 스쳐 갔다. 별장 남녀들로 가득 찬 차양 없는 비좁은 플랫폼이 휙 지나가며, 기차가 일으키는 먼지구름 속에서 멀리 저편으로 사라지면서 회전목마처럼 빙빙 맴돌았다. 기차는 연이어 기적 소리를 냈고, 그 소리에 목이 막히는 듯 나팔처럼 속이 텅 빈 공허한 숲의 메아리가 그것을 멀리로 데려갔다.

요 며칠 만에 처음으로 갑자기 유리 안드레예비치는 자기가 어디 있는지, 자기에게 무슨 일이 일어나고 있는지, 한두 시간쯤 지나면 무엇이 그를 맞이할지 아주 분명하게 깨달았다.

삼 년 동안의 변화, 자기가 모르는 일, 이동, 전쟁, 혁명, 대란, 총격, 파멸의 장면, 죽음의 장면, 파괴된 다리, 파괴, 화재, 이 모든 것이 갑자기 내용물이 빠진 거대하고 텅 빈 장소로 바뀌었다. 오랜 휴지부 이후에 일어난 진정한 첫 사건은 현기증 나는 이 기차에 몸을 실은 채 집에 가까워진다는 것이었으니, 여전히 이 세상에 고스란히, 엄연히 존재하는 집, 조약돌 하나하나도 소중한 집이었다. 바로 그것이 삶이요 경험이었고, 바로 그것이 모험을 추구하는 자들의 목적이요 예술이 염두에 둔 것이었다. 가족에게 가는 것, 집으로 귀향하는 것, 존재를 재개하는 것 말이다.

숲이 끝났다. 기차는 울창한 나뭇잎 사이를 빠져나왔다. 비탈진 들판은 계곡에서 높아지면서 넓은 언덕처럼 멀리 사라졌다. 그것은 전부 길쭉하고 짙은 초록색의 감자 이랑으로 덮여 있었다. 들판의 꼭대기, 곧 감자밭의 끝에는 온실에서 꺼내 온 유리 틀이 땅바닥에 놓여 있었다. 들판의 맞은편, 달리는 기차의 꼬리 뒤에서 거무스름한 보라색의 거대한 먹구름이 하늘을 뒤덮고 있었다. 거기서 햇살이 새어 나와 바퀴처럼 사방으로 흩어졌고 그 와중에 온실의 유리 틀을 건드려 눈부신 반사광을 만들었다.

갑자기 먹구름 뒤에서 여우비의 굵은 빗방울이 햇빛에 반짝이며 비스듬히 쏟아졌다. 그것은 바퀴를 덜커덩거리며 번개 치듯 질주하는 기차와 똑같은 속도로, 기차를 따라잡으려고 애쓰거나 뒤처질까 봐 두려워하며 성급하게 떨어졌다.

의사가 그것에 주의를 기울이기 무섭게 산 너머에서 구세주 사원이 나타났고 다음 순간에 온 도시의 돔, 지붕, 집, 굴뚝이 나타났다.

"모스크바군요." 그가 침대칸으로 돌아오며 말했다. "내릴 채비를 해야겠어요."

포고렙시흐는 벌떡 일어나 사냥 가방을 뒤적이더니 좀 큼직한 오리를 꺼냈다.

"가져가세요." 그가 말했다. "기념으로요. 기분 좋은 사람과 꼬박 하루를 보냈으니까요."

의사가 아무리 사양해도 소용없었다.

"뭐, 좋습니다." 그는 받아들일 수밖에 없었다. "그럼 내 아내에게 주는 선물로 알고 받겠습니다."

"아내! 아내! 아내에게 주는 선물이라." 포고렙시흐는 이런 말을 처음 들어 본 양 기뻐하며 되풀이했는데, 온몸을 움츠리고 너무 껄껄 웃는 바람에 벌떡 일어난 후작도 그의 기쁨에 동참했다.

기차가 플랫폼에 들어서고 있었다. 객실 안이 밤처럼 캄캄해졌다. 귀머거리는 의사에게 뭔가 인쇄된 격문에서 찢어 낸 종이에 야생 수오리를 싸서 내밀었다.

6부

모스크바의 야영지

1

길을 가는 중에는 비좁은 침대칸에 꼼짝도 못하고 앉아 있었던 터라 기차만 달리고 시간은 정지한 것처럼, 아직도 계속 정오인 것처럼 여겨졌다.

하지만 마부가 의사와 그의 짐을 싣고 스몰렌스코예 시장에 운집한 수많은 군중들 틈새를 어렵게, 천천히 빠져나갈 때는 이미 어스름이 내리고 있었다.

나중에 회상할 때면, 실제로 그랬을 수도 있고 또 그 무렵 인상에 뒤따른 세월의 경험이 포개진 것일 수도 있지만 아무튼, 이미 그때도 이 시장에 사람들이 이렇게 북적댈 이유가 전혀 없는데 그냥 습관적으로 여기에 운집한 것처럼 생각되었다. 텅 빈 노점은 모두 셔터를 내리고 심지어 자물쇠로 잠가 놓지도 않은 데다, 각종 오물과 쓰레기가 널려 있는 지저분한 광장에서 사고팔 것은 아무것도 없었기 때문이다.

그리고 이미 그때도 점잖게 차려입은 여윈 남녀 노인들이 그냥 지나치는 사람들에게 무언의 원망을 보내며 인도에 서로 엉겨 붙은 채 서 있는 것을 본 것 같았다. 그들은 조화나 유리 뚜껑, 주둥이가 달린 둥근 커피포트, 검은 거즈로 만든 이브닝드레스, 폐지된 관청의 제복 등 아무도 사 가지 않고 아무에게도 필요하지 않은 것을 팔려고 말없이 내놓은 듯 보였다.

좀 더 질박한 대중은 금방 굳어 버린 깔쭉깔쭉한 배급용 흑빵 덩어리, 더럽고 습기 찬 설탕 부스러기, 팔절지의 절반을 가로질러 묶어 놓은 담배 봉지 등 좀 더 요긴한 물건을 사고팔았다.

불가해한 잡동사니가 온 시장을 돌았고 사람 손을 거칠 때마다 가격이 조금씩 올라갔다.

마부는 광장에 붙은 골목 중 하나로 접어들었다. 뒤에서 해가 넘어가면서 그들의 등을 때렸다. 그들 앞에서는 짐마차 꾼이 짐을 싣지 않은 마차를 덜커덩거리며 달려갔다. 그 때문에 석양빛을 받아 청동처럼 타오르는 먼지 기둥이 일었다.

마침내 길을 가로막던 짐마차를 지나칠 수 있었다. 그들은 좀 더 속도를 냈다. 의사는 포장도로와 보도 곳곳에 나뒹구는, 집과 담장에서 뜯겨 나온 옛날 신문과 포스터 더미에 충격을 받았다. 바람이 그것들을 한쪽으로 끌고 가면 말발굽과 바퀴, 그리고 오가는 사람들의 발길이 다른 쪽으로 끌고 가곤 했다.

교차로 몇 개를 지난 다음 곧바로 두 골목길이 만나는 모퉁이에 고향집이 나타났다. 마부가 멈추어 섰다.

마차에서 내려 현관 쪽으로 다가가 초인종을 누를 때는 숨이 턱 막히고 심장이 큰 소리로 쿵쾅거렸다. 초인종은 응답이 없었다. 유리 안드레예비치는 다시 눌렀다. 이 시도 역시 소용이 없자 불안감이 커지는 가운데 짧은 간격으로 연이어 누르기 시작했다. 네 번째 가서야 비로소 안에서 갈고리와 쇠사슬이 절그럭거렸고 비스듬히 열린 출입문과 함께 안토니나 알렉산드로브나가 그것을 활짝 열며 붙잡고 서 있는 모습이 보였다. 너무 뜻밖이라 둘 다 첫 순간에는 어안이 벙벙하여 서로의 감탄 소리조차 듣지 못했다. 하지만 안토니나 알렉산드로브나의 손이 활짝 연 문은 반쯤은 활짝 펼쳐진 포옹을 의미했으므로, 그들은 멍한 상태에서 벗어나 미친 사람처럼 서로의 목에 매달렸다. 잠시 후 그들은 서로의 말을 가로채며 동시에 말하기 시작했다.

"우선 다들 건강한가?"

"그럼, 안심해. 모두 다 좋아. 당신한테는 괜히 바보 같은 소리만 써 보냈어. 미안해. 하지만 나중에 얘기는 좀 해야겠어. 아니, 왜 전보를 안 쳤어? 지금 마르켈이 당신 짐을 옮길 거야. 문을 열어 준 사람이 예고로브나가 아니라서 깜짝 놀란 거지? 예고로브나는 시골에 가 있어."

"그런데 당신 여위었군. 그래도 정말 젊고 날씬해! 지금 마부를 보내고 올게."

"예고로브나는 밀가루를 구하러 갔어. 나머지 사람들은 다 내보냈고. 지금은 새로 온 여자애만 있는데 당신은 모르는 아이야, 뉴샤라고, 사셴카를 봐주고 있어. 그 애 말고는 아무도 없어. 당신이 꼭 온다고 일러 두어서 모두 조바심이 났어. 고르돈, 두도로프, 모두."

"사셴카는 어때?"

"괜찮아, 천만다행이야. 지금 막 깼어. 당신이 여행에서 오는 길이 아니면 당장 가 볼 수 있을 텐데."

"아버님은 집에 계신가?"

"편지 못 받았어? 아침부터 늦은 밤까지 지방 의회에 가 계셔. 의장이시거든. 세상에, 그렇다니까. 당신, 마부에게 삯은 줬어? 마르켈! 마르켈!"

그들은 광주리와 트렁크를 든 채 보도 한가운데에 길을 막고 서 있었고, 때문에 행인들은 그들 옆을 지나가며 머리부터 발끝까지 훑어보았고, 떠나는 마부와 활짝 열린 현관문을 오랫동안 넋 놓고 쳐다보며 다음에는 무슨 일이 일어날지 기대했다.

그러는 사이 벌써 마르켈이 젊은 두 주인을 향해 대문에서 달려왔는데, 사라사 루바하 위에 조끼를 입고 문지기용 모자를 손에 들고 달리는 중에 이렇게 외쳤다.

"하느님이 보우하사, 설마 유로치카 도련님? 맞구나! 역시 그렇군요, 우리 꼬마 도련님! 유리 안드레예비치, 우리의 빛이신 분이 열심히 기도한 우리를 잊지 않고 정든 고향집을 찾아와 주셨네요. 아니, 왜들 이래요? 어? 뭘 본다고 이 난리요?" 그가 호기심을 보이는 사람들에게 으르렁거렸다. "어서 가요, 무슨 구경났다고. 다들 아주 눈알이 휘둥그레졌네."

"잘 지냈나, 마르켈, 어디 한번 안아 보세. 괴짜 같으니, 모자를 쓰게나. 무슨 새 소식, 좋은 소식은 없나? 안사람은, 딸들은 어떤가?"

"그것들이 무슨 별일이 있겠어요. 잘 자라고 있지요. 감사합니다. 새로운 일이란 그러니까 나리가 거기서 용맹을 떨치는 동안 보다시피, 저희도 하품만 하지는 않았어요. 완전히 뒤죽박죽, 엉망진창이라 빌어먹을, 도무지 귀신이 곡할 노릇이에요! 길거리는 청소도 안 되고 집과 지붕은 수선도 안 되고 배속은 정진 기간처럼 텅 비고 토지 몰수도, 보상금도 없어요."

"유리 안드레예비치에게 자네 흉을 좀 봐야겠네, 마르켈. 이 사람은 항상 이 모양이야, 유로치카. 이 바보 같은 어조를 참을 수가 없어. 분명히 당신을 위해서 애쓰고 당신 비위를 맞출 생각인 거야. 하지만 실은 완전히 멀쩡한 사람이거든. 가만 둬요, 가만 좀. 마르켈, 변명하지 말게. 당신은 속이 시커먼 사람이야, 마르켈. 좀 똑똑해질 때도 됐는데. 곡물상 집에 사는 게 아니라는 걸 좀 생각해요."

마르켈은 짐을 헛간으로 갖고 들어가며 현관문을 쾅 닫고는 조용하면서도 확고하게 말을 이어 갔다.

"안토니나 알렉산드로브나는 단단히 화가 났어요, 방금 들으셨잖아요. 영원히 저러실걸요. 마르켈, 자네는 속이 온통 시커먼 사람이라고 하던데, 정말 굴뚝 속의 검댕처럼 시커멓지 뭐야, 하시더라고요. 이제 어린아이는 물론이고 퍼그나 방 안의 발바리도 말귀를 알아먹는데, 라고요. 그야 물론 그렇지만, 유로치카, 믿거나 말거나, 학식 있는 사람들이 책을, 그러니까

백사십 년 동안이나 돌 밑에 깔려 있던 미래의 프리메이슨을 발견했는데, 지금 내 생각으로는 말이죠, 유로치카, 우리는 팔린 거예요, 알겠죠, 땡전 한 푼, 반의 반 코페이카 하나, 코담배 한번 받지 않고 팔아 버렸다고요. 봐요, 안토니나 알렉산드로브나는 내가 무슨 말을 하는 걸 못 참으세요, 보이시죠, 또 손사래를 치시는군요."

"어떻게 안 그럴 수 있겠어. 자, 그만 됐어. 짐을 마루에 내려 주고, 고마워, 그만 가 봐요, 마르켈. 필요하면 유리 안드레예비치가 다시 부를 테니."

2

"드디어 물러갔군, 떨어졌어. 당신은 저 사람 말을 믿지, 믿을 거야. 순전히 쇼야. 다른 사람들이 있을 때는 계속 바보, 순전히 바보처럼 굴지만 실은 만일의 경우에 대비해 몰래 칼을 갈고 있어. 하지만 누구를 찌를지는 결정하지 못한 거야, 아주 엉큼한 고아 놈이야."

"그건 너무 지나친 얘기잖아! 내 생각에는 그냥 술에 취해서 저렇게 광대처럼 구는 거지, 다른 건 없는 것 같은데."

"아니, 저 사람이 언제 맨 정신일 때가 있었어? 아니, 저 사람은 정말이지 별로야. 나는 사셴카가 다시 잠들어 버리지나 않을까 걱정이야. 혹시 기차 안에서 티푸스라도……. 몸에 이는 없지?"

"없는 것 같은데. 전쟁 전처럼 편안하게 왔거든. 그래도 좀 씻으면 안 될까? 어떻게 대충이라도, 얼른. 나중에 좀 제대로 하고. 한데 당신, 어디 가? 왜 거실을 거쳐 가지 않고? 지금은 다른 데로 올라다니나?"

"아휴! 당신은 아무것도 모르는구나. 아빠와 내가 생각에 생각을 거듭한 끝에 아래층을 농업 아카데미에 내주었어. 그러지 않으면 겨울에 불도 못 땔 처지야. 게다가 위층만으로도 충분히 넓은걸. 우리가 제안한 일이야. 아직 입주는 하지 않았어. 서가와 식물 표본 함, 종자 컬렉션만 이쪽에 갖다 놓고. 쥐가 꾫지 말아야 할 텐데. 어쨌거나 곡식이 문제야. 하지만 아직은 방들을 깔끔하게 유지하고 있으니까. 지금 여기는 거주 구역이라고 불려. 이쪽, 이쪽으로. 진짜 한심하잖아! 뒷계단으로 돌아가자. 알겠어? 나를 따라와, 길을 가르쳐 줄게."

"방을 내준 건 아주 잘한 일이야. 내가 근무하던 병원도 귀족의 단독 저택에 있었어. 방이 끝없이 이어지고 어디에는 쪽마루가 남아 있었어. 밤이면 큰 통에 심어 놓은 종려나무들이 침대 위로 유령처럼 손가락을 활짝 펼치곤 했지. 부상자들, 그러니까 전장에서 온 사람들이 깜짝 놀라 잠에서 깨며 비명을 지르곤 했어. 하긴 완전히 정상은 아닌 사람들, 포격 쇼크를 입은 사람들이었지만. 결국 나무를 내갔지. 내가 하고 싶은 말은 부유한 사람들의 삶에는 사실 뭔가 건강하지 못한 것이 있다는 거야. 쓸데없는 것투성이야. 집 안의 쓸데없는 가구와 쓸데없는 방, 쓸데없이 섬세한 감정과 쓸데없는 표현 말이야. 좀 복닥대게 됐으니, 아주 잘한 일이야. 하지만 아직 부족해. 좀 더 많이 해야 돼."

"당신의 그 두루마리에서 튀어나온 건 뭐야? 새 주둥이에 오리 머리네. 예뻐라! 야생 수오리잖아! 어디서 났어? 내 눈을 못 믿겠군! 요즘 같은 세상에 얼마나 귀한 재산인데!"

"기차 안에서 선물 받았어. 이야기하자면 기니까 나중에 할게. 어떻게 할까, 풀어서 부엌에다 갖다 놓을까?"

"그야 물론이지. 지금 뉴샤를 보내 깃털을 뽑고 다듬으라고 해야지. 겨울이 오면 굶주림에 추위에 온갖 끔찍한 일이 벌어질 거라잖아."

"그래, 어딜 가나 그 얘기더군. 방금도 객실 창밖을 보며 생각했어. 가정의 평화와 일보다 숭고한 게 뭐겠어? 나머지는 우리의 권한 밖이야. 아무래도 불행이 많은 이들 앞에 닥친 건 사실인 것 같아. 몇몇은 남쪽 캅카스로 피난 갈 생각을 하는데, 어디든 더 멀리 들어가려는 거야. 내 원칙은 그렇지 않아. 성인 남자라면 이를 악물고 조국의 운명을 공유해야지. 내 생각에는 이건 자명한 일이야. 당신은 다른 문제야. 당신은 이 재앙을 피해 어디 좀 희망적인 곳, 핀란드 같은 곳에라도 보냈으면 하는 마음이 굴뚝같아. 그런데 이렇게 층계마다 반 시간씩 서 있으면 위층까지는 영 못 올라가겠는 걸."

"잠깐만. 좀 들어 봐. 뉴스야. 그것도 어떤 뉴스인지! 그만 깜박했네. 니콜라이 니콜라예비치가 오셨어."

"어떤 니콜라이 니콜라예비치?"

"콜랴 외삼촌 말이야."

"토냐! 그럴 리가! 도대체 어떻게?"

"이제 곧 볼걸. 스위스에서 오셨어. 런던에 갔다 오는 길이래. 핀란드를 거쳐서."

"토냐! 농담하는 거 아니지? 직접 뵈었어? 지금 어디 계셔? 지금 당장 가 볼 수는 없는 거야?"

"정말 참을성이 없네! 도시 근교, 다른 사람 집 별장에 가 계셔. 모레 돌아온다고 약속하셨어. 너무 변하셔서 당신은 실망할지도 몰라. 오시는 길에 페테르부르크에서 발이 묶였는데 볼셰비키가 되셨어. 아빠와 목이 쉴 정도로 언쟁을 하시지. 그런데 우리는 왜, 정말이지, 걸음을 뗄 때마다 멈추는 거야? 가자. 그러니까 당신도 앞으로 좋은 일은 하나도 없고 어려운 일, 위험한 일만 있고 어찌 될지 알 수 없다는 얘기를 들었단 말이지?"

"내 생각도 그래. 그러니 할 수 없지. 싸워야지. 모두가 반드시 끝장나는 건 아니야. 다른 사람들처럼 지켜보는 거야."

"장작도, 물도, 불도 없이 지내야 될 거라고들 해. 돈도 없앨 거래. 물자 수송도 끊길 거고. 우리 또 제자리에 서 있네. 가자. 들어 봐. 아르바트의 작업장에서 평평한 철제 화로를 자랑하고 있어. 신문지를 불살라 음식을 만들 수 있대. 주소도 받아 놨어. 다 팔리기 전에 사야겠어."

"맞아. 사도록 하지. 역시 똑똑해, 토냐! 한데 콜랴 외삼촌, 콜랴 외삼촌이라니! 세상에! 정신을 못 차리겠어!"

"내 계획은 이래. 위층 구석의 방을 치우고 우리와 아빠, 사셴카와 뉴샤는, 그러니까 그 층의 끝 어디서 꼭 연결되는 두세 칸의 방에 사는 걸로 하고, 나머지 집은 완전히 내놓자. 길

거리에 칸막이를 치는 것처럼. 아까 그 철제 화로를 가운데 방에 놓고 연통을 통풍창으로 내놓고 빨래, 요리는 물론 음식, 식사, 손님 접대 등 모든 것을 이쪽에서 하면 난방도 잘되고, 혹시 또 모르잖아, 하느님 덕분에 겨울을 무사히 날지."

"혹시라니? 당연히 무사히 날 거야. 틀림없이. 당신, 생각 한번 잘했어. 정말 훌륭해. 그런데 있잖아, 당신의 계획을 받아들이는 의미에서 축하를 하자. 내가 가져온 오리를 삶고 콜랴 외삼촌을 집들이에 부르자."

"멋져. 고르돈에게 술을 좀 가져오라고 부탁할게. 어디 실험실에서 구해 올 거야. 이제 한번 봐. 이게 내가 말한 방이야. 내가 고른 거야. 괜찮아? 트렁크는 마룻바닥에 놓고 내려가서 광주리를 갖고 와. 외삼촌과 고르돈 말고도 이노켄티와 슈라 실레진게르에게도 부탁해 볼 수 있겠네. 괜찮지? 우리 집 욕실이 어디 있는지는 아직 잊지 않았겠지? 거기서 소독약 같은 것 좀 뿌려. 나는 사셴카에게 가서 뉴샤를 아래층으로 보내고, 준비되면 당신을 부를게."

3

그에게 있어 모스크바의 주요 소식은 바로 이 소년이었다. 사셴카가 태어나자마자 유리 안드레예비치는 징집되었다. 그러니 그가 아들에 대해 무엇을 알았겠는가?

이미 동원 명령을 받은 상태에서 출발을 앞둔 어느 날 유리 안드레예비치는 토냐를 보러 병원에 갔다. 하필이면 수유를 하는 시간에 도착했다. 그를 들여보내 주지 않았다.

그는 대기실에 앉아 기다렸다. 그때 산모들이 쭉 누워 있는 산부인과 쪽 구석방 옆의 긴 신생아실 복도에서 열에서 열다섯 명쯤 되는 갓난아기들의 울음 합창이 울려 퍼졌고, 보모들이 포대기에 싼 신생아들을 감기에 걸리지 않도록 서둘러 무슨 구매품 꾸러미처럼 둘씩 양팔에 끼고 젖을 먹이도록 어머니들에게 데려다주었다.

"응애, 응애." 하고 젖먹이들은 업무를 이행하듯 거의 아무런 감정 없이 똑같은 음조로 삑삑거렸는데, 오직 한목소리만이 합창에서 도드라졌다. 그 아이도 "응애, 응애." 하며 소리쳤고 역시나 어떤 고통의 색조도 없었지만, 그래도 그 소리는 단순한 의무감이 아니라 어딘가 저음으로 가라앉는, 생각 끝에 나온 음울한 적개심을 포함하고 있는 것 같았다.

유리 안드레예비치는 그때 이미 아들의 이름을 장인을 기려 알렉산드르라고 짓기로 결정했다. 그가 왜 그렇게 우는 아이를 자기 아이로 생각했는지는 알 수 없는데, 그것은 이미 어떤 생김새를 가졌고 그 인간의 앞으로 지니게 될 성격과 운명을 담은 울음처럼, 사내아이의 이름, 즉 유리 안드레예비치가 상상한, 알렉산드르라는 이름을 간직한 음색을 띤 울음처럼 느껴졌던 것이다.

유리 안드레예비치의 생각은 틀리지 않았다. 나중에 알고 보니 그것은 정말 사셴카의 울음이었다. 이것이 그가 아들에 대해 알게 된 첫 번째 사실이다.

유리 안드레예비치가 그다음 아들에 대해 알아 간 것은 전선으로 날아온 편지 속 사진을 통해서였다. 거기에는, 큼직한 머리와 도톰한 입술을 가진 명랑하고 잘생긴 포동포동한 사내아이가 펴 놓은 담요 위에서 무릎 춤을 추듯 두 손을 위로 치켜들고 안짱다리 모양으로 서 있었다. 그때 그는 한 살로 걸음마를 배우고 있었고, 이제는 두 살이 되어 말을 시작했다.

유리 안드레예비치는 마룻바닥에서 트렁크를 들어 올려 끈을 푼 다음 창문 옆 카드놀이용 테이블 위에 펼쳐 놓았다. 전에 여기가 무슨 방이었더라? 의사는 알아볼 수가 없었다. 아무래도 토냐가 여기서 가구를 들어냈거나 벽지를 새로 바른 모양이었다.

의사는 면도 도구를 꺼내려고 트렁크를 열었다. 마침 창문 맞은편에 우뚝 솟은 교회 종탑의 기둥 사이로 밝은 보름달이 나타났다. 그 빛이 트렁크 안, 위로 펼쳐 놓은 옷가지와 책과 세면도구 위로 떨어지자 밝아진 방이 어딘가 다른 식으로 보였고, 의사는 그제야 알아보았다.

이 방은 고인이 된 안나 세르게예브나가 창고로 쓰려고 비워 둔 방이었다. 그녀는 옛날에 여기에 부서진 책상과 의자, 불필요한 헌 사무용품을 던져 놓았다. 이곳에 그녀의 가족 문서실이 있었고 또 여름 동안 겨울 물건을 넣어 두는 트렁크가 있었다. 고인이 살아 있을 때는 방 구석구석의 천장까지 물건이 쌓여 있어서 보통은 안에 들어가지 못하게 했다. 하지만 큰 명절 때 어린아이들이 많이 모이면 위층을 모두 뛰어다니며 마음껏 놀아도 된다는 허가가 떨어져 이 방의 문도 열렸는데,

여기서 강도 놀이도 하고 책상 밑에 숨기도 하고 불에 탄 코르크를 칠하고 가면무도회 놀이도 했다.

의사는 이 모든 일을 회상하며 얼마간 서 있다가 현관에 놓아 둔 바구니를 가지러 아래층으로 내려갔다.

아래층 부엌, 소심하고 수줍음 잘 타는 처녀인 뉴샤가 난로 앞에 웅크리고 앉아 신문지를 펼쳐 놓고 오리를 손질하고 있었다. 유리 안드레예비치가 손에 무거운 것을 들고 있는 것을 보자, 그녀는 양귀비처럼 얼굴을 붉히며 날렵하게 몸을 쫙 펴고는 앞치마에 묻은 깃털을 털어 낸 뒤 인사를 하고 돕겠다고 나섰다. 하지만 의사는 감사를 표한 뒤 혼자서도 나를 수 있다고 말했다.

그가 안나 이바노브나의 예전 창고로 들어가자마자 두 번째인가 세 번째 방 깊숙한 곳에서 아내가 불렀다.

"들어와도 돼, 유라!"

그는 사셴카에게로 향했다.

지금 아이 방은 예전에 그와 토냐가 공부방으로 쓰던 곳이었다. 침대에 누워 있는 소년은 사진으로 보았던 대로 잘생기진 않았지만, 대신 고인이 된 마리야 니콜라예브나 지바고, 즉 유리 안드레예비치의 어머니를 빼다 박아서, 사후에 남은 어떤 사진보다 놀라운 복사판이라 할 만했다.

"아빠야, 이분이 너의 아빠란다, 아빠한테 손짓해 보렴." 안토니나 알렉산드로브나가 반복해서 말하며, 아버지가 소년을 좀 편한 자세로 안고 손을 잡도록 침대의 네트를 내렸다.

사셴카는 면도도 하지 않은 이 낯선 남자가 가까이 다가갈 때만 해도 가만히 있더니 상대가 몸을 기울이자 너무 놀라고 거부감이 들었는지 벌떡 일어나 엄마의 티셔츠를 잡고서 성질을 부리며 그의 얼굴을 힘껏 때렸다. 자신의 용감한 행동에 지레 겁을 먹은 아이는 바로 엄마의 가슴팍으로 달려들어 옷에 얼굴을 파묻고서 아이답게 달래지지 않는 서러운 울음을 터뜨렸다.

"어, 어." 하고 안토니나 알렉산드로브나가 아이를 나무랐다. "그러면 못 써, 사셴카. 아빠는 사샤가 나쁜 아이, 심술쟁이라고 생각할 거야. 네가 얼마나 뽀뽀를 잘하는지 보여 주렴, 아빠한테 뽀뽀해 봐. 울지 말고. 울 필요 없어. 바보같이 왜 우니?"

"그냥 놔둬, 토냐." 의사가 부탁했다. "아이도 괴롭히지 말고, 당신도 괜히 실망하지 마. 당신 머릿속에 얼마나 멍청한 생각이 꿈틀대는지 잘 알아. 이건 단순한 일이 아니다, 이건 불길한 징조다, 싶겠지. 그냥 사소한 일이야. 그리고 너무 자연스럽고. 얘는 나를 본 적이 한 번도 없잖아. 내일이면 정이 들어서 단짝 친구가 될걸."

하지만 그 자신도 방을 나올 때는 물에 빠진 사람처럼 불길한 예감에 휩싸였다.

4

그 후 며칠 사이에 그가 얼마나 외로운 존재인지가 드러났다. 이 점에 관한 한 그는 아무도 탓하지 않았다. 스스로 그러 길 바라서 얻어 낸 것이니까.

친구들도 이상하게 따분하고 재미없었다. 그 누구에게도 자신의 세계, 자신의 견해가 남아 있지 않았다. 그들은 그의 추억 속에서 훨씬 더 화사하게 빛났다. 예전에 그들을 너무 과대평가한 모양이었다.

세상의 이치가 부유한 자들이 그렇지 못한 자들의 희생 위에서 제멋대로 굴고 기상천외한 짓을 하도록 허락할 때는, 얼마나 쉽게 다수가 참고 있는 동안 소수가 향유한 이 횡포와 무위도식의 권리를 참된 얼굴이자 독자적인 것으로 생각했던가!

하지만 하층 계급이 일어나고 상층 계급의 특권이 폐지되자, 다들 얼마나 빨리 퇴색했으며 분명 그 누구에게도 있지 않았던 저 독자적인 사상과 얼마나 매정하게 작별했는가!

지금 유리 안드레예비치에게 가까운 사람은 미사여구와 파토스가 없는 사람, 즉 아내와 장인, 그리고 두세 명의 의사 동료, 얌전한 근로자, 평범한 일꾼뿐이었다.

그가 도착하고 이삼 일째 되는 날 예정대로 오리와 술을 갖춘 저녁 식탁이 때맞추어 차려졌는데, 그동안 초대받은 사람들을 두루두루 만나 봤기 때문에 처음 만나는 자리는 아니었다.

이미 굶주림이 시작된 시절이라 기름진 오리는 보기 드문 호사였지만, 곁들일 빵이 부족하여 훌륭한 음식도 의미가 퇴색하고 심지어 짜증을 돋웠다.

고르돈은 코르크 마개를 꼭 막아 둔 약병에 술을 담아 가지고 왔다. 술은 뒷거래에서 제일 사랑받는 교환 수단이었다. 안토니나 알렉산드로브나는 손에서 병을 내려놓지 않고 생각날 때마다 필요에 따라 조금씩 물을 탔는데, 너무 독할 때도 있고 너무 약할 때도 있었다. 이렇게 자꾸 도수가 변하면서 고르지 못한 취기가 돌자 많은 사람들이 계속해서 독한 취기가 돌 때 보다 더 힘들어했다. 이것이 또 화를 돋웠다.

가장 슬픈 것은 그들의 저녁 모임이 시대의 조건에서 벗어나 있다는 점이었다. 바로 이 시각, 골목길의 맞은편 집에서 이렇게 먹고 마실 것이라고 상상하는 사람은 아무도 없었다. 창밖에는 어둡고 배고픈 벙어리 모스크바가 있었다. 상점은 텅텅 비고 사냥감이나 보드카 따위는 아예 생각 속에서도 잊힌 상태였다.

요컨대, 주위 사람의 삶과 비슷하여 그 안에 흔적도 없이 가라앉는 삶만이 진정한 삶이고, 고립된 행복은 행복이 아니며, 따라서 이 도시에서 유일한 것처럼 보이는 오리와 술은 숫제 술도, 오리도 뭣도 아니었다. 그것이 제일 슬픈 일이었다.

손님들 또한 즐겁지 않은 상념에 빠져들었다. 고르돈만 해도 묵직한 사색에 젖어 음울하고 머쓱하게 이야기를 할 때는 좋은 사람이었다. 그는 유리 안드레예비치의 제일 좋은 친구였다. 김나지움에서도 다들 그를 좋아했다.

하지만 지금은 자신의 모습이 못마땅해서 스스로 도덕적인 형상을 조금 고쳐 보려고 했으나 별로 성공적이지 못했다. 그는 애써 기운을 내고 즐거운 척 굴고 기발한 농담인 양 계속 무슨 이야기를 했고 종종 "신나는군." "재미있어."라고 말했는데, 이것은 삶을 한 번도 오락으로 이해한 적이 없던 고르돈의

사전에서 나온 말이 아니었다.

두도로프가 도착하기 전에 그는 동창생들 사이에 떠도는 두도로프의 결혼 이야기, 즉 그의 생각으론 우스운 이야기를 늘어놓았다. 유리 안드레예비치는 모르는 얘기였다.

알고 보니 두도로프는 결혼한 지 일 년 정도 되어 곧 아내와 이혼한 상태였다. 이 모험의 별로 그럴 법하지 않은 핵심은 다음과 같다.

두도로프는 실수로 인해 군에 징집되었다. 복무하는 동안 의혹이 밝혀질 때까지, 그는 길거리에서 얼간이처럼 있다가 경례를 하지 않았다고 벌금 명령을 받은 적이 있다. 군에서 나왔을 때도 장교를 보면 오랫동안 저절로 한 손이 위로 번쩍 올라가고 눈앞이 어지럽고 어딜 가나 견장이 어른거렸다.

그 무렵 그는 모든 일을 야무지게 처리하지 못해 온갖 실수와 잘못을 연발했다. 바로 그때 볼가강의 어느 선착장에서 같은 증기선을 기다리던 두 젊은 자매를 알게 되었는데, 주변에 너무 많은 군인들이 출몰하고 자신의 군대 시절 경례 사건의 잔재 때문인지 정신이 멍해지고 제대로 보거나 충분히 살펴보지 못한 채 사랑에 빠져서 엉겁결에 동생에게 청혼을 해 버렸다. "재미있지, 어?" 하고 고르돈이 물었다. 하지만 그는 자신의 묘사를 그만 접어야 했다. 문 뒤에서 이야기 속 주인공의 목소리가 들려왔기 때문이다. 방 안으로 두도로프가 들어왔다.

그는 사람이 완전히 달라져 있었다. 옛날에는 건들건들하고 괴짜 같은 바람잡이였는데 이제는 진지한 학자가 되어 있었다.

청소년 시절 정치범 탈옥 준비에 가담했다는 이유로 김나지움에서 제명당했을 때는 얼마 동안 이런저런 예술 학교를 떠돌았지만 결국은 고전 분과에 안착했다. 전시에 다른 학우들보다 늦게 대학을 졸업한 두도로프는 러시아사와 세계사 등 두 학과의 강의를 맡았다. 전자 쪽으로는 이반 뇌제의 토지 정책에 관해 뭔가를 썼고, 후자 쪽으로는 생쥐스트에 관해 연구했다.[123]

그는 이제 감기에 걸린 것처럼 나직한 목소리로 눈을 내리깔지도, 치켜뜨지도 않고 몽상에 잠긴 듯 한쪽을 응시하며 강의를 하는 것처럼 모든 것을 차근차근 친절하게 논했다.

저녁 모임이 끝날 무렵, 슈라 실레진게르가 예의 그 공격을 퍼부으며 들어왔고 그렇지 않아도 달아올라 있던 사람들이 모두 앞을 다투어 소리 지를 때, 학창 시절부터 유리 안드레예비치와 존댓말을 썼던 이노켄티가 몇 번이나 물었다.

"「전쟁과 세계」와 『척추의 플루트』[124] 읽어 봤소?"

유리 안드레예비치는 진즉에 그와 관련하여 자기 생각이 어떤지 말했지만, 두도로프는 달아오른 공통의 논쟁 소리 때문에 말을 제대로 알아듣지 못하고 잠시 기다렸다가 다시 물었다.

---

123) 이반 뇌제(1530~1584)는 러시아의 황제이고 루이 앙투안 드 생쥐스트(1767~1794)는 프랑스의 혁명가이자 정치가다.
124) 「전쟁과 세계」는 러시아 미래파 시인 블라디미르 마야콥스키(1893~1930)의 서사시이고, 『척추의 플루트』는 그의 시집 제목이다. 밑에 언급된 『인간』도 마찬가지로 그의 시집 제목이다.

"『척추의 플루트』와『인간』읽어 봤냐고요?"

"대답했잖소, 이노켄티. 못 들은 건 당신 잘못이오. 정 그렇다면 다시 말하죠. 마야콥스키는 항상 마음에 들었어요. 도스토예프스키를 계승했다고 할까요. 아니, 더 정확히 말해 이건 이폴리트나 라스콜니코프,『미성년』의 주인공[125] 같은 젊은 반항아 중 누가 쓴 서정시입니다. 모든 것을 집어삼키는 재능의 힘이 얼마나 대단한지! 단연코 말하건대, 정말 단호하고 거침없죠! 무엇보다 이 모든 것을 대담하게 휘둘러 사회의 얼굴을, 어딘가 더 먼 공간을 후려치는 솜씨요!"

하지만 저녁 모임의 관심사는 당연히 외삼촌이었다. 안토니나 알렉산드로브나는 니콜라이 니콜라예비치가 별장에 가 있다고 말했는데, 잘못 안 것이었다. 그는 조카가 도착한 날 돌아와 시내에 있었다. 유리 안드레예비치는 그를 벌써 두세 번이나 만나 마음껏 이야기를 나누고 마음껏 감탄을 주고받고 마음껏 떠들고 웃었다.

그들이 처음 만난 것은 어느 흐릿한 잿빛 저녁이었다. 가랑비가 가느다란 물 먼지처럼 촉촉이 내렸다. 유리 안드레예비치는 니콜라이 니콜라예비치의 숙소에 갔다. 호텔은 이미 시 당국의 요청이 있을 때에만 묵을 수 있었다. 그런데 니콜라이 니콜라예비치는 어딜 가나 다 아는 인물이었다. 옛날의 인맥도 여전히 남아 있었다.

---

125) 이폴리트는 도스토예프스키『백치』의 등장인물이고, 라스콜니코프는『죄와 벌』의 주인공이다.『미성년』의 주인공은 귀족의 사생아인 아르카지 돌고루키(베르실로프)이다.

호텔은 행정부가 도망치며 버린 노란 집[126] 같은 느낌을 주었다. 계단과 복도는 텅 비고 혼란스러워, 무슨 일이라도 일어날 것 같은 분위기였다.

청소도 안 된 숙소의 큰 창문을 통해 광기의 나날을 보낸 인적 없는 광활한 광장이 보였는데, 어딘가 사람을 깜짝 놀라게 하는 것이, 실제로 눈앞에, 호텔 창문 밑에 있는 것이 아니라 간밤에 꿈에서 본 듯한 느낌이었다.

그것은 잊지 못할 만큼 감동적이고 의미심장한 만남이었다! 어린 시절의 우상이자 청소년기의 사유를 지배했던 사람이 생생한 모습으로 다시 그의 앞에 서 있었다.

니콜라이 니콜라예비치는 백발이 아주 잘 어울렸다. 헐렁한 외국 양복도 잘 맞았다. 그는 나이에 비해 훨씬 젊어 보였고 또 미남이었다.

물론 어마어마한 사건을 옆에서 겪으면서 그도 심한 혼란을 경험했다. 여러 사건이 그의 총기를 흐리게 했다. 하지만 유리 안드레예비치는 그런 잣대로 그를 재 볼 생각이 전혀 없었다.

그는 니콜라이 니콜라예비치가 정치적인 주제로 이야기할 때 보이는 그 느긋함과 농담 같은 어조에 놀랐다. 그의 차분한 처신 능력은 현재 러시아인의 가능성을 능가했다. 이런 특징은 그가 외국에 왔음을 보여 주었다. 이런 특징은 눈에 거슬리고 구식처럼 어색하게 보였다.

---

126) 정신 병원을 말하는 듯하다.

아, 하지만 처음 만났을 때 그들의 몇 시간을 채운 것은 이런 것이 아니었다. 그들은 서로의 목에 달려들어 흐느끼고 너무 흥분하여 숨이 가쁜 나머지 빠르고 열렬한 첫 대화를 수시로 중단해야 했다.

핏줄로 엮인 두 창조적 성격이 만났다. 지난 일이 되살아나 두 번째 인생처럼 부활하고 추억이 밀려오고 떨어져 있는 동안에 일어났던 정황이 표면으로 떠올랐지만 그럼에도 핵심적인 것, 즉 창조적 성향을 지닌 사람들에게 익숙한 것이 화제에 오르자 이 유일한 관계를 제외한 모든 것이 사라지고 숙부니 조카니 나이 차이니 하는 것도 남지 않고 오직 자연력과 자연력, 에너지와 에너지, 근원과 근원의 만남만 남았다.

최근 십 년 동안 니콜라이 니콜라예비치는 자신의 생각과 상응하여, 또 지금처럼 시의적절하게 작가로 사는 것의 매력과 창조적 소명의 본질에 대해 말할 기회가 없었다. 한편, 유리 안드레예비치도, 이렇게 날카로울 정도로 적확하고 또 고무적일 정도로 매혹적인 평을, 이런 분석을 들은 적이 거의 없었다.

두 사람은 서로의 추측이 틀리지 않았다며 머리를 감싸 쥐고 시시각각 소리를 지르며 숙소 안을 뛰어다니거나, 서로 이해하고 있다는 사실에 감동하여 창가로 물러나 말없이 유리창을 손가락으로 튕기기도 했다.

첫 만남은 그랬지만 그다음 의사는 니콜라이 니콜라예비치를 모임에서 몇 번 보았는데 사람들과 함께 있을 때의 그는 못 알아볼 만큼 다른 사람이었다.

그는 모스크바에 있는 자신을 손님으로 의식했으며 이런 의식을 버리려 하지 않았다. 그렇다고 페테르부르크나 다른 곳을 자신의 집으로 여겼을까 하는 점도 불분명했다. 정치 평론가니 사회 여론의 매혹자니 하는 것이 그의 구미에 맞았다. 아마 그는 파리 협정 전의 마담 롤랑[127]의 살롱 같은 정치 살롱이 모스크바에도 생기리라 상상하는 듯했다.

그는 손님 접대를 좋아하는, 조용한 모스크바 골목의 옛 여성 친구들을 찾아가, 그녀들과 그녀들의 남편들이 반편이에 구닥다리 같다며, 모든 것을 자기들의 잣대로 판단하는 습관이 있다며 아주 정답게 놀려 댔다. 그리고 언젠가 외경(外經)이나 오르페우스교 텍스트를 읽는다고 뽐냈던 것처럼 지금은 신문에 밝은 것을 떠벌렸다.

사람들은 그가 스위스에 젊은 애인과 마무리하지 못한 일과 끝내지 못한 책을 남겨 두었다고, 오직 조국의 폭풍우 같은 소용돌이에 살짝 몸을 담갔다가 무사히 떠오르면 당장 다시 자신의 알프스로 날아갈 것이라고들 했다.

그는 볼셰비키 편이었고 종종 자기와 같은 생각을 가진 사람으로 좌익 혁명파 두 명을 거론했는데, 미로시카 포모르라는 필명으로 글을 쓰는 기자와 시사 평론가 실비야 코테리였다.

알렉산드르 알렉산드로비치는 툴툴대며 그를 힐난했다.

"참 어디를 다녀오셨는지 끔찍할 따름이오, 니콜라이 니콜

---

127) 마담 롤랑(1754~1793). 프랑스 대혁명 때 지롱드당 정권의 내무 장관이었던 장 마리 롤랑의 부인. 자코뱅당 정권에 의해 처형되었다.

라예비치! 그 미로시카니 뭐니 하는 자들도 그렇고. 무슨 시궁창인지! 그다음 그 리디야 포코리도 그렇고.”

“코테리요.” 니콜라이 니콜라예비치가 정정해 주었다. “그리고 실비야예요.”

“뭐 상관없소, 포코리나 포푸리나 이름 갖고 어떻게 되는 건 아니까.”

“하지만 어쨌거나 잘못은 잘못이오, 코테리라고요.” 니콜라이 니콜라예비치가 참을성 있게 주장했다. 그와 알렉산드르 알렉산드로비치는 이런 말을 주고받았다.

“우리가 무엇 때문에 언쟁을 하고 있는 거요? 이와 같은 진리를 증명하는 것은 정말 창피한 일이오. 삼척동자도 다 아는 일인걸요. 민중의 대다수는 수세기 동안 생각도 할 수 없는 삶을 영위해 왔어요. 아무 역사책이나 펴 봐요. 명칭이야 어떻든 봉건주의든 농노제든 자본주의든 제조업이든 어쨌거나 이런 체제가 부자연스럽고 부당하다는 것은 이미 오래전에 인지되어, 오래전부터 민중을 세상으로 끌어내 모두 제자리에 세우려는 전복이 준비되었죠.

이 경우 낡은 것의 부분적인 쇄신은 적절치 않고 근본적인 타파가 요구된다는 것을 당신도 알잖소. 어쩌면 그러다가 건물의 붕괴가 수반될지도 몰라요. 하지만 어쩌겠소? 무섭다고 해서 일어나지 않으리라 결론 내릴 수는 없잖소? 이건 시간문제거든요. 이걸 두고 어떻게 이론을 제기하겠소?”

“에잇, 지금 문제는 그게 아니잖소. 내가 그렇게 얘기했던 거요? 내가 무슨 말을 하고 있는 거요?” 알렉산드르 알렉산드르

로비치가 화를 내는 바람에 논쟁이 가열되었다.

"당신의 그 포푸리니, 미로시카니 하는 자들은 양심이 없어요. 말과 행동이 따로 노는걸요. 그리고 여기에 무슨 논리가 있소? 어떤 일관성도 없어요. 아니, 잠시만요, 지금 보여 줄 게 있소."

그러고서는 모순된 기사가 실린 무슨 잡지를 찾는답시고 쿵쾅대며 책상 서랍을 열었다 닫았다 했으며 그렇게 시끄럽게 수선을 피움으로써 자신의 웅변에 흥을 돋우는 것이었다.

알렉산드르 알렉산드로비치는 대화 중에 무언가가 자신을 방해하는 것을, 그래서 그 방해물 때문에 말을 끊고 우물대거나 에, 음, 하는 것이 정당화되는 상황을 좋아했다. 예를 들면, 잃어버린 물건을 찾거나 침침한 현관의 어둠 속에서 신발 한 짝에 맞는 다른 신발짝을 찾을 때, 어깨에 수건을 걸치고 욕실의 문지방에 서 있을 때, 식탁에서 무거운 쟁반을 건네주거나 손님들의 술잔에 술을 따라 줄 때 말하고 싶은 욕구가 솟구쳤다.

유리 안드레예비치는 기분 좋게 장인의 말을 듣고 있었다. 그는, 고양이 울음소리처럼 부드럽게 목젖을 울리는 그로메코 집안의 발음을, 노래하듯 말을 끄는 귀에 익은 옛 모스크바의 발음을 사랑했다.

알렉산드르 알렉산드로비치의 잘 다듬은 콧수염 밑에 윗입술이 아랫입술 위로 아주 조금 돌출되어 있었다. 바로 그런 모양새로 나비넥타이가 그의 가슴팍 위에 툭 튀어나와 있었다. 이 입술과 넥타이 사이에는 어떤 공통점이 있었고, 그것이 알렉산드르 알렉산드로비치에게 믿음직스럽고 어린아이 같은 뭔가 감동적인 느낌을 더해 주었다.

밤늦게, 거의 손님들이 떠나기 직전에 슈라 실레진게르가 나타났다. 그녀는 어떤 집회에서 곧장 오는 길이라 재킷과 노동자 모자를 쓰고 있었는데, 단호한 걸음걸이로 방 안으로 들어와 모든 사람과 차례로 악수를 하며 인사를 나누었고 그러면서 동시에 걸음을 옮기며 푸념과 책망을 늘어놓았다.

"안녕하신가, 토냐. 안녕하신가, 사네치카. 어쨌거나 돼먹지 않은 짓이죠, 그렇잖아요. 사방에서 그가 왔다는 소리가 들리는데, 모스크바가 통째로 이 일을 얘기하는데, 정작 당신한테서는 마지막으로 알게 되었으니 말이죠. 정말 너무하세요. 내가 그 정도 가치도 없는 인물인가 봐요. 기다리고 기다리던 그 양반은 어디 있나요? 좀 지나갑시다. 사람들이 벽처럼 에워싸고 있군. 자, 안녕하신가! 대단해, 대단하고말고. 나도 읽어 봤어. 아무것도 모르겠지만, 천재적이야. 그건 당장 보이더라고. 안녕하세요, 니콜라이 니콜라예비치. 금방 다시 가마, 유로치카. 너와 따로 할 얘기가 있어, 중요한 거야. 안녕들 하신가, 젊은 친구들. 아, 너도 여기 있구나, 고고치카? 거위들, 거위들, 꺽-꺽-꺽, 뭘 좀 먹고들 싶으신가, 예-예-예?"

마지막 영탄은 그로메코 집안의 먼 친척뻘 되는 고고치카를 향한 것이었는데, 그는 온갖 신흥 세력을 맹렬히 숭배하는 사람으로서 멍청하고 우스꽝스러워서 아쿨카[128]라고 불렸고

---

128) 여자 이름 아쿨리나의 비칭. 아쿨리나는 약간 촌스러운 느낌이 드는 이름이다.

키가 크고 말라서 촌충이라고 불렸다.

"아니, 여기서 먹고 마시고들 있는 건가요? 얼른 따라잡을 게요. 아, 여러분, 여러분. 여러분은 아무것도 몰라요, 아무것도 알지 못한다고요! 세상에서 대체 무슨 일이 일어나는지! 어떤 일이 행해지는지! 어디든 책이 아니라 진짜 노동자들, 진짜 군인들로 가득 찬 진정한 하층민의 집회에 가 보세요. 거기서 승리를 거둘 때까지 전쟁 어쩌고저쩌고 찍소리라도 해 봐요. 거기서는 승리를 거둔다는 처방전을 내놓을걸요. 방금 어떤 해병의 말을 들었어요! 유로치카, 너는 정신이 나갔을 거다! 얼마나 열정이 넘치던지! 얼마나 완벽한지!"

사람들이 슈라 실레진게르의 말을 막았다. 다들 배 놔라 감 놔라 고함을 질러 댔다. 그녀는 유리 안드레예비치 옆에 앉아 그의 손을 잡고 얼굴을 갖다 댄 다음, 다른 사람들의 외침을 누르기 위해 언성을 높일 것도, 낮출 것도 없이 수화기에다 대고 소리치듯 말했다. "아무튼 나랑 같이 가자, 유로치카. 사람들을 보여 주지. 너는 말이야, 안타이오스[129]처럼 땅과 접촉을 해야 해. 왜 그렇게 눈을 휘둥그렇게 뜨니? 내 말에 놀란 것 같은데? 아니, 내가 늙은 전투마라는 것을, 늙은 베스투제프[130] 졸업생인 것을 몰랐단 말이야, 유로치카? 미결감에도 가봤고 바리케이드에서 싸우기도 했어. 그렇고말고! 한데 너는 무슨 생각을 했어? 오, 우리는 민중을 몰라! 나는 지금 막 그곳, 그

---

129) 그리스 신화에 나오는 거인.
130) 1878년 베스투제프-류민이 창설한 페테르부르크의 여성 대학.

들의 한복판에서 오는 길이야. 나는 그들을 위해 도서관을 만들고 있어."

그녀는 이미 한잔 들이켰고 취한 것이 분명했다. 하지만 유리 안드레예비치도 머릿속이 들끓었다. 그는 어쩌다 슈라 실레진게르가 방의 한쪽 구석에 있고 자기는 다른 쪽, 탁자의 끝에 있게 되었는지 알아채지 못했다. 그는 서 있었고, 모든 징후로 보건대 자기도 모르는 사이에 말을 하고 있었다. 당장에 조용해진 것은 아니었다.

"여러분…… 제가 드리고 싶은 말씀은…… 미샤! 고고치카……! 하지만 사람들이 말을 안 듣는데 어쩌겠어, 토냐? 여러분, 두 마디만 하게 해 주세요. 전대미문의 무언가가, 유례없는 무언가가 밀려오고 있습니다. 그것이 우리를 덮치기 전에, 자, 제가 여러분께 바라는 점은 이겁니다. 그것이 들이닥칠 때, 부디 하느님께서 우리가 서로 흩어지지 않도록, 영혼을 잃지 않도록 해 주시길. 고고치카, 만세는 좀 있다가 외치도록 해요. 아직 제 말이 다 안 끝났습니다. 구석구석 대화를 중단하시고 제 말을 경청해 주세요.

전쟁이 삼 년째 이어지면서 민중 사이에서는 조만간 전선과 후방의 경계가 지워지고 한 사람 한 사람에게 피바다가 밀려와 은신처에 숨어 몸을 사리고 있는 사람들마저 삼켜 버릴 것이라는 확신이 생겼습니다. 혁명이 바로 이 홍수인 거죠.

그러는 동안 여러분은 전시 때와 마찬가지로 삶이 중단되고 개인적인 것이 모두 끝난 것처럼, 이 세상에는 더 이상 아무 일도 일어나지 않고 오직 서로 죽고 죽이는 일만 남은 것처럼 생각하게 될 것입니다. 만약 우리가 이 시대에 대한 수기와 회고록이 나올 때까지 살아남아 그 회고록을 읽게 된다면 우리는 이 오 년 혹은 십 년 사이에 다른 사람들이 오롯이 한 세기 동안 겪는 것보다 더 많은 일을 겪었음을 확신하게 될 겁니다.

저는 민중이 스스로 일어나 벽처럼 나아갈지, 아니면 모든 것이 민중의 이름으로 행해질지 모르겠습니다. 이처럼 대규모 사건에는 극적인 증거가 요구되지 않습니다. 그런 것 없이도 저는 민중을 믿습니다. 거대한 사건들의 원인을 파헤치는 건 보잘것없는 일입니다. 그런 원인이 있지도 않고요. 부부 싸움과 비슷한 이치인데, 서로의 머리카락을 잡아당기고 접시를 마구 깨부수고 한 다음에 누가 먼저 싸움을 시작했나를 따질 수 없는 것과 마찬가지지요. 진정으로 위대한 일은 모두 우주처럼 시작이 없습니다. 그것은 항상 있어 왔거나 하늘에서 떨어진 것처럼 시초도 없이 갑자기 눈앞에 나타납니다.

저는 또 러시아는 세계의 생존을 위해 최초의 사회주의 왕국이 될 운명이라고 생각합니다. 이 일이 일어나면 우리는 오랫동안 먹먹할 것이고 정신을 차린 후에도 이미 상실된 기억을 더 이상 되돌리지 못할 겁니다. 우리는 지난 일의 일부를 잊을 것이며 이 유례없는 일에 대한 설명을 찾으려 들지 않을 겁니다. 도래한 질서가 지평선의 숲이나 머리 위의 구름처럼 익숙하게 우리를 둘러쌀 겁니다. 사방에서 우리를 에워쌀 테지요. 다른 것은 아무것도 없을 겁니다."

그는 무슨 말을 더 했고 그러는 동안에 술이 완전히 깼다. 하지만 아까처럼 주위에서 하는 말을 잘 알아듣지 못하고 동문서답을 늘어놓았다. 모든 사람들이 자기에게 애정을 보이고 있음을 알았지만 슬픔을 쫓아낼 수는 없었고 그 때문에 제정신이 아니었다. 그가 다시 말했다.

"고맙습니다, 고마워요. 여러분의 마음 잘 알겠습니다. 그런 자격도 없는 인물이지만요. 그러나 혹시 나중에 더 열렬히 사랑해야 할 것을 두려워하듯이 그렇게 서둘러 사랑할 필요는 없습니다."

다들 이 말을 의식적인 재담으로 여기고는 껄껄 웃고 손뼉을 쳤지만, 정작 그는 불행이 임박했다는 느낌 때문에, 또 자신이 이토록 선을 갈망하고 또 행복해질 능력이 있음에도 불구하고 미래 앞에서 속수무책이라는 의식 때문에 마음 둘 곳을 몰랐다.

손님들이 흩어졌다. 다들 너무 피곤해서 얼굴이 핼쑥했다. 하품을 하느라 턱이 닫혔다 열렸다 하는 모습들이 꼭 말〔馬〕같았다.

작별 인사를 나누며 그들은 창문의 커튼을 걷었다. 창문도 활짝 열었다. 노르스름하게 동이 터 오는 하늘이, 지저분하고 탁한 연두색 먹구름이 가득한 축축한 하늘이 나타났다.

"우리가 잡담을 나누는 동안 천둥이 친 모양인데요." 누군가가 말했다.

"여기 오는 길에 비를 만났어요. 정신없이 달려온걸요." 슈라 실레진게르가 확증해 주었다.

아직은 어둡고 텅 빈 골목, 나무에서 방울방울 떨어지는 빗물 소리가 흠뻑 젖은 참새들의 집요한 지저귐과 순서를 다투며 이어졌다.

쟁기로 이랑을 가르듯 천둥이 하늘을 통째로 가로지르며 쳤고, 그리고 모든 것이 잠잠해졌다. 그다음에는 뒤늦은 굉음이 네 번에 걸쳐 크게 울려 퍼졌는데, 가을에 삽으로 파 놓은 비옥한 이랑에서 큼직한 감자들이 굴러 나오는 것 같았다.

천둥이 방 안 가득 먼지처럼 고여 있던 담배 연기를 깨끗이 쓸어 갔다. 갑자기 물과 공기, 기쁨에 대한 기대, 땅과 하늘 등 존재의 구성 성분들이 전기가 통한 듯 찌릿하게 감지되었다.

골목은 각자 집으로 가는 사람들의 목소리로 채워졌다. 그들은 지금 막 집 안에서 논했던 어떤 문제에 대해 큰 소리로 계속 이야기를 나누었다. 목소리들이 멀어지면서 점차 잦아들고 또 잦아들었다.

"너무 늦었군." 유리 안드레예비치가 말했다. "그만 자러 가요. 내가 세상에서 좋아하는 사람은 당신과 아버님뿐이야."

5

8월이 가고 9월도 끝을 향해 가고 있었다. 피할 수 없는 것이 코앞에 와 있었다. 겨울이 가까웠고 인간 세상에는 겨울의 습격처럼, 미리 예정된 것이 공기 중을 떠돌며 인구에 회자되고 있었다.

추위에 대비하고 식량과 땔감을 비축해야 했다. 하지만 유물론이 기세를 올리는 요즘, 물질은 관념으로 바뀌고 식량과 땔감은 식료품 문제와 연료 문제로 대체되었다.

도시 사람들은 다가오는 미지의 것과 마주한 어린아이처럼 어찌할 바를 몰랐는데, 도시의 아이이자 시민의 창조물인 그것은 도중에 마주치는 기존의 모든 질서를 뒤집고 그 자리에 황폐함만 남겨 놓았다.

도처에서 사람들이 서로를 기만하고 공허한 말들을 떠들어 댔다. 일상의 진부함이 여전히 절룩거리고 허우적거리며, 그렇게 절름발이처럼 옛 습관대로 어딘가로 질질 끌려가고 있었다. 하지만 의사는 삶을 있는 그대로 보았다. 삶의 선고가 그에게서 모습을 감출 리는 없었다. 그는 자신과 자신의 환경이 이미 운명 지어졌다고 생각했다. 시련들, 어쩌면 심지어 파멸이 코앞에 다가와 있었다. 그에게 남아 있는 몇 안 되는 날들이 눈앞에서 녹고 있었다.

생활의 하찮은 일상사, 노동과 근심거리가 없었다면 그는 미쳐 버렸을 것이다. 아내와 아이, 돈을 벌어야 할 필요성, 그리고 당장 급하게 꼭 해야 하는 일, 일상생활, 업무, 환자 왕진 등이 그를 구원했다.

그는 자신이 미래의 저 괴기스러운 거물 앞에 선 피그미에 불과함을 이해했고, 그것을 무서워하기도 하고 사랑하기도 하고 남몰래 자랑스러워하기도 했으며, 마지막으로 작별 인사를 하듯 영감 가득한 탐욕스러운 시선으로 구름과 나무, 거리를 걷는 사람들, 불행을 이겨 내고 있는 러시아 도시를 바라보며 더 좋아지도록 자신을 희생할 각오가 되어 있었으나 아무것도 할 수 없었다.

이 하늘과 행인들을 그는 스타로코뉴셴늬이 골목 모퉁이에 자리한 러시아 의사 협회의 약국 옆, 아르바트 거리를 건널 때 포장도로 한가운데서 제일 자주 보았다.

그는 예전에 근무하던 병원에 다시 나갔다. 같은 이름의 단체는 해체되었음에도 옛 기억에 따라 크레스토보즈드비젠스카야 병원으로 불렸다. 병원에 적합한 명칭을 아직 생각해 내지 못한 탓이었다.

그 안에서는 이미 분화가 시작되었다. 너무 둔해서 의사를 분개하게 만든 온건주의자들에게 그는 위험한 인물로 간주되었고, 정치적으로 멀리 나간 사람들에게는 충분히 적화되지 않은 인물로 간주되었다. 이렇듯 그는 이쪽에도 저쪽에도 속하지 못한 상태, 한쪽 해안에서 떨어져 나왔으되 다른 쪽 해안에는 정박하지 못한 상태에 머물렀다.

병원 원장은 그에게 직접적인 업무 외에 통계 수치를 관측하는 업무도 맡겼다. 얼마나 많은 설문 조사와 설문지와 용지를 살펴보았던가, 까다로운 목록을 얼마나 많이 채웠던가! 사망률, 발병률 증가, 직원들의 재산 상태, 그들의 시민적 의식 수준과 선거 참여율, 연료와 식량과 의약품의 불만족스러운 결핍 상태 등 모든 것이 중앙 통계청의 관심 대상이었으며 모든 것에 대해 답변이 요구되었다.

의사는 의사실의 창가, 자신의 옛 책상에 앉아 이 모든 업무를 보았다. 형태와 크기가 다양한 괘선 용지가 한쪽으로 밀려 그의 앞에 차곡차곡 쌓여 있었다. 여기서 그는 짬짬이 의료 직무를 위한 정기적인 기록 외에 「사람들 유희」를 썼다. 음울한 일기, 혹은 사람들의 절반이 자기 자신이길 멈추고 무엇인지 모르는 역할을 연기하고 있다는 의식에 사로잡혀 쓴 산문과 시와 온갖 글로 구성된 일지였다.

벽이 하얗게 칠해진 밝고 햇볕이 잘 드는 의사실은 성모승천대축일[131]이 지난 후 특유의 황금빛 가을 햇살을 받아 크림색으로 가득했다. 아침마다 첫서리가 내리고 겨울 박새와 까치가 알록달록하고 환한, 성글어진 숲속으로 날아들었다. 이즈음이면 하늘은 한층 더 높아져, 하늘과 땅 사이의 투명한 공기 기둥을 뚫고서 얼음 같은 검푸른 맑음을 뽐내며 북쪽에서부터 펼쳐졌다. 세상 만물이 종류를 막론하고 더 잘 보이고 더 잘 들렸다. 거리가 떨어져 있는 탓에 소리는 싸늘한 낭랑함을 머금은 채 또렷하고 명료하게 전해졌다. 먼 곳들도 앞으로 많은 세월의 풍경을 평생 펼쳐 보이듯 깨끗했다. 이 희박한 순간이 이토록 한시적이지 않았다면, 또 짧은 가을날의 끝자락, 이른 황혼녘의 문턱에서 도래한 것이 아니었다면, 참아 내기 어려웠을 것이다.

이런 빛이 의사실을 비추었는데, 일찍 저무는 가을 햇살의 빛, 잘 익은 사과처럼 즙이 많고 수분을 머금은 유리처럼 하얀 빛이었다.

의사는 책상 앞에 앉아 잉크에 펜을 적셔 가며 생각에 잠겼다가 글을 썼다. 의사실의 큰 창문 곁에서 어떤 조용한 새들이 날아갔고 그들의 소리 없는 그림자가 방 안으로 드리워져 의

---

131) 율리우스력 8월 15일(그레고리력 8월 28일).

사의 움직이는 손, 용지가 쌓인 책상, 의사실의 마룻바닥과 벽을 덮었다가는 역시나 그렇게 소리 없이 사라졌다.

"단풍이 지는군요." 안으로 들어온 해부 의사가 말했다. 한때는 건장한 남자였는데 지금은 살이 빠져 살가죽이 자루처럼 매달려 있었다. "비가 퍼붓고 바람이 몰아쳐도 끄떡없더니. 하루아침 추위에 저렇게 됐네요!"

의사는 머리를 들었다. 창문 옆을 스쳐 간 수수께끼 같은 새들은 알고 보니 활활 타는 듯한 와인 색 단풍잎들이었는데, 허공을 훨훨 떠다니다가 멀찍이 날아가 구부러진 주황색 별처럼 나무에서 좀 떨어진 곳, 병원 잔디밭의 풀 위로 내려앉았다.

"창문은 막으셨어요?"

"아니요." 유리 안드레예비치는 이렇게 말하며 쓰는 일을 계속했다.

"뭐라고요? 때가 됐잖아요."

유리 안드레예비치는 쓰는 일에 열중하느라 아무 대답도 하지 않았다.

"에이, 타라슈크가 없으니, 원." 해부 의사가 계속 말을 이었다. "참 금쪽같은 사람이었는데. 구두도 고치죠. 시계도 고치죠. 뭐든지 다 해 줄 텐데. 세상의 모든 것을 얻어다 줄 테고요. 막을 때가 됐어요. 손수 해야겠네요."

"접합제가 없어요."

"직접 만드셔야죠. 방법을 말씀드리죠." 그러고서 해부 의사는 올리브유와 분필로 접합제 만드는 법을 설명해 주었다. "자, 그럼. 어차피 저는 방해만 되니까."

그는 다른 창문 쪽으로 다가가 유리병과 약품을 살폈다. 어두워졌다. 잠시 뒤 그가 말했다.

"눈 상하겠어요. 어두운데. 하지만 불은 안 켜질 테고. 집에 갑시다."

"아직 일을 좀 더 하려고요. 이십 분 정도."

"그의 아내가 여기 병원의 간호사로 있어요."

"누구 아내요?"

"타라슈크의 아내요."

"알고 있습니다."

"한데 정작 그가 어디 있는지는 아무도 몰라요. 온 땅을 휘젓고 다니죠. 여름에 두 번 찾아왔어요. 병원도 다녀가고. 지금은 어디 시골에 있어요. 새 삶을 꾸리고 있나 봐요. 이 사람은 당신이 산책로나 기차 안에서 수시로 보는 저 볼셰비키 군인에 속하죠. 수수께끼의 해답을 알고 싶으세요? 타라슈크를 예로 들어 볼까요? 들어 보세요. 이 사람은 뭐든 척척 해내는 팔방미인이에요. 못하는 일이 없어요. 일단 일을 시작하면 뭐든 척척이죠. 전쟁에서도 똑같았어요. 그것도 온갖 다른 기술처럼 익혔어요. 그러고는 놀라운 명사수가 됐죠. 참호에서, 몰래요. 눈과 손이 일품이라니까요! 훈장도 모두 용맹해서가 아니라 백발백중 잘 맞혀서 받은 거예요. 그래요. 무슨 일이든 그에게는 열정이 돼요. 전쟁도 사랑하게 된 거죠. 무기, 이것이 힘이라는 것을 알고는 그것이 그를 나아가게 하는 거죠. 그 스스로 힘이 되고 싶어졌어요. 무장한 사람은 더 이상 그냥 사람이 아니죠. 옛날에는 그런 사람들이 사수였다가 강도로 변했어요. 지금 그에게서 총을 빼앗아 봐요, 한번 그래 봐요. 갑자기 '총부리를 돌려라.' 같은 외침이 나올걸요. 그래서 그도 돌린 거예요. 이게 이야기의 전말입니다. 그리고 마르크시즘의 전말이고요."

"게다가 진정한 진짜 마르크시즘이죠, 바로 삶에서 나온. 어떻게 생각하십니까?"

해부 의사는 창턱으로 다가가 시험관을 헤적였다. 그런 다음 물었다.

"그래, 페치카 수리공은 어때요?"

"고마워요, 좋은 사람을 추천해 주셔서. 상당히 흥미로운 사람이더군요. 한 시간 정도 헤겔과 베네딕트 크로체[132]에 대해 대화를 나누었어요."

"그럼요! 하이델베르크 대학의 철학 박사인걸요. 그럼 페치카는요?"

"말도 말아요."

"연기가 새요?"

"괴로워 죽을 지경이오."

"연통을 잘못 끌어냈군요. 난로 속에 접합제를 발라야 하는데 통풍구로 빼낸 모양이네요."

"아니, 네덜란드 식 스토브에[133] 끼웠어요. 그런데도 연기가

---

132) 게오르크 빌헬름 프리드리히 헤겔(1770~1831)은 독일의 철학자, 베네딕트 크로체(1866~1952)는 이탈리아의 철학자로 헤겔의 영향을 많이 받았다.
133) 스토브의 초기 형태인 듯하다.

나요.”

“그러니까 굴뚝을 찾지 못해 환풍기로 내보낸 거군요. 아니라면 배기구로 뺐거나. 에잇, 타라슈크가 없으니! 좀 참으세요. 모스크바가 하루 만에 건설된 건 아니니까요. 당신에게는 페치카를 때는 것이, 그랜드피아노를 연주하는 것과는 다를 테죠. 좀 배워야 해요. 장작은 비축해 두었죠?”

“어디서 구한단 말이오?”

“내가 교회 문지기를 보내 드리죠. 장작 도둑이거든요. 연료를 구하려고 담장을 뜯어요. 하지만 미리 일러 둘 게 있어요. 흥정을 잘해야 해요. 아니면 해충 잡는 아줌마가 나아요.”

그들은 수위실로 내려가 옷을 입고 거리로 나왔다.

“해충 잡는 아줌마는 대체 왜요?” 의사가 물었다. “우리 병원에 빈대는 없는데.”

“지금 빈대가 웬 말이에요? 완전히 동문서답이군요. 빈대가 아니라 장작 얘기요. 이 해충 잡는 아줌마는 모든 것을 팔려고 내놓았어요. 집도, 통나무 골조도 연료로 팔아요. 진지한 납품업자예요. 발 조심해요, 어두우니까. 전에는 붕대로 눈을 싸매고도 이 일대를 다닐 수 있었는데. 돌멩이 하나하나까지 잘 알았죠. 진정한 토박이거든요. 하지만 담장들을 허물어서 두 눈을 뜨고도 꼭 다른 도시에 와 있는 것처럼 아무것도 못 알아보겠어요. 대신 어떤 골목들이 드러났는지! 관목 숲속에는 앙피르 양식[134]의 오두막과 정원용 원탁, 반쯤 썩은 벤치가 있었어

---

134) 1800년경부터 1830년까지 프랑스에서 유행한 실내 장식, 공예, 건축,

요. 요 근래 여기 빈터 옆을 지나 세 골목의 교차로를 건너갔어요. 그러다 백 살 먹은 노파가 지팡이로 땅을 파헤치는 것을 봤어요. '주님이 보호하사, 할머니. 벌레를 파내시는 건가요, 낚시를 하시는 건가요?' 하고 물었지요. 물론 농담으로요. 하지만 할머니는 몹시 진지했어요. '그럴 리가 있나, 젊은이, 야생 버섯이라오.' 정말로 도시가 숲속처럼 됐지 뭐예요. 썩은 잎사귀며 버섯 냄새가 나요."

"나도 그곳이 어딘지 알아요. 세레브랸느이 골목과 몰차놉카 사이 맞죠? 그곳을 지나갈 때마다 항상 뜻밖의 일이 일어났어요. 이십 년 동안 못 본 사람을 만난다든가, 무엇을 발견한다든가. 구석에서는 강도가 나온다고들 하더군요. 놀랄 일도 아니죠. 앞뒤가 뚫린 곳이니까. 스몰렌스키 산책로에 남아 있는 소굴로 이어지는 통로가 모두 만나는 망이죠. 몽땅 훔치고 옷도 벗기고는 바람처럼 휙 사라진다죠."

"그런데도 가로등 불빛은 또 얼마나 희미한지. 오죽하면 멍든 가로등이라고 부를까. 넘어지기 십상입니다."

6

정말로, 앞서 말한 그 장소에서 의사에게는 온갖 우연한 사건이 일어났다. 늦가을, 10월 전투가 일어나기 얼마 전, 어둡

가구, 복식 등의 고전 양식.

고 싸늘한 저녁에 그는 이 구석에서 의식을 잃고 길을 가로질러 누워 있는 사람을 발견했다. 그 사람은 두 팔을 활짝 뻗고 머리를 갓돌에 기울이고 두 다리를 포장도로 쪽으로 드리운 채 누워 있었다. 간간히 쉬어 가며 희미하게 신음 소리도 냈다. 의식을 차리게 하려고 의사가 큰 소리로 질문을 하자 뭔가 연결도 안 되는 말을 웅얼대다가 또다시 얼마간 의식을 잃었다. 머리는 깨져 피투성이였지만 얼핏 살펴봤을 때 두개골 뼈는 온전한 것 같았다. 누워 있는 사람은 무장 강도의 희생양이 틀림없었다. "서류 가방. 서류 가방." 하고 그가 두세 번에 걸쳐 중얼거렸다.

의사는 근처 아르바트 거리의 약국에서 전화를 걸어 크레스토보즈드비젠스카야 병원 소속의 마부를 불러서 그 낯선 사람을 병원으로 데려갔다.

알고 보니 변을 당한 사람은 영향력 있는 정치 활동가였다. 의사는 그를 치료해 주었고, 이 인물은 의심과 불신이 가득한 이 시대에 의사를 오랜 세월 많은 의혹에서 구해 준 은인이 되었다.

7

일요일이었다. 의사가 쉬는 날이었다. 일터에 나가지 않아도 됐다. 십체프 사람들은 안토니나 알렉산드로브나의 제안대로 겨울을 보내기 위해 세 칸의 방에 자리를 잡았다.

눈구름이 낮게 떠 있고 바람이 많이 불고 춥고 음침한, 아주 음침한 날이었다.

아침부터 불을 땠다. 연기가 나기 시작했다. 난방에 대해서는 아무것도 모르는 안토니나 알렉산드로브나는 불이 잘 붙지 않는 축축한 장작을 갖고 씨름하는 뉴샤에게 얼토당토않고 백해무익한 충고만 했다. 어떻게 해야 할지 좀 알겠는 의사가 이걸 보고 끼어들려고 했으나 아내는 조용히 그의 어깨를 붙잡고 방에서 데리고 나오며 이렇게 말했다.

"당신 방으로 가. 가뜩이나 머릿속이 혼란스러울 때면 되는 대로 말하는 습관이 있잖아. 이렇게 참견해 봐야 불에 기름을 들이붓는 격이라는 걸 왜 몰라."

"오, 기름이라니, 토네치카, 그거 정말 멋지겠군! 페치카가 한순간에 확 타오르겠는걸. 기름도, 불도 내 눈에는 안 보이는 것이 큰일이지."

"그런 말장난이나 할 때가 아니야. 그럴 여유가 없는 때가 있다는 것 정도는 알잖아."

불을 때지 못하는 바람에 일요일의 계획이 망가졌다. 다들 어두워지기 전에 꼭 필요한 일을 다 끝내고 저녁 무렵에는 쉬기를 바랐지만 이제는 다 틀어져 버렸다. 식사도 늦어지고 뜨거운 물로 머리를 감고 싶은 바람이나 다른 계획도 그랬다.

이내 숨도 쉴 수 없을 정도로 연기가 자욱해졌다. 세찬 바람이 연기를 방으로 도로 쫓아냈다. 방 안에는 검은 검댕의 구름이, 빽빽한 솔밭 한가운데 도사린 동화 속 괴물처럼 고여 있었다.

유리 안드레예비치는 모두를 옆방으로 쫓아낸 다음 통풍구를 열었다. 그는 페치카에 있던 장작의 절반을 저리로 던져 내고 그 나머지 장작들 사이에 자잘한 톱밥과 자작나무 껍질을 놓아 길을 만들었다.

통풍구로 신선한 바람이 불어 들었다. 흔들리는 창문 커튼이 위로 말려 올라갔다. 책상에서 종이 몇 장이 흩날렸다. 바람이 멀리 있는 어떤 문을 쾅 닫고 구석구석을 빙빙 돌면서 쥐를 쫓는 고양이처럼 연기의 잔재를 쫓기 시작했다.

불붙은 장작들이 활활 타오르며 딱딱 쪼개지는 소리를 냈다. 작은 난로가 날름대며 불꽃을 토해 냈다. 그것의 철제 몸체에는 폐결핵 환자의 발그스레한 반점 같은 작은 원들이 새빨갛게 타올랐다. 방 안의 연기는 조금씩 걷히다가 완전히 사라졌다.

방 안은 더욱 밝아졌다. 최근에 유리 안드레예비치가 해부 의사가 일러 준 방식대로 때워 놓은 유리창이 삐걱거렸다. 훈훈하고 기름진 접합제 냄새가 파도처럼 밀려왔다. 잘게 톱질한 장작들이 페치카 주변에서 마르면서 목구멍이 매캐해지는, 전나무 껍질의 쓴 탄내와, 화장수처럼 향기롭고 축축하고 싱싱한 사시나무 냄새를 풍겼다.

그때 통풍구로 들어온 공기처럼 저돌적으로 니콜라이 니콜라예비치가 소식을 갖고 방 안으로 들이닥쳤다.

"시가전이다. 임시 정부를 지지하는 사관 후보생들과 볼셰비키 편인 수비대 병사들 사이에 군사 작전이 진행 중이야. 가는 곳마다 거의 접전이 일어나는데 봉기의 온상은 종잡을 수 없이 많아. 너희 집까지 오는 길에도 두세 번이나 혼쭐이 났는데 한번은 볼샤야 드미트롭카의 구석에서, 또 한번은 니키츠키예 문 옆에서 그랬어. 이제 지름길은 없고 빙빙 둘러서 빠져나와야 해. 자, 얼른, 유라! 옷을 입고 가 보자. 꼭 봐 둬야 해. 이게 역사야. 이건 일생에 한 번 있는 일이라고."

하지만 정작 그 자신도 두 시간가량이나 수다만 떨다가 식사를 하려고 앉았고 집에 갈 채비를 한 다음에는 의사를 끌고 나가려는데 고르돈이 왔다는 소식이 전해졌다. 그 역시 니콜라이 니콜라예비치와 같은 전언을 듣고 뛰어 들어온 것이었다.

하지만 그동안 사건은 좀 더 진척되어 있었다. 새로운 세부 사항이 전해졌다. 고르돈은 총격이 더 심해지고 우연히 빗나간 총알에 맞아 사망한 행인도 있다고 말했다. 그의 말에 따르면 시내의 움직임은 정지했다. 그는 기적처럼 그들의 집이 있는 골목으로 들어왔지만, 그의 등 뒤에서 퇴로가 막혔다는 것이다.

니콜라이 니콜라예비치는 말을 듣지 않고 거리로 살짝 나가려고 하다가 금방 돌아왔다. 그는 골목에 나갈 길이 없고 그 위로 총알이 윙윙 날아다니며 구석구석의 벽돌과 회반죽을 부수고 있다고 말했다. 거리에는 사람이 한 명도 없고 보도의 통행은 두절되었다.

그즈음 사셴카가 감기에 걸렸다.

"불 때는 페치카 옆에 어린아이를 데려가지 말라고 골백번은 말했잖아." 유리 안드레예비치가 화를 냈다. "너무 더운 것이 너무 추운 것보다 백배는 더 해롭다니까."

사셴카는 목이 아파 오면서 열이 많이 났다. 그는 특별히 구역질과 토악질에 대해 초자연적이고 미신적인 공포를 느꼈는데, 매 순간 그런 증세가 나타났다.

아이는 후두경을 든 유리 안드레예비치의 손을 밀쳐 냈고 그것을 목 안에 넣지 않으려고 입을 꼭 다문 채 소리를 지르고 숨을 헐떡거렸다. 어떤 설득이나 위협도 통하지 않았다. 그러다 갑자기 사셴카가 그만 자기도 모르게 입을 쩍 벌리고 달콤한 하품을 했는데, 의사는 그 기회를 포착하여 번개처럼 날쌘 동작으로 아들의 입에 숟가락을 집어넣고 혀를 누른 다음 사셴카의 후두가 산딸기처럼 빨갛고 편도선의 여기저기에 하얀 반점이 흩어져 있고 부어 있는 걸 살필 수 있었다. 그 모습을 본 유리 안드레예비치는 불안해졌다.

잠시 뒤, 의사는 역시 같은 방법으로 사셴카에게서 병원체를 채취할 수 있었다. 알렉산드르 알렉산드로비치에게는 자기 현미경이 있었다. 유리 안드레예비치는 그것을 갖고 가슴을 졸이며 직접 검사를 진행했다. 다행히도 디프테리아는 아니었다.

하지만 사흘째 밤, 사셴카는 가성 후두염 발작을 일으켰다. 고열에 시달리며 숨을 헐떡였다. 유리 안드레예비치는 가엾은 아이의 고통을 덜어 주지 못하는 무기력한 상태로, 아이를 쳐다보지도 못했다. 안토니나 알렉산드로비치가 보기엔 소년이 꼭 죽을 것 같았다. 아이를 번갈아 품에 안고 방 안을 좀 돌아다니자 좀 나아졌다.

아이를 치료하려면 우유나 광천수, 소다수를 구해야 했다. 하지만 지금은 시가전이 한창이었다. 역시나 일제 사격과 포격은 한순간도 그치지 않았다. 설령 유리 안드레예비치가 생명의 위협을 무릅쓰고 용기를 내어 포화가 퍼붓는 지대를 뚫고 불꽃의 경계선 너머로 나간다 해도, 승패가 최종적으로 확정될 때까지는 온 도시가 숨을 죽이고 있으니, 어떤 생명도 만나지 못할 터였다.

하지만 이미 승패는 분명했다. 사방에서 노동자들이 우세하다는 소문이 들려왔다. 사관 후보생들은 서로 절연하고 지휘관들과의 관계도 상실한 채 제각기 무리를 지어 아직 싸우는 중이었다.

십체프 지역은 도로고밀로프에서 도심으로 밀어닥친 군대의 영역에 들어갔다. 독일 전쟁에 참전했던 군인들과 미성년 노동자들은 골목에 파 놓은 참호에 들어가 있었는데 이미 인근 주민들을 알고 있었기에, 대문에서 얼굴을 삐죽 내밀거나 거리로 나온 거주자들과 이웃처럼 농담을 주고받았다. 도시의 이 구역에서 움직임이 재개되었다.

그러자 꼬박 칠십이 시간 동안 지바고의 집에 감금되었던 고르돈과 니콜라이 니콜라예비치도 사흘간의 포로 상태에서 해방되었다. 유리 안드레예비치는 사셴카가 아파서 힘든 때에 함께 있을 수 있어서 기뻤고, 안토니나 알렉산드로브나는 가뜩이나 정신이 없는데 그들이 번거로움을 덤으로 보태 준 것을 너그러이 봐주었다. 하지만 둘은 모두 주인들의 환대에 감사하는 차원에서 쉼 없이 즐거운 대화를 나눠야 한다고 생각했고, 유리 안드레예비치는 사흘 동안의 잡담에 너무 지친 나머지 그들과 헤어지는 것이 행복했다.

8

그들이 무사히 집에 도착했다는 소식이 전해졌지만, 이 사실을 알아보는 과정에서 전반적으로 사태가 진정되었다는 소문은 시기상조였음이 밝혀졌다. 여러 곳에서 군사 작전이 계속되었고 몇몇 지역은 지나갈 수도 없어 의사는 당분간 계속 병원에 갈 수 없었고 병원과 그곳 의사실의 책상 서랍 안에 넣어 둔「사람들 유희」와 연구 기록들이 그리워 미칠 지경이었다.

사람들은 저마다 동네 안에서만 아침마다 빵을 구하러 집 근처 거리로 나왔다가 병에 우유를 담아 가는 사람이 보이면 우르르 달려들어 불러 세운 다음 어디서 구했는지 캐물었다.

이따금씩 온 시내에 총격전이 재개되었고 군중은 또다시 흩어졌다. 다들 쌍방 간에 모종의 협상이 진행 중인데 그것의 성공이나 실패 여부에 따라 유산탄 사격이 강화되거나 약화되리라고 추측했다.

율리우스력 10월 말의 어느 날 밤 10시경, 유리 안드레예비치는 빠른 걸음으로 거리를 걸었는데, 특별한 용건 없이 근처에 사는 어느 동료의 집에 가는 길이었다. 보통은 붐비는 장소인데 인적이 드물었다. 마주치는 사람이 거의 없었다.

유리 안드레예비치는 빨리 걸었다. 첫눈이 점점 강해지는 바람과 함께 드문드문 흩날리더니 그의 앞에서 눈보라로 바뀌었다.

유리 안드레예비치는 한 골목에서 다른 골목으로 접어들었는데, 모퉁이를 돈 데다가 마침 갑자기 눈이 펑펑 쏟아지고 눈보라가 몰아쳐 방향 감각을 상실했다. 탁 트인 들판에서라면 새된 소리를 내며 땅으로 날아 떨어졌을 눈보라가 시내의 비좁고 막다른 골목에서 길을 잃은 양 몸부림쳤다.

정신적인 세계와 물질적인 세계, 가까운 곳과 먼 곳, 지상과 허공에서 뭔가 유사한 것이 만들어지고 있었다. 어딘가 작은 섬처럼 고립된 채 무너진 저항의 마지막 사격 소리가 울려 퍼졌다. 지평선 어디에서는 흘러넘치는 화재의 약한 불꽃이 물거품처럼 일다가 터지곤 했다. 그리고 유리 안드레예비치의 발밑, 축축한 포장도로와 인도에서 눈보라가 연기처럼 피어올랐고 이런 고리와 깔때기를 쫓아내며 회오리쳤다.

어느 교차로에서 갓 인쇄한 거대한 신문지 뭉치를 겨드랑이에 낀 신문팔이 소년이 "호외요!"라고 외치면서 그의 옆을 스쳐 앞질러 갔다.

"거스름돈은 필요 없단다." 의사가 말했다. 소년은 신문지 뭉치에 들러붙은 축축한 종잇장을 간신히 떼 내 의사의 두 손에 찔러 주고는, 눈보라 속을 뚫고 나왔을 때와 마찬가지로 순식간에 그리로 사라졌다.

의사는 꾸물대지 않고 얼른 주요 뉴스를 훑어보려고 두 걸음쯤 떨어진 곳에 밝혀진 가로등으로 다가갔다.

한쪽 면만 인쇄된 호외판에는 인민 위원장들의 소비에트 성립, 러시아 내의 소비에트 권력의 확립과 프롤레타리아 독재의 도입을 알리는 페테르부르크 정부의 성명이 실려 있었다. 이어 새 권력의 첫 법령이 잇따랐고 전보와 전화로 전해진 여러 소식도 있었다.

눈보라가 의사의 눈을 후려치고 바스락대는 잿빛 눈뭉치가 신문의 활자를 덮었다. 하지만 신문을 읽는 데 방해가 되지는 않았다. 이 순간의 위대함과 영원함에 전율하느라 그는 정신을 차릴 수 없었다.

어쨌거나 뉴스를 마저 읽으려고 눈을 피할 수 있는, 어디 밝은 곳을 찾아 사방을 둘러보았다. 그러고 보니 그는 다시 예의 그 마법에 걸린 교차로에, 세레브랸느이 골목과 몰차놉카 구석, 유리 입구와 전등불을 켜 놓은 넓은 현관이 딸린 높은 오층짜리 건물의 입구 옆에 서 있는 것이었다.

의사는 그 안으로 들어가 현관 깊은 곳, 전등불 밑에서 속보에 몰입했다.

그의 머리 위에서 발걸음 소리가 들려왔다. 누군가 왠지 주저하듯 자주 걸음을 멈추며 계단을 내려왔다. 실제로 아래로 내려온 사람은 갑자기 생각을 고쳐먹은 듯 몸을 돌려 위로 뛰어 올라갔다. 어딘가에서 문을 열어 주었고 두 목소리가 파도처럼 흘러넘쳤는데, 너무 제멋대로 윙윙거려서 여자인지 남자인지도 알 수 없었다. 그런 다음 문이 쾅 닫혔고 아까 아래로 내려오던 사람이 훨씬 더 단호하게 아래로 뛰어 내려왔다.

유리 안드레예비치의 눈은 신문을 읽느라 아래를 향하고 있었다. 그는 눈을 들어 제삼자를 살펴볼 준비도 하지 않았다. 하지만 상대방은 아래까지 다 뛰어온 다음에 걸음을 멈추었다. 유리 안드레예비치는 머리를 들고 내려온 사람을 쳐다보았다.

그의 앞에는 열여덟 살쯤 된 미성년이 서 있었는데, 시베리아에서 입는 뻣뻣한 사슴 가죽 옷에 겉에는 모피 코트를 입고 역시 같은 모피 모자를 쓰고 있었다. 소년은 얼굴이 거무스름하고 눈이 키르기스인처럼 가느다랬다. 어딘가 귀티가 나는 이 얼굴에서는 멀리서 날아온 것 같고 피가 복잡하게 섞인 혼혈인들에게서 흔히 보이는 예의 그 민첩한 불꽃과 감추어진 섬세함이 엿보였다.

소년은 유리 안드레예비치를 다른 누군가로 착각한 듯 눈에 띄게 당황했다. 그는 상대가 누구인지는 알지만 어떻게 말을 꺼내야 할지 결심이 서지 않는 듯 흐리멍덩한 시선으로 의사를 바라보았다. 그의 의혹을 종식시키기 위해 유리 안드레예비치는 그를 훑어보면서 자기 쪽으로 다가오려는 의향을 싸늘하게 내쳐 버렸다.

소년은 당황해서 한마디도 못하고 출구로 갔다. 거기서 다시 한번 주위를 둘러본 다음 덜컹거리는 육중한 문을 열었다가 쾅 닫고는 거리로 나갔다.

십 분쯤 뒤 유리 안드레예비치도 그의 뒤를 따랐다. 소년도, 원래 들를 계획이었던 동료도 잊은 채였다. 그는 방금 읽은 내용에 정신을 빼앗긴 채 집으로 향했다. 하지만 도중에 다른 사건이, 요 근래 무한한 의미를 갖게 된 사소한 생활 문제가 발생하여 그의 주의를 끌다가 아예 집중시켜 버렸다.

집까지 조금 못 가서 그는 어둠이 자욱한 가운데 포장도로 옆 보도 위에 길을 가로질러 나뒹구는 거대한 판자와 통나무 더미에 부딪쳤다. 이곳 골목에 근처에서 해체한 무슨 통나무 집의 형태로 관청용 연료를 받는 기관이 있었던 모양이다. 통나무들은 마당 안에 다 들어가지 않아 거리에 면한 부분에 쌓여 있었다. 이 통나무 산을, 총을 든 보초가 마당을 오가다 간간히 골목으로 나와 보며 지키고 있었다.

유리 안드레예비치는 깊이 생각해 보지도 않고, 보초가 마당으로 살짝 들어서고 회오리바람이 휘몰아쳐 유난히 두툼한 눈 덩어리를 허공에 흩뿌리는 순간을 포착했다. 그는 그림자가 져서 가로등 불빛이 닿지 않는 쪽에서 대들보 더미로 다가가 천천히 흔들리는 가운데 맨 밑바닥에 놓인 무거운 통나무를 꺼냈다. 그것을 더미에서 힘겹게 꺼내 어깨에 얹고는 더 이상 무게도 느끼지 못하고(자기 짐은 안 무거운 법이다.) 그림자가 드리워진 벽을 따라 슬그머니 십체프의 집까지 끌고 갔다.

역시 횡재였던 것이, 집에는 장작이 다 떨어져 있었다. 통나무를 톱질하고 작게 토막 내어 산처럼 쌓았다. 유리 안드레예비치는 난로를 피우려고 쪼그리고 앉았다. 그는 덜덜 떨며 덜커덩거리는 작은 문 앞에 말없이 앉아 있었다. 알렉산드르 알렉산드로비치가 몸을 녹이려고 안락의자를 페치카 쪽으로 끌고 와 앉았다. 유리 안드레예비치는 재킷의 옆 주머니에서 신문을 꺼내 장인에게 내밀었다.

"보셨어요? 한번 감상해 보세요. 읽어 보세요."

여전히 쪼그리고 앉아 작은 부지깽이로 페치카 속 장작을 뒤척이며 유리 안드레예비치는 큰 소리로 혼잣말을 했다.

"정말 대단한 외과 수술이야! 악취 나는 해묵은 종양들을 단번에 싹, 예술적으로 도려내다니! 사람들이 경배하고 추종하고 숭배하는 데 익숙해진 수세기 동안의 부정(不正)이 군말

없이 싹, 선고를 받았어.

두려워하지도 않고 이렇게 끝까지 밀어붙인 데에는 예부터 익히 알려진, 뭔가 민족성에 가까운 것이 있어. 푸시킨의 군더더기 없는 담백함, 사실에 대해 흔들리지 않는 톨스토이의 충실함에서 이어져 나온 뭔가가."

"푸시킨이라고? 뭐라고 했지? 잠깐만. 곧 다 읽을 테니까. 읽으면서 동시에 들을 수는 없거든." 장인인 알렉산드르 알렉산드로비치는 유리 안드레예비치가 혼잣말처럼 중얼대는 독백을 자기에게 한 말로 착각하고는 상대의 말을 끊었다.

"무엇보다도 무엇이 천재적인 것인가? 만약 누군가가 새로운 세계를 창조하고 새로운 기원을 시작하라는 과제를 부여받았다면 그는 반드시, 우선 합당한 장소를 깨끗이 할 필요가 있을 거야. 새로운 세기를 건설하기에 앞서 우선 낡은 세기가 끝나길 기다렸을 것이고 우수리를 뗀 숫자와 줄 바꿈된 첫 줄, 아무것도 쓰이지 않은 페이지가 필요했을 거야.

한데 지금, 이 얼마나 대단한 일인가. 이토록 유례없는 일, 이런 역사의 기적, 이런 계시가 이런 흐름에는 신경도 쓰지 않고 지속되는 진부한 일상의 한복판에 짠 나타났어. 그것은 처음부터가 아니라 중간부터, 즉 앞으로 정해진 기한 없이 갑자기 찾아온 첫 평일, 시내를 도는 전차가 가장 북적댈 때 시작됐어. 이것이야말로 가장 천재적인 것이다. 가장 위대한 일만이 이렇게 부적절하고 때맞지 않은 순간에 일어나는 법이니."

9

다들 예측했던 그런 겨울이 왔다. 뒤에 이어질 두 해의 겨울에 비하면 그렇게 무서운 겨울은 아니었지만 이미 그 부류에 속하는 어둡고 굶주리고 추운 겨울로, 익숙한 것이 몽땅 무너지고 생활의 모든 토대가 재구성되고 슬쩍 빠져나가는 삶을 붙잡으려고 온갖 비인간적인 노력을 기울여야 하는 계절이었다.

잇따라 찾아온 세 번의 겨울이 계속 그렇게 끔찍했고, 지금 1917년에서 1918년까지 일어난 것처럼 생각되는 모든 일이 실은 그때가 아니라 더 나중에 발생한 일일 수도 있겠다는 생각이 든다. 잇따라 찾아온 이 겨울은 따로 구분하기 힘들 만큼 하나로 뒤섞였다.

오래된 삶과 새로운 질서가 아직은 하나가 되지 못했다. 둘 사이에 격렬한 적대감은 없었으나 일 년 뒤 내전을 겪는 동안에도 충분한 관계가 형성되지 못했다. 그것은 서로 대립하기에 서로를 덮어 주지 못하는, 따로 떨어진 양 측면이었다.

건물 소유권 관리소, 여러 조직, 관공서, 공공복지 기관 등 곳곳에서 통치 구조가 개편되었다. 구성원도 바뀌었다. 모든 곳에 무제한의 전권을 가진 위원장이 임명되었으니, 검은 가죽 재킷에 온갖 공포 유발 조치와 연발 권총으로 중무장하고 면도도 거의 하지 않고 잠은 더 거의 자지 않는 강철 같은 의지의 소유자들이었다.

그들은 소시민 계층, 고만고만한 국채 소유자, 설설 기는 주민의 속성을 잘 알았기 때문에 좀 봐주기는커녕 메피스토펠레스[135])의 냉소를 띠고 붙잡은 좀도둑 대하듯 그들과 얘기했다.

그들은 프로그램이 명령한 대로 모든 것을 제어했고 무슨 사업이든 무슨 연맹이든 볼셰비키화했다.

크레스토보즈드비젠스카야 병원은 이제 제2 개혁 병원으로 불렸다. 내부에서도 변화가 일어났다. 일부 직원은 해고되었고 많은 이들이 근무 조건이 이롭지 않다고 판단하여 알아서 나갔다. 최신 시술법을 익힌 돈 잘 버는 의사들, 사교계의 응석받이들, 미사여구나 늘어놓는 요설가들이었다. 그들은 사리사욕을 따라 나가면서도 꼭 시민 의식에 고무된 시위자인 양, 남아 있는 자들을 꺼림칙하게 대하고 배척하기까지 했다. 이렇게 경멸당하며 남은 자들 중에 지바고도 끼여 있었다.

저녁에는 남편과 아내 사이에 이런 대화가 오갔다.

"수요일에 잊지 말고 의사 협회 지하실에 와서 언 감자를 가져가. 거기서 두 자루를 줄 거야. 내가 몇 시에 빠져나와 당신을 도울 수 있을지 정확히 알려 줄게. 둘이서 썰매에 싣고 날라야 할 거야."

"좋아. 잘될 거야, 유로치카. 어서 잠자리에 들기나 해. 늦었어. 어쨌거나 당신이 모든 일을 돌볼 수는 없잖아. 당신은 좀 쉬어야 해."

"전염병이 돌고 있어. 몸이 피로하면 면역력이 떨어지지. 당신도, 아버님도 보기가 딱해. 뭔가 조치를 취해야겠어. 아니, 그렇지만 무슨 조치를 취한다지? 우리는 아직 조심성이

---

135) 괴테의 『파우스트』에서 파우스트 박사와 계약을 맺는 악마.

부족해. 좀 더 신중해야 해. 들어 봐. 아직 안 자지?"

"응, 안 자."

"내 걱정을 하는 게 아니야, 튼튼하니까. 하지만 만에 하나, 혹시라도 쓰러지면, 멍청하게 굴 것 없어. 집에다 두지 마. 얼른 병원으로 옮기라고."

"무슨 소리야, 유로치카! 하느님이 지켜 주실 거야. 왜 미리부터 불길한 소리를 하고 그래?"

"기억해 둬, 정직한 사람도 친구도 더 이상 없어. 뭘 좀 아는 사람은 더 없고. 무슨 일이 생겼을 때 믿을 사람이라곤 피추시킨뿐이야. 물론 그 사람이 살아남는다면 말이야. 안 자지?"

"응."

"더 좋은 배급 식량을 받으려고 제 발로 나가 놓고는 이제 와서 시민적인 감정에 넘쳐 원칙에 따른 척하는 판국이야. 서로 마주쳐도 거의 손도 내밀지 않아. '그들 병원에서 일하시죠?' 그러고는 눈썹을 추켜세우지. '그렇소.' 하고 나는 말하지. '그렇다고 분개하지는 말아요. 우리의 고초를 자랑스러워하며 이런 고초를 안겨 줌으로써 우리를 명예롭게 해 준 사람들을 존경하오.'"

10

오랜 기간 대부분의 사람들은 물에 불린 수수와 청어 대가리로 끓인 생선 수프를 주식으로 먹었다. 청어 몸통은 구워서 두 번째 코스로 나왔다. 빻지 않은 호밀과 알곡 형태의 밀도 먹었다. 죽을 끓여서 말이다.

안면 있는 교수 부인이 안토니나 알렉산드로브나에게 네덜란드 식 스토브의 밑바닥에다 빵 굽는 법을 가르쳐 주었다. 옛날처럼 타일 붙은 난로를 사용하면, 일부를 내다 팔아, 불도 쬐고 수익도 거둘 수 있었다. 그러면 연기만 날 뿐, 잘 타지도 않고 잘 데워지지도 않는 애물단지 작은 난로는 쓰지 않아도 됐다.

안토니나 알렉산드로브나의 빵은 잘 구워졌지만 장사는 그저 그랬다. 실현되지 못한 계획은 접고 치워 둔 작은 난로를 다시 쓸 수밖에 없었다. 지바고 가족은 궁핍하게 살았다.

어느 날 아침, 유리 안드레예비치는 여느 때처럼 일을 하러 나갔다. 집 안에 남은 장작은 두 쪽이 전부였다. 안토니나 알렉산드로브나는 모피 외투를 입고 있었는데, 몸이 약해져 따뜻한 날에도 이런 차림으로 한기를 느끼며 '사냥감을 찾아' 나섰다.

그녀는 교외 마을에서 난 채소와 감자를 든 남자들이 이따금씩 출몰하는 근처 골목을 반 시간 정도 서성였다. 그들을 붙잡아야 했다. 짐을 든 농부들의 관심을 끌어야 했다.

그녀는 곧 자기가 찾던 목표물에 달려들었다. 긴 외투를 입은 건장하고 젊은 사내는 안토니나 알렉산드로브나와 함께 장난감처럼 가벼운 썰매를 나란히 끌고 조심스레 모퉁이를 돌아 그로메코 집 마당까지 왔다.

썰매 안 나무껍질로 엮은 광주리, 멍석 밑에는 얼마 안 되는 자작나무 더미가 쌓여 있었는데, 지난 세기의 사진에서 보던 구식 시골집 난간보다 더 가늘었다. 안토니나 알렉산드로브나는 그 값어치를 알았다. 명색만 자작나무일 뿐, 베 낸 지 얼마 되지 않아 땔감으로는 적합하지 않은, 질 나쁜 원자재였다. 하지만 선택의 여지가 없으니 뭐라 말할 처지가 아니었다.

젊은 농부는 대여섯 번에 걸쳐 그녀가 사는 위층까지 장작을 날라 주고 그 대가로 안토니나 알렉산드브나의 작은 화장대를 등에 지고 힘겹게 아래로 내려가 썰매에 실었다. 자기 신부에게 줄 선물이었다. 지나는 길에는 다음번에 감자를 가져오기로 합의하다가 옆에 있는 피아노 값을 쳐 보았다.

집에 돌아온 유리 안드레예비치는 아내가 구입한 물건에 토를 달지 않았다. 내준 화장대를 잘게 쪼개는 편이 더 쓸모 있고 적합했겠지만 차마 그렇게까지는 할 수 없었을 것이다.

"식탁 위에 쪽지 봤어?" 아내가 물었다.

"병원장에게서 온 거? 말하더군, 나도 알아. 어느 여자 환자에게 왕진을 가라는 거야. 가야지. 조금 쉬었다가 가려고. 한데 제법 먼 곳이야. 트리움팔느예 보로트이 근처 어디라던데. 주소는 써 놨어."

"왕진료를 이상하게 제안하대. 봤어? 어쨌거나 읽어 봐. 독일 코냑 한 병이나 여성용 스타킹 한 켤레. 이런 걸로 사람을 부르다니. 어떤 사람일 것 같아? 심보가 고약하거나 요즘 우리 형편을 통 모르는 사람인가 봐. 벼락부자[136] 같은 자들일 수도 있고."

---

136) 원어는 프랑스어 'nouveaux riche(신흥 부자)'를 그대로 음차한 '누보리시'이다.

"그러게, 배급업자인가 보지."

특허권 소유자와 전권 위임자, 그리고 소규모 개인업자들이 이렇게 불렸다. 개인 상업을 폐지한 국가 권력은 경제가 악화되자 그들에 대한 규제를 다소 완화하여 그들과 계약을 체결하고 다양한 납품과 거래를 허용했다.

몰락한 옛 회사의 수장이나 대규모 자산가는 이미 여기에 포함되지 않았다. 타격을 입은 후 회복하지 못한 까닭이다. 이 범주에는 날품팔이꾼, 전쟁과 혁명으로 인해 밑바닥에서 올라온, 뿌리도 없이 어디서 새로 흘러들어온 사람들이 들어갔다.

우유를 넣고 끓여 하얘진 물에 설탕을 타 마신 다음 의사는 환자를 보러 떠났다.

보도와 포장도로에는 눈이 깊이 쌓여, 거리의 이쪽 열, 저쪽 열에 있는 집을 모두 덮어 버렸다. 눈의 장막은 여기저기 1층의 창문 높이까지 이르렀다. 트인 공간 위로 부실한 식량을 지고 가거나 썰매에 싣고 가는, 반쯤만 살아 있는 말 없는 그림자들이 어른거렸다. 마차를 탄 사람들은 거의 없었다.

예전 간판이 아직 남아 있는 건물도 있었다. 그러나 정작 간판의 내용과 상관없이 그 안에 자리 잡은 소비조합과 협동조합은 문을 걸어 잠그고 창문에 창살을 치거나 아예 문에 못질을 해 놓았다. 안은 텅 비어 있었다.

그것이 잠기고 텅 빈 것은 상품도 없거니와, 상업을 포함한 생활 모든 측면에서의 개편이 아직 가장 일반적인 차원에서만 이루어졌을 뿐, 이 못질한 상점 같은 자잘한 영역까지는 미치지 못한 탓이었다.

11

의사가 왕진을 간 집은 브레스츠카야 거리의 끝, 트베르스카야 관문 근처에 있었다.

집은 병영을 연상시키는 구식 벽돌 건물로, 안마당과 건물의 안쪽 벽을 중심으로 세 층을 이룬 목조 회랑이 있었다.

주민들은 지역 소비에트 여성 대표자가 참석한 가운데 전부터 예정된 총회를 열고 있었는데, 갑자기 무기 소지 허가증을 조사하고 허가되지 않은 것을 압수하며 순회 중이던 군사 위원이 집 안에 들이닥쳤다. 순회를 지휘하는 상관은 여성 대표자에게 물러가지 말라고 부탁하면서, 수색에 많은 시간이 걸리지는 않을 것이며, 조사를 다 받은 거주자들이 차츰 모여들 것이며, 중단된 회의는 곧 재개될 수 있을 것이라고 장담했다.

순회는 끝나 갔고, 그가 건물 대문에 이르렀을 무렵에는 때마침 의사를 기다리던 바로 그 집 순서였다. 라이플총을 들고 회랑으로 통하는 계단 옆에서 망을 보던 군인이 유리 안드레예비치가 들어가는 것을 막무가내로 막았지만, 부대장이 그들의 다툼에 끼어들었다. 그는 의사의 출입을 허락하라고 명령했으며 그가 환자를 진찰할 동안 가택 수색을 잠시 연기하기로 했다.

의사를 맞은 것은 집주인이었는데, 푸석하고 거무스름한 얼굴에 우울한 느낌을 주는 검은 눈의 예의 바른 청년이었다. 그는 아내의 병, 곧 들이닥칠 수색, 의학과 그 대표자들에게 품고 있는 초자연적인 존경 등 많은 정황 때문에 흥분한 상태였다.

의사의 수고와 시간을 덜어 주려고 주인은 가능한 한 짧게 말하려고 애썼으나 그렇게 서두르는 바람에 더 장황하고 두서가 없었다.

사치품과 싸구려가 뒤죽박죽된 집에는 뭔가 확고한 것에 투자할 목적으로 마구 사들인 물건이 가득했다. 흐트러진 가구 세트에, 구색을 맞추기에는 짝이 부족한 외톨이 물건들까지 붙어 있었다.

집주인은 아내가 너무 놀란 나머지 어떤 신경병을 일으켰다고 생각했다. 본론과는 상관없는 많은 딴소리와 함께 그가 얘기한 바에 따르면, 그들은 이미 오래전에 멈춘, 낡고 망가진 음악 시계를 헐값에 사들였다. 오직 시계 기술의 기념품이자 희귀품으로 산 것이었다.(환자의 남편은 그것을 보여 주려고 의사를 옆방으로 데려갔다.) 심지어 수리할 수 있을지조차 의심스러운 물건이었다. 그런데 수년 동안 태엽도 모르고 산 시계가 갑자기 저절로 가기 시작하더니, 가다가 복잡한 미뉴에트를 울리다가 멎어 버렸다. 아내는 이것이 자신의 마지막 시각을 알리는 신호라고 결론짓고는 공포에 사로잡혔고 지금 이렇게 몸져누워 헛소리를 하고, 먹지도 마시지도 못한 채 그를 알아보지 못한다고 청년은 이야기했다.

"그럼 신경 쇼크라고 생각하십니까?" 유리 안드레예비치가 의혹이 담긴 목소리로 물었다. "환자에게 좀 데려다주시죠."

그들은 도자기 샹들리에와 넓은 이인용 침대 옆에 작은 마호가니 탁자 두 개가 놓여 있는 옆방으로 들어갔다. 침대의 가장자리에 크고 검은 눈의 작은 여자가 담요를 턱보다 높이 당겨쓴 채 누워 있었다. 방 안으로 들어선 사람들을 보자 그녀는 담요 밑으로 한 손을 꺼내더니, 실내복의 넓은 소매가 겨드랑이까지 흘러내리는 가운데, 물러가라는 듯 내저었다. 남편을 알아보지도 못했고, 방에 아무도 없는 것처럼 조용한 목소리로 어떤 슬픈 노래의 첫 소절을 부르기 시작하더니 괜히 서러움에 겨워 울음을 터뜨리고 아이처럼 흐느껴 울면서 어딘가 집으로 보내 달라고 애원했다. 의사가 다가가면 어느 쪽을 보든 매번 등을 돌리며 진찰을 거부했다.

"제대로 진찰을 해 봐야겠지만." 하고 유리 안드레예비치가 말했다. "어차피 마찬가지일 겁니다, 그렇잖아도 분명하니까요. 이건 발진 티푸스고 게다가 상당히 중증입니다. 가엾게도 대단히 고통스러울 겁니다. 병원으로 데려갔으면 좋겠는데요. 문제는 말이죠, 환자에게 각종 편의시설을 갖다 바치는 것보다 발병 첫 몇 주 동안 의사의 지속적인 치료가 꼭 필요합니다. 이동할 수단을 마련해 주시면 좋겠는데, 환자를 데려갈 수 있도록 마차나, 극단적인 경우에는 짐을 나르는 썰매라도 어떻게 안 될까요? 물론 환자를 미리 잘 감싼 다음에요. 제가 허가서를 써 드리겠습니다."

"할 수 있습니다. 해 보겠어요. 하지만 잠깐만요. 아니, 정말 티푸스인가요? 정말 끔찍하군요!"

"정말 유감입니다."

"아내를 내 옆에서 떼 놓으면 영영 잃어버릴까 봐 무서워요. 집에서 치료해 주실 수는 없을까요, 가능한 한 자주 왕진을 와 주시면서요? 보수는 뭐든 원하시는 대로 드릴 수 있는데요."

"설명을 드렸잖습니까. 환자의 상태를 계속 관찰하는 것이 중요합니다. 좀 들어 보세요. 지금 제가 좋은 충고를 하는 겁니다. 땅을 파서라도 마차를 구하시고, 저는 필요한 서식을 작성하겠습니다. 이건 여기 주택 위원회에서 하는 것이 제일 낫겠네요. 허가서 밑에 이 집의 직인을 찍고 형식적인 절차가 더 있어요."

12

심문과 수색을 마친 거주자들이 따뜻한 숄을 두르고 모피 코트를 입은 채 옛날에는 달걀 창고였는데 지금은 주택 위원회가 들어선, 불을 때지 않는 방으로 하나 둘 연이어 돌아왔다.

방의 한쪽 끝에는 사무용 책상과 의자가 몇 개 있었지만 그 많은 사람이 다 앉기에는 부족했다. 그래서 거기에 덧붙여 빈 달걀 상자를 거꾸로 뒤집어 벤치처럼 길게, 빙 둘러 세워 두었다. 이런 상자들이 산처럼 이 방의 반대편 끝에 천장까지 쌓여 있었다. 구석에는 깨진 달걀에서 흘러나온 노른자가 톱밥과 뒤섞여 굳은 다음 벽에 덩어리처럼 엉겨 붙어 있었다. 이 덩어리 속에 쥐들이 요란스레 들끓어, 이따금 돌바닥의 자유로운 공간을 뛰어나왔다가 다시 톱밥 속으로 숨곤 했다.

그럴 때마다 살이 출렁거리는 호들갑스러운 여성 거주자가 새된 소리를 지르며 상자 위로 뛰어올랐다. 그녀는 손가락을 쫙 펴 애교를 부리듯 치맛자락을 살짝 치켜들고 정강이까지

덮는 최신 유행 스타일의 부인용 구두를 신은 발을 동동 구르며 일부러 술 취한 여자처럼 목 쉰 소리로 외쳐 댔다.

"올카, 올카, 여기 너희 집에는 쥐가 우글대잖아. 우, 저리가, 이 더러운 것! 아이-아이-아이, 말귀를 알아먹는군, 추잡한 놈! 악 쓰는 것 좀 봐. 야야야, 상자로 올라간다! 내 치마 밑으로 기어들면 어째. 아이고, 무서워, 아이고, 무서워라! 얼굴 좀 돌려 주세요, 남성 여러분. 죄송합니다, 지금은 남성이 아니라 시민 동지라는 걸 깜박했군요."

소란을 떤 아줌마는 양털 망토의 단추를 열고 있었다. 그 밑에서 그녀의 이중 턱과 불룩한 젖가슴, 실크 원피스로 꽉 졸라맨 배가 세 겹의 흐물흐물한 젤리처럼 출렁거렸다. 아마도 언젠가는 삼류 상인들과 상점 점원들 사이에서 암사자로 명성을 날렸으리라. 눈두덩이 부풀어 올라 돼지 눈처럼 작아진 그녀의 두 눈은 거의 벌어지지를 못했다. 옛날 옛적에 어떤 연적이 그녀를 향해 염산 병을 들이부으려다가 빗나가 두세 방울만 왼쪽 뺨과 왼쪽 입가에 떨어뜨렸는데, 두 군데에 가벼운 흔적만 남겨 주의해서 보지 않으면 거의 매력적으로 보일 정도였다.

"고함 좀 지르지 마, 흐라푸기나. 당최 일을 할 수가 없잖아." 지역 소비에트 대표자이자 총회에서 의장으로 선출된 여성이 책상 앞에 앉아서 말했다.

이 집의 토박이들은 오래전부터 그녀를 잘 알았고 그녀도 그들을 잘 알았다. 그녀는 집회에 앞서 반쯤 기어드는 목소리로 파티마와 비공식적인 대화를 나누었다. 파티마는 이 집의 늙은 관리인으로 한때는 남편, 아이들과 함께 지저분한 지하실에 살다가 지금은 딸과 단둘이서 햇볕이 잘 드는 2층의 두 칸짜리 방으로 이사했다.

"자, 그래 뭐요, 파티마?" 의장이 물었다.

파티마는 집도 너무 크고 사는 사람도 많아 자기 혼자서는 감당하기 힘들다고, 집마다 할당된 마당과 거리 청소 의무를 아무도 준수하지 않는다고 투덜거렸다.

"속상해하지 말아요, 파티마, 우리가 본때를 보여 줄 테니 안심하도록. 이 위원회가 대체 뭐겠소? 생각이나 할 수 있는 일이오? 범죄 분자가 숨어 있고, 도덕성이 의심스러운 사람이 주거 등록증도 없이 살고 있소. 우리는 이자들의 목을 자르고 다른 자를 뽑을 거요. 내가 당신을 책임자로 앉힐 테니 걷어차지만 말아요."

관리인 여자는 의장에게 그러지 말라고 애원했지만 상대편은 들으려 하지 않았다. 그녀는 방을 둘러보고 사람이 충분히 모였다고 생각했는지 정숙을 요구한 다음 짧은 개회사로 총회를 열었다. 예전 주택 위원회가 아무 활동도 하지 않았음을 비판한 다음, 새로운 위원회를 선발하기 위한 후보자를 지명하자고 제안하고 이어 다른 문제로 넘어갔다. 이것을 끝내자 겸사겸사 이런 말도 덧붙였다.

"자, 그럼 동지들. 터놓고 말해 봅시다. 동지들의 건물은 넓어서 기숙사로 쓰기에 적합하오. 위원들이 회의에 참석하러 몰려드는데 그 사람들을 수용할 장소가 없소. 손님들을 위한 집으로 사용하도록 이 건물을 지역 소비에트 관할로 접수하자는, 주지하다시피 유형을 떠나기 전까지 이 집에 살았던 티베르진 동지의 이름을 붙이자는 결정이 내려졌소. 반대 의견 있소? 이제 집을 비우는 문제로 넘어갑시다. 이건 급한 조치는 아니오, 동지들에게는 아직 일 년의 시간이 있어요. 노동자 주민은 특정 면적을 제공함과 더불어 우리가 이주를 시켜 줄 것이고, 비노동자 주민은 알아서 살 곳을 찾으라고 경고하는데, 열두 달의 기간을 주겠소."

"한데 우리 중 비노동자가 누구요? 우리 중에 비노동자는 자는 없소! 다들 노동자인걸요." 곳곳에서 이렇게 외치는 가운데 한 목소리가 터져 나왔다. "이건 열강 쇼비니즘이오! 모든 민족은 이제 다 평등합니다. 나는 당신의 말이 무엇을 암시하는지 알고 있소!"

"다들 한꺼번에 말하지 마시오! 누구에게 대답해야 할지 도통 모르겠군. 어떤 민족을 말하는 거요? 아니, 여기서 민족이 무슨 상관이오, 시민 발드이르킨? 가령 흐라푸기나는 민족과는 전혀 상관없지만 역시나 쫓아낼 거요."

"쫓아낸다고! 네가 나를 어떻게 쫓아내나 어디 두고 보자. 푹 꺼진 침대 같은 게! 직급 열 개![137]" 흐라푸기나는 언쟁이 붙자 대표자에게 의미도 없는 별명들을 마구 외쳐 댔다.

"뱀 같은 년! 마귀 같은 년! 염치도 없지!" 관리인 여자가 분을 참지 못했다.

"상관하지 마, 파티마. 나 혼자 처리할 테니. 그만하시지, 흐라

---

137) '너 잘났다' 정도의 뜻인듯 하다.

푸기나. 자꾸 응석을 받아 주면 아주 머리 위에 앉을 여자야! 입 닥치라고 말했어. 안 그러면 밀주와 도둑놈 소굴을 만든 혐의로 체포될 때까지 기다릴 것도 없이 너를 당장 기관에 내줄 거야."

소란은 극에 달했다. 아무도 제대로 말할 수 없었다. 그때 의사가 창고로 들어섰다. 그는 문 옆에서 처음 마주친 사람에게 주택 위원회에 속한 사람을 가르쳐 달라고 부탁했다. 상대는 두 손을 나팔처럼 모으고 소음과 고함을 누르며 또박또박 소리쳤다.

"갈-리-울-리-나! 이리 와. 여기 누가 찾아왔어."

의사는 자신의 귀를 믿지 못했다. 몸이 약간 구부정하고 여윈 관리인 여자가 다가왔다. 의사는 어머니와 아들이 너무 닮은 것을 보고 충격을 받았다. 하지만 아직은 자신의 정체를 밝히지 않았다. 그가 말했다.

"여기 당신들 아파트에 사는 여성 한 분이 티푸스에 걸렸습니다.(그는 그녀의 성(姓)을 거명했다.) 전염되지 않도록 주의해야 합니다. 그 밖에도 환자를 병원으로 이송해야 합니다. 환자를 위해 서류를 작성해야겠는데, 주택 위원회가 승인해 줘야 되거든요. 어떻게, 어디서 해야 하죠?"

관리인 여자는 질문의 내용이 이송 서류 작성이 아니라 환자의 이송이라고 알아들었다.

"데미나 동지를 데리러 지역 소비에트에서 마차가 올 거요." 갈리울리나가 말했다. "데미나 동지는 좋은 사람이니, 내가 말하면 마차를 내줄 거요. 염려하지 말아요, 의사 동지, 당신의 환자를 실어다 줄 테니까."

“오, 내 얘기는 그게 아닙니다! 어디서 허가서를 써 줄 수 있는지 묻는 겁니다. 그래도 마차까지 대준다면……. 죄송하지만, 혹시 갈리울린 중위, 즉 오시프 기마제트디노비치의 어머님 아니신지요? 전선에서 그와 함께 복무했거든요.”

관리인 여자는 온몸을 부르르 떨더니 얼굴이 창백하게 변했다. 의사의 손을 잡은 다음 그녀는 말했다.

“조용히 하게, 제발, 누가 들을지도 몰라. 내 신세를 망치지 말아요. 유숩카는 길을 잘못 들어섰어요. 한번 따져 봐요, 유숩카가 누구요? 유숩카는 견습공 출신, 기술공이오. 유숩카는 이제 평범한 민중의 형편이 많이 좋아졌다는 것을 알아야 해요, 이건 장님 눈에도 보이는 일이니 무슨 말이 더 필요하겠어. 당신이 어떻게 생각하는지는 모르지만, 당신이야 괜찮겠지만 유숩카에게는 죄악이 돼서 하느님이 용서하지 않을 거요. 유숩카의 아버지는 군인으로 있다가 실종됐는데, 세상에, 얼굴도 손발도 남겨 놓지 않고 죽였대요.”

그녀는 더 말할 힘이 없는지 한 손을 내젓고는 흥분이 가라앉길 기다렸다. 그런 다음에 계속했다.

“가요. 마차는 지금 처리해 줄게요. 나는 당신이 누군지 알아요. 그 녀석이 여기에 온 지 이틀이 됐는데, 얘기하더라고요. 당신이 라라 기샤로바를 안다더군요. 좋은 처녀였지. 여기 우리 집에 놀러 왔던 게 기억나. 한데 지금은 어떤 여자가 됐을지 누가 알겠소. 아니, 양반들이야 양반들에게 맞설 수가 있잖소? 하지만 유숩카에게는 죄가 되지. 가서 마차를 부탁해 봐요. 데미나 동지가 내줄 거요. 데미나 동지가 누군지는 알죠?

올랴 데미나, 라라 기샤로바 어머니의 양장점에서 일했는데. 바로 그 사람이오. 역시나 여기 출신이지. 바로 이 마당. 가요."

13

이미 날은 완전히 어두웠다. 주변은 밤이었다. 그들보다 다섯 걸음쯤 앞서가는 데미나의 손전등에서 하얗고 둥근 빛이 나와 여기저기 눈 더미를 뛰어다녔지만 길 가는 사람을 위해 길을 밝혀 주기보다는 오히려 혼란을 조장했다. 주변은 밤이었고, 집, 그토록 많은 사람들이 그녀를 알았던 곳이자 그녀가 소녀 시절에 찾아왔던 곳이자 미래의 남편인 안티포프가 소년 시절을 보냈다는 이야기가 전해지는 그곳은 뒤에 남았다.

데미나는 보호자라도 되는 양 농담처럼 그에게 말했다.

"정말 손전등도 없이 더 멀리 갈 수 있을까요? 예? 안 되면 내 것을 드려도 되는데, 의사 동지. 예. 언젠가 우리가 소녀였을 때 나는 그 애에게 농담 아니게 푹 빠져서 정신없이 사랑했어요. 그 애 집에는 재봉 시설이 있었어요, 양장점이었거든요. 나는 그 애 집에서 견습공으로 살았어요. 올해도 만난걸요. 그 애가 다녀갔어요. 모스크바에 온 김에 들렀다더군요. 내가 말했죠, 어딜 가겠다는 거니, 이 바보야? 여기 남으면 좋잖아. 함께 살면 좋겠는데, 네 일자리도 있을 테고. 하지만 씨알도 안 먹혔죠! 싫다더군요. 그 애 일이니까. 그 애는 가슴이 아니라 머리로 파시카에게 시집갔고, 그때 이후로 머리가 이상해졌

370

어요. 그냥 가 버렸어요."

"그녀에 대해 어떻게 생각하십니까?"

"조심하세요. 여기는 미끄러워요. 구정물을 문 앞에 버리지 말라고 골백번이나 말했는데, 소귀에 경 읽기예요.[138] 그녀를 어떻게 생각하느냐고요? 어떻게 생각하다니요? 생각하고 자시고 할 게 뭐 있나요. 그럴 겨를도 없고요. 자, 나는 여기 살아요. 그 애에게 숨긴 사실이 있는데, 군인이었던 그 애 오빠가 사살당한 것 같아요. 나의 옛 주인이었던 그 애의 어머니라면 내가 분명히 구할 수 있을 거예요, 그분을 위해 애쓰고 있으니까요. 자, 나는 이쪽으로 가요, 그럼 잘 가세요."

그런 다음 그들은 헤어졌다. 데미나의 손전등 불빛은 좁은 석조 계단의 안쪽을 뚫고 앞으로 달아나며 지저분한 출입구의 더러워진 벽을 비추었고, 의사는 암흑 속에 잠겼다. 오른쪽에는 사도바야-트리움팔나야 거리가, 왼쪽에는 사도바야-카레트나야 거리가 있었다. 검은 먼 곳, 검은 눈 더미 위에서 그것은 이미 통상적인 의미의 거리가 아니라 우랄이나 시베리아의 울창한 수림 같은, 쭉 늘어선 석조 건물의 빽빽한 타이가 숲속에 나 있는 두 개의 벌채선(伐採線) 같았다.

집은 밝고 따뜻했다.

"왜 이렇게 늦었어?" 안토니나 알렉산드로브나는 이렇게 묻고는 그에게 답할 여유도 주지 않고 말을 계속했다.

"당신이 없는 동안 여기서 이상한 일이 일어났어. 설명할 수

---

138) 직역하면 '콩알로 벽치기' 정도의 뜻이다.

없을 만큼 이상한 일이야. 당신에게 말하는 걸 깜박했지 뭐야. 어제 아빠가 자명종을 깨뜨리셔서 절망에 빠지셨어. 집 안의 마지막 시계였거든. 수리를 하시느라 여기저기 들쑤셔 봤지만 소용없었어. 모퉁이에 있는 시계공이 엄청난 값을 요구했어, 빵 세 푼트라니. 그러니 뭘 어쩌겠어? 아빠는 완전히 낙담하셨어. 그런데 갑자기, 세상에, 한 시간 전에 귀청을 찢을 만큼 큰 소리가 난 거야. 자명종이었어! 느닷없이 가는 거야, 알겠지!"

"내 티푸스의 시간이 왔군." 유리 안드레예비치가 농담처럼 내뱉으며 가족들에게 그 시계 환자의 이야기를 들려주었다.

14

하지만 그가 티푸스에 걸린 것은 훨씬 뒤였다. 그러는 동안 지바고 가족의 궁핍은 극에 달했다. 그들은 빈곤에 허덕이며 영락해 갔다. 유리 안드레예비치는 강도의 희생양이 되었던, 어느 날 자기가 구해 준 당원을 찾아냈다. 그는 의사를 위해 할 수 있는 일을 다 해 주었다. 하지만 내전이 시작되었다. 그의 후원자는 항상 이동 중이었다. 그 밖에도, 자신의 신념에 맞게 이 사람은 그 시절의 난관을 자연스러운 것으로 여겼고, 그 자신도 굶주리고 있다는 사실을 숨겼다.

유리 안드레예비치는 트베르스카야 관문 근처에 있는 배급 업자를 찾아가 보았다. 하지만 지난 몇 달 동안 그자는 흔적도 없이 사라지고 건강을 회복한 그의 아내도 행방이 묘연했다.

집 안에 거주하는 사람도 바뀌어 있었다. 데미나는 전선에 나갔고 관리인 갈리울리나는 만날 수 없었다.

어느 날 그는 고시 가격에 따라 배급표만큼의 장작을 받았는데, 그것을 빈답스키 역에서 실어 와야 했다. 끝없이 이어지는 메샨스카야 거리를 따라 그는 마부와, 이 뜻밖의 재산을 끌고 가는 여윈 말을 호송하는 중이었다. 갑자기 의사는 메샨스카야 거리가 약간 메샨스카야 거리 같지 않다는, 몸이 비틀거리고 두 다리가 말을 듣지 않는다는 사실을 인지했다. 그는 각오가 됐음을, 일이 엉망이 됐음을, 이것이 티푸스임을 깨달았다. 마부는 쓰러진 사람을 추슬렀다. 의사는 자기가 어떻게 장작 위에 얹힌 채 집까지 왔는지 기억하지 못했다.

15

그는 이 주일 동안 간헐적으로 미망에 허덕였다. 토냐가 그의 책상 위에 두 개의 사도바야 거리를, 즉 왼쪽에는 사도바야-카레트나야를, 오른쪽에는 사도바야-트리움팔나야를 펼쳐 놓고 후텁지근하고 날카로운 빛을 뿜어내는 오렌지색 스탠드를 가까이 가져다주는 장면이 어른거렸다. 두 거리가 밝아졌다. 일을 할 수 있다. 자, 그래서 그는 쓴다.

그는 항상 쓰고 싶었고 오래전부터 써야 했지만 결코 쓸 수 없었던 것을 열심히 쓰는데, 이례적일 만큼 성공적이고 이제 그 결과가 나온다. 단, 이따금씩 가느다란 키르키스 눈을 한,

시베리아나 우랄에서 입는 사슴 가죽 외투를 입은 소년이 방해를 한다.

이 소년이 죽음의 정령, 혹은 단순히 말해, 그의 죽음 자체라는 것은 더없이 분명하다. 하지만 서사시 쓰는 것을 도와주는데 어떻게 그의 죽음이 될 수 있는가, 아니, 죽은들 무슨 이익이 있는가, 죽음이 무슨 도움이 될 수 있단 말인가?

그는 부활과 입관이 아니라 그 둘 사이에서 흘러간 날들에 대한 서사시를 쓴다. 「혼란」이라는 서사시를 쓴다.

그는 항상, 사흘 동안 벌레 먹은 검은 땅의 폭풍우가, 꼭 바다의 물결이 거세게 밀려와 해안을 삼켜 버리듯, 진흙 덩어리와 뭉치를 마구 던지고 불멸의 사랑의 화신을 포위하며 공격하는 것을 쓰고 싶었다. 꼬박 사흘을 소용돌이치고 검은 폭풍우가 밀려오고 또 물러간다.

그리고 운을 맞춘 두 연이 그 뒤를 따라 나왔다.

만져 줘서 기뻐
그리고
깨어나야 해.

만져 줘서 기쁜 것은 지옥, 붕괴, 해체, 죽음이지만 그들과 함께 봄도, 막달레나[139]도, 삶도 기뻐한다. 그리고 잠에서 깨어

---

139) 막달레나 마리아를 말한다. 「마태오 복음서」 28장 1~10절, 「마르코 복음서」 16장 1~10절, 「루카 복음서」 24장 1~11절, 「요한 복음서」 20장 1~18절.

나야 한다. 깨어나 일어나야 한다. 부활해야 한다.

16

그의 몸이 회복되기 시작했다. 처음에는 지복에 겨운 사람처럼 사물 사이의 연결 고리도 찾지 않고 모든 것을 허용하고 아무것도 기억하지 않고 아무것에도 놀라지 않았다. 아내는 그에게 버터 바른 흰 빵을 먹이고 설탕 넣은 차를 마시게 하고 커피도 내주었다. 그는 지금은 이런 일이 가능하지 않다는 사실도 잊은 채, 회복기에 흔히 먹는 이 합법적인 맛난 음식을 시나 동화라도 되는 양 기뻐했다. 하지만 생각을 가다듬을 수 있게 되자 아내에게 맨 먼저 이렇게 물었다.

"이게 다 어디서 난 거야?"

"전부 당신의 그라냐[140) 거야."

"그라냐라니, 누구?"

"그라냐 지바고."

"그라냐 지바고?"

"저어기, 옴스크에 사는 당신 동생 예브그라프 말이야. 당신의 이복동생. 당신이 의식 없이 누워 있을 때 계속 우리를 찾아와 줬어."

"사슴 가죽 외투를 입고?"

---

140) 예브그라프의 애칭.

"응, 맞아. 그러니까, 의식이 없는 중에도 알아챘구나? 당신과 어떤 집 계단에서 마주쳤다고 하대, 나도 알아. 그는 당신이라는 걸 알아보고 자기소개를 하려고 했지만 당신이 엄청무섭게 굴었다며! 그는 당신을 숭배하고 당신이 쓴 글에 푹 빠져 있어. 이런 물건들은 땅 밑에서 파 오나 봐! 쌀이며 건포도며 설탕이며. 그리고 다시 자기 집으로 떠났어. 우리를 부르겠대. 너무나 경이롭고 수수께끼 같은 사람이야. 내 생각에는 권력층과 무슨 줄이 있는 것 같아. 일이 년 정도 대도시를 떠나어디 다른 데 가 있어야 한다고, '흙을 일궈야 한다'고 했어. 나는 크류게르 마을이 어떤지 조언을 구했어. 그가 적극 추천하더라. 텃밭도 가꿀 수 있고 숲도 엎어지면 코 닿을 데 있고. 아니, 이렇게 양처럼 순순히 죽을 수는 없잖아."

바로 그해 4월, 지바고는 온 가족과 함께 먼 우랄로, 유랴틴근처의 옛 영지 바르이키노로 떠났다.

7부

여로

1

3월의 마지막 날들, 한 해 중 처음으로 따뜻한 날들이 찾아왔지만 이 봄의 거짓 전령 뒤에는 매년 매서운 꽃샘추위가 따라왔다.

그로메코 집은 여행 준비로 부산했다. 지금 거리의 참새보다 더 많아진 다수의 주민 눈에는 이 소란이 부활절 전의 대청소처럼 보였다.

유리 안드레예비치는 여행에 반대했다. 그렇다고 준비하는 것을 방해하지는 않았는데, 어차피 실현 불가능한 계획이라고 생각하여 결정적인 순간에 무너지길 바랐던 것이다. 하지만 일은 계속 진척되어 완성 단계에 가까워졌다. 진지하게 말해야 할 시간이 왔다.

그는 이 문제 때문에 열린 가족회의에서 아내와 장인에게 한 번 더 의구심을 드러냈다.

"그러니까 제 생각이 옳지 않다는 생각이고, 따라서 우리는 떠나는 거네요?" 그가 반박을 마치자, 말을 받은 것은 아내였다.

"당신 말인즉, 일이 년만 고생하면 그때 가서 새로운 토지 제도가 자리 잡고 모스크바 근교에 조그만 땅뙈기를 얻어 텃밭을 가꿀 수 있으리라는 거네. 하지만 그동안을 어떻게 버틸지는 조언해 주지 못하잖아. 그런데 이게 제일 관심 가는 문제니까 이 얘기를 들었으면 좋겠어."

"완전히 헛소리야." 알렉산드르 알렉산드로비치가 딸을 지지했다.

"좋아요, 제가 항복하죠." 유리 안드레예비치가 동의했다. "제가 망설이는 것은 단지 우리가 그쪽 사정을 전혀 모르기 때문이에요. 우리는 그곳이 어떤 곳인지 일말의 표상도 없이 눈을 질끈 감고 질주하는 거잖아요. 바르이키노에 살았던 세 분 중 두 분, 즉 어머니와 할머니는 돌아가셨고 나머지, 즉 크류게르 할아버지는 혹시 살아 계시더라도 인질이 되어 철창에 갇혀 있겠죠.

전쟁의 마지막 해에 그분은 숲과 공장을 어떻게 했는데 보아하니 어떤 가공의 인물이나 은행에게 팔았거나 아니면 일단 누구 명의로 돌려놓은 것 같아요. 우리야 이 거래에 대해 알 도리가 없죠. 지금 이게 누구의 땅인가 하는 사유 재산의 의미로서가 아니라, 이런 건 그냥 접어 두고, 누가 그 땅을 책임지고 있느냐가 문제예요. 어떤 관청 관할인가요? 숲은 벌채

되고 있나요? 공장은 돌아가나요? 끝으로, 거기 권력은 누가 잡고 있고, 또 우리가 도착할 즈음에는 누가 권력을 잡고 있을까요?

지금 미쿨리츠인이 구원의 닻이라도 되는 양 그 이름만 신나게 들먹이시잖아요. 하지만 이 늙은 관리인이 아직 살아 있다고, 옛날처럼 바르이키노에 있다고 누가 그래요? 게다가 우리가 그에 대해 아는 거라곤 할아버지가 이 성(姓)을 간신히 발음했고 우리도 그렇게 외웠다는 것뿐이잖아요.

그나저나 뭐 하러 이렇게 언쟁을 하는 거죠? 떠나기로 결정하셨잖아요. 저도 합류할게요. 이제는 이걸 어떻게 할 것인지를 강구할 때예요. 꾸물거릴 여유가 없어요."

2

이 일을 알아보려고 유리 안드레예비치는 야로슬랍스키 역에 갔다.

여러 홀을 가로지르는 난간 달린 다리가 여행객의 물결을 가로막고 있었고, 석조 바닥에는 잿빛 코트를 입은 사람들이 누워서 이쪽저쪽으로 몸을 뒤척이며 기침과 침을 내뱉고 있었다. 서로 말을 주고받을라치면 울림이 크고 둥근 아치 천장 밑이라 목소리가 더 심하게 울린다는 사실을 고려하지 않아서 매번 엄청나게 큰 목소리가 나왔다.

이들 대부분이 발진 티푸스를 앓는 환자였다. 병원이 만원이었던 까닭에 고비만 넘기면 다음 날 퇴원시켰다. 의사로서 유리 안드레예비치도 그러지 않으면 안 되는 상황이었지만, 이런 불운을 겪은 자가 이렇게 많은지는, 또 역이 그들을 위한 안식처가 되고 있는지는 몰랐다.

"출장 증명서를 얻어 내세요." 하얀 앞치마를 두른 짐꾼이 그에게 말했다. "매일 나와 봐야 해요. 지금은 기차가 귀하거든요. 복불복이에요. 그리고 당연히……(짐꾼은 엄지손가락을 옆의 두 손가락에다 비볐다.) ……밀가루나 저기 뭐든. 기름칠을 하지 않으면 안 가요. 뭐, 그리고 바로 이거요……. (그는 손가락으로 목구멍을 튕겼다.)[141] …… 아주 성스러운 일이죠."

3

그 무렵 알렉산드르 알렉산드로비치는 최고 인민 경제 평의회의 비상근 자문 위원으로 초빙되었고 유리 안드레예비치는 중병을 앓는 정부 인사를 왕진했다. 두 사람은 당시로서는 최고 형식의 보수를 받았는데 바로 그 당시 처음 개설된 비공개 배급소의 배급표였다.

그것은 시모노프 수도원 옆, 어느 수비대 창고 중 하나에 자리 잡고 있었다. 의사는 장인과 함께 두 통로 마당, 즉 교회 마당과 병영 마당을 가로질러, 땅에서부터 곧장 문턱도 없이 점

---

141) 보드카, 술을 의미하는 몸짓.

차 낮아지는 깊은 지하실의 석조 아치 밑으로 들어섰다. 넓게 펼쳐지는 내부는 횡축의 긴 판매대로 가로막혀 있었다. 그 옆에서는 차분하고 찬찬한 창고지기가 간간히 창고에 물품을 가지러 간다고 자리를 비우고, 식료품을 저울에 달아 내주고 그 품목을 배급표에 따라 연필을 휘둘러 목록에서 지웠다.

배급받는 사람의 수는 적었다.

"부대 자루를 주시오." 창고지기가 배급표를 힐끔 훑어본 다음 교수와 의사에게 말했다. 그는 둠카라고 불리는 부인용 베개 커버와 더 큼직한 베갯잇 속에 밀가루와 곡물과 마카로니와 설탕을 부어 주고 라드와 비누와 성냥을 쑤셔 넣고 두 사람에게 각각 종이로 싼 뭔가를 한 조각씩 더 넣어 주었다. 두 사람의 눈이 휘둥그레졌다. 나중에 집에 와서 보니 그 뭔가는 캅카스 치즈였다.

장인과 사위는 은혜도 모르고 부산을 떨어, 그들을 압도할 만큼 너그러운 창고지기의 눈에 나지 않도록 자잘한 보따리 여러 개를 어깨에 멜 수 있는 큰 자루 두 개에 가능한 한 빨리, 서둘러 꾸려 넣었다.

지하실에서 바깥으로 올라왔을 때 그들은 취한 것 같은 기분이었다. 동물적인 기쁨 때문이 아니라 그들이 이 세상을 한심하게 사는 것이 아니라는, 공짜 밥을 먹는 것도 아니고 집에 있는 젊은 안주인 토냐의 칭찬과 인정을 받을 만하다는 의식 덕분이었다.

4

남자들이 여러 관청을 돌며 출장 증명서와 비워 두고 가는 방들의 등록 확인서를 떼느라 집을 비운 사이 안토니나 알렉산드로브나는 꾸릴 물건을 선별했다.

그녀는 지금 그로메코 가족이 사용하는 집 안의 방 세 칸을 걱정스러운 얼굴로 오갔고, 짐 꾸러미에 속하는 전체 물건 더미에 떼 놓기에 앞서 사소한 물건 하나하나도 끝없이 한 손으로 저울질해 보았다.

재산의 극히 일부분만이 여행자들의 개인적인 짐에 속했고 나머지는 여로에서, 또 그곳에 도착한 다음에 필요한 물품과 교환하기 위한 것이었다.

활짝 열린 통풍구로 불어 들어온 봄 공기가 갓 베어 문 프랑스 빵 같은 향기를 풍겼다. 마당에서는 수탉이 울고 뛰노는 아이들의 목소리가 울려 퍼졌다. 방을 환기시킬수록 트렁크에서 꺼낸 겨울옷에서 나프탈렌 냄새가 코를 찔렀다.

먼저 떠난 사람들이 무엇을 가져가고 무엇을 남겨 놓아야 할지에 대해 완벽한 이론을 정립했고, 그들의 준칙이 남아 있는 지인들 사이에 널리 퍼졌다.

반박의 여지가 없는 간결한 지침들이 안토니나 알렉산드로브나의 머릿속에 워낙에 똑똑히 새겨졌기 때문에, 마당에서 참새들이 지저귀고 아이들이 뛰놀며 떠드는 소음과 함께, 어떤 신비스러운 목소리가 길거리에서 그녀에게 암시라도 주는 양, 그렇게 들리는 것 같았다.

'옷감, 옷감.' 하고 그 생각들은 말해 주었다. '잘라 두는 것이 제일이지만 도중에 검문을 당하면 위험하다. 가봉할 상태의 옷처럼 꾸미는 것이 현명하겠다. 대체로 천, 직물, 가능한 한 옷, 가급적이면 너무 낡지 않은 윗옷. 누더기는 적게, 무거운 건 다 빼자. 모든 것을 직접 짊어지고 가야 할 일이 잦을 테니까 광주리와 트렁크는 잊을 것. 백번은 족히 살펴본 소수의 짐은 여자와 아이도 감당할 수 있는 보따리에 넣을 것. 소금과 담배는 목적에 부합하지만 실제 경험이 보여 주듯, 상당한 위험이 따른다. 돈은 케렌카[142]가 좋다. 가장 어려운 것은 서류다, 등등.'

5

떠나기 전날 밤, 눈보라가 일었다. 휘몰아치는 눈송이들의 잿빛 먹구름이 바람에 날려 하늘 높이 치솟더니 하얀 눈보라가 되어 땅바닥으로 돌아왔고 어두운 거리 깊은 곳으로 날아 떨어져 하얀 장막처럼 깔렸다.

집 안의 모든 것이 정리되었다. 방과 그곳에 남겨 놓은 재산의 관리는 예고로브나의 모스크바 친척인 중년 부부에게 맡겼는데, 안토니나 알렉산드로브나는 지난겨울 그들을 통해 고물이나 헌 옷, 불필요한 가구를 팔아 장작과 감자로 바꾸면

---

142) 케렌스키 임시 정부가 1917년에 발행한 20루블과 40루블짜리 지폐.

서 그들과 안면을 텄다.

마르켈은 믿을 수 없었다. 그는 자신이 정치 클럽으로 선택한 경찰서에다 과거의 집주인인 그로메코 가족이 그의 피를 빨아먹는다고 하소연하지는 않았지만, 지난 세월 내내 그들이 자기를 무지몽매의 암흑 속에 방치했고 세계의 기원이 원숭이라는 사실을 일부러 감추었다며 뒤에서 구시렁댔다.

이 부부, 즉 한때 장사를 했던, 예고로브나의 친척과 그의 아내를 방마다 데리고 다니며 안토니나 알렉산드로브나는 어떤 열쇠가 어떤 자물쇠에 맞고 무엇이 어디에 놓여 있는지 마지막으로 보여 주고 그들과 함께 장롱 문을 여닫고 서랍을 뺐다 닫았다 하며 모든 것을 가르쳐 주고 또 설명했다.

방 안의 탁자와 의자는 모두 벽 쪽으로 옮겨 놓고 가져갈 보따리들은 한쪽으로 끌어다 놓고 모든 창문의 커튼은 떼 놓았다. 눈보라는 겨울의 포근한 틀에 박혀 있을 때보다 더 거침없이, 벌거벗은 창문을 통해 황량해진 방을 들여다보았다. 그것은 각자에게 뭔가를 상기시켰다. 유리 안드레예비치에게는 어린 시절과 어머니의 죽음을, 안토니나 알렉산드로브나와 알렉산드르 알렉산드로비치에게는 안나 이바노브나의 임종과 장례식을. 그들은 이 집을 더 이상 보지 못하고 이것이 마지막 밤이 되리라 생각했다. 이 점에서 그들은 실수를 한 셈이었지만, 서로를 슬프게 하지 않으려고 서로의 미혹을 토로하지 않고 각자 이 지붕 아래서 흘려보낸 인생을 속으로 되짚어 보며 두 눈에서 솟구치는 눈물과 싸우고 있었다.

그 와중에도 안토니나 알렉산드로브나는 제삼자들 앞에서

충분히 예의를 차렸다. 그녀는 모든 관리를 맡긴 여자와 끊임 없이 대화를 나누었다. 안토니나 알렉산드로브나는 그녀가 해 주는 봉사의 의미를 과장했다. 그녀의 선심에 배은망덕한 것처럼 보이지 않으려고 수시로 양해를 구하고 옆방으로 물러났다가 거기서 이 부인에게 줄 선물로 스카프나 블라우스, 사라사나 모슬린 천 조각을 가지고 왔다. 모든 옷감이 짙은 색 바탕에 하얀 체크무늬나 물방울무늬가 있는 것이어서, 커튼을 떼 낸 벌거벗은 창문을 통해 이 이별의 밤을 지켜보는 눈 덮인 어두운 거리에 하얀 반점이 찍혀 있는 것처럼 보였다.

6

동틀 녘에 일찍 역으로 떠났다. 이 집의 주민들은 아직 일어 나지 않은 시간이었다. 무슨 일이든 친목을 도모하는 일이라면 발 벗고 나서는 세입자 제보로트키나가 집집마다 문을 두드리며 자는 사람들에게 소리쳤다.

"주목, 동지들! 작별 인사를 합시다! 좀 더 명랑, 명랑하게! 이전의 가루메코프[143] 가족이 떠납니다."

사람들이 작별 인사를 하려고 뒷문의 현관과 층계참 입구로 쏟아져(정문 쪽은 지금 꼬박 일 년째 못질이 되어 있었다.) 단체 사진을 찍는 양 계단 위에 원형극장처럼 달라붙어 있었다.

---

143) 우크라이나 성(姓)인 그로메코를 러시아 식으로 발음한 것.

주민들은 하품을 하면서 어깨에 걸친 얇은 코트가 흘러내리지 않도록 몸을 구부리며 움츠렸고, 맨발에 후다닥 큼직한 펠트 장화만 신고 나와서는 발을 동동 굴렀다.

마르켈은 이 금주의 시기에도 용케 뭔가 엄청 독한 술을 퍼마시고는 다리 꺾인 사람처럼 난간을 나뒹굴며 그것을 부숴 놓겠다고 윽박질렀다. 역까지 짐을 날라 주려고 나섰다가 거절당하자 골이 난 것이다. 사람들은 그를 간신히 떼 냈다.

바깥은 아직 어두웠다. 바람이 잦아든 허공 중에 눈은 전날 밤보다 더 펑펑 떨어졌다. 큼직한 눈송이가 바닥에 누울지 말지 망설이듯 땅 근처에서 게으름을 피우며 지체했다.

골목에서 아르바트 거리로 나오자 날이 조금 환해졌다. 눈이 하얀 휘장처럼 흘러내려 길바닥까지 드리워져 있었는데 술 장식처럼 달린 그 자락이 행인들의 발 언저리에서 뒹굴고 섞이는 바람에 그들은 움직임의 감각이 둔해져 마치 한자리에서 발을 구르고 있는 것 같았다.

거리에는 인적 하나 없었다. 십체프에서 온 여행객들은 누구와도 마주치지 않았다. 곧 묽은 밀가루 반죽으로 빚은 듯이 온몸에 온통 눈을 뒤집어쓴 마부가 눈을 맞아 하얘진, 노쇠한 말이 끄는 빈 마차를 끌며 따라붙었다. 그는 1코페이카의 가치도 안 되지만 그 시절에는 우화처럼 비싼 금액을 받고 그들 모두를 짐과 함께 마차에 태워 주었다. 유리 안드레예비치만 자진하여 짐 없이 가뿐하게 역까지 걸어갔다.

7

역에서 안토니나 알렉산드로브나는 벌써 아버지와 함께 나무 울타리 장벽 사이에 틀어박힌 무한한 줄에 자리를 잡고 있었다. 이제는 승차도 플랫폼이 아니라 거기서 반 베르스타는 족히 떨어진 곳, 출구 신호기 옆의 길들 깊숙한 곳에서 하고 있었다. 플랫폼 쪽 출구를 청소할 일손이 모자라고 역내 부지의 절반이 얼음과 오물로 덮여 있어서 기관차가 이 경계선까지 들어오지 못하기 때문이었다.

뉴샤와 슈로치카는 어머니, 외할아버지와 함께 무리에 끼여 있지 않았다. 그들은 바깥 입구의 거대한 지붕 밑에서 마음대로 돌아다니다가 대합실에서 간간히 어른들에게 합류해야 될 때인지만을 알아보았다. 그들에게서는 등유 냄새가 진동했는데, 티푸스 이[蝨]를 예방하려고 복사뼈와 손목, 목둘레에 듬뿍 발라 둔 탓이었다.

때마침 나타난 남편을 발견하고 안토니나 알렉산드로브나는 손짓을 했지만 그가 다가오도록 하지 않고 멀리서 어느 창구에서 출장 명령서에 도장을 받는지 큰 소리로 말해 주었다. 그는 그리로 방향을 틀었다.

"당신이 어떤 직인을 받았는지 보여 줘." 그가 돌아오자 그녀가 물었다. 의사는 접힌 종이 뭉치를 난간 너머로 내밀었다.

"이건 위원용 무임승차권인데요." 안토니나 알렉산드로브나 옆에 있던 사람이 그녀의 어깨 너머로 증명서에 찍힌 스탬프를 살펴보며 말했다. 그 옆 사람은 어떤 상황에서나 세상의 모든 규칙을 아는 형식과 법률의 준수자로서 더 자세한 설명을 해 주었다.

"이 직인이 있으면 등급차, 달리 말해 일반 객차에 좌석을 요구할 수가 있어요. 그런 객차가 편성되어 있다면요."

이 사건을 두고 줄 전체가 떠들어 댔다. 목소리들이 울려 퍼졌다.

"앞으로 가서 그거, 등급차를 찾으쇼. 대우가 너무 좋은걸. 요즘은 화물칸 완충기에 태워 줘도 고맙다고 할 판인데."

"저 사람들 말은 듣지 마세요, 출장원 양반. 제 설명이나 잘 들으세요. 현재로서는 따로 구분된 개별 열차는 폐지되었고 통합 열차 하나만 있는데 그것이 군사용이자 죄수용이고 가축용이자 사람용입니다. 말이야 마음대로 할 수 있고 혀도 놀리기 쉽지만 알아듣도록 설명을 해야 될 판에 뭐 하러 사람의 넋을 빼놓는담."

"설명 한번 잘하시네. 참, 인물 나셨어. 저들이 위원용 무임 승차권을 갖고 있다는 것은 일의 절반일 뿐이야. 먼저 저들의 얼굴을 보고 나서 뭘 좀 얘기해. 저렇게 눈에 확 띄는 사람이 무슨 위원용 기차를 탈 수 있겠어? 위원용에는 동지들도 넘쳐 나는걸. 수병은 눈이 매울 뿐만 아니라 연발 권총도 갖고 있어. 유산 계급이라면 즉시 알아보고 의사가 이전의 양반 출신 이면 더하지. 마트로스가 권총으로 파리처럼 날려 버릴걸."

새로운 상황이 펼쳐지지 않았다면 의사와 그의 가족을 향한 동정은 온데간데없이 사라졌을 것이다.

군중은 아까부터 멀리, 두꺼운 거울 유리로 만든 넓은 기차 창문 너머를 바라보고 있었다. 극도로 멀리, 길게 뻗은 플랫폼의 지붕 때문에 선로 위로 눈이 떨어지는 풍경이 더 아득해 보였다. 먼 거리에서 보면 눈송이는 거의 움직이지 않고 공중에 떠 있다가, 물고기에게 주는 흠뻑 젖은 빵 조각이 물속에 가라앉듯, 그렇게 천천히 침잠하는 것 같았다.

이 깊은 곳으로 아까부터 어떤 사람들이 여럿이서 혹은 한 사람씩 걸어가고 있었다. 적은 규모로 지나갈 때는 떨리는 눈의 그물망 너머 이 흐릿한 형상이 의무를 이행하기 위해 침목 위를 걷는 철도 노동자처럼 보였다. 하지만 지금 그들은 무리 지어 쏟아지고 있었다. 그들이 걸어가던 저 깊은 곳에서 기관차가 연기를 뿜어냈다.

"문 열어, 이 사기꾼들아!" 줄 가운데서 고함이 터져 나왔다. 군중은 동요하며 문 쪽으로 우르르 몰려갔다. 뒷사람들이 앞사람들을 밀치기 시작했다.

"좀 봐, 무슨 일이 일어나는지! 이쪽이 벽처럼 막혀 있으니 저쪽에서 줄이고 뭐고 없이 빙 돌아서 기어가잖아! 객차가 꼭 대기까지 미어터지는데 우리는 여기 숫양처럼 서 있으라고! 문 열어, 악마들아, 부숴 버릴 거야! 에이, 이 녀석들, 힘껏 나아가, 밀어붙여!"

"부러워할 것 없어요, 바보 같은 작자들." 모든 것을 다 아는 법률가가 말했다. "저들은 강제 노역에 동원돼 페트로그라드[144]에서 온 사람들이에요. 원래 북부 전선의 볼로그다로 보

---

144) 페테르부르크의 다른 이름.

냈는데, 지금 동부 전선으로 쫓아내는 실정입니다. 호송병이 딸린 채로요. 참호를 파러 가는 길이죠."

8

길 떠난 지 벌써 사흘째였지만 모스크바에서 멀리까지 가지는 못했다. 길을 따라 완연한 겨울 풍경이 펼쳐졌다. 철로, 들판, 숲, 마을의 집 등 모든 것이 눈에 덮여 있었다.

지바고 가족은 다행히도 앞쪽 상단의 침상 왼쪽 구석에, 천장 바로 밑 어둠침침하고 길쭉한 창문 가까이에 자리를 잡았는데, 다른 사람들과 섞이지 않고 자기 식구끼리만 있을 수 있는 자리였다.

안토니나 알렉산드로브나는 화물차를 타고 여행하는 것이 처음이었다. 모스크바에서 기차에 오를 때는 유리 안드레예비치가 여자들을 두 팔로 안아 양쪽에 무거운 미닫이문이 붙은 객실 바닥의 높은 데로 끌어 올렸다. 더 멀리 가서는 여자들도 익숙해져 직접 난방차로 올라갔다.

처음 얼마 동안 안토니나 알렉산드로브나의 눈에는 객실이 바퀴 달린 돼지우리처럼 보였다. 한 번 건드리거나 흔들기만 해도 무너져 내릴 것 같았다. 하지만 벌써 사흘째 속력이 바뀌고 방향이 틀어질 때마다 앞뒤로 흔들리고 좌우로 처박히고 바닥 밑에서 바퀴 축이 수시로 공장의 장난감 북채처럼 덜커덕거리면서도 무사히 달렸으니, 안토니나 알렉산드로브나의 염려는 기우가 되고 말았다.

플랫폼이 짧은 역에서는 스물세 칸의 객실로 된(지바고 가족은 열네 번째 칸에 타고 있었다.) 기다란 이 특별 열차는 머리든 꼬리든 중간이든 한 부분만 플랫폼에 걸쳐졌다.

앞쪽 객실에는 군인들이, 중간 객실에는 자유로운 승객이, 뒤쪽 객실에는 강제 노역에 동원된 사람들이 타고 있었다.

이 부류의 승객이 500명에 이르렀는데, 연령대와 신분과 직업이 모두 다양했다.

일반인이 가득 탄 여덟 칸의 객실은 휘황찬란한 볼거리를 연출했다. 잘 차려입은 부자, 페테르부르크의 주식가, 변호사와 나란히 착취 계급의 딱지가 붙은 난폭한 마부, 바닥 청소부, 목욕탕 때밀이, 타타르인 고물상, 황폐한 정신 병원에서 도망친 미치광이, 소상인, 수도사를 볼 수 있었다.

전자는 빨갛게 달아오른 작은 난로 주변, 짧게 잘라 세워 놓은 나무토막 위에 재킷을 벗고 앉아 서로 앞을 다투어 무슨 이야기를 나누며 큰 소리로 껄껄댔다. 이쪽은 연줄이 좋은 사람들이었다. 그들은 우울해하지 않았다. 집안의 영향력 있는 친척들이 뒤를 봐주고 있었기 때문이다. 앞으로의 여행길에서 극단적인 상황이 닥치면 몸값을 치르고 그들을 빼내 줄 수 있는 사람들이었다.

후자는 장화를 신고 카프탄의 단추를 풀어 헤친 사람들, 혹은 루바하를 묶은 긴 허리띠를 바지 위로 늘어뜨리고 맨발로 있는 사람들, 턱수염이 있거나 없거나 한 사람들이었다. 그들은 갑갑한 난방차의 활짝 열어 둔 문 옆, 문설주와 통로에 쌓인 횡목을 꼭 잡고 서 있었는데, 길가의 마을과 그 주민들을 침울한 눈으로 바라보며 누구와도 이야기를 나누지 않았다. 이들에겐 도움 되는 지인이 없었고, 의지할 곳도 없었다.

이 사람들이 모두 자기에게 할당된 객실에 타고 있는 것은 아니었다. 일부는 기차의 중간 부분, 자유로운 승객 속에 마구 뒤섞여 들었다. 이런 부류의 사람들은 열네 번째 난방차에도 있었다.

9

보통 기차가 어떤 역에 다가가면 위쪽에 누워 있던 안토니 나 알렉산드로브나는 몸을 다 펼 수도 없는 낮은 천장 때문에 불편한 자세로 일어나 침상에서 머리를 낮추고 빠끔히 열린 문틈으로, 이곳이 물물 교환을 하기에 적합한지 어떤지, 침상 에서 내려와 밖으로 나갈 가치가 있는지 어떤지 정했다.

지금도 그랬다. 기차의 속도가 느려지자 그녀는 완전히 잠에 서 깼다. 난방차가 선로 바꿈 틀을 지나며 자주 덜커덕거리는 것으로 보아 이번 역은 제법 크고 오래 정차할 것이 분명했다.

안토니나 알렉산드로브나는 몸을 웅크리고 앉아 눈을 비비 고 머리를 매만진 다음 짐 보따리 속으로 한 손을 깊숙이 넣고 밑바닥까지 파헤쳐 수탉과 청년과 멍에와 바퀴를 수놓은 수 건을 꺼냈다.

그때 잠에서 깬 의사가 먼저 침상에서 뛰어내려 아내가 바닥으로 내리는 것을 도와주었다.

그러는 동안 활짝 열린 객실 문 옆으로 부스와 가로등에 이어 벌써 눈이 층층이 쌓여 무거워진 역의 나무들이 지나갔는데 기차를 맞이하여 눈 덮인 가지를 곧게 뻗으며 빵과 소금[145]인 양 내밀었다. 그러자 수병들이 여전히 빠른 속도로 달리는 기차에서 제일 먼저 플랫폼의 발길이 닿지 않은 눈 위로 뛰어내린 뒤 모두를 앞질러, 보통 옆쪽 벽을 방패 삼아 금지된 양식을 파는 여자들이 숨어 있는 기차역 건물의 모서리 뒤로 뛰어갔다.

수병들의 검은 제복, 제모의 나부끼는 리본, 밑으로 갈수록 통이 넓어지는 나팔바지가 그들의 발걸음에 가속도와 맹렬함을 부여해, 사람들은 달려오는 스키 선수나 전속력으로 질주하는 스케이트 선수를 대하듯 그들 앞에서 길을 비켜 주었다.

역의 모퉁이 뒤에는 서로의 몸 뒤에 숨은 채 점치기 전처럼 흥분한, 인근 마을의 농부 아낙네들이 거위처럼 늘어서 있었다. 그들은 이 추위에도 향내와 온기가 유지되도록 솜을 넣어 누빈 천 뚜껑에 덮여 오이, 응유, 삶은 소고기, 호밀 파이 등을 가져왔다. 반(半)모피 밑에 머플러를 두른 아줌마들과 처자들은 수병들이 던지는 농지거리에 양귀비꽃처럼 얼굴을 붉혔지만 그러면서도 그들을 화염보다 더 무서워했다. 암거래와 금지된 물품 매매를 단속하는 각종 부대가 주로 수병으로 구성되어 있었기 때문이다.

---

145) 손님맞이, 환대를 뜻한다.

농부 아낙네들의 당혹감은 오래가지 않았다. 기차가 멈추었다. 나머지 승객들도 찾아왔다. 군중이 뒤섞였다. 거래가 활기를 띠었다.

안토니나 알렉산드로브나는 눈으로 세수를 하려고 역의 뒷마당에 온 사람처럼 어깨에 수건을 걸치고 여자 상인들을 쭉 돌아보았다. 늘어선 줄에서 벌써 몇 번이나 그녀를 부르는 소리가 들렸다.

"이봐, 이봐, 도시 아줌마, 그 수건 조각으로 뭘 구하려고?"

하지만 안토니나 알렉산드로브나는 멈추지 않고 남편과 함께 앞으로 걸어갔다.

줄의 끝에 진홍색 꽃무늬가 그려진 검은 머플러를 두른 여자가 서 있었다. 그녀는 자수가 놓인 수건을 알아보았다. 그녀의 대범한 눈이 활활 타올랐다. 그녀는 주변을 둘러보고 어디에도 위험한 요소는 없음을 확인하고는 빨리 안토니나 알렉산드로브나에게 바싹 다가와 자기 상품의 덮개를 젖히더니 열띠고 빠른 말투로 속삭였다.

"아이쿠. 이런 건 못 봤을 테죠? 구미가 당기죠? 뭐, 오래 생각할 것 없어요. 얼른 낚아채요. 수건 내놓으면 반 동강 줄게요."

안토니나 알렉산드로브나는 마지막 단어를 알아듣지 못했다. 그녀는 무슨 머플러 얘기를 하는 줄 알았다.[146] 그녀는 다시 물었다.

---

146) '반동강(polotok)'과 '머플러(platok)'의 발음이 비슷하다.

"뭐라고요, 아줌마?"

농부 아낙네가 반 동강이라고 부른 것은 그녀가 손에 들고 있는 것으로, 절반으로 갈라 머리부터 꼬리까지 통째로 구운 토끼 반 마리였다. 그녀는 다시 한번 말했다.

"수건을 내놓으면 반동강 준다고요. 뭘 그리 쳐다봐요? 혹시나 싶은가 본데, 개고기 아니에요. 우리 남편이 사냥꾼이에요. 이건 토끼, 토끼 고기라고요."

물물 교환이 이루어졌다. 양측 모두 자기는 큰 이득을 본 반면 상대편은 그 못지않게 큰 손해를 봤다고 생각했다. 안토니나 알렉산드로브나는 불쌍한 농부 아낙네를 그토록 부정직하게 속여 먹은 것이 부끄러웠다. 한편 거래에 만족한 상대편은 서둘러 죄악을 피하려고, 무사히 거래를 끝낸 이웃 여자와 함께, 밟아서 다져진 길게 뻗은 눈 속 오솔길을 따라 집으로 성큼성큼 걸어갔다.

그때 군중 속에서 큰 소동이 일었다. 어디선가 노파가 소리쳤다.

"어딜 가려고, 이 기병 놈아? 돈은? 나한테 언제 돈 줬어, 염치없는 놈아? 아휴, 이놈, 저 불러 터진 배때기 같은 놈. 아무리 소리를 질러도 뒤도 한번 안 돌아보고 가네. 거기 서, 서란 말이야, 동무 양반! 살려 줘! 강도다! 싹 털어 갔어! 저기 저놈, 저기 저놈, 저놈 잡아라!"

"어떤 놈 말하는 거요?"

"저어기, 낯짝이 매끈한 놈 말이야, 웃으면서 가잖아."

"팔꿈치에 구멍 난 놈 말이오?"

"그래, 맞아. 저놈 잡아라, 저 이교도 놈!"

"소매에 헝겊을 덧댄 놈 말이죠?"

"그래, 맞다니까. 아이고, 이를 어째, 싹 털어 갔어!"

"여기 무슨 난리요?"

"저 아줌마한테서 피로그와 우유를 사서 배때기를 채우고 내뺐거든요. 그래서 이렇게 울고불고 난리가 난 거요."

"저런 놈을 그냥 둘 수는 없죠. 붙잡아야지."

"가서 붙잡아 보슈. 온몸에 탄대를 감고 있는걸. 오히려 이쪽이 붙잡히고 말걸요."

10

열네 번째 난방차에는 노역 부대에 동원된 자들도 몇 타고 있었다. 그들을 호송병 보로뉴크가 감시했다. 그들 중 다음 세 사람이 다양한 이유로 눈에 띄었다. 페트로그라드 국영 주점의 전 회계원으로 난방차에서는 계산원이라고 불리는 프로호르 하리토노비치 프리툴리예프, 철물점에서 온 열여섯 살짜리 소년 바샤 브르이킨, 옛 시대의 유형지를 모두 섭렵하고 이제 새 시대의 새 유형지를 개척한 머리가 희끗희끗한 혁명가이자 협동조합원 코스토예드-아무르스키였다.

이 징용자들은 각기 다른 곳에서 생면부지의 남남으로 모였다가 여행하는 동안 알게 된 사이였다. 이렇게 객실에서 대화를 주고받던 중 회계원 프리툴리예프와 상점의 도제 바샤 브르이킨이 동향, 즉 둘 다 뱌츠크 출생임이 밝혀졌다. 게다가 얼마 있으면 기차가 그곳을 지나갈 예정이었다.

말므이지 시의 소시민인 프리툴리예프는 땅딸막하고 머리를 비버처럼 짧게 깎은, 못생긴 곰보였다. 겨드랑이 밑이 땀에 젖어 검은색으로 보이는 회색 제복이, 사라판[147]의 윗부분이 풍만한 여자의 젖가슴을 조이듯, 그의 몸에 딱 맞았다. 그는 거상처럼 말이 없었고 몇 시간이고 곰곰 생각에 빠져 지냈으며 주근깨투성이 손 위의 사마귀를 피가 나도록 후벼 파서 그곳이 곪기 시작한 상태였다.

일 년 전 가을 그는 우연히 넵스키 거리를 걷다가 리테인느이 대로의 모퉁이에서 가두 심문에 걸렸다. 신분증을 제시하라는 요구를 받았다. 그는 제4종 배급표, 비노동자에게 발급된, 따라서 결코 아무것도 받지 못하는 배급표의 소유자로 판명되었다. 이런 이유 때문에 그는 구금되었고 똑같은 근거로 거리에 세워진 많은 사람들과 함께 감시를 받으며 병영으로 호송되었다. 이렇게 징집된 무리는 아르한겔스크 전선에서 참호를 파던 그 이전 무리의 선례를 따라 볼로그다로 이동하기로 되어 있었지만, 도중에 돌아와서 모스크바를 경유하여 동부 전선으로 향하게 되었다.

프리툴리예프는 페테르부르크에서 일하기 전, 즉 전쟁 전 루가에 아내가 있었다. 제삼자를 통해 그의 재난 소식을 들은 아내는 그를 찾아 노역 부대에서 빼내기 위해 볼로그다로 달

---

147) 민소매 혹은 조끼 원피스.

려갔다. 하지만 부대의 행로는 그녀의 수색과 어긋났다. 그녀의 노력은 수포로 돌아갔다. 모든 것이 뒤얽혔다.

페테르부르크에서 프리툴리예프는 펠라게야 닐로브나 탸구노바라는 여자와 살았다. 그가 넵스키 거리의 교차로에서 세워진 것은, 마침 볼일이 있어 다른 쪽으로 건너가려던 참에 모퉁이에서 그녀와 작별 인사를 나누고 그녀가 리테인느이 대로에 출몰하는 보행자들 한가운데로 사라지기 직전 아직은 먼발치에서 그녀의 등이 보이던 순간이었다.

탸구노바는 손이 아름답고 풍만하고 당당한 몸집의 소시민 여자로서 깊은 한숨을 내쉬며 굵게 딴 머리채를 이쪽저쪽 어깨에 걸치며 가슴팍으로 늘어뜨리곤 했는데, 프리툴리예프를 따라 자진해서 특별 열차에 타고 있었다.

프리툴리예프 같은 나무토막이 뭐가 좋다고 여자들이 들러붙는지는 알 수 없는 노릇이었다. 특별 열차의 다른 난방차에는 탸구노바 말고도 기관차 쪽으로 몇 칸 더 가까이에, 어떻게 올라탔는지 아무튼 프리툴리예프의 또 다른 여자 지인이 타고 있었다. 머리카락과 눈썹이 하얗고 깡마른 처녀인 오그르이즈코바였는데, 탸구노바는 그녀를 '콧구멍', '쑤시개' 등 욕설처럼 들리는 온갖 모욕적인 별명으로 불렀다.

두 연적은 서로 칼을 갈되 서로의 눈에 띄지 않도록 조심했다. 오그르이즈코바는 절대 이 난방차에 나타나지 않았다. 그녀가 자신이 숭배하는 대상과 어디서 만나는지는 수수께끼였다. 승객들이 모두 달려들어 다 함께 장작과 석탄을 실을 때 먼발치에서 그의 얼굴을 바라보는 것만으로 만족하는지도 몰랐다.

11

바샤의 이야기는 달랐다. 그의 아버지는 전쟁에서 죽었다. 어머니는 바샤를 시골에서 피테르[148]의 삼촌 집에 도제로 보냈다.

겨울, 아프락신느이 드보르[149]에 철물점을 갖고 있던 삼촌은 뭔가를 해명하도록 소비에트에 소환되었다. 그는 문을 착각해서 통지서에 명시된 방이 아니라 다른 방, 옆방으로 들어갔다. 하필이면 그곳이 노역 위원회의 응접실이었다. 안에는 사람들이 차서 북새통을 이루고 있었다. 이 분과로 소환된 사람들이 충분히 모이자 적군 병사들이 도착하여 모두를 포위하고 세묘놉스키 병영으로 데려가 밤을 보낸 다음, 아침에 볼로그다행 기차에 태우기 위해 기차역으로 호송했다.

이렇게 수많은 주민이 구금됐다는 소식이 시내에 퍼졌다. 이튿날 많은 식솔들이 친척들과 작별 인사를 하려고 기차역으로 나왔다. 숙모와 함께 삼촌을 배웅하러 온 바샤도 그중에 끼여 있었다.

기차역에서 삼촌은 보초병에게 잠깐만 목책 너머의 아내

---

148) 페테르부르크의 약칭.
149) 페테르부르크 최대의 상점가.

에게 보내 달라고 부탁했다. 이 보초병이 바로 지금 열네 번째 난방차 그룹을 호송 중인 보로뉴크였다. 보로뉴크는 삼촌이 돌아온다는 보증이 확실하지 않은 이상 그를 풀어 주려고 하지 않았다. 삼촌과 숙모는 그 보증으로 조카를 감시하에 두고 가겠다고 제안했다. 보로뉴크는 동의했다. 바샤를 담장 안으로 데려갔고 삼촌은 거기서 꺼내 주었다. 그길로 삼촌과 숙모는 돌아오지 않았다.

이 속임수가 드러나자 자기를 속이리라고는 생각도 못했던 바샤가 울음을 터뜨렸다. 그는 보로뉴크의 발밑에서 뒹굴고 그의 두 손에 입을 맞추며 풀어 달라고 애원했지만 소용없었다. 호송병이 끄떡도 하지 않은 것은 그의 성격이 모질어서가 아니었다. 시절이 어수선하고 규율이 냉혹했다. 호송병은 자기에게 맡겨진, 점호로 확정된 자들의 숫자만은 목숨을 걸고 책임져야 했다. 바샤가 노역 부대에 들어온 데에는 이런 사정이 있었다.

협동조합원 코스토예드-아무르스키는 차르 치하에서도, 현 정부하에서도 모든 수감자의 존경을 받고 항상 그들과 사이가 좋았던 만큼, 몇 번이나 호송대의 상관에게 바샤의 딱한 처지를 환기했다. 상대방은 이것이 정말 억울한 착오임을 인정했지만 이동 중에는 이런 혼란을 처리하는 데 형식과 절차상의 난관이 있으니 현지에 도착하는 대로 해결되길 바란다고 말할 뿐이었다.

바샤는 그림 속 차르의 친위대나 신의 천사처럼 이목구비가 반듯하고 예쁘장한 소년이었다. 그는 이례적일 정도로 때

묻지 않고 순결했다. 그의 큰 즐거움은 맨 바닥, 어른들의 발밑에 앉아 두 손을 꼬아 무릎을 껴안고 머리를 숙인 채 그들이 주고받는 말과 이야기를 듣는 것이었다. 그럴 때면 그의 얼굴 근육이 노니는 모양을 보고서, 즉 쏟아질 것 같은 눈물을 억누르거나 숨통을 틀어막은 웃음과 싸우는 것을 보고서 이야기의 내용을 짐작할 수 있을 정도였다. 감수성이 예민한 소년의 얼굴에 대화의 주제가 거울처럼 어리는 것이었다.

12

협동조합원 코스토예드는 위쪽 지바고의 자리에 초대되어 휘파람을 불며 토끼 고기의 어깨 살을 뜯어먹었다. 그는 문틈의 바람 때문에 감기에 걸릴까 봐 걱정했다. "엄청 부는군요! 어디서 들어오는 거요?" 이렇게 물으며 안전한 곳을 찾아 계속 자리를 바꾸어 앉았다. 마침내 바람이 안 들어오는 곳에 자리를 잡고서 말했다. "이제 됐어요." 어깨 살을 마저 먹어치운 다음 손가락을 쪽쪽 빨고 손수건으로 닦고 주인들에게 감사를 표한 다음에는 이런 지적을 했다.

"이건 창문에서 들어오는 거요. 꼭 틀어막아야 해요. 어쨌거나 아까 나눴던 얘기로 돌아갑시다. 옳지 않은 생각입니다, 의사 선생. 구운 토끼는 멋진 물건이죠. 하지만 그렇다고 해서 시골 사람들이 잘살고 있다고 결론 짓는 것은, 죄송하지만, 이건 적어도 용감한 일, 극히 위험을 무릅쓴 비약입니다."

"아, 그만 좀 하시죠." 유리 안드레예비치가 반박했다. "이런 역들을 좀 보세요. 나무도 베지 않았어요. 담장도 멀쩡합니다. 이런 시장들하며! 이런 아줌마들하며! 한번 생각해 보세요, 얼마나 만족스러운지! 어딘가에 삶이 있습니다. 누군가는 기뻐하죠. 모든 사람이 다 신음하는 것은 아니라고요. 이로써 모든 것이 정당화되는 겁니다."

"그렇다면 좋지요. 하지만 이건 옳지 않단 말입니다. 이건 어디서 구했습니까? 노반에서 100베르스타쯤 떨어진 데로 가 보세요. 곳곳에서 농민 폭동이 끊이지 않아요. 누구에게 반대하는 거냐고 물으실 테죠? 백군이든 적군이든 권력을 가진 자들이면 무조건 반대하는 겁니다. 당신은, 어라, 농민은 온갖 질서의 적이다, 그 자신도 뭘 원하는지 모른다, 라고 말할 테죠. 죄송하지만, 그렇게 자신 있게 말하기는 이릅니다. 농민은 이 점을 당신보다 더 잘 알고 있지만 농민이 원하는 것은 나와 당신이 원하는 것과 전혀 다릅니다.

혁명이 농민을 깨웠을 때 그들은 독립된 생활, 그리고 누구에게 의존도 하지 않고 또 의무도 지지 않는, 자신의 노동으로 유지되는 무정부주의적인 농촌에 관한 해묵은 꿈이 실현되는 것이라 결론 내렸습니다. 하지만 낡은 정부가 전복되어 그 구속에서 벗어나자 새로운 혁명적 초국가 아래서 훨씬 더 혹독한 억압을 받게 되었어요. 그래서 시골은 몸부림치면서 어디서도 안정을 찾지 못하는 겁니다. 그런데도 농민 계급이 잘살고 있다고 말씀하시다니. 이봐요, 선생은 아무것도 모르고, 또 내가 보기에는, 알고 싶어 하지도 않아요."

"아니, 어쩌겠어요. 정말로 알고 싶지 않은걸요. 완전히 맞는 말씀입니다. 아, 제발 좀! 대체 왜 내가 모든 것을 알아야 하고 그 모든 것 때문에 고군분투해야 합니까? 시대는 나를 염두에 두지도 않고 자기가 원하는 것을 나에게 강요하는데요. 나에게도 사실을 무시할 수 있는 자유를 주시죠. 당신은 나의 말이 현실에 부합하지 않는다고 말씀하시죠. 하지만 지금 러시아에 현실이라는 것이 있긴 한가요? 내 생각으론, 현실이 너무 겁을 먹어서 몸을 숨기고 있는 것 같아요. 나는 시골이 잘나가고 번창하고 있다고 믿고 싶어요. 이것마저 착각이라면 나는 어떻게 해야 하죠? 무엇으로 살아야 하고 또 누구의 말을 들어야 하죠? 나는 살아야 해요, 가정이 있는 사람이거든요."

유리 안드레예비치는 한 손을 내저으며 알렉산드르 알렉산드로비치에게 코스토예드와의 논쟁을 마무리하도록 넘긴 다음 침상의 가장자리로 가 고개를 숙이고 아래에서 무슨 일이 일어나는지 살펴보았다.

거기서는 프리툴리예프, 보로뉴크, 탸구노바, 바샤가 다 함께 대화를 나누고 있었다. 고향 마을이 가까워지는 것이 보이자 프리툴리예프는 어느 역까지 가서 어디서 만나고 그다음은 어떻게 움직일지, 즉 걸어서 갈지, 말을 타고 갈지 교통수단을 잠시 떠올렸다. 바샤는 정든 시골과 마을 이름이 나올 때마다 눈을 반짝이고 펄쩍펄쩍 뛰면서 기쁘게 그 이름을 되뇌었는데 그렇게 나열되는 이름들이 그의 귀에는 마법의 동화처럼 들리는 것 같았다.

"수호이 브로드에서 내리세요?" 너무 감동하여 울먹거리면서 그가 다시 물었다. "그렇군요! 우리 대피역이에요! 우리 역! 그다음에는 아마 부이스코예로 가실 테죠?"

"그래, 그다음은 부이스키 오솔길로 가지."

"제 말이 그말이에요. 부이스키 오솔길요. 부이스코예 마을이죠! 어떻게 모를 수가 있겠어요! 우리도 거기서 돌아요. 거기서 계속, 계속 오른쪽으로 가면 우리 마을이 나와요. 베레텐니키죠. 하지만 하리토느이치 아저씨, 아저씨 마을은 강에서 왼쪽으로 멀찍이 떨어진 곳 아닌가요? 펠가강, 들어 보셨어요? 그렇군요! 우리 마을의 강이에요. 강둑을 계속, 계속 따라가면 우리 마을이 나와요. 그리고 바로 그 강, 펠가강의 조금 위가 우리 베레텐니키, 우리 마을이에요. 바로 절벽 위예요. 해안이 엄청 가-팔-라요! 우리끼리는 긴 선반이라고 불러요. 위에 서 있으면 아래를 내려다보기 무서울 만큼 가팔라요. 굴러떨어질 것만 같죠. 진짜예요. 돌을 깨고 있어요. 맷돌을 만들거든요. 그 베레텐니키에 엄마가 있어요. 여동생도 둘이에요. 여동생 알룐카, 또 여동생 아리시카. 우리 엄마는, 팔라샤 이모, 펠라게야 닐로브나, 말하자면 이모처럼 젊고 살갗이 하얘요. 보로뉴크 삼촌! 보로뉴크 삼촌! 하느님 그리스도의 이름으로 부탁드려요……. 보로뉴크 삼촌!"

"아니, 그래서? 왜 자꾸 '보로뉴크 삼촌! 보로뉴크 삼촌!' 하고 부르냐? 아니, 내가 너한테 왜 이모, 삼촌이야? 뭘 원해, 뭘 요구하는 거야? 너를 도망치게 풀어 달라는 거냐? 그런 말이냐, 어? 너를 내주면 내가 벽에 세워지고 아멘일걸?"

펠라게야 탸구노바는 어딘지 먼 데를 멍하니 쳐다볼 뿐, 말이 없었다. 그녀는 바샤의 머리를 쓰다듬고 뭔가를 생각하며 그의 황갈색 머리카락을 매만졌다. 그러다 간혹 소년에게 고개를 끄덕이며 눈빛과 미소를 보냈는데, 바보처럼 굴지 마라, 모두가 있는 데서 큰 소리로 보로뉴크와 그런 이야기를 하지 마라, 하는 의미였다. 때가 되면 모든 일이 저절로 이루어질 것이다, 마음 편히 가져라, 하는 것이었다.

13

중부 러시아 지대에서 동쪽으로 멀어졌을 때 예기치 못한 일이 연이어 터졌다. 불안한 지역, 무장 강도가 횡행하는 구역, 최근에 반란이 진압된 곳을 지나가게 된 것이다.

들판 한가운데 열차가 멈춰 서고 공안 부대가 객차 안을 돌며 짐을 검사하고 신분증을 확인하는 일이 잦아졌다.

한번은 한밤중에 기차가 어디선가 선 적이 있다. 객실 안을 들여다보지도 않고 누구를 일어나게 하지도 않았다. 불미스러운 일이 일어난 건 아닌지 궁금해서 유리 안드레예비치는 난방차에서 아래로 뛰어내렸다.

어두운 밤이었다. 기차는 뚜렷한 이유도 없이 전나무를 쭉 둘러 심은 평범한 들판, 선로 어디에 서 있었다. 유리 안드레예비치보다 먼저 기차에서 내린 승객들은 난방차 앞에서 발을 굴러 보고는 그들이 아는 바로는 아무 일도 일어나지 않았는데 기관사가 자진해서 이 지역이 위험 지역이라는 평계를 대고 기차를 멈춰 세웠다고 알려 주었다. 수동차로 선로의 안전을 확인하기 전에는 열차를 더 운행하지 않겠다는 것이다. 승객 대표들이 그를 설득하러 갔다고, 필요한 경우에는 뭘 좀 쥐어 줄 것이라고 했다. 수병들이 일에 연루되어 있다는 소문도 있었다. 그들이 기관사를 설득하는 중이었다.

유리 안드레예비치가 이런 설명을 듣는 동안 기관차 근처 앞쪽 노반, 설원의 표면이 기관차의 화통과 아궁이의 재받이가 모닥불의 불길처럼 격렬히 불꽃을 토해 내며 환해졌다. 갑자기 이렇게 날름대는 불길 중 하나가 설원의 한 조각을, 기관차와 그 기관차 틀의 가장다리를 따라 달려가는 몇몇 검은 형체를 환히 비추었다.

앞에서 어른거린 것이 기관사인 것 같았다. 디딤판 끝까지 달려가서 위로 훌쩍 뛰어오른 그는 완충기를 건너뛰어 시야에서 사라졌다. 그의 뒤를 쫓던 수병도 똑같이 움직였다. 그들도 기관차 프레임 끝까지 달려가 훌쩍 뛰어오른 다음 공중에서 어른거리다가 땅밑으로 꺼져 버린 듯했다.

이런 광경에 호기심을 느낀 유리 안드레예비치는 몇 사람과 함께 앞쪽 기관차로 갔다.

기차 앞, 탁 트인 선로의 일부분에서 그들 앞에 펼쳐진 광경은 다음과 같았다. 노반 한쪽, 사람 손이 닿지 않은 눈 속에 기관사의 몸이 절반까지 빠져 있었다. 추격자들이 짐승몰이를 하듯 그를 에워쌌는데 수병들도 허리까지 눈 속에 빠진 상태였다.

기관사가 소리쳤다.

"고맙네, 바다제비들! 살다 보니 별일 다 있군! 자기 형제인 노동자를 겨누다니! 바로 그래서 기차는 더 못 간다는 거야. 승객 동무들, 증인이 돼 주시오, 이쪽이 누구 편인지. 마음 내키는 대로 빌빌대는 놈이 나사를 풀고 있어. 에잇, 빌어먹을, 무슨 소리야, 나더러 어쩌라고? 내가 너희한테 폐를 끼치는지는 모르지만 이건 나 자신이 아니라 너희, 너희한테 무슨 일이 일어나지 않도록 하는 거야. 바로 이게 내가 책임져야 할 일이야. 자, 쏠 테면 쏴 봐, 지뢰 중대! 승객 동무들, 증인이 돼주시오, 자, 나는 숨지 않을 거요."

철둑의 무리 속에서 여러 목소리가 들려왔다. 어떤 자들은 어안이 벙벙해서 소리쳤다.

"아니, 왜 이러나……? 정신 차려……. 괜찮다고……. 누가 그러겠나? 저들은 그냥…… 협박을 하는 것뿐이야……."

다른 사람들은 큰 소리로 부추겼다.

"저놈들을 손봐 줘, 가브릴카! 항복하지 마, 기관사!"

눈에서 제일 먼저 빠져나온 수병이, 머리가 너무 커서 얼굴이 납작해 보이는 붉은 머리의 거인이 군중을 향해 차분히 몸을 돌리고 조용한 저음으로 보로뉴크 같은 우크라이나 사투리로 몇 마디 했는데, 우습게도 이 한밤의 예사롭지 않은 정황에 맞지 않게 완전한 평온이 깃들어 있었다.

"죄송합니다만, 이 무슨 소란입니까? 바람도 찬데 감기 걸리겠어요, 시민 여러분. 추우니 객차 안으로 들어가시죠!"

흩어지기 시작한 군중이 차츰 난방차로 돌아가자 그 붉은 머리 수병은 아직도 완전히 정신을 차리지 못한 기관사에게 다가가 말했다.

"기관사 동무, 히스테리는 그만 됐어. 구멍에서 기어 나와. 이제 가자고."

14

이튿날, 기차는 살짝 몰아친 눈보라를 쓸어 내지 않은 레일에서 탈선하지 않도록 수시로 지체하며 조심조심 조용히 달리다가 생명으로부터 버림받은 황야에 멈추어 섰는데, 사람들은 그곳이 화재로 파괴된 역의 잔재임을 바로 알아보지 못했다. 검게 그을린 역의 정면에서 '니지니 켈메스'라는 이름을 읽을 수 있었다.

역사만 화재의 흔적을 간직한 것은 아니었다. 역 뒤로 황폐한 마을이 눈에 덮여 있었는데, 그 슬픈 운명을 역과 공유하고 있는 것 같았다.

마을의 맨 끝 집은 숯처럼 타 버렸고 그 옆집은 몇 개의 통나무가 모서리에서 떨어져 나와 마구리가 안에서 뒤집어져 있었고 거리 곳곳에 썰매와 무너진 담장과 뜯긴 철판, 부서진 세간 조각이 나뒹굴고 있었다. 그을음과 검댕 때문에 눈이 더러워져 불타 버린 숲속 공터처럼 온통 새카맣게 보였고, 얼어붙은 구정물 속에 숯 검댕, 화재와 소화의 흔적이 함께 얼어 있었다.

마을과 역에 인적이 전혀 없는 것은 아니었다. 여기저기에 하나씩, 둘씩 살아 있는 사람이 있었다.

"마을이 통째로 타 버렸나요?" 역장이 폐허를 헤치고 마중을 나왔을 때 플랫폼에서 뛰어내린 차장이 동정심을 담아 물었다.

"안녕하세요. 잘 오셨습니다. 탄 건 탄 건데, 상황은 화재보다 더 나쁜 것 같아요."

"무슨 말인지 모르겠군요."

"차라리 모르는 편이 나아요."

"설마 스트렐니코프인가요?"

"바로 그 사람입니다."

"당신네들이 대체 무슨 잘못을 했다고요?"

"아니, 우리 잘못이 아니에요. 완전히 헛다리 짚었죠. 이웃 마을이 문제예요. 우리도 한통속인 양 걸렸어요. 외진 곳의 마을 보이시죠? 저기가 원흉입니다. 우스티-넴진스카야 면의 니지니 켈메스 마을. 모두 저자들 때문이에요."

"그자들이 어쨌기에요?"

"일곱 가지 대죄를 에누리 없이 범했지요. 마을의 빈민 위원회를 쫓아냈는데, 이게 첫째. 적군에게 말을 대 주는 칙령을 어겼는데, 명심해야 할 것이 타타르인은 하나같이 말이라면 사족을 못 쓴다는 거죠, 이게 둘째. 동원 명령에 복종하지 않았던 것, 이것이 셋째란 말입니다."

"그래, 그렇군요. 그렇다면 모두 이해가 됩니다. 그래서 포병대에서 그 대가를 받은 거로군요?"

"바로 그렇습니다."

"장갑차였나요?"

"당연하죠."

"참 안됐군요. 유감입니다. 하긴 이건 우리 머리로 해결할 수 있는 일이 아니죠."

"게다가 지난 일이니까요. 당신을 기쁘게 해 줄 새 소식은 하나도 없군요. 하루 이틀은 우리 역에 머무시겠네요."

"농담하지 마세요. 내 기차에는 그냥 뭐가 아니라 전선으로 가는 보충 병력이 타고 있어요. 나는 가만히 있는 데 익숙하지 않아요."

"아니, 농담은 무슨 농담입니까. 저 눈 더미, 보이지 않습니까. 온 구간에 일주일 동안 눈보라가 휘몰아쳤어요. 눈에 묻혀 버렸죠. 하지만 치울 사람이 없어요. 마을의 절반이 달아나 버렸거든요. 나머지 사람들을 시켜도 수습이 안 되네요."

"아, 당신 역이 뚫려야 하는데! 야단났군, 야단났어! 그럼 이제 어떡하죠?"

"어떻게든 눈을 치울 테니 출발하실 겁니다."

"눈이 많이 쌓였나요?"

"아주 그렇다고는 말할 수 없어요. 지대에 따라 달라요. 눈보라가 비스듬히 노반의 모서리 밑으로 몰아쳤어요. 가장 힘든 구역은 중간입니다. 3킬로미터 정도가 움푹 파였고요. 거기는 정말 생고생이지요. 완전히 눈에 묻혔거든요. 그래도 더 가면 괜찮아요, 타이가인데 숲이 지켜 준 거죠. 마찬가지로 움푹 파인 곳까지도 탁 트인 지대라서 무섭지 않아요. 바람이 눈을 다 날려 버렸어요."

"아, 제기랄. 사람 잡는군! 내가 기차를 동원해 볼게요. 저들
도 도와줄 테고."

"나도 그렇게 생각했어요."

"단, 수병과 적군은 건드리지 마세요. 특별 열차에 노역 부대
가 잔뜩 있어요. 자유민까지 합하면 700명은 족히 될 겁니다."

"그렇다면 더더욱 충분해요. 지금 삽만 가져오면 되는데,
우리가 대 줄게요. 삽이 모자라요. 이웃 마을에 사람을 보내
났거든요. 어떻게든 구할 거요."

"거참 큰일이군요, 정말! 잘될 거라고 생각하십니까?"

"그럼요. 사람이 많으면 도시도 점령한다잖아요. 이건 철로
입니다. 동맥이죠. 여부가 있습니까."

15

선로의 눈을 치우는 데 꼬박 사흘이 걸렸다. 뉴샤까지 포함
하여 지바고의 가족도 적극적으로 참여했다. 여행 중 가장 좋
은 때였다.

이 지역에는 뭔가 폐쇄적이면서 모호한 것이 있었다. 거기
서는 푸시킨이 본 푸가초프적인 것, 악사코프가 묘사한 아시
아적인 것의 냄새가 났다.[150]

---

150) 예카테리나 여제 통치기, 예멜리얀 푸가초프(1742~1775)가 일으킨

이 벽지의 신비스러움을 완성해 준 것이 폐허, 그리고 남겨진 몇몇 주민의 폐쇄적인 태도였는데, 그들은 겁을 먹고 기차의 승객들을 피했으며 밀고가 무서워서 자기들끼리도 말을 섞지 않았다.

작업에는 모든 범주의 승객들이 참여했지만 한꺼번에 동원된 것은 아니었다. 작업 구역을 경비병이 사슬처럼 에워쌌다.

철로는 여러 곳에 따로따로 배치된 작업반들이 사방에서 일제히 치웠다. 눈을 치워 낸 구역들 사이로 마지막까지 손대지 않은 설산들이 남아, 이웃한 그룹들과 경계를 지었다. 이 설산들은 필요한 구간의 제설을 모두 끝내고 마지막에야 치워졌다.

춥고 맑은 날이 계속되었다. 하루 종일 바깥에서 시간을 보내다가 잠을 잘 때만 객실로 돌아왔다. 짧은 간격으로 서로 교대하며 일해서 피곤할 틈도 없었는데, 삽은 모자라고 일하는 사람은 너무 많았기 때문이다. 지치지 않는 노동은 만족감만을 주었다.

지바고 가족이 삽질을 하러 나간 곳은 사방이 탁 트인, 그림 같은 곳이었다. 이 지점의 지형은 처음에는 노반에서 동쪽으로 내려가다가 지평선까지 파도 모양을 그리며 올라갔다.

산에는 사방이 트인 곳에 집 한 채가 외따로 서 있었다. 집은 정원에 둘러싸여 있었는데, 여름에는 분명히 무성했겠지

푸가초프의 난을 말한다. 푸시킨의 역사 소설 『대위의 딸』은 이 사건을 배경으로 한다. 세르게이 악사코프(1791~1859)는 러시아의 사상가, 작가, 대표적인 슬라브주의자로, 여기서 언급되는 것은 그의 『가족 연대기』(1856)이다.

만 지금은 듬성듬성해지고 당초무늬의 서리로 뒤덮여 건물을 보호해 주지 못했다.

눈의 장막에 모든 것이 고르고 둥글어졌다. 하지만 그 눈 덩어리로도 경사면의 울퉁불퉁한 주요 부분이 감춰지지 않은 것으로 보아, 봄에는 분명히 위쪽 굴뚝 모양의 구름다리에서 철둑 아래로, 구불구불한 골짜기를 따라 시냇물이 흘렀을 테지만, 지금은 눈이 깊고 빽빽하게 쌓여 있는 것이 머리부터 발끝까지 푹신한 담요를 뒤집어쓰고 몸을 감춘 소년 같았다.

저 집에는 사람이 살고 있을까, 아니면 면과 군의 토지 위원회에 접수된 채 빈집으로 있다가 허물어져 가는 것일까? 옛날에 저 집에 살던 사람들은 어디 있으며 또 어떻게 됐을까? 외국으로 자취를 감추었을까? 농부들의 손에 죽었을까? 아니면, 옛 정을 생각해서 군 내에 교양 있는 전문가 자리라도 내주었을까? 마지막까지 여기 남아 있었을 경우, 스트렐니코프는 그들을 좀 봐주었을까, 아니면 부농들과 함께 처단했을까?

산 위의 집은 호기심을 자극하며 구슬픈 침묵을 지켰다. 하지만 그때는 그런 질문이 던져지지도 않았고 또 누구 하나 대답할 수도 없었다. 그런데도 태양은 설원의 표면 위로 너무도 새하얀 불꽃을 던져, 순백의 눈 때문에 눈이 멀 것 같았다. 삽은 또 얼마나 똑바른 조각들로 그 표면을 잘라 냈던가! 그것은 또 얼마나 메마른, 다이아몬드 같은 광채를 뿜어내며 절단면에 흩뿌려졌던가! 이것은 또 먼 유년 시절의 나날을 연상시켰다. 그 무렵, 털실로 여민 밝은 색 후드를 쓰고 검고 작은 반지처럼 굽이치는, 곱슬곱슬한 양털 외투를 입고 후크를 꼭 채운 꼬마 유라가 마당에서, 지금과 마찬가지로 눈이 멀 것 같은 눈으로 파라미드와 큐브, 생크림과 케이크, 요새와 동굴 속 도시를 얼마나 많이 만들었던가! 아, 그때는 이 세상에 사는 것이 얼마나 맛있었던가, 주위의 모든 것이 눈요깃거리이자 맛있는 먹거리가 아니었던가!

하지만 바깥에서 보낸 이 사흘 동안의 삶도 포만감을 주었다. 이유가 없다고 할 수는 없었다. 저녁이면 작업했던 자들에게 체에 친 밀가루로 갓 구워 낸 따끈따끈한 빵이, 어디서, 누구의 명령으로 가져오는지 알 수 없는 빵이 배분되었다. 옆쪽은 반들반들 윤이 나고 바삭하고 맛있는 껍질에 둘러싸인, 먹음직스럽게 잘 구워진 두툼한 아래 껍질 안에 작은 숯 부스러기가 박혀 있는 빵이었다.

16

눈 덮인 산을 오르다가 잠시 머문 곳에 애착을 느끼듯, 사람들은 역의 폐허를 좋아하게 되었다. 역의 배치, 건물의 외양, 몇몇 피해 상황이 기억에 새겨졌다.

해가 지는 저녁이면 역으로 돌아왔다. 과거에 충실하려는 듯 해는 계속 예전의 장소, 즉 전신 기사의 당직실 앞 창문 바로 옆에서 자라는 해묵은 자작나무 뒤로 기울었다.

외벽이 안쪽으로 허물어져 방을 묻어 버린 곳이었다. 하지만 온전한 창문 맞은편, 거처의 뒤쪽 구석은 허물어지지 않았다. 그곳의 커피색 벽지, 쇠사슬이 달린 청동 뚜껑 아래 둥근 통풍구가 딸린 타일 난로, 벽 위에 붙은 검은 액자 속의 비품 목록 등은 모두 그대로였다.

땅까지 닿은 태양은 불행을 겪기 전과 마찬가지로 난로의 타일까지 몸을 뻗어 갈색 열기로 커피색 벽지에 불을 붙이고 자작나무 가지의 그림자를 여자의 숄처럼 벽에다 걸었다.

건물의 다른 부분에 진료실로 통하는, 못을 쳐 둔 문이 있었는데, 분명히 2월 혁명 초나 그 직전에 썼을, 다음과 같은 내용의 문구가 붙어 있었다.

'의약품 및 붕대 처치와 관련하여 환자 여러분은 일단은 동요하지 말라고 부탁하는 바임. 특정 이유로 인해 이 문을 봉쇄하며 이를 공지함. 우스티-넴다의 수석 군의관 아무개.'

눈을 쓸어 낸 선로 사이에 언덕처럼 남아 있던 마지막 눈까지 치워지자 시야가 트이면서 저 멀리 화살처럼 날아가는 가지런한 철로가 훤히 보였다. 그 양옆에는 던져 놓은 눈이 만든 하얀 산이 펼쳐졌는데, 검은 침엽수림이 두 벽처럼 끝까지 테두리를 만들고 있었다.

철로 여기저기에 눈길이 닿는 곳마다 삽을 든 사람들 무리가 서 있었다. 그들은 처음으로 전원이 모인 데서 서로를 보았고 그 어마어마한 수에 놀랐다.

17

늦은 시각, 밤이 가까워지고 있음에도 기차가 몇 시간 뒤에 출발한다는 사실이 알려졌다. 출발에 앞서 유리 안드레예비치와 안토니나 알렉산드로브나는 눈을 치워 낸 선로의 아름다움을 마지막으로 완상하기로 했다. 노반에는 이미 아무것도 없었다. 의사와 아내는 잠깐 서서 먼 곳을 바라보며 두세 마디를 주고받고 다시 난방차로 향했다.

돌아오는 길에 그들은 두 여자가 욕설을 주고받으며 표독스럽고 앙칼지게 내지르는 비명 소리를 들었다. 얼른 듣기에도 오그르이즈코바와 탸구노바의 목소리였다. 두 여자는 의사 내외와 같은 방향인 기차의 머리 쪽에서 꼬리 쪽으로 걷고 있었지만, 역 쪽 방향, 즉 기차의 반대편이었던 반면 유리 안드레예비치와 안토니나 알렉산드로브나는 뒤쪽인 숲 쪽을 걷는 중이었다. 이 두 쌍 사이로 객차들이 끝없는 벽처럼 이어지며 서로를 가려 주었다. 두 여자는 의사와 안토니나 알렉산드로브나 쪽에 가까워지는 일이 거의 없이, 많이 따라잡거나 심히 뒤처지는 정도였다.

두 여자는 굉장히 흥분해 있었다. 그들은 수시로 힘에 부친 듯 허덕였다. 걸음걸이가 고르지 못해 목소리가 고함처럼 높아지는가 하면 속삭임처럼 낮아지는 것으로 보아 분명히 걷다가 발이 눈에 빠지거나 꺾인 것 같았다. 보아하니 탸구노바가 오그르이즈코바의 뒤를 쫓는 것 같고 따라잡으면 주먹을 날리는 모양이었다. 그녀는 연적에게 상스러운 욕을 퍼부었는데, 이렇게 귀부인인 척 구는 암컷 공작들의 입에서 선율까지 섞여 나오는 욕은 음악은커녕 거친 남자의 욕보다 백배는 더 염치없이 울렸다.

"아휴, 이 갈보 년, 아휴, 이 쌍년." 하고 탸구노바가 소리쳤다. "발을 떼는 곳마다 졸졸 따라오고 치맛자락을 질질 끌면서 눈깔을 굴리는 꼴 하곤! 암캐 같은 년, 내 서방만으론 모자라서 어린 귀염둥이한테도 침을 질질 흘리고 꼬리를 치다니, 어린 것까지 망쳐야 직성이 풀릴 모양이야."

"그러는 네년은 바센카한테 정실이냐?"

"네년한테 정실의 맛을 톡톡히 보여 주지, 이 추잡한 년! 살아서는 돌아가지 못할걸, 괜히 나한테 죄 짓게 하지 말라고!"

"하지만, 하지만 한 대 쳤냐! 손 치워, 이 미친년아! 나한테 원하는 게 뭐냐, 이년아?"

"네년이 뒈져 버렸으면 한다, 이가 들끓는 갈보야, 발정 난 암고양이 같은 년, 염치도 없는 눈깔하곤!"

"나에 대해서는 아무렇게나 지껄여. 나는 물론 암캐에 암고양이야, 누구나 다 알지. 그러는 네년은 우리 동네에서 참 대단한 신분이지. 시궁창에서 태어났고 개구멍에서 결혼해 줘 새끼를 뱄고 고슴도치나 싸질렀으니……. 사람 살려, 사람 살려, 누구 없어요! 아이고, 이 못된 년, 썩을 년이 사람 잡네. 아이고, 이 처녀를 구해 줘요, 이 고아를 도와줘요……."

"어서 빨리 가. 도저히 못 듣고 있겠어, 토할 것 같아." 안토니나 알렉산드로브나가 남편을 재촉했다. "저러다 곱게 끝나지 않겠는걸."

18

갑자기 지형도 날씨도, 모든 것이 바뀌었다. 평원이 끝나고 길은 산과 언덕과 고지대 사이로 이어졌다. 최근에 계속 불던 북풍이 멎었다. 남쪽에서 난로의 온기처럼 훈훈한 기운이 풍겨 왔다.

숲은 여기서 산비탈을 따라 층층이 자라고 있었다. 철로의 노반이 숲을 가로지를 때, 기차는 처음에는 급경사를 올라갔다가 중간부터는 완만한 경사를 내려가야 했다. 기차는 낑낑대며 숲속으로 기어 들어갔다가 가까스로 그곳을 지나갔는데, 마치 사방을 둘러보고 모든 것에 눈도장을 찍는 승객 무리를 도보로 데려가는 늙은 숲지기 같았다.

하지만 아직은 눈여겨볼 만한 것이 없었다. 숲속 깊은 곳에 겨울인 양 꿈과 안식이 있었다. 그저 간간히 몇몇 관목과 나무들이 사각거리면서, 목도리를 풀거나 옷깃의 단추를 열듯, 아래쪽 가지 위에 차츰차츰 쌓인 눈을 털어 냈다.

유리 안드레예비치는 졸음이 쏟아졌다. 요 며칠 내내 그는 위쪽의 자기 침대에 누워 잠을 자고 잠에서 깨고 명상에 잠기고 귀를 기울였다. 하지만 일단은 귀를 기울일 만한 것이 아무것도 없었다.

19

유리 안드레예비치가 실컷 자는 동안 봄은 저 엄청난 양의 눈을, 그들이 모스크바를 떠나던 날 내린 눈, 길을 가는 내내 내린 눈, 그들이 우스티-넴다에서 꼬박 사흘 동안 파고 헤친, 수천 베르스타 공간에 아득하고 두툼한 층으로 쌓여 있는 그 모든 눈을 녹이고 있었다.

처음에 눈은 속에서 조용히, 그리고 남몰래 녹았다. 하지만 군인들의 작업이 절반쯤 진행되자 더는 숨기지 못했다. 기적이 겉으로 드러났다. 조금씩 움직이는 눈의 장막 밑에서 물이 뛰쳐나오며 콸콸 소리를 냈다. 울창한 숲속의 벽촌들이 파드득거렸다. 그 안의 모든 것이 잠에서 깨어났다.

물은 제 마음대로 아무 데서나 노닐었다. 그것은 가파른 절벽에서 아래로 떨어져 연못들을 가득 채우며 폭넓게 넘쳐 났다. 숲은 이내 물의 웅성거림과 연기와 탄내로 가득 찼다. 여러 갈래의 격류가 뱀처럼 숲을 기어 다녔는데, 자기들의 움직임을 막는 눈 밑으로 파고들어 뭉치는가 하면 쉬쉬거리며 평평한 곳을 흘러가다가 아래로 떨어지면서 물보라처럼 흩어졌다. 땅은 이미 더 이상 물기를 받아들이지 않았다. 현기증 날 만큼 높은 곳, 거의 구름의 높이에서 해묵은 전나무들이 뿌리로 물기를 마셔 버렸고, 그 밑동 옆에서는 말라 가는 연한 갈색 거품이 술 마시는 사람의 입술에 묻은 맥주 거품처럼 소용돌이를 이루었다.

봄은 하늘의 머리를 때려 취하게 만들고, 하늘은 그 취기로 몽롱해져 구름에 뒤덮였다. 펠트 같은 먹구름이 끝자락을 나지막이 드리운 채 숲 위로 흘러갔고, 그 너머로 흙냄새와 땀냄새를 풍기는 따뜻한 소나기가 도약하듯 쏟아져, 구멍이 뚫린 검은 얼음 갑옷의 마지막 조각을 땅에서 씻어 내렸다.

잠에서 깬 유리 안드레예비치는 창틀을 떼 낸 네모난 창문 쪽으로 몸을 뻗어 팔꿈치를 괸 다음 귀를 기울였다.

20

탄광 지대가 가까워지면서 지역의 사람 수도 많아지고 역 구간도 짧아지고 정차하는 횟수도 잦아졌다. 타거나 내리는 승객도 많아졌다. 크지 않은 간이역에서도 많은 사람이 타고 내렸다. 좀 짧은 거리를 여행하는 사람들은 오랫동안 터를 잡거나 자러 가지도 않고 밤에 난방차 한가운데 어느 문 옆에 자리를 잡고 서로 반쯤 기어드는 목소리로 자기들만 이해할 수 있는 그 지방 이야기를 주고받다가 다음 대피역이나 간이역에서 내렸다.

요 사흘 동안 난방차를 오간 현지인들의 이야기를 종합한 결과 유리 안드레예비치는 북쪽에서는 백군이 우위를 점하고 유랴틴을 점령했거나 차지하려 한다고 결론 내렸다. 그 밖에도 소문이 틀리지 않다면, 또 멜류제예프 병원 시절의 동료와 동명이인이 아니라면, 이 방면에서 백군의 전력을 훌륭하게 지휘하고 있는 자는 유리 안드레예비치도 잘 아는 갈리울린이었다.

유리 안드레예비치는 소문이 확인되기 전까지는 괜히 가족을 불안하게 하지 않으려고 이런 이야기들을 한마디도 입에 올리지 않았다.

21

밤이 찾아올 무렵, 유리 안드레예비치는 어렴풋이 북받쳐 오르는 행복감에 겨워 잠에서 깨어났는데, 그 감정이 너무 강렬해서 깨지 않을 수 없었다. 기차는 한 야간 정거장에 서 있었다. 기차역은 백야의 유리 빛 어스름에 싸여 있었다. 이 밝은 암흑을 머금고 있는 것은 섬세하고 강력한 무언가였다. 그것은 여기가 넓고 탁 트인 곳임을 증명해 주었다. 또한 이 대피역이 막힘없이 넓은 시야를 확보할 수 있는 높은 곳에 위치하고 있음을 암시했다.

발소리를 죽이며 걸음을 떼는 그림자들이 플랫폼을 따라 작은 소리로 대화를 주고받으며 난방차 곁을 지나갔다. 이 또한 유리 안드레예비치를 감동시켰다. 이토록 신중하게 발소리와 목소리를 죽이는 것에서, 전쟁 전 태곳적에 그러했듯, 야심한 시각에 대한 존경과 기차 안에서 자고 있는 사람들에 대한 배려를 보았던 것이다.

의사의 착각이었다. 플랫폼에서는 웅성대는 소리가 들리고 여느 곳에서와 마찬가지로 군화가 절그럭거렸다. 하지만 근처에 폭포가 있었다. 그것이 신선함과 자유를 불어넣어 백야의 경계를 넓힌 것이었다. 그것이 의사에게 꿈속에서 행복감을 주었다. 잠시도 중단되지 않고 떨어지는 폭포수 소리가 대피역의 모든 소리 위에 군림하여 일견 고요한 듯한 기만적인 느낌을 주었던 것이다.

폭포의 존재를 알아차리지 못했지만 이곳 공기의 기이한 복원력에 현혹된 듯 의사는 다시 깊은 잠에 빠졌다.

난방차 아래쪽에서 두 사람이 대화를 나누고 있었다. 한 사람이 다른 사람에게 이렇게 물었다.

"그래, 어떻대, 녀석들은 진압했나? 놈들의 꼬리를 마저 잘랐나?"

"장사치들 말인가, 어?"

"그래, 곡물상들 말이야."

"잠잠해졌어. 실크처럼 야들야들해졌지. 본보기로 몇 놈의 숨통을 끊어 놨더니 나머지들은 고분고분해지더라고. 전쟁 배상금을 받아 갔어."

"면에서는 많이 처치했나?"

"4만."

"거짓말!"

"내가 왜 거짓말을 하겠어?"

"4만이라니, 새발의 피잖아!"

"4만 푸드라고."

"뭐, 정말 대단한걸, 장하다! 장해!"

"곱게 빻은 밀가루 4만이야."

"하긴 놀랄 일도 아니지. 이 지역은 일등급이니까. 제일가는 밀가루 교역지라고. 이 르인바강을 따라 위쪽 유랴틴으로 올라가면 마을마다 양곡장이며 곡물 창고가 있어. 셰르스토비토프 형제나 페레카트치코프 부자나 전부 도매업자야!"

"소리 좀 낮춰. 사람들 깨겠어."

"알았어."

말을 하던 쪽이 하품을 했다. 다른 쪽이 이렇게 제안했다.

"잠깐 한숨 붙일까, 어때? 슬슬 출발하는 모양인데."

그때 뒤에서, 구식 급행열차가 귀를 먹먹하게 하는 굉음으로 폭포 소리를 압도하면서, 대피역의 제2 철로를 전속력으로 달려왔다. 그러더니 옆에 서 있는 특별 열차를 따라잡고는 포효하듯 기적 소리를 내며 불꽃을 번쩍이고 흔적도 없이 사라졌다.

아래쪽에서 대화가 재개되었다.

"이제 난리 났네. 오래 서 있겠는걸."

"이제 빨리는 안 되겠어."

"분명 스트렐니코프일 거야. 특수 임무를 띤 장갑 열차잖아."

"그렇다면 그가 맞겠군."

"반대 세력에 대해서는 짐승처럼 맹렬하지."

"지금은 갈레예프를 잡으러 간 거야."

"그건 또 누구야?"

"아타만[151] 갈레예프. 체코 군단과 함께 유랴틴을 봉쇄하고

---

151) 카자크군의 두목.

있대. 대단한 양반인데, 부두를 점령해서 장악하고 있다는군. 아타만 갈레예프."

"혹시 갈릴레예프 공작인지도 모르겠네. 잊어버렸지만."

"그런 공작 가문은 있지도 않아. 아무래도 알리 쿠르반인 것 같아. 네가 착각한 거야."

"쿠르반인지도 모르지."

"그렇다면 다른 문제지."

22

아침이 가까워질 무렵 유리 안드레예비치는 다시 한번 잠에서 깼다. 그는 또 뭔가 유쾌한 꿈을 꾸었다. 그를 충만하게 해 준 행복감과 해방감은 끊이지 않았다. 기차는 또 서 있었는데, 새로운 간이역일 수도 있고 원래의 간이역일 수도 있었다. 다시 폭포 소리가 들리는 것이 아무래도 아까 그 폭포일 것 같지만 다른 폭포일 수도 있었다.

유리 안드레예비치는 이내 잠이 들었고 비몽사몽간에 사람들이 어수선하게 뛰어다니는 것을 느꼈다. 코스토예드가 호송대 대장과 한판 붙은 채 서로에게 고함을 질러 댔다. 바깥은 아까보다 한결 나았다. 전에는 없던 새로운 기운이 감돌았다. 뭔가 마법 같은 것, 뭔가 봄 같은 것, 흑백의 성기고 얇은 것, 녹아서 축축한 눈송이가 땅으로 떨어져 그것을 하얗게 만들기는커녕 오히려 훨씬 검게 만드는 5월 눈보라의 급습과 같은 것 말이다. 뭔가 향기를 풍기는 흑백의 투명한 것. '귀룽나무구나!' 유리 안드레예비치는 잠결에 이렇게 추측했다.

23

아침에 안토니나 알렉산드로브나가 말했다.

"어쨌거나 당신은 놀라운 사람이야, 유라. 온통 모순투성이야. 파리 소리에도 잠이 깬 아침까지 눈을 못 붙이는가 하면, 지금처럼 소음에 말다툼에 난리통인데도 누가 업어 가도 모를 정도로 자고 있으니. 밤에 계산원 프리툴리예프와 바샤 브르이킨이 도망쳤어. 그래, 생각 좀 해 봐! 탸구노바와 오그르이즈코바도. 잠시만, 아직 이게 다가 아니야. 보로뉴크도. 그래, 그래, 도망쳤어, 정말로 도망쳤어. 그래, 상상 좀 해 봐. 이제 좀 들어 봐. 다들 어떻게 사라졌는지, 같이 갔는지, 따로 갔는지, 어떤 순서로 갔는지 정말로 수수께끼야. 뭐, 보로뉴크는 다른 사람들이 도망친 것이 드러나면 책임을 져야 하니까 당연히 몸을 피하기로 결심했겠지. 하지만 나머지 사람들은 어떻게 됐을까? 다들 정말 자기 의사로 사라진 걸까, 아니면 누구에게 강제로 제거된 걸까? 가령 여자들이 수상하거든. 그런데 누가 누굴 죽였는지, 탸구노바가 오그르이즈코바를, 아니면 오그르이즈코바가 탸구노바를 그런 건지 아무도 몰라. 호송대장은 기차의 이쪽 끝에서 저쪽 끝으로 뛰어다니면서 '감히 어떻게.'라고 외쳐 대고 있어. '출발 신호를 보낼 수가 있나.

도망자들을 잡을 때까지 특별 열차를 붙들어 두도록 법의 이름으로 요구한다.' 그런데 차장이 굴복하지 않는 거야. '미쳤군.' 하면서 말이야. '나는 보충병을 전선으로 보내야 해요, 긴급 임무라고요. 당신의 그 이 같은 부대를 어떻게 기다려요! 당최 무슨 생각을 하는 거요!' 그러고는 둘이서, 알겠지, 코스토예드를 마구 야단치는 거야. 어떻게 협동조합원에다가 개념도 있는 사람이 그 자리에 나란히 있으면서도 군인처럼 무식하고 생각 없는 사람이 치명적인 걸음을 내딛는 걸 말리지 못했냐면서. '게다가 인민주의자라면서.'라고 말하더라고. 뭐, 코스토예드는 물론 그럴 의무가 없는 사람이잖아. '거참 흥미롭군!' 하고 말했어. '그러니까 당신네들 생각으론 죄수가 호송병을 감시해야 된다는 거요? 이거 참 해가 서쪽에서 뜰 일이군.[152]' 내가 당신 옆구리를 찌르고 어깨를 흔들었지. '유라.' 하고 소리치면서. '일어나, 도주야!' 그런데 꿈쩍도 안 했지! 대포를 쏘아도 안 일어나겠더라고⋯⋯. 어쨌거나 미안한데 이 얘기는 나중에 하자. 일단은⋯⋯ 할 수 없군⋯⋯! 아빠, 유라, 한번 봐요, 얼마나 아름다운지!"

머리를 내밀고 누워 있는 사람들 옆, 창문 앞으로 봄의 홍수로 질펀해진 땅이 끝 간 데 없이 활짝 펼쳐졌다. 어딘가 강둑이 넘쳐 그 지류의 강물이 철둑 가까이 온 것이었다. 침상의 높은 데서 내려다보면 시야가 좁아져 기차가 곧장 물 위로 천천히 미끄러지는 것 같았다.

---

152) 직역하면 '암탉이 정말 수탉처럼 운다.' 정도의 의미이다.

그 수면 위로 드물지만 군데군데 철분이 함유된 푸르스름한 빛깔이 보였다. 그 나머지 수면에서는 무더운 아침이, 부엌데기가 기름을 적신 솔로 뜨거운 피로그의 껍질을 칠하듯, 거울처럼 반들반들한 반점을 쫓아다니고 있었다.

끝이 없어 보이는 이 범람 속에 풀밭, 구덩이, 관목과 함께 밑바닥에 말뚝처럼 박힌 하얀 구름 기둥이 빠져 있었다.

어딘가 이 범람 한가운데서 가느다란 땅 한 가닥이 보였고 하늘과 땅 사이, 위아래 두 겹으로 나무가 드리워져 있었다.

"오리다! 새끼 오리 떼야!" 알렉산드르 알렉산드로비치가 저쪽을 보며 소리쳤다.

"어디요?"

"섬 옆에. 그쪽이 아니야. 좀 더, 더 오른쪽. 아, 저런, 날아가 버렸네, 뭣에 놀랐나 보다."

"아, 그래요, 보이네요. 저, 드릴 말씀이 있는데요, 알렉산드르 알렉산드로비치. 어떻게, 나중에 하죠. 한데 저 노역 부대들과 부인들이 그렇게 내빼다니, 정말 장해요. 제 생각으론 누구에게 나쁜 짓도 하지 않고 평화롭게 말이죠. 그냥 물이 도망치듯 도망쳤잖아요."

24

북쪽의 백야가 끝나고 있었다. 모든 것이 보였지만 산도, 숲도, 절벽도 자신을 못 믿겠다는 듯 지어낸 것처럼 서 있었다.

숲은 살짝 푸른 싹을 틔웠다. 그 가운데 귀룽나무 몇 그루가 꽃을 피웠다. 숲은 산비탈 아래 역시나 좀 멀찍이서 가팔라지는 넓지 않은 공터에서 울창해졌다.

멀지 않은 곳에 폭포가 있었다. 어디에서나 보이지는 않고 숲의 저쪽, 절벽의 끝에서만 보였다. 바샤는 공포와 희열을 맛보기 위해 폭포를 보러 그쪽으로 가다가 그만 지쳐 버렸다.

이 주변에 폭포에 비길 만한 것, 그것과 쌍벽을 이룰 만한 것은 아무것도 없었다. 이러한 유일함은 두려움을 유발했고, 그 때문에 그것은 생명과 의식을 부여받은 뭔가로, 그들에게 조공을 요구하고 주변을 황폐하게 만드는 동화 속의 용이나 이 지역의 구렁이로 바뀌었다.

반쯤 낙하한 높이에서 폭포는 절벽의 돌출된 이빨에 부서져 두 갈래로 갈라졌다. 위쪽 물기둥은 거의 움직이지 않았고 두 갈래의 낮은 물기둥에서는 간신히 포착할 수 있는 움직임이 잠시도 그치지 않았다. 꼭 폭포가 줄곧 미끄러졌다가 또 몸을 곧추세우고 미끄러졌다가 또 몸을 곧추세우고 계속 비틀거리면서도 두 발로 버티는 것 같았다.

바샤는 숲 언저리에 가죽 코트를 깔고 누워 있었다. 새벽빛이 좀 더 또렷해지자 묵직한 날개를 가진 커다란 새가 산에서 아래로 날아가 유연한 원을 그리며 숲을 맴돌더니 바샤가 누워 있는 곳 주변, 전나무 꼭대기에 내려앉았다. 그는 머리를 들어 올려 까마귀의 푸른색 목과 회청색 가슴을 쳐다보고는 매혹되어 큰 소리로 속닥댔다. '론댜.' 이 새의 우랄어 이름이었다. 그런 다음에는 자리에서 일어나 땅바닥의 가죽 코트를 집어 몸에 걸치고 숲속의 빈터를 가로질러 동행에게 다가갔다. 그가 말했다.

"가요, 이모. 정말 얼어 죽겠어요, 이가 딱딱 갈려요. 아니, 뭘 그렇게 쳐다봐요, 깜짝 놀란 사람처럼? 사람의 말로 가야 한다고 말하고 있잖아요. 우리 처지를 생각해서 마을까지는 버텨야 해요. 마을에서는 처지가 같은 사람들은 건드리지 않고 그냥 숨겨 줄 거예요. 이러다가는 이틀째 먹지도 못하고 굶어 죽겠어요. 아마 보로뉴크 삼촌은 난리법석을 떨며 우리를 찾으러 나섰을 거예요. 가야 해요, 팔라샤 이모, 간단히 말해 내빼야 한다고요. 나랑 이모는 정말 큰일인데, 이모, 이모가 하루 종일 한마디라도 해 주면 좋겠어요! 너무 괴로우니까 말을 못하는 거겠죠, 정말! 아니, 뭘 그리 슬퍼해요? 카탸 이모, 카탸 오그르이즈코바를 객차에서 떼민 건 고의로 한 일이 아닌걸요, 옆구리를 부딪쳤을 뿐이에요, 내 눈으로 봤어요. 그 이모는 그다음 풀밭에서 일어났는데 멀쩡했고, 그렇게 일어나 도망쳤어요. 프로호르 삼촌, 프로호르 하리토느이치[153]도 똑같아요. 그분들이 우리를 따라잡으면 다들 또다시 함께할 거예요, 어떻게 생각해요? 제일 중요한 것은 괜히 마음 상하지 말아야 한다는 거예요, 그럼 이모 혀도 움직일 거예요."

탸구노바가 땅바닥에서 일어나 바샤에게 한 손을 내밀고는 조용히 말했다.

"가자꾸나, 꼬마 도련님."

---

153) 하리토노비치의 약칭.

25

몸통 전체를 삐거덕거리며 객차들이 높은 철둑을 따라 산으로 가고 있었다. 그 밑에서 젊은 잡목림이 자라고 있었는데, 꼭대기가 철둑 높이까지 미치지는 못했다. 아래쪽에는 최근에 물이 빠져나간 풀밭이 있었다. 모래와 뒤섞인 풀 위로 침목용 통나무들이 사방을 무질서하게 덮고 있었다. 분명히 어디 근처 벌채지에서 뗏목으로 쓰려고 쌓아 둔 것인데, 봄의 홍수에 쓸려 이리로 온 모양이었다.

철둑 아래 젊은 숲은 아직 겨울인 양 거의 벌거벗고 있었다. 오직 숲속에 촛농처럼 빼곡히 뚝뚝 떨어진 새싹에만 뭔가 잉여적인 것, 진흙이나 부스럼 같은 뭔가 무질서한 것이 생겨났는데, 이 잉여적인 것, 이 무질서한 것과 진흙이야말로, 첫 싹을 틔운 숲속 첫 나무를 초록색 불꽃 같은 이파리로 장악한 생명이었다.

여기저기에 쌍떡잎 새싹이 톱니나 화살처럼 꽂힌 자작나무들이 순교자처럼 곧추서 있었다. 그것이 어떤 향기를 풍기는지는 한눈에도 알 수 있었다. 그것은 반짝이는 그 빛깔의 향기를 풍겼다. 래커를 만들 때 나는 메탄올 향기였다.

선로는 이내, 쓸려 온 통나무들이 원래 있었을 곳과 높이가 같아졌다. 숲속 모퉁이를 돌자 장작 부스러기와 톱밥이 널린 빈터가 나타났는데, 한가운데에 긴 통나무 더미가 쌓여 있었다. 벌목장 근처에서 기관사가 브레이크를 밟았다. 기차가 몸을 부르르 떨더니 크고 높은 활처럼 몸을 기울인 자세로 멈추어 섰다.

기관차가 개 짖는 소리처럼 짧은 기적을 몇 번 울리고 뭐라고 고함을 질렀다. 승객들은 굳이 신호가 없어도 기관사가 연료를 비축하기 위해 정차한 것임을 알아차렸다.

난방차의 작은 문들이 열렸다. 웬만큼 작은 도시의 인구는 족히 될 만한 사람들이 노반 위로 쏟아져 나왔는데, 항상 비상 작업을 면제받은 앞쪽 객실의 동원병들은 지금도 참여하지 않았다.

빈터의 짧은 장작더미만으로는 탄수차를 채우기에 부족했다. 덤으로 긴 통나무를 어느 정도 톱질할 필요가 있었다.

작업반의 비품 중에는 톱이 있었다. 2인 1조가 된 희망자들에게 하나씩 돌아갔다. 교수와 그의 사위도 톱을 받았다.

군인들의 난방차에서는 사람들이 작은 문을 활짝 열고 명랑한 면상을 빠끔히 내밀고 있었다. 한 번도 포화를 겪어 본 적이 없는 미성년들, 해군 학교의 상급생들, 어쩌다 실수로 엄격한 기혼 노동자의 객실에 들어왔지만 역시나 화약 냄새도 맡아 본 적 없고 군사 훈련도 간신히 마친 자들이 생각에 빠지지 않으려고 일부러 고참 수병들과 소란을 피우고 바보짓을 하고 있었다. 다들 시련의 시간이 가까워졌음을 감지했다.

이 농담꾼들은 톱질하는 남녀를 깔깔대며 조롱했다.

"에이, 할아버지! 말해 봐, 나는 아직 젖먹이야, 엄마 젖도 못 떼서 육체노동은 할 줄 몰라." "에이, 마브라! 이봐, 톱으로 치맛자락 자를라, 찬바람 들겠어." "에이, 아가씨! 숲에 가지 말고 차라리 나한테 시집이나 오시지."

26

숲에는 말뚝을 열십자로 묶어 그 끝을 땅바닥에 박아 놓은 버팀나무가 몇 개 튀어나와 있었다. 그중 하나가 비어 있었다. 유리 안드레예비치와 알렉산드르 알렉산드로비치는 톱질을 하러 그 위에 자리를 잡았다.

봄 중에서도 반년 전 눈 밑으로 사라졌던 땅이 거의 원래의 모습대로 눈 위로 드러나는 시기였다. 숲은 습기를 뿜어내고 온통, 인생의 수많은 세월 동안 영수증과 편지와 고지서를 갈기갈기 찢어 놓고는 미처 쓸지 못한, 치우지 않은 방처럼 지난해의 낙엽이 어질러져 있었다.

"쉬엄쉬엄 하세요, 지치십니다." 의사는 알렉산드르 알렉산드로비치에게 톱의 움직임을 더 느리게, 더 느긋하게 잡아 주며 이렇게 말하고는 좀 쉬라고 권했다.

숲을 따라, 다 함께 조화를 이루는가 하면 또 제각각이기도 한 목 쉰 듯한 톱질 소리가 앞뒤에서 울려 퍼졌다. 어딘가 멀리 멀리서 첫 꾀꼬리가 목청을 가다듬었다. 훨씬 더 긴 휴지부를 두고 먼지가 가득 낀 플루트를 불듯 검은 개똥지빠귀가 휘파람을 불었다. 기관차 배기판의 증기마저 아이 방의 알코올램프 위에서 끓고 있는 우유처럼 노래하듯 보글거리면서 하늘 쪽으로 치솟았다.

"할 얘기가 있다고 하지 않았나." 알렉산드르 알렉산드로비치가 상기시켰다. "잊은 건 아니지? 대충 이랬잖나. 우리가 범람한 곳을 지나올 때 오리가 날고 자네가 생각에 잠겨 '좀 드릴 말씀이 있는데요.'라고 했어."

"아, 맞아요. 이걸 어떻게 해야 더 간결하게 표현할지 모르겠어요. 보시다시피, 우리는 점점 더 깊이 들어가고 있어요……. 이곳은 모든 지역이 들끓고 있어요. 곧 도착할 거예요. 우리가 목적지에서 무엇을 보게 될지 알 수 없고요. 만일의 경우를 대비해 말을 맞추어야 해요. 신념 얘기를 하는 게아니에요. 봄의 숲에서 오 분간의 대화로 신념을 밝히거나 확립하는 것은 어처구니없는 일일 테죠. 우리는 서로를 잘 알아요. 우리 셋, 아버님과 저와 토냐는 다른 많은 사람과 함께 우리 시대에 하나의 세계를 구성하는데, 오직 그것을 파악하는 정도에 있어서만 서로 구분될 뿐이죠. 이 얘기를 하려던 게 아니에요. 삼척동자도 아는 일이니까요. 제 얘기는 다른 거예요. 우리는 어떤 상황에서 행동해야 할지 미리 의논해야 해요, 서로 상대방 때문에 낯을 붉히는 일이 없도록, 서로에게 오점을 남기지 않도록요."

"됐네. 무슨 말인지 알아들었어. 자네의 문제 설정 방식이 마음에 들어. 정말 필요한 말을 찾아냈군. 이제 내가 말함세. 자네가 첫 포고가 실린 신문을 갖고 왔던 밤을, 겨울이고 눈보라가 치던 밤을 기억할 걸세. 그것이 전례가 없을 정도로 강경했던 것도 기억할 걸세. 그 직선적인 태도에 다들 압도당했지. 하지만 이런 것들이 태초의 순결을 지키며 존재하는 것은 오직 창조자들의 머릿속뿐이고, 그나마도 선포의 첫날에만 그렇지. 다음 날만 돼도 정치의 궤변이 그것을 거꾸로 뒤엎어 버리거든. 내가 자네에게 무슨 말을 할 수 있겠나? 내게는 이런 철학이 낯선걸. 이런 권력이 우리와 대적하고 있어. 이런 타파에 대해 나에게 동의를 구하지도 않았어. 하지만 저들은 내 말을 믿었고, 나의 행동은 비록 강요된 것일지라도 나를 얽매고 있어.

토냐는 우리가 텃밭을 일굴 시기에 대지 못하는 건 아닌지, 파종 때를 놓치는 건 아닌지 묻더라. 그 애에게 뭐라고 대답해야 하나? 나는 이곳의 토양을 몰라. 기후 조건은 또 어떤가? 여름이 너무 짧아. 대체로 여기서 뭐든 무르익기는 할까?

그렇긴 하겠지만 우리가 텃밭이나 가꾸자고 이렇게 먼 길을 가는 건 아닐 테지? 여기서는 '젤리를 먹으러 7베르스타도 간다'라는 말장난도 할 수 없어, 유감스럽게도 3,000~4,000베르스타는 족히 가야 할 테니까. 아니, 솔직히 말해서 우리가 굳이 이렇게 멀리까지 온 것은 전혀 다른 목적이 있어서야. 우리가 이렇게 가는 것은 현대식 무위도식을 맛보기 위해, 옛날 할아버지의 소유였던 숲과 기계와 비품을 낭비하는 데 어떻게든 한몫 끼여 보기 위해서야. 그분의 재산을 복구하는 것이 아니라 탕진하자는 것, 1코페이카로 먹고살기 위해 수천을 공유화 방식으로 축내자는 것, 그것도 기필코 의식으로 납득되지 않는 혼란스러운 현대의 형태로 몽땅 축내자는 것이지. 천금을 줘도 나는 옛 원칙에 근거하여 공장을, 심지어 거저라도 받지 않을 거야. 그건 알몸으로 돌아다니거나 글자를 깡그리 잊어버리는 것처럼 너무 야만적인 일일 거야. 아니야, 러시아에서 사유 재산의 역사는 끝났어. 한데 개인적으로 우리 그로메코 집안은 선대에서 이미 축재의 열정과 이별했지."

27

숨이 막힐 것처럼 갑갑한 공기 때문에 잠을 잘 수가 없었다. 땀범벅이 된 의사의 머리는 흠뻑 젖은 베개 위에서 헤엄치고 있었다.

그는 아무도 깨우지 않으려고 조심스럽게 침상의 가장자리에서 내려와 객실 문을 살며시 밀어 열었다.

지하 창고에서 거미줄에 얼굴이 닿은 때처럼, 그의 얼굴로 끈적끈적한 습기가 확 풍겼다. '안개다.' 그가 추측했다. '안개. 아무래도 푹푹 찌고 이글거리는 날이 되겠어. 그래서 숨 쉬기가 힘들고 이렇게 마음이 무겁고 짓눌리는구나.'

노반으로 내려서기 전에 의사는 잠깐 문간에 서서 주위에 귀를 기울였다.

기차는 어딘가 분기역 같은 아주 큰 역에 서 있었다. 고요와 안개 외에, 객실들은 어떤 비존재 속에 묻히고 내팽개쳐져 깡그리 잊힌 존재가 된 것 같았다. 열차가 서 있는 곳이 완전히 뒤쪽 구석이고 기차와 먼 기차역 건물 사이에 무한한 철도망이 깔린 큰 거리가 있는 것이 그 표식이었다.

두 종류의 소리가 먼 곳에서 가냘프게 울려 퍼졌다.

뒤쪽, 그들이 지나온 곳에서는 빨래를 헹구거나 젖은 깃발이 바람에 나부끼며 깃대를 치는 것처럼 규칙적인 철썩임 소리가 들려왔다.

앞쪽에서는 전쟁터를 경험한 의사가 몸을 떨며 귀를 곤두세우게 하는 단조로운 굴림 소리가 전해졌다.

'장거리포다.' 절제된 저음으로 고르게 차분히 울리는 굉음에 귀를 기울인 다음 그는 이런 결론을 내렸다.

'그렇다. 전선이 아주 가까이에 있다.' 의사는 이렇게 생각하며 머리를 흔들고 객차에서 밑으로, 땅바닥으로 뛰어내렸다.

그는 앞으로 몇 발짝 걸었다. 이어진 두 객차 뒤에서 기차가 끊겨 있었다. 서 있는 열차에는 기관차도 없었는데, 살아남은 앞쪽 객차들만 끌고 어디로 가 버린 것이었다.

'그래서 어제 그렇게 객기를 부렸군.' 의사가 생각했다. '도착하자마자 그 자리에서 곧장 포화 속에 던져질 거라는 느낌이 들었던 모양이야.'

그는 선로를 가로질러 역으로 가는 길을 찾으려고 기차의 끝을 빙 돌았다. 객차 모서리 뒤에서 땅에서 솟은 듯 총을 든 보초병이 나타났다. 그는 크지 않은 목소리로 딱 잘라 말했다.

"어디 가나? 통행증!"

"여기는 무슨 역이오?"

"아무 역도 아니야. 그러는 네놈은 누구냐?"

"나는 모스크바에서 온 의사요. 가족과 함께 이 특별 열차에 타고 있소. 자, 여기 신분증이오."

"신분증은 무슨, 보리수 껍질 다발인걸. 내가 무슨 바보냐, 이렇게 캄캄한 데서 종잇장이나 읽게, 눈만 버리지. 봐, 안개가 이렇게 자욱한걸. 신분증 없이 1베르스타 떨어진 거리에서 봐도 네놈이 어떤 의사인지 훤히 보여. 저쪽에서 네놈 같은 의사들이 12인치 포를 쏘고 있지. 정말로 네놈한테 한 방 쏘고 싶지만 아직 일러. 목숨이 붙어 있을 때 뒤로 가."

'나를 누군가로 잘못 본 모양이야.' 의사가 생각했다. 보초병과 말을 섞는 것은 무의미했다. 정말 시간이 있을 때 물러나는 편이 나았다. 의사는 반대편으로 몸을 돌렸다.

그의 등 뒤에서 포성이 잠잠해졌다. 동쪽 방향이었다. 그곳에서 연무를 헤치고 태양이 떠올라, 둥둥 떠 가는 안개의 파편들 사이로, 목욕탕의 구름 같은, 비누 섞인 김 속에서 나신이 어른거리듯, 희끄무레하게 모습을 드러냈다.

의사는 열차의 차량을 따라 걸었다. 그것을 계속 지나쳐 더 앞으로 걸어갔다. 그의 발은 걸음을 뗄 때마다 부드러운 모래 속으로 깊이 빠져들었다.

단조로운 철썩임 소리가 가까워졌다. 경사가 완만하게 진 지역이었다. 몇 걸음을 더 걷다가 의사는 안개 때문에 터무니없이 커진 희뿌연 윤곽들 앞에서 걸음을 멈추었다. 한 걸음을 더 떼자 강가로 끌어 올린 보트들의 돌출부가 안개 속에서 유리 안드레예비치를 맞으며 떠올랐다. 그는 넓은 강가에 서 있었다. 게으른 잔물결이 피곤한 듯 천천히 고깃배의 뱃전과 선창의 널빤지를 철썩철썩 치는 곳이었다.

"누가 여기서 빌빌대라고 했어?" 강가에서 떨어져 나온 또 다른 보초병이 물었다.

"이건 무슨 강이죠?" 조금 전의 경험 이후 아무것도 묻지 말자고 힘껏 다짐했음에도 의사는 저도 모르게 불쑥 질문을 던지고 말았다.

보초병은 대답 대신 잇새로 호루라기를 물었지만 불 틈도 없었다. 호루라기 소리로 부르려고 했던 첫 번째 보초병이, 알고 보니, 몰래 유리 안드레예비치의 뒤를 밟다가 자기가 알아서 동료에게 다가왔던 것이다. 두 사람은 말을 주고받기 시작했다.

"이건 생각하고 자시고 할 것도 없어. 새는 나는 모습으로 알지. '이건 무슨 역이냐, 이건 무슨 강이냐?' 이딴 걸로 우리의 눈을 돌릴 꿍꿍이인 거야. 네 생각은 어때, 곧장 갑(岬)으로 갈까, 아니면 앞쪽 객차로 갈까?"

"객차로 데려가자. 대장이 명령하는 대로 하자고. 신분증 내놔." 두 번째 보초병이 고함을 질렀고 의사가 내민 서류 뭉치를 한 줌에 낚아챘다.

"좀 지키고 있어, 동향 친구." 누구인지는 모르겠지만 이렇게 말한 다음 그는 첫 번째 보초병과 함께 역을 향해 선로 깊숙이 걸어갔다.

그때 모래에 누워 있던, 어부인 듯한 사람이 사태를 설명하려고 목을 고르며 움직였다.

"대장한테 데려간다니, 넌 정말 재수가 좋았어. 이 사랑스러운 양반, 이제 산 건지도 몰라. 단, 저들을 탓하지는 마. 그게 저들의 의무니까. 민중의 시대거든. 어쩌면 이러다가 더 좋은 쪽으로 갈 수도 있어. 하지만 일단은 말하지 마. 보다시피 저들은 사람을 잘못 봤어. 누구 한 놈을 잡으려고 혈안이 되어 있는 거지. 뭐, 네가 그자라고 생각하는 거야. 바로 이자가 노동자 권력의 적이다, 그래서 잡았다, 하고 생각하는 거라고. 실수한 거지. 무슨 일이 생기면 우두머리를 만나게 해 달라고 해. 저자들에게 말리지 말고. 저자들은 의식 분자들이야, 정말

큰일 나. 너 하나 처리하는 건 식은 죽 먹기라고. 저들이 가자
고 해도 가지 마. 우두머리를 만나야 한다고 말해.”

어부를 통해 유리 안드레예비치는 그의 앞에 펼쳐지는 강
이 배가 다니는, 저 유명한 르인바강이라는 것을, 강 근처 철
도역이 유랴틴시 근교의 강가 공장 지대인 라즈빌리예라는
것을 알게 되었다. 또 2∼3베르스타 정도 더 상류에 위치한 유
랴틴을 계속 노리다가 이미 백군에게서 탈환한 것 같다는 사
실도 알게 되었다. 어부는, 라즈빌리예에도 소요가 있었으나
역시 진압된 것 같다고, 주위가 온통 고용한 것은 역에 인접한
지대의 주민이 일소되고 매우 엄격한 보초선에 둘러싸여 있
기 때문이라고 얘기해 주었다. 끝으로 그는, 다양한 군사 기지
가 설치된 선로에 서 있는 열차들 중에 지방 군사 위원인 스트
렐니코프의 특수 열차가 있음을 알게 되었다. 의사의 서류도
그곳 객실로 간 것이었다.

그쪽에서 얼마 뒤 의사를 데려가기 위해 새로운 보초병이
나타났다. 총의 개머리판을 땅바닥에다 질질 끌거나, 부축해
주지 않으면 땅바닥으로 나뒹굴 만큼 술에 취한 벗을 이끌듯
총을 자기 앞에다 내세우는 모습이 앞선 보초병들과는 사뭇
달랐다. 그는 의사를 군사 위원의 객실로 데려갔다.

28

보초병은 암호를 댄 다음 의사와 함께 가죽 통로로 덮여, 서

로 연결된 두 차량 중 하나로 올라갔는데, 웃음과 움직임 소리가 들리다가 그들이 나타나자 일순 잠잠해졌다.

보초병은 좁은 복도를 따라 중앙의 넓은 분과로 의사를 데려갔다. 고요하고 질서가 잘 잡힌 곳이었다. 깨끗하고 편리한 거처에는 말쑥하게 차려입은 사람들이 일하고 있었다. 의사는 짧은 시간에 이 지역 전체에서 명성을 얻음과 동시에 위협의 대상이 된, 비당원 군사 전문가의 사령부실이 이것과는 완전히 다른 모습이리라 상상했다.

하지만 분명히 그의 활동 중심지는 여기가 아니라 어디 앞쪽, 전투 지역 근처 야전 사령부에 있고, 여기에는 개인적인 분과, 즉 자기 집안 같은 아담한 집무실과 그의 행군용 이동 침대가 있는 것이리라.

이곳이, 부드러운 슬리퍼를 신은 종업원들이 소리도 없이 걸음을 떼는, 코르크와 양탄자들을 깔아 놓은 뜨거운 해수욕장의 복도처럼 고요한 것도 그 때문이었다.

중앙의 객실 분과는 예전의 식당차에 양탄자를 깔아 사령관실로 사용하고 있었다. 실내에는 식탁이 몇 개 있었다.

"지금 곧." 하고 입구에 제일 가까이 앉아 있던 젊은 군인이 말했다. 그러고 나서는 식탁 앞에 앉아 있는 모든 사람들이 스스로 의사에 대해 잊을 권리가 있다는 듯 완전히 신경을 꺼 버렸다. 바로 그 군인이 멍하게 고개를 까닥여 보초병을 풀어 주자, 상대방은 총의 개머리판으로 복도의 금속 횡판을 긁으며 물러났다.

의사는 문지방에서 자신의 서류를 발견했다. 서류는 마지막 식탁의 끝, 구시대 대령풍의 나이가 지긋한 군인 앞에 놓여 있었다. 통계 담당병이었다. 그는 콧노래를 흥얼거리며 편람을 들여다보고 작전 지도를 살펴보고 뭔가를 비교하고 대 보면서 오리고 붙이고 했다. 거처의 모든 창문을 하나씩 둘러보고는 이런 말도 했다. "오늘은 뜨겁겠군." 이런 결론은 모든 창문들을 살펴본 다음에야 나온 것이지, 각 창문에서 똑같이 분명히 알 수 있는 건 아니라는 투였다.

군인 기술자가 식탁들 사이로 마룻바닥을 기어 다니며 뭔가 망가진 전선을 복원하고 있었다. 그가 젊은 군인의 식탁 밑으로 기어들자 상대방은 방해가 되지 않도록 자리에서 일어났다. 그와 나란히 남성용 방탄 재킷을 입은 여자 타이피스트가 망가진 타자기를 붙들고 씨름하고 있었다. 타자기의 원통이 옆으로 너무 튀어 틀에 끼여 버린 것이었다. 젊은 군인은 그녀의 의자 뒤에 선 다음 위쪽에서 내려다보며 그녀와 함께 고장의 원인을 찾고 있었다. 군인 기술자도 타이피스트에게 기어가 레버와 전동 장치를 아래쪽에서 살펴보았다. 대령풍의 지휘관이 자리에서 일어나더니 그들 쪽으로 건너갔다. 모두들 타자기를 열심히 들여다보았다.

이런 광경은 의사를 안심시켰다. 그의 운명을 자신보다 더 잘 알 사람들이 그 운명 앞에 놓인 사람을 앞에 두고 이토록 시시껄렁한 일에 이토록 무사태평하게 골몰할 리는 없지 않겠는가.

'하긴 누가 저들을 알겠는가?' 그가 생각했다. '그들의 이 느긋함은 어디서 오는 것일까? 바로 옆에서 대포가 울리고 사람들이 죽어 가는데도 뜨겁겠다는 진단이나 하고 있다, 더욱이 전투가 뜨겁겠다가 아니라 날씨가 뜨겁겠다는 의미로. 아니, 이런 일은 질리도록 봐 왔기 때문에 무감각해진 것일까?'

그리하여 할 일이 전혀 없는 그는 제자리에 선 채 방 너머 반대편 창문을 바라보았다.

29

기차 앞, 이쪽 편에서 선로의 나머지가 뻗어 있고 동명의 교외 언덕 위에 라즈빌리예 역이 보였다.

선로에서 역까지 세 개의 층계참이 딸린, 칠이 안 된 목조 계단이 이어졌다.

이쪽에서 보면 선로는 거대한 기관차 묘지 같았다. 낡은 기관차들은 탄수차 없이 찻잔이나 장화의 목 모양 화통을 달고 그 화통을 서로에게 향한 채 차량 폐기물 더미 한가운데에 서 있었다.

아래쪽 기관차와 도시 근교의 묘지, 선로 위의 찌그러진 철, 녹슨 지붕과 주변 간판들이 한데 어우러져 이른 아침의 무더위에 덴 하얀 하늘 밑에서 황폐하고 고색창연한 볼거리를 만들어 주고 있었다.

모스크바에 있을 때 유리 안드레예비치는 여러 도시에 수많은 간판이 있고 그것이 건물 정면의 큰 부분을 덮고 있다는 사실을 잊었다. 이곳 간판들은 그에게 이 점을 상기시켰다. 철자가 컸기 때문에 간판 위에 쓰인 문구의 절반을 기차에서도 읽을 수 있었다. 간판은 기울어진 단층집들의 삐뚜름한 창문 위까지 내려와 있어서, 땅딸막한 작은 집들은 농부 아버지의 챙 모자를 푹 눌러쓴 아이들의 머리처럼 그 밑에 완전히 감추어졌다.

그 무렵 안개는 말끔히 걷혔다. 멀리 동쪽으로, 왼쪽 하늘에만 그 흔적이 남아 있었다. 하지만 그마저도 무대 장막의 끝자락처럼 사부작대며 움직이다가 흩어졌다.

그곳, 라즈빌리예에서 3베르스타쯤 떨어진 곳, 근교보다 좀더 높은 언덕에 군청 소재지인지 도청 소재지인지 아무튼 큰 도시가 나타났다. 태양이 그 빛깔에 노르스름한 기운을 더했고 먼 거리가 그 윤곽을 단순하게 만들었다. 그것은 고지대에 값싼 루복[154] 그림 속의 아토스산이나 은둔자의 암자처럼 집 위의 집, 거리 위의 거리 모양으로 층층이 붙어 있었고 산 정상의 한가운데에 큰 성당이 있었다.

'유랴틴이다!' 의사가 흥분한 상태에서 생각을 가다듬었다. '고인이 되신 안나 이바노브나가 추억하고 간호사 안티포바가 곧잘 언급하던 곳! 그들에게서 몇 번이나 이 도시의 이름을 들었는데, 이런 상황에서 처음으로 보는구나!'

그 순간 타자기 위로 몸을 기울이고 있던 군인들의 주의가 창밖의 뭔가에게로 쏠렸다. 그들은 그쪽으로 고개를 돌렸다. 의사도 그들의 시선을 좇았다.

---

154) 우리의 민화 같은 일종의 목판화.

닥터 지바고 1 **445**

포로가 된 자들, 혹은 체포된 자들 몇 명을 역 쪽 계단으로 연행하는 중이었는데, 그중에는 머리에 부상을 입은 김나지움 학생도 있었다. 벌써 어디선가 붕대를 감긴 했지만 붕대 밑으로 피가 배어 나와, 그는 그을린 땀투성이 얼굴에 그 피를 손바닥으로 문질러 댔다.

두 적군 병사들 사이에 끼여 행렬의 뒤쪽에서 걷고 있던 김나지움 학생이 그렇게 주의를 끈 것은 잘생긴 얼굴에 넘치는 결연함이나 이토록 앳된 반란군이 유발하는 애틋함 때문만은 아니었다. 그와 그를 호송하는 두 병사가 계속 터무니없는 짓을 해서 시선을 끌었던 것이다. 그들은 줄곧 해서는 안 될 짓을 했다.

붕대를 감아 놓은 김나지움 학생의 머리에서 수시로 학생모가 미끄러져 내렸다. 모자를 벗어 손에 드는 대신 그는 자꾸 그것을 고쳐 쓰며, 동여맨 상처에 좋지 않은데도, 더 눌러쓰려 했고, 그러는 그를 두 명의 적군 병사가 기꺼이 도와주었다.

상식에 어긋나는 이 어처구니없는 짓거리에는 뭔가 상징적인 것이 있었다. 그래서 그 의미심장함을 십분 이해하면서도 의사는 자기 역시 층계참으로 달려가 김나지움 학생을 멈춰 세우고 목구멍까지 올라온 말을 하고 싶었다. 소년에게도, 객실 안의 사람들에게도, 구원은 형식을 충실히 따르는 것이 아니라 그것에서 해방되는 것에 있다고 외치고 싶었다.

의사는 시선을 한쪽으로 돌렸다. 한가운데에 스트렐니코프가 서 있었는데, 지금 막 반듯하고 저돌적인 걸음걸이로 들어선 참이었다.

어떻게 그가, 즉 의사가 그토록 많은 불특정한 인연을 맺어

왔음에도 지금까지 이 사람처럼 이렇게 특정한 존재를 모를 수 있었을까? 어떻게 그들의 삶이 충돌하지 않았던 것일까? 어떻게 그들의 길이 교차되지 않았던 것일까?

왠지는 모르지만, 이 사람이 완벽한 의지의 화신임은 곧 분명해졌다. 그는 정녕 자신이 원했던 그런 모습이 되어 있었고, 그런 만큼 내면과 외면의 모든 것이 모범적으로 보이는 그런 존재였다. 조화롭고 아름다운 모양의 두상, 저돌적인 걸음걸이, 진흙투성이임에도 깨끗이 닦은 듯이 보이는, 목이 긴 군화를 신은 긴 두 다리, 구겨졌음에도 다림질이 잘된 리넨 느낌의 잿빛 모직 군복 재킷 등이 그랬다.

지상의 어떠한 존재 상태에서도 말안장 위에 앉아 있는 듯 느끼며 어색함을 모르는, 그런 천부적인 재능이 이렇게 효력을 발휘하고 있는 것이다.

이 사람에겐 분명, 반드시 독창적이라고만은 할 수 없는 어떤 재능이 있었다. 그의 움직임 하나하나에서 드러나는 재능은 모방의 재능일 수도 있었다. 그때는 다들 누군가를 모방했다. 역사에 이름을 남긴 인물들을. 전선이나 도시에 폭동이 지속되는 와중에 두각을 드러내고 상상력을 자극한 인물들을. 가장 인정받는 민중의 권력들을. 선두로 나선 동지들을. 그냥 이렇게 서로를 모방했던 것이다.

낯선 이의 존재로 인해 놀라거나 당황했을 텐데도 그는 예의상 그것을 표현하지 않았다. 오히려 의사도 자기 쪽 사람이라는 듯한 태도로 모두를 대했다. 그가 입을 열었다.

"축하합니다. 우리가 그들을 쫓아냈습니다. 이건 일이 아니라 전쟁놀이 같은 겁니다. 그들도 우리와 똑같은 러시아인입니다. 단, 어리석은 생각을 갖고 있으면서도 그것을 버리려고 하지 않아 우리가 완력으로 쳐부수었을 뿐입니다. 그들의 지휘관은 나의 친구였습니다. 출신으로는 나보다 더한 프롤레타리아였지요. 우리는 한 집에서 자랐습니다. 그는 살면서 나를 위해 많은 일을 해 주었고, 나는 많은 신세를 졌습니다. 하지만 그를 강 건너편으로, 어쩌면 더 멀리 격퇴한 것이 기쁩니다. 어서 빨리 통신망을 수리하시오, 구리얀. 연락병과 전보만 갖고 버티기는 힘들어요. 얼마나 더운지, 그랬죠? 그래도 나는 한 시간 반쯤은 눈을 좀 붙였는데. 아, 참……." 그가 갑작스레 의사 쪽으로 몸을 돌렸다. 자기가 왜 잠에서 깨야 했는지 그 이유가 떠오른 것이다. 어떤 썰렁한 일이 그를 깨웠으며 그 결과 억류된 이 사람이 앞에 서 있었다.

'이 사람이라고?' 탐색의 눈초리로 의사를 머리부터 발끝까지 훑어본 다음 스트렐니코프가 생각했다. '닮은 데가 하나도 없군. 병신들!' 그는 웃음을 터뜨리며 유리 안드레예비치를 향해 말했다.

"죄송합니다, 동무. 사람을 잘못 봤군요. 제 보초병이 착각했습니다. 가셔도 좋습니다. 이 동지의 노동자 수첩은 어디 있소? 아, 여기 동지의 서류들이 있군요. 거리낌 없이 굴어서 죄송하지만, 살짝 보겠습니다. 지바고…… 지바고…… 의사 지바고…… 어딘가 모스크바 느낌이 나는데……. 아무튼, 있죠, 잠깐 제 방으로 갑시다. 여기는 사무실이고 제가 쓰는 객실은 바로 옆입니다. 오래 붙잡아 두지는 않겠습니다."

30

그런데 이 사람은 대체 어떤 인간이었던가? 어떻게 당원도 아닌 사람이 이런 지위까지 올라가 버틸 수 있는지 놀라운 일이었다. 아무도 그를 몰랐던 것이, 그가 모스크바 출신으로서 대학을 졸업한 다음 지방으로 가 교사 생활을 했고 전쟁에 나갔다가 오랫동안 포로로 잡혀 있었고 최근까지는 부재하여 전사자로 여겨졌기 때문이다.

스트렐니코프는 소년 시절 진보적인 철도 노동자 티베르진의 가정에서 자라, 그의 추천과 보증을 받았다. 그 시대 임명권을 쥐고 있던 사람들은 그를 신뢰했다. 정도를 모르는 격정과 가장 극단적인 시각이 판치는 시대에, 역시나 그 무엇 앞에서도 멈추지 않는 스트렐니코프의 혁명성이 도드라진 것은 그것이 남의 목소리를 흉내 내는 것, 우연히 생긴 것이 아니라 자신의 전 인생을 통해 준비된 진정성과 열광이 있었기 때문이었다.

스트렐니코프는 자신이 받은 신뢰를 배반하지 않았다.

최근 그의 전투 목록에는 우스티-넴딘스크, 니지네-켈메스크 사건, 식량 부대에 대해 무장봉기를 시도한 구바솝스키 농민 사건, 메드베지야 포이마 역에서 식량 열차를 약탈한 제14 보병대 사건 등이 포함돼 있었다. 그의 이력서에는 또 투르카투예 시에서 봉기를 일으켰다가 무기를 든 채 백군 쪽으로 넘어간 라진파[155] 사건, 치르킨 우스강 나루터에서 소비에트 권력에

---

155) 농민 혁명가 스텐카 라진(1630~1671)을 추종하는 사람들.

충실한 사령관을 죽인 군사 반란 사건도 포함되었다.

이 지역 어디서든 그는 머리 위의 눈처럼 급습하여 재판에 회부했고 선고를 내렸고 그 선고를 재빨리 냉혹하고 주저 없이 집행했다.

그의 기차가 활약하면서 변방의 대대적인 탈영에도 제동이 걸렸다. 모병 기관에 대한 감사가 모든 것을 바꾸어 놓았다. 적군의 징집은 순조롭게 진행됐다. 모병 위원회는 열병에 걸린 듯 일에 착수했다.

끝으로, 최근에 백군이 북쪽에서 압박을 가해 와 상황이 위급한 것으로 판단되자 스트렐니코프에게는 새로운 과제들, 즉 군사와 직접 관련된, 전략과 작전상의 과제들이 부여되었다. 그의 개입은 이내 효과를 드러냈다.

스트렐니코프는 자기가 라스트렐니코프[156]라는 별명으로 불리는 걸 알고 있었다. 그는 침착하게 그것을 넘어섰고 그 무엇도 두려워하지 않았다.

그는 모스크바 태생이었고, 1905년 혁명에 참가하여 고초를 겪은 노동자의 아들이었다. 그 무렵에는 나이가 어려 혁명 운동에서 한발 물러나 있었고, 이어 대학 시절에는 고등 교육 기관에 입학한 가난한 환경 출신의 젊은이답게 학교를 더 소중히 여기고 부잣집 아이들보다 더 열심히 공부했다. 경제적인 걱정이 없는 학생들의 소요에는 아랑곳하지 않았다. 대학을 졸업할 때 그는 폭넓은 지식의 소유자가 되어 있었다. 원래

---

156) '총살자', '학살자'라는 뜻이다.

의 전공인 역사-인문학에 덧붙여 독학으로 수학도 공부했다.

법적으로는 군역의 의무가 없었지만 자원병으로 전쟁에 나갔다가 소위보 계급으로 포로가 되었고 1917년 말, 러시아에 혁명이 일어난 것을 알고 조국으로 탈주해 왔다.

두 특징, 두 열정 덕분에 그는 두각을 드러냈다.

그의 사고는 비범할 정도로 분명하고 올발랐다. 그리고 그는 보기 드문 도덕적 순결과 공정성, 열렬하고 고결한 감정의 소유자였다.

하지만 새로운 길을 개척하는 학자로 활동하기에는 그의 두뇌에 우연성의 재능, 즉 예상치 못한 발견으로 무의미한 예측의 성과 없는 조화를 깨뜨리는 힘이 부족했다.

한편 선을 행하기에는 원칙적인 사람인 그에게, 일반적인 경우는 알지 못하면서 개별적인 것만 알고, 또 작은 일을 행하는 데 뛰어난 마음의 무원칙성이 부족했다.

스트렐니코프는 어릴 때부터 가장 높고 밝은 것을 동경했다. 삶을, 성실히 규칙을 준수하고 완벽을 달성하기 위해 선의의 경쟁을 벌이는 거대한 경기장으로 생각했다.

실상은 그렇지 않음이 밝혀졌을 때도 그는 자기가 세계 질서를 단순화시키는 잘못을 범했다고 생각하지 않았다. 오랫동안 속으로 모욕을 삭인 그는, 언젠가는 삶과 삶을 왜곡하는 어두운 근원들 사이에서 재판관이 되리라, 삶을 수호하고 삶을 위해 복수하리라, 하는 생각을 품기 시작했다.

환멸이 그를 잔혹하게 만들었다. 혁명이 그를 무장시켰다.

31

"지바고, 지바고라." 스트렐니코프는 자신의 객실로 옮겨 간 뒤에도 계속 되뇌었다. "어딘가 상인 같은 느낌이 드는군 요. 아니면 지주 귀족 같은 느낌이랄까. 뭐, 모스크바에서 온 의사라니. 바르이키노에 가신다. 이상하군요. 모스크바에서 갑자기 곰이라도 튀어나올 듯한 촌구석으로 가신다니."

"바로 그런 목적으로 가는 겁니다. 고요를 찾아서. 벽지로, 미지의 곳으로요."

"아주 시를 쓰시는군요. 바르이키노라고요? 그 지역이라면 저도 알아요. 예전에 크류게르 집안의 공장들이 있었죠. 혹시 친척은 아닙니까? 상속자 말이오?"

"그 비꼬는 어조는 뭡니까? 게다가 '상속자'라니요? 비록 아내가 실제로……."

"어라, 거봐요. 백군에 대한 향수가 생겼습니까? 내가 깨뜨려 주리다. 이미 늦었어요. 그 일대는 깨끗이 소탕됐거든요."

"계속 놀리실 겁니까?"

"그다음 의사입니다. 그것도 군의관. 한데 전시죠. 그렇다면 이건 이제 그야말로 내 관할인 셈이죠. 탈영병이잖습니까. 녹군(綠軍)[157]도 숲속에 들어가 있어요. 고요를 찾아서요. 명분은요?"

"두 차례 부상을 당하는 바람에 완전히 부적격자가 되어 나

---

157) 적군과 백군 모두에 맞선, 농민이 주축이 된 무리.

왔습니다."

"이제 당신을 '완벽한 소비에트 인간'이자 '동조하는' 인간으로 소개하고 당신의 '충성'을 확증하는 교육 인민 위원회나 보건 인민 위원회의 메모를 제시하셔셔죠. 친애하는 선생, 지금 이 땅에는 최후의 심판이 진행되고 있고, 완벽히 동조하는 충성스러운 의사들이 아니라 묵시록의 검을 든 존재들과 날개 달린 짐승들이 판치고 있어요. 하긴, 가도 좋다고 했으니 그 말을 번복하지는 않겠습니다. 하지만 이번만입니다. 우리가 다시 만날 것 같은 예감이 드는데요, 그때는 이야기가 달라질 테니 조심하십시오."

협박과 도전에도 유리 안드레예비치는 당황하지 않았다. 그는 말했다.

"당신이 나를 어떻게 생각하시는지 다 압니다. 당신 입장에서 보면 당신 말이 전적으로 옳습니다. 그러나 나를 논쟁에 끌어들이려고 하시는데, 그런 거라면 지금껏 살아오면서 가상의 논적들과 생각 속에서 계속 논쟁해 왔으니, 어떤 결론에 도달할 시간이 왔다고 생각해야겠지요. 이건 한두 마디로 끝낼 얘기도 아닙니다. 내가 정말 가도 되는 몸이라면 구차한 설명 없이 물러나게 해 주시고, 아니라면 알아서 처리하시죠. 당신 앞에서 변명할 이유는 없습니다."

전화 신호음에 그들의 대화가 끊겼다. 전화선이 복구된 것이다.

"고맙소, 구리얀." 스트렐니코프는 이렇게 말하며 수화기를 집어 들고 몇 번에 걸쳐 훅훅 바람을 불었다. "그럼, 지바고 동지를 데려다줄 사람을 아무나 불러오시오. 또 무슨 일이 일어나지 않도록. 그리고 라즈빌리예 지역을 연결해 주시오, 라즈빌리예의 체카[158] 운송 관리부로."

혼자 남게 되자 스트렐니코프는 역에 전화를 걸었다.

"여기 소년을 하나 데려왔는데, 자꾸 모자를 귀까지 눌러쓰고 머리에는 붕대를 칭칭 감고, 정말 볼썽사나워요. 그렇소. 필요하다면 의료 조치를 취해야죠. 그렇소, 신주단지 모시듯, 개인적으로 책임지고 잘 처리해 주시오. 달라고 하면 식량도 주도록. 그렇지. 그럼 이제는 용건을 말하겠소. 말하는 중이오, 말 다 안 끝났소. 에잇, 빌어먹을, 또 혼선이 됐어. 구리얀! 구리얀! 끊어졌어."

'어쩌면 내 제자일지도 모른다.' 그는 역과의 통화를 마저 시도하다가 잠시 멈추고 생각했다. '다 자라서 우리에게 반기를 들고 있는지도.' 스트렐니코프는 교사로 지낸 시절, 그리고 전쟁과 포로가 된 해가 언제인지, 그 합이 소년의 나이와 일치하는지 어떤지 머릿속으로 헤아려 보았다. 그다음에는 객실의 창 너머 지평선 위로 보이는 전경 속에서 자기 집이 있던, 유랴틴의 출구 옆, 강 위의 저 구역을 찾아보았다. 한데 갑자기 아내와 딸이 지금까지 거기 있다면? 그들에게 달려가리라! 지금, 지금 당장! 그렇다, 하지만 이것이 생각이나 할 수 있는 일인가? 이건 완전히 다른 삶에 속하는 것 아닌가. 중단된 저

---

158) 10월 혁명 직후 창설된 비상대책위원회(비밀정보기관), 소련국가보안위원회(KGB)의 전신.

삶으로 돌아가기에 앞서 먼저 이 새로운 삶을 끝내야 한다. 언젠가, 언젠가는 그리될 것이다. 언제든, 언제든 그렇게 될 것이다. 그렇다. 하지만 언제, 언제일까?

세계문학전집 **361**

닥터 지바고 1

1판 1쇄 펴냄 2019년 1월 25일
1판 7쇄 펴냄 2024년 2월 22일

지은이 보리스 파스테르나크
옮긴이 김연경
발행인 박근섭, 박상준
펴낸곳 (주)민음사

출판등록 1966. 5. 19. (제 16-490호)
서울특별시 강남구 도산대로1길 62(신사동) 강남출판문화센터 5층 (06027)
대표전화 02-515-2000 팩시밀리 02-515-2007
www.minumsa.com

ISBN 978-89-374-6361-7 04800
ISBN 978-89-374-6000-5 (세트)

* 잘못 만들어진 책은 구입처에서 교환해 드립니다.

세계문학전집 목록

세계문학전집은 계속 간행됩니다.